LE COLLECTIONNEUR

Fiona Cummins est journaliste au *Daily Mirror*. Son premier roman, *Le Collectionneur*, paru en 2017 en Angleterre, a connu un grand succès : longtemps numéro 1 des ventes Macmillan, il a été cédé dans plus de vingt pays et une adaptation télévisuelle est en cours de tournage.

FIONA CUMMINS

Le Collectionneur

TRADUIT DE L'ANGLAIS PAR JEAN ESCH

SLATKINE & CIE

Titre original :

RATTLE

Publié par Macmillan, une division de
Pan Macmillan, Londres, en 2017.

ISBN : 978-2-253-23718-1 – 1re publication LGF

Pour JJ, qui a cru

NOTE DE L'AUTEURE

Maladie de l'homme de pierre (fibrodysplasie ossifiante progressive) : maladie rare et paralysante provoquant chez les personnes atteintes l'apparition d'un second squelette qui les enferme littéralement à l'intérieur d'une prison d'os. Seuls les yeux, la langue, le diaphragme et le cœur sont épargnés. Il n'existe actuellement aucun traitement.

Tommy Rawhead : personnage de croque-mitaine, généralement représenté avec une tête de mort ou bien dépouillé de sa peau, invoqué pour faire peur aux enfants. Parfois également appelé Bloody Bones, le squelette sanglant.

Oxford English Dictionary

Prologue

Quand la nuit est calme, quand un croissant de lune hivernal vient se fondre dans le courant de la rivière Quaggy, les morts le réclament.

Il penche la tête sur le côté et, dans l'obscurité qui murmure, il perçoit les faibles sanglots de l'enfant.

Les marmonnements de détresse du garçon l'attirent d'un bout à l'autre de la ville et il lutte contre l'envie de partir à l'instant. Même l'usure du temps ne peut étouffer les frissons qui enflent en lui tandis qu'il contemple l'œuvre de toute une vie.

À chaque génération, sa propre collection. Son père, le père de son père, et les hommes qui les ont précédés.

Mais, à présent, c'est *son* heure, son privilège, son devoir.

Il savoure la manière dont la lune se glisse entre les lames des stores de la maison de son père et inonde les os de sa lumière.

Des rubans et des feuilles de matière ossifiée. Des stalagmites, des ponts. Des planches tordues et des nodosités osseuses. Une plaque gravée de la lettre C.

Dans la maison, les ombres s'intensifient. Seul dans le vestibule, il se délecte de la splendeur du squelette dans sa vitrine, subjugué par ses déformations, l'intrusion des os dans la cage thoracique, les ornements calcifiés sur la colonne vertébrale.

Un jeune garçon enfermé dans une prison de pierre.

Pendant des années, il a traqué ce spécimen, le plus rare, parmi les morts et les vivants. Sans jamais cesser de chercher, ni d'espérer.

Et aujourd'hui, après tout ce temps, il en a découvert un autre.

VENDREDI

1

15 h 21

Si Erdman Frith avait choisi la pizza plutôt que le rosbif, son fils aurait peut-être été épargné.

Si Jakey Frith avait été un garçon un peu plus ordinaire, le croque-mitaine qui rôde dans l'obscurité de son existence serait resté un simple souvenir d'enfance, que l'on ressort pour rigoler lors des réunions de famille.

Si les parents de Clara Foyle avaient été un peu moins égocentriques et un peu plus attentifs à leur fille de cinq ans, peut-être n'aurait-elle jamais disparu.

Quant à l'inspectrice Etta Fitzroy, si elle n'avait pas été hantée par ce qui aurait pu être, par ce qu'*elle* aurait pu être, ces deux enfants auraient quitté la lumière éclatante des gros titres de la presse pour dégringoler dans les sombres profondeurs de l'infamie.

Mais en cet après-midi pluvieux de novembre, aucun d'eux ne se doute de quoi que ce soit, quelques heures seulement avant que leurs vies n'entrent en collision et ne se fissurent pour laisser apparaître la vérité de chacun. Surtout pas Erdman Frith, qui hésite au rayon frais. Allée trois pour les pepperonis et le droit à la retraite ; allée cinq et c'est comme s'il était aussi mort que le morceau d'aloyau qu'il dépose dans son Caddie.

Non, Erdman Frith ne pense pas du tout à la mort. Il s'inquiète plutôt de ce que dira Lilith en voyant… *tatata !…* la Viande Rouge.

Erdman imagine sa bouche pincée, plus serrée qu'un cul de moucheron.

Tu as pensé à toutes ces graisses saturées, Erdman ?

Est-ce que la viande rouge ne favorise pas le cancer des intestins, Erdman ?

Le cul de moucheron se contracterait.

Et la maladie de la vache folle, Erdman ? Ils affirment qu'elle a été éradiquée, mais qu'est-ce qui nous prouve qu'ils disent la vérité ?

Croyait-elle vraiment qu'il allait répondre ?

À une époque, il aurait effacé les rides d'inquiétude sur le visage de sa femme en débitant des plaisanteries idiotes jusqu'à ce qu'ils éclatent de rire tous les deux ; elle se serait laissé amadouer, elle aurait enfoui les doigts dans ses cheveux en respirant son odeur, oubliant ses peurs.

Pourquoi on appelle ça « syndrome prémenstruel », Lilith ?

Je ne sais pas, Erdman. Pourquoi ?

Parce que « maladie de la vache folle » était déjà pris.

Et voilà.

Mais désormais, il n'arrive même plus à lui arracher un sourire.

Désormais, elle suit du regard chaque mouvement de Jakey, ses peurs ne la quittent plus, amplifiées au centuple par un ennemi cruel qui transforme leur fils, et leur mariage, en fragiles papillons de papier, qu'un rien peut déchirer. Ils ont expliqué à leur fils qu'il avait un petit problème d'os. Sacré euphémisme. Le « petit problème » de Jakey finirait par le tuer.

L'équipe médicale l'ayant mis au monde l'avait immédiatement deviné, grâce à la malformation révélatrice de ses gros orteils. Fibrodysplasie ossifiante progressive. Trente-cinq lettres. Une lettre, grosso modo, pour chaque année d'espérance de vie. En moyenne. Toute année supplémentaire serait un bonus.

Par chance, une infirmière de la maternité venait de passer six mois dans un hôpital australien où une adolescente présentait d'étranges excroissances osseuses, accompagnées d'une perte de mobilité. On lui avait injecté des analgésiques dans les muscles, avait-elle expliqué, avant de découper les rubans d'os, mais cela n'avait fait qu'aggraver la situation. Le temps que la maladie soit diagnostiquée, l'adolescente ressemblait quasiment à une statue, presque incapable de bouger, même si elle pouvait encore parler. Pour l'infirmière, ça ressemblait à une bénédiction.

Six ans plus tard, les spécialistes eux-mêmes se sont avoués stupéfaits par la rapidité avec laquelle les symptômes progressaient. Les poussées osseuses étaient étonnamment brutales pour un garçon de cet âge. Son corps suivait l'évolution caractéristique de la maladie, mais elle avait déjà atteint ses bras, beaucoup plus vite que prévu. Une chute ou une bosse pouvait engager son pronostic vital.

Qu'ils profitent au maximum du temps passé avec leur fils, ont-ils dit.

Erdman caresse l'emballage frais, un peu humide, dans son Caddie. Il devrait le reposer. Lilith va le tuer, et il ne veut pas la contrarier, pas vraiment. Il regrette la joyeuse insouciance de leur amour, avant que celui-ci se retrouve étouffé par les rendez-vous à l'hôpital et les traitements. Mais il en a assez de toujours lui obéir.

Et puis, il n'a jamais attrapé l'ESB, la MCJ* ou il ne sait trop quoi, et il approche de la quarantaine. Si cette bouse de vache métaphorique devait lui tomber dessus, elle se serait déjà écrasée sur sa vie merdique. Et si le pire arrivait, il ne remarquerait même pas le passage à l'état de légume. Une pomme de terre s'amusait plus que lui.

Et puis merde. Jakey adore le rôti et il a besoin de se muscler.

Si Erdman avait su qu'il scellait le sort de son fils dans cet endroit on ne peut plus chic, le supermarché Tesco de Lewisham Road, toute la famille serait devenue végétarienne. Mais il ne le sait pas, alors il rentre chez lui en se félicitant : puisqu'il fait les courses, il a le droit de choisir le menu.

---

* Encéphalopathie spongiforme bovine et maladie de Creutzfeldt-Jakob.

2

15 h 23

« Et ron et ron petit patapon, le chat a les oreillons et le singe a la varicelle, alors sors de cette maison ! » Poppy Smith la montre du doigt en ricanant à travers ses dents du bonheur, mais Clara Foyle n'a pas envie de rire.

« Je joue plus », déclare-t-elle, et elle tourne le dos au petit groupe d'enfants et à leur jeu du loup.

D'un pas décidé, les mains dans les poches, elle marche en direction des grilles à l'extrémité de l'aire de jeux des petits. Il ne reste qu'une poignée de retardataires qui attendent que des garçons plus âgés terminent leur match de foot improvisé. Poppy la rappelle, en mimant des pinces de homard avec ses doigts, et tous les enfants s'esclaffent ; Clara fait mine de ne pas les entendre. La mère de Poppy est censée veiller sur elle, mais elle jacasse avec une autre mère, et elle ne la voit pas s'éloigner, tandis que Poppy est trop occupée à échanger des messes basses avec les autres pour remarquer quoi que ce soit.

Premier coup de chance pour l'homme.

Mme Foyle les appelle des vautours, ces mères qui forment de petits groupes inexpugnables devant les grilles de l'école chaque après-midi. Aux yeux de Clara, elles ressemblent à des oiseaux qui hochent la tête, avec leur rouge à lèvres rose et leurs beaux vêtements. Elle ignore que certains oiseaux aiment nettoyer les ossements des existences des autres.

Cinq minutes plus tôt, Clara a tiré sur la manche du manteau de la mère de Poppy en murmurant qu'elle avait envie d'aller aux toilettes. Mme Smith a continué à parler, en agitant ses bras comme des ailes. Clara a serré les jambes et sautillé sur place pendant un instant, mais, maintenant, elle a les cuisses mouillées et ça frotte contre son collant à chaque pas.

« Non, maman, j'aime plus Poppy, a-t-elle dit ce matin quand Mme Foyle lui a annoncé qui viendrait la chercher à l'école.

— Désolée, ma chérie, je ne peux pas faire autrement. Tu vas bien t'amuser, tu verras. C'est l'après-midi de congé de Gina et j'ai un rendez-vous. »

Clara a eu beau bouder et pleurer, cela n'a rien changé. Sa mère est restée intraitable. Pour Mme Foyle, il est plus important d'être parfaitement bien coiffée que de respirer.

Le vent montre ses muscles et fait voltiger les feuilles mortes sur l'aire de jeux. Clara a froid, mal à la tête, elle veut sa maman. Elle tapote son sac à dos pour s'assurer que son porte-monnaie s'y trouve toujours. Les enfants n'ont pas le droit d'apporter de l'argent à l'école, mais elle l'a glissé en douce dans son sac après le petit déjeuner, pendant que Gina ne regardait pas. Elle aime entendre le tintement des pièces.

Un souffle d'air glacé la pince de nouveau. Elle pense à son père qui lui presse la joue entre ses doigts ; après, sa joue est toute rouge et ça la brûle.

Clara frissonne et se débat avec la fermeture Éclair de son anorak. Mme Lewis, son institutrice, croise son regard à travers la vitre de la salle des maîtres et lui adresse un signe de la main. Clara répond par un petit geste timide et remonte sur ses épaules son sac à dos presque aussi grand qu'elle.

La grille est ouverte sur le côté. M. Crofton, le concierge, refermera les épais barreaux verts au cours de sa ronde de fin d'après-midi, mais, pour l'instant, aucun obstacle ne se dresse sur le chemin de la liberté.

Malgré les coups de marteau-piqueur de son cœur, Clara franchit les grilles de l'école et s'arrête sur le trottoir. Un frisson, qui ne doit rien au froid cette fois, lui chatouille le ventre. Elle jette un rapide coup d'œil en arrière. Là-bas, sur l'aire de jeux, Poppy s'amuse avec Sasha, et la mère de Poppy continue à bavarder en agitant les bras. Encore trois pas et Clara disparaîtra au coin de la rue.

La fillette sourit, nerveusement.

De l'autre côté de la rue, un homme portant une veste noire à fines rayures se déplie hors de la voiture qui stationne au même endroit tous les après-midi depuis quinze jours. Lui aussi se met à marcher. Ses enjambées sont plus longues que celles de Clara et très vite il la dépasse, mais elle est trop concentrée sur sa fuite pour faire attention à lui.

Quelques rues plus loin, une femme qui sort d'une épicerie s'étonne de voir cette enfant rentrer seule chez elle dans la pénombre naissante de ce vendredi après-midi. Elle remarque la casquette réglementaire de Clara, cherche la présence d'un adulte et s'arrête sur l'homme à la veste noire. Il croise son regard et à cet instant, figé, elle revoit l'image du vieux chien de la famille. Il est mort cet été, rongé de l'intérieur par les vers, une mort longue et atroce, due à la myase. Quand elle a découvert Copain, encore vivant mais en état de choc, ses yeux étaient vides. Aussi vides que ceux de cet homme. Un puissant dégoût la submerge alors et la bouteille de lait qu'elle vient d'acheter, humide de condensation, glisse entre ses doigts. L'homme détourne la tête et la femme a le réflexe de serrer la main pour empêcher la bouteille de se briser sur le sol.

Elle oublie presque immédiatement son visage.

L'homme entre dans une boutique voisine de l'épicerie d'où était sortie la femme. À l'intérieur, il n'y a que le commerçant. Il parle au téléphone, en pendjabi, et sa mâchoire saillante coince l'appareil contre son épaule tandis qu'il note des chiffres sur un bout de papier. Occupé à calculer combien lui coûterait l'installation d'une caméra de surveillance, il ne lève pas la tête.

Les bocaux dans la vitrine attirent Clara à l'intérieur, à la suite de l'homme. Elle adore les bonbons, et là, il y a des rangées et des rangées de grosses boules de mammouth aux couleurs vives, de caramels enveloppés de papier brillant, de bouteilles de Coca en gélatine, de raisins secs enrobés de chocolat et de Biberine à tous les parfums.

Un-deux-trois-quatre-cinq couleurs différentes, compte Clara dans sa tête. Comme mon âge.

Son estomac grogne. Cela fait presque quatre heures qu'elle a déjeuné et en plus elle a enveloppé sa tourte à la dinde dans une serviette en papier pour la jeter à la poubelle pendant que Mme Goddard grondait Saffron Harvey qui avait renversé plein de petits pois sur le sol de la cantine.

L'homme à la veste noire se tient devant elle. Clara est trop petite pour voir son visage, uniquement ce qui ressemble à une tache de rouille, grosse comme une pièce de cinq *pence*, qui s'étale sur les fines rayures blanches de sa poche. Malgré son jeune âge, elle connaît la rouille depuis que son père a reproché au jardinier de laisser les outils rouiller, et il lui a montré le râteau. Mais là, ce n'est pas de la rouille, c'est du sang séché. Et Clara ne connaît pas le sang. Pas encore.

« Cent grammes de Raspberry Ruffles, s'il vous plaît », demande-t-il.

Quand Clara ressort de la boutique quelques secondes plus tard, en serrant contre elle un sachet en papier contenant des bonbons à la fraise, l'homme l'attend dehors, adossé à une grille.

« Tu as acheté quoi, toi ? »

Joyeux, sympathique, il farfouille dans son propre sachet en papier pour choisir un bonbon dont il ôte l'emballage. Il fourre le chocolat dans sa bouche et adresse un grand sourire à la fillette.

« Hmmm, fait-il. Délicieux. Tu en veux un ? »

Il agite le sachet devant elle et Clara a un mouvement de recul. Son sac à dos cogne contre un poteau téléphonique, elle manque de trébucher.

« N'aie pas peur, je ne mords pas. »

Le sachet ouvert l'attire et elle se penche en avant, fascinée par les tortillons roses et brillants. Elle tend la main pour se servir et aussitôt les doigts osseux de l'homme se referment sur son poignet.

« Ta maman m'a demandé de te ramener chez toi. Parce que tu n'aimes pas quand il fait nuit, hein ? »

Après un hochement de tête timide, elle se laisse entraîner dans la rue, vers un lotissement et une rangée de garages à moitié écroulés. Le brouillard de fin de journée qui commence à s'abattre sur la ville estompe les voitures en stationnement et le trottoir devant eux. La nuit tombe à 16 h 09 et il est presque moins vingt.

Clara se rapproche de l'homme ; elle a un peu peur de lui, mais encore plus de l'obscurité grandissante, du ciel qui vire rapidement au gris. Il se tourne vers elle, ses yeux sont deux caillots noirs.

Des maisons mitoyennes ramassées sur elles-mêmes emprisonnent la rue de part et d'autre. Il n'y a pas de jardin devant, uniquement des dalles de béton où traînent des poubelles trop pleines. Un ou deux appartements en étage sont plongés dans le noir, mais, au rez-de-chaussée, la plupart des fenêtres sont éclairées et le regard de la fillette est aimanté par les téléviseurs géants qu'elle aperçoit dans les salons. Son estomac grogne de nouveau, alors elle glisse la main dans sa poche pour prendre un bonbon. La poudre rose laisse des traces sur ses doigts. Elle les suce goulûment et la douceur efface, l'espace d'un instant, le goût amer et anxieux dans sa bouche.

Clara habite dans Pagoda Drive, à Blackheath, une enclave de maisons huppées, à mille lieues de ce lotissement et de son toboggan couvert de graffitis, installé sur une sorte de terrain vague. Elle a sa chambre à elle, peinte en rose, avec un portant assorti pour accrocher ses robes de princesses Disney. Sa préférée est La Belle au bois dormant.

Elle essaye de dire à l'homme qu'elle a changé d'avis, qu'elle va essayer de rentrer toute seule, mais il ne l'écoute pas. Il marche d'un pas décidé en lui tenant fermement le poignet. Quand elle veut se libérer, il enfonce ses ongles dans la bande de peau nue qui dépasse de la manche de son anorak.

Au bout de la rue déserte se dresse une usine désaffectée dont plusieurs fenêtres ont été brisées. Un panneau annonce : « Entrée interdite ». Une camionnette Ford grise, cabossée, sans vitres, stationne devant.

L'homme se tourne vers la fillette. Les ridules amicales autour de ses yeux ont disparu. Sans lui lâcher le poignet, il fait un geste avec ses clés et la camionnette émet un bip. Il montre le véhicule en hochant le menton.

« Monte », ordonne-t-il.

Clara ne veut pas monter dans cette camionnette, alors elle secoue la tête et cherche à se libérer, mais elle n'est pas de taille à lutter. Lorsqu'elle ouvre la bouche pour hurler, l'homme glisse la main entre ses dents. Elle mord de toutes ses forces. Il ne crie pas, mais elle voit la colère, dans ces yeux menaçants, dans les doigts qui meurtrissent sa peau fragile.

Elle se débat et tente de battre des jambes comme on le lui a appris à la piscine, mais ça ne sert à rien. L'homme passe son autre bras autour de sa taille et la hisse à bord de la camionnette. Il monte à son tour et claque la portière.

La mère de Poppy, Mme Smith, remarque que Clara a disparu six minutes après que celle-ci a quitté l'aire de jeux. Le temps qu'elle fasse le tour de l'école et se serve de son portable pour appeler la police, le ciel est noir et la camionnette s'éloigne.

3

17h56

Deux heures et dix-sept minutes après l'enlèvement de Clara Foyle, Erdman est assis face à sa femme et à son fils. Lilith coupe les carottes de Jakey, la bouche crispée par un rictus de mécontentement. Jakey fredonne une chanson, la tête ailleurs.

Erdman passe la main dans ses cheveux, ou ce qu'il en reste, la mine aussi terne que la peinture de la voiture miniature de son fils. Celle qu'il a laissée dans la petite piscine gonflable pendant deux semaines, et qui est maintenant presque irrécupérable.

Irrécupérable.

Un mot qu'Erdman connaît bien. Il n'a jamais pu se débarrasser du sentiment qu'il n'avait pas été à la hauteur des espoirs placés en lui. Ceux de sa mère, ceux de Lilith, les siens. Il a toujours réussi à se convaincre qu'il avait du temps devant lui, mais, à mesure que son tour de taille s'épaissit et que ses cheveux se clairsèment, il a la très désagréable impression que sa vie est, selon toute probabilité, plus proche de la fin que du commencement.

Il regarde son fils et son cœur fait un bond curieux dans

sa poitrine. Jakey provoque en lui un étrange mélange, où l'envie de le protéger côtoie la confusion, même au bout de six ans. Les lèvres de Jakey bougent, mais Erdman ne distingue pas un seul mot.

Pendant qu'il tente de pénétrer ce silence, Lilith considère son assiette en grimaçant. Elle a affiché la même expression ce matin, dans leur lit, quand par mégarde il a frôlé sa cuisse.

« Alors, tu découpes la viande oui ou non ? » Le cul de moucheron se contracte. « Franchement, qui mange du rôti le vendredi soir ? »

Les paroles de conciliation meurent sur les lèvres d'Erdman. Il sent l'appétit lui manquer en regardant la viande marbrée de gras, d'où s'écoule un peu de jus rosé. Le léger bourdonnement du couteau électrique lui rappelle celui qu'il entend parfois derrière la porte verrouillée de la salle de bains, quand Lilith annonce qu'elle va prendre un bain pour s'offrir une demi-heure de tranquillité, s'il te plaît. Il regrette alors d'être rentré tôt, au lieu d'aller au pub.

Lilith contemple, à travers les fenêtres troublées par la pluie, le carré sombre de leur jardin. Erdman voudrait la ramener dans sa vie, mais il ne sait pas comment s'y prendre.

Un souvenir remonte à la surface, inattendu : un déjeuner dans un pub, deux ou trois mois après leur rencontre.

Il avait toujours regardé d'un œil méfiant les groupes trop nombreux, mais Lilith avait su charmer tous ses amis en racontant des anecdotes hilarantes sur l'école dans laquelle elle avait travaillé à une époque. En partant, elle avait glissé sa main dans la sienne et il se souvenait encore de la fierté un peu ridicule qu'il avait éprouvée alors.

Bon sang, Lilith lui manquait.

Jakey continue à chanter, en haussant la voix. Comme souvent durant les repas. Erdman se demande si c'est sa façon à lui de couvrir le bruit de la désintégration du noyau familial.

Lilith plisse le front.

« C'est quoi, cette chanson ?

— Ah, putaaaaaaaain ! Pardon. Aïe ! »

Une douleur brûlante enflamme le doigt d'Erdman. Le couteau électrique a dérapé et la lame en dents de scie a entaillé la peau, jusqu'au tissu sous-cutané. Jakey cesse de chanter, il ouvre des yeux comme des soucoupes. L'eau contenue dans leurs verres tremblote. Des gouttelettes rouges éclaboussent l'assiette d'Erdman, telle une version gore du tableau de Jackson Pollock qu'il avait vu à la Tate le mois dernier.

Le couteau électrique tournoie furieusement sur la table, jusqu'à ce que Lilith l'arrête. En titubant contre sa femme, Erdman sent brièvement, pour la première fois depuis plusieurs mois, la rondeur de sa poitrine.

Au bout de quelques secondes, la sensation de vertige diminue et il regarde sa main, que Lilith a enveloppée dans une serviette après l'avoir fait asseoir sur une chaise. Il aurait juré qu'avant elle était blanche, maintenant, le tissu a viré à l'écarlate.

« Va chercher de l'eau pour papa », dit Lilith. Le garçon ne bouge pas. « Dépêche-toi. »

Rechignant, comme tout garçon de six ans, à quitter la scène sanglante où se déroule l'action, Jakey se rend dans la cuisine en traînant les pieds. Arrivé sur le seuil, il se retourne vers son père. Erdman parvient à grimacer un sourire. Accompagné d'un petit geste. De la main gauche, évidemment.

Son doigt commence à l'élancer. *Scheisse*. Erdman pose sa main blessée sur sa cuisse, pendant que Lilith soulève un coin de la serviette imbibée. Des gouttes de sang tombent – *plic-ploc* – sur les lattes claires du plancher stratifié. Il n'ose pas regarder la plaie, l'épais morceau de peau à moitié arraché. Il lui a suffi d'entendre Lilith retenir sa respiration.

Dehors, une alarme de voiture se déclenche.

Non, ce n'est pas une alarme.

C'est Jakey.

Lilith lâche la main de son mari pour foncer dans la cuisine. Quand Erdman se lève, les murs ondoient comme l'intérieur d'une piscine. Dès qu'ils se sont stabilisés, il la rejoint d'un pas mal assuré. En découvrant la scène qui s'offre à son regard, il croit qu'il va vomir.

Jakey gît sur le sol, un bras coincé sous le corps, l'autre étendu devant lui. Sa tête est tordue sur le côté. Un tabouret a été renversé. Des éclats de verre jonchent le carrelage et une flaque d'eau s'étale devant la cuisinière.

Lilith est livide. La culpabilité, la peur et les reproches balayent ses traits. Jakey se débat pour se redresser, le souffle court, secoué de sanglots.

« Doucement, mon chéri », dit sa mère.

Mettant de côté sa propre douleur, Erdman tend sa main valide à son fils.

« Où tu as mal, champion ? »

Jakey ne saisit pas la main de son père comme il l'aurait fait en temps normal. Au lieu de cela, il prend une grande inspiration tremblotante, grimace et se remet à pleurer.

L'espace d'une fraction de seconde, le regard d'Erdman croise celui de sa femme.

« Mon bras, papa, dit le garçon à travers un torrent de larmes. Je suis tombé sur mon bras. »

Pendant que Lilith aide son fils à se relever, Erdman évalue les dégâts. Le bras dont Jakey se sert pour manger et boire, jouer et écrire, pend le long de son corps en formant un angle bizarre. Déjà, il commence à enfler. Erdman songe à une grosse saucisse rose dont la peau menace d'éclater. L'autre bras, raide, rigide, est replié au niveau du coude, figé dans cette position depuis que Jakey a trois ans.

« Tu as mal ailleurs ? demande-t-il. Tu t'es cogné la tête ? Tu es tombé sur les genoux ? Et les côtes, ça va ? Il faut faire attention quand tu montes sur ton tabouret, on te l'a répété cent fois. Tu n'as pas utilisé la rampe ? Pourquoi tu n'as pas pris la bouteille d'eau dans le frigo ? »

La lèvre inférieure de son fils se met à trembler et il recommence à sangloter, bruyamment, la morve au nez. En voyant le regard noir de Lilith, Erdman comprend qu'il est allé trop loin. Jakey ne bouge toujours pas son bras et celui-ci se couvre maintenant d'étranges marbrures violacées.

« Assieds-toi, mon chéri, dit Lilith. Je vais te donner à boire. Et un biscuit. Ceux que tu adores. »

Erdman sent le souffle chaud de sa femme dans son oreille tandis qu'elle prend un gobelet dans le placard derrière lui. Un bref instant, il se souvient du contact de sa bouche, mais la douleur dans sa main et l'inquiétude qu'il éprouve au sujet de Jakey le ramènent très vite au présent.

« Tu as besoin de te faire recoudre, lui glisse-t-elle. L'entaille est profonde. Et vilaine. Je ne veux pas effrayer

Jakey, mais on devrait l'emmener aux urgences lui aussi. En attendant, je vais lui donner des stéroïdes, mais il devra sûrement passer une radio. » Ses lèvres à elle aussi tremblent. « Je crois qu'il a le bras cassé. »

Erdman émet un grognement, il regrette ce repas gâché, même si, à vrai dire, il n'a plus d'appétit.

Jakey avale les anti-inflammatoires. Le flot de larmes s'est tari, mais elles continuent à couler sur son visage, en silence. De son bras valide, Erdman soulève son fils et le cale contre sa hanche, en prenant soin de ne pas le cogner. Très vite, son biceps crie grâce, mais il ignore ses supplications pour porter son fils jusqu'à la voiture. La lumière du porche s'allume automatiquement. Son sang trace un chemin de taches dans l'allée. Jakey se contorsionne sous son bras pour les regarder.

« Tu vas mourir, papa ? »

Le visage de l'enfant ressemble à une lune blafarde dans la nuit hivernale.

« Bien sûr que non, champion. » Il sangle Jakey sur son siège et embrasse ses cheveux. « Papa a juste besoin de quelques points de suture, dit-il en s'obligeant à parler d'une voix ferme. Et il faut qu'on te fasse examiner. On ne veut pas que tu restes avec un bras malade. »

Alors que Lilith les conduit à l'hôpital, Jakey se remet à chanter. Tout bas. Mais Erdman, assis à côté de lui à l'arrière, entend nettement le timbre clair de son fils par-dessus le ronronnement du moteur.

Contrairement à sa femme, il reconnaît cette chanson. Et pour cause : Carlton, son frère, la chantait avec lui quand ils étaient petits.

Et Carlton est mort il y a trente-six ans.

Au Royal Southern Hospital, Jakey et Lilith sont dirigés vers le service des urgences pédiatriques, tandis qu'Erdman doit attendre une heure qu'un interne exténué vienne examiner sa blessure. Son badge indique qu'il s'appelle Hassan.

« Vous avez entaillé l'os, apparemment. Toutefois, je ne pense pas que le tendon soit endommagé. » Il ôte ses gants en latex. « Vous allez avoir mal pendant quelques jours, mais vous avez bien fait de venir. Ça guérira plus vite avec quelques points. »

Le rideau s'ouvre et Lilith glisse la tête par l'entrebâillement. Erdman remarque ses jointures blanchies, à force de pousser Jakey dans le fauteuil roulant fourni par l'hôpital.

L'été, le moindre rayon de soleil faisait ressortir les taches de rousseur de son fils. Mais, en cette nuit du 16 novembre, sa peau est totalement incolore, comme si le réseau de veines et de vaisseaux sous la surface transportait du lait et non pas du sang.

« Pardonnez-moi, dit-elle à l'interne. Je viens juste donner des nouvelles de notre fils à mon mari. » Elle n'attend pas qu'il l'autorise à parler, mais elle sourit.

« Ils pensent que le bras n'est pas cassé. Ils veulent quand même lui faire passer une radio pour être sûrs. »

Le poing qui broyait l'estomac d'Erdman se desserre.

« C'est vrai ? Pourtant… » Il sent le regard de Jakey posé sur lui. « Super !

— Je disais à votre mari qu'il avait besoin de quelques points de suture », annonce le Dr Hassan.

Encore ce mot. Erdman doit se concentrer pour ne pas rendre son dîner et ignorer le bourdonnement dans ses oreilles. La sueur perle au-dessus de sa lèvre supérieure. Il ferme les yeux. Il sait qu'il fait peine à voir.

« Il ne supporte pas les aiguilles, explique Lilith. Ni le sang. À la naissance de Jakey, il s'est évanoui. Ils l'ont emmené en fauteuil roulant. Il a mis au moins deux heures à s'en remettre. »

Elle se penche vers son mari et lui pince le genou pour adoucir ses paroles cinglantes.

Le Dr Hassan ricane et donne à Erdman une petite tape dans le dos.

« Ça arrive, même aux meilleurs. Moi, la première fois que j'ai assisté à une autopsie, je me suis évanoui.

— C'est quoi, une autopsie ? demande Jakey, les yeux pétillants d'intérêt.

— Une autopsie, mon garçon… »

Lilith le coupe.

« C'est un examen médical, mon chéri. Bon, allons passer cette radio, et ensuite on te trouvera quelque chose à grignoter. »

4

18h01

Quelque chose de rugueux écrase la bouche de Clara et, à chaque soubresaut, ça frotte contre la peau de son menton. Ses poignets sont ligotés dans son dos avec du sparadrap, entrecroisé sur sa peau fine. L'adhésif cisaille la chair entre le pouce et l'index.

La camionnette décolle sur les bosses et retombe lourdement. La douleur de son menton irrité et l'étrangeté de la situation lui nouent le ventre. D'habitude, Clara pleure facilement, mais, pour une fois, les larmes ne viennent pas. Une sorte de torpeur l'a envahie.

L'homme l'a adossée à une caisse et elle est coincée entre deux rouleaux de moquette. Une forte odeur règne à l'arrière de la camionnette, une odeur de viande avariée. Il fait froid et noir, elle ne voit rien.

Quelque chose rampe sur sa joue. Elle a envie de hurler, mais l'homme a juré de tuer sa maman si elle criait. Et Clara le croit. Il souriait quand il a dit cela, juste avant de fermer la portière de la camionnette, mais elle sait qu'il ne plaisante pas.

Son estomac gargouille de nouveau. Cet après-midi, à la récré, Poppy lui a dit que ce soir elle allait manger des saucisses avec des frites. Sa mère ne la laissait jamais manger ce genre de choses. La camionnette cahote une fois de plus. Ses pensées la ramènent vers sa mère : ses ongles roses et son épais trait d'eye-liner noir, sa façon de repousser ses lunettes sur son nez quand elle la grondait, et d'appuyer sa joue contre la sienne dans une parodie de tendresse, en gardant toujours une distance entre elles. Mme Foyle n'aimait pas les mains ni les visages collants.

La camionnette s'arrête et recule à toute vitesse, puis le vacarme du moteur s'éteint. Remplacé par des *tic tic* indiquant qu'il refroidit. Un bruit sourd, métallique, la fait sursauter. Elle s'aperçoit que la portière coulisse. Une ampoule nue suspendue à une poutre du plafond dispense juste assez de lumière pour lui permettre de constater qu'elle se trouve dans un garage.

Le garage d'une maison individuelle, haute et étroite, comme l'homme qui l'a enlevée. Elle ne peut pas s'en apercevoir, mais cette maison possède de petites fenêtres, fermées par des volets, et un escalier qui mène au sous-sol. Une allée de dalles noires et blanches fendues, entre lesquelles poussent de mauvaises herbes, conduit à la porte d'entrée dont la peinture bleue écaillée dessine des formes de pays. Un numéro 2 en fer forgé, terni par les années ou les intempéries, a perdu une vis et basculé à l'envers, telle une cédille inversée. Le crachin glacé martèle le trottoir. Il fait presque totalement noir maintenant.

L'homme soulève Clara en la prenant par les jambes. Quand ses pieds se posent sur le sol en béton du garage, la lumière semble faiblir, l'ampoule éclate et s'éteint.

Le changement brutal de température la saisit ; elle cligne des yeux dans l'obscurité. L'homme plante les doigts dans ses épaules pour la pousser vers une porte.

Concentrée pour essayer de conserver son équilibre dans les ténèbres qui la désorientent, elle ne remarque pas le bord de la marche. Elle trébuche, déchire son collant de laine et s'érafle les genoux.

Quelques secondes plus tard, elle se retrouve dans le vestibule de la maison. Quand ses yeux se sont habitués au faible éclairage, elle constate que le sol est nu et qu'il n'y a quasiment aucun meuble, à l'exception d'un secrétaire dans un coin, sur lequel repose une vitrine. Puis elle en aperçoit une autre, puis encore une autre. Tandis que Clara essaye de comprendre ce qu'elle voit, l'homme sort de l'ombre en s'essuyant les mains avec une serviette. Il ôte le sparadrap qui lui entrave les poignets et lui tend un verre de lait. Son instinct lui déconseille de le boire, mais elle le vide d'un trait. Le visage hâve de l'homme semble basculer vers l'avant et, pour la seconde fois ce jour-là, tout devient flou.

5

19 h 52

Amy Foyle est assise sur le lit de sa fille, pétrifiée, alors que tout le monde s'agite autour d'elle.

Deux officiers de police fouillent la chambre de Clara, ouvrant sa penderie et les tiroirs de sa commode, et même la boîte à bijoux qu'elle a reçue en cadeau pour ses quatre ans et peinte elle-même. L'un des deux prend sa brosse à cheveux et la dépose dans un sachet transparent.

« Pour les prélèvements d'ADN, explique-t-il. J'aurais également besoin de sa brosse à dents. »

Ne touchez pas à ça, a-t-elle envie de hurler. *Ça ne vous appartient pas.*

La police a débarqué chez le coiffeur au moment où, la gorge offerte et vulnérable, on lui rinçait sa coloration. Elle n'avait pas eu les messages affolés laissés par la mère de Poppy Smith sur sa boîte vocale car son portable était resté au fond de son sac Hermès.

Quand les policiers l'ont emmenée, elle avait toujours son peignoir sur les épaules ; elle s'est aperçue une fois chez elle qu'elle avait laissé son manteau au salon et oublié de payer.

Une heure plus tard, quand Miles arrive, flanqué des policiers qui ont affronté l'embouteillage pour aller le chercher à son cabinet de London Bridge, elle porte encore son peignoir. Miles détache le velcro et le peignoir glisse par terre, voluptueusement. Ce geste lui paraît déplacé, comme s'il la déshabillait avant qu'ils aillent se coucher.

« J'espère pour elle qu'elle ne fait pas l'idiote. » Telle est la première réaction de Miles. Puis il ajoute : « Elle va rentrer.

— Mais il fait nuit, répond Amy. Il y a la route, l'étang de… »

Elle plaque la main sur sa bouche pour empêcher l'horreur de se déverser.

Son mari prend le verre qu'elle tient dans l'autre main pour l'enlacer. Elle appuie son visage contre le tissu mouillé de son costume. Il sent le savon et la sécurité.

« Qu'est-ce qu'ils fabriquent, tous ces policiers ? »

Il lâche sa femme, pose sa veste sur le dossier de la chaise et passe la main dans ses cheveux gris argenté.

Alors, elle lui livre les horribles détails. Les policiers lui ont demandé un signalement de Clara, des photos récentes, ils voulaient connaître la couleur de son manteau et de ses gants.

Ils ont frappé à toutes les portes, fouillé les rues autour de l'école, Greenwich Park. Ils ont relevé les numéros de téléphone des parents des amies de Clara. Et du fait de son âge, de sa vulnérabilité, s'ils ne l'ont pas retrouvée dans les prochaines heures, ils vont lancer un avis de recherche au niveau national.

La plupart des enfants qui disparaissaient étaient de retour chez eux dans les vingt-quatre heures, ont-ils dit.

Mais pas tous.

« Elle va rentrer, répète Miles, d'un ton calme. Où est Eleanor ?

— Chez ta mère. J'ai pensé qu'il valait mieux…

— Je veux qu'elle soit là, avec nous. Elle a besoin de sa famille. »

Amy s'abstient de souligner que sa mère fait partie de la famille. Elle le regarde ouvrir sa mallette et sortir son ordinateur.

« Qu'est-ce que tu fais ?

— Il faut que je termine ce rapport. »

Amy reprend son verre posé sur le secrétaire et il glisse entre ses doigts. Le bruit de verre brisé attire un policier qui passe la tête à l'intérieur de la pièce.

Amy voit son angoisse se refléter sur les traits de son mari, et elle comprend que le fait d'allumer cet ordinateur est un moyen de faire face, de conserver une sorte de contrôle, mais elle ne peut se retenir. La panique virevolte en elle. Les paroles qu'elle lui lance sont comme des pierres :

« Notre fille a disparu. Tu ne crois pas que c'est plus important que ce putain de rapport ? » Elle prend la veste de Miles sur la chaise et la lui jette au visage. « Va plutôt la chercher ! »

Il la considère par-dessus ses lunettes.

« Pas d'hystérie, Amy. La police a besoin qu'on la laisse faire son travail. Et je veux être là quand Clara rentrera. »

Elle est incapable de le regarder, de partager son optimisme. Ce foutu optimisme, inébranlable. Et ce ton toujours si raisonnable. Néanmoins, il y a dans les paroles de Miles une part de vérité qu'elle ne peut ignorer.

« Tu as raison. » Elle lui prend la main et la presse

brièvement dans la sienne. « Désolée. J'ai peur, voilà tout. »

Il lui tapote le bras.

« Tout va s'arranger. »

Même à cet instant, elle ne le croit pas.

Les policiers vont et viennent dans la maison, ils chuchotent d'un ton grave. Arrêtés près de l'ordinateur familial, ils parlent de prédateurs sexuels, de serveurs multijoueurs, de réseaux sociaux, même si Amy leur a répété plusieurs fois que Clara est trop jeune pour tout ça. Elle les observe pendant qu'eux-mêmes observent son mari pour essayer de jauger ses réactions. Sans doute l'espionnent-ils elle aussi. Elle les entend demander à Miles les noms des patients qu'il a reçus cet après-midi. *Pour confirmer son alibi.* Cette question étrange lui donne l'impression de dériver, coupée de son existence. Le programme de leur vendredi soir – vin, dîner, sexe – a été redéfini de manière méconnaissable, épouvantable.

Un des officiers de police (elle a oublié son nom, ils sont si nombreux) les rejoint. Son visage ne trahit aucun sentiment.

« Docteur Foyle, madame Foyle. Je vous prie de venir vous asseoir dans le salon. »

Amy doit prendre appui contre le mur. Une vive douleur irradie dans sa poitrine, comme si on la récurait avec une brosse métallique.

L'ont-ils retrouvée ?

Oui, ils l'ont retrouvée.

Si elle était vivante, ils nous l'auraient déjà dit.

Alors, elle est morte.

Morte.

Non.

Par pitié, non.

Le policier qui est venu les chercher se tient près de la cheminée, son collègue près de la fenêtre. Les deux hommes déglutissent en même temps et, en voyant tressauter leurs pommes d'Adam, Amy pense au nœud coulant du bourreau.

« Nous voulions vous informer qu'une alerte enlèvement a été diffusée, dit l'homme près de la cheminée. C'est une méthode nouvelle, mais très efficace, qui permet de signaler la disparition de Clara dans tous les médias du pays. Si quelqu'un l'a vue, on le saura.

— Bien, dit Miles.

— Interpol a émis une notice jaune au cas où quelqu'un tenterait de quitter le pays avec votre fille. Et nous attendons l'arrivée d'une enquêtrice qui possède une très grande expérience des affaires de disparitions.

— Bien », répète Miles.

Amy intervient :

« Tout à l'heure, vous disiez que vous attendiez encore un peu avant de lancer l'alerte. Que vous deviez être absolument certains que ça s'imposait et que Clara était sans doute en vadrouille. » Son cœur s'emballe. « Qu'est-ce qui vous a fait changer d'avis ? »

Les deux policiers échangent un bref regard et Amy sent le souffle de la peur sur sa nuque. Elle se mord l'intérieur des joues. Un éclair de douleur lui confirme que tout cela est bien réel.

« Je suis sincèrement désolé de devoir vous annoncer ça, mais un témoin crédible a vu une fillette correspondant au signalement de Clara sortir d'une boutique de bonbons à Blackheath Village cet après-midi. Il l'a aperçue de dos uniquement, mais elle parlait avec un homme. » Le visage du policier s'ouvre pour accueillir la pitié. « Elle est partie en le tenant par la main. »

6

20 h 13

Dans l'enfer à l'éclairage artificiel des urgences du Royal Southern Hospital, Erdman est assis sur une chaise, la tête entre les jambes, et il prend de grandes inspirations. Un adolescent à la jambe cassée ricane. Erdman ne peut pas lui en vouloir. Il offre un spectacle ridicule : un adulte qui tient un bol en carton devant lui, les genoux plus haut que les oreilles. Pour dire les choses franchement, il a l'air d'un con.

Lilith et Jakey sont allés acheter des sandwichs hors de prix à la cafétéria. Son fils n'a pas le bras cassé. Cette bonne nouvelle lui procure un soulagement palpable, mais Erdman sait que les prochains jours seront critiques. Déjà, il se prépare à la possibilité d'une nouvelle poussée osseuse. Il revoit l'angoisse sur le visage de Jakey tandis qu'il pétrissait sa peau enflammée, et sa propre impuissance alors qu'il comptait et recomptait les bosses qui précédaient l'invasion osseuse. Il espère que les stéroïdes agiront, même s'ils apportent leur lot d'effets secondaires. Chaque fois, ça le détruit de voir son fils passer d'une sorte de surexcitation incontrôlable à un état amorphe et dépressif. Surtout qu'il y a seulement une chance sur deux pour que le médicament soit efficace.

Nom de Dieu, ça va durer encore longtemps ? Le Dr Hassan lui a promis que l'attente ne serait pas trop longue, mais ça fait des heures qu'il est assis là. Ce genre de coupure doit être recousue rapidement, sinon ça ne sert à rien.

Prudemment, il relève la tête. La salle d'attente chancelle, alors il ferme les yeux. Il a le goût du vomi dans la bouche. Quand il rouvre les yeux, le monde s'est plus ou moins stabilisé. Il voudrait boire de l'eau, mais il n'ose pas se baisser pour ramasser le gobelet en plastique. Afin de tuer le temps, il regarde passer les malheureux pensionnaires de l'hôpital.

Un homme avec une chemise chiffonnée et un visage assorti appuie contre son œil droit un sachet de maïs doux en train de décongeler. Son autre œil est fixé sur le téléviseur vissé au mur, à côté de deux affiches décolorées incitant les mamans à allaiter et les fumeurs à arrêter. Une jeune mère (vingt ans tout au plus) s'efforce de calmer un bébé qui geint. Elle aussi est rivée à l'écran du téléviseur.

Erdman tourne la tête de quelques degrés, en essayant de ne pas bouger trop vite. *Je ressemble à Bubo*, pense-t-il. *Et c'est là que je devrais être, chez moi, à regarder* Le Choc des titans, *au lieu d'être coincé dans ce cloaque devant une télé muette.*

Une journaliste blonde au brushing impeccable et à la bouche trop grande dit des choses qu'il n'entend pas. Son maquillage a filé dans les rides autour de ses yeux et cela la vieillit, alors qu'elle recherchait sans doute l'effet contraire. Le portrait d'une fillette avec des fossettes et des couettes envahit son champ de vision, suivi par des images montrant des policiers et des groupes de personnes munies de lampes électriques.

Il tend l'oreille pour tenter de saisir ce que dit la journaliste, mais le volume est trop bas. Ses yeux parcourent le bandeau jaune qui défile en bas de l'écran.

Urgent : Clara Foyle, âgée de cinq ans, a disparu après avoir quitté seule son école. La population se joint aux forces de police pour passer au peigne fin Greenwich Park et les environs.

Un autre portrait apparaît : Clara Foyle en train de rire, en compagnie d'une autre enfant, sans doute sa sœur aînée. Le soleil qui l'éclaire par-derrière adoucit ses taches de rousseur et crée une sorte d'auréole autour de sa tête. De nouvelles images en direct montrent une boutique entourée de rubalises. Le bandeau continue à défiler en bas de l'écran.

Clara Foyle a été vue pour la dernière fois dans un magasin de bonbons de Blackheath, au sud-est de Londres, vers 15 h 30. Elle porte un uniforme d'écolière jaune et noir. Ses parents prient pour « une issue heureuse ».

Erdman se frotte les yeux avec son pouce et son index valides. Les pauvres. Comment réagirait-il si Lilith l'appelait au bureau un vendredi après-midi, au moment où il envisageait de s'éclipser, et lui annonçait que Jakey avait disparu, qu'il n'était pas rentré à la maison après l'école ? Il s'empresse de chasser cette pensée comme si le simple fait d'imaginer une telle horreur pouvait la provoquer. Le plus affreux, ce serait sans doute l'incertitude. Et l'attente. Jusqu'à ce qu'on frappe à la porte. *Désolé, monsieur. On a découvert un corps.* Comment n'importe quel mariage pouvait-il survivre à cela ? Pas étonnant qu'autant de vies partent à vau-l'eau quand un enfant disparaît. Ou meurt. Ou est très malade. Erdman déglutit pour faire passer la boule dans sa gorge.

« Bon sang, tu es encore en train d'attendre ? »

Lilith apparaît, suivie de Jakey qui tient un sandwich au fromage ramolli.

« Oui. Mais ça ne devrait plus être très long maintenant. »

Lilith se laisse tomber sur la chaise voisine, pendant que Jakey examine des taches de sang séché par terre.

« On a regardé ce reportage à la cafèt', dit-elle. Au bout d'un moment, j'ai dû emmener Jakey. Il n'arrêtait pas de me demander si quelqu'un avait volé cette fillette. Affreux, hein ? Les pauvres parents. Mais qu'est-ce qu'elle faisait toute seule dehors ? »

Ils plongent dans le silence, honteux d'être ainsi fascinés par ces vignettes soigneusement emballées d'une famille qui leur ressemble.

Finalement, après quelques minutes, Lilith tapote le coude de son mari.

« Tu n'as pas oublié pour lundi après-midi, hein ?

— Hmmm ? »

Lilith soupire.

« Tu as oublié, je parie.

— C'est la journée "Amène ton père à l'école", lui rappelle Jakey. Tu te souviens ? Tous les papas vont venir dans ma classe. Mme Haines dit qu'on va bien s'amuser. »

Erdman est convaincu du contraire. Mais il ne peut pas le dire à son fils.

« Je viendrai. »

Après cela, ils demeurent assis un long moment. Deux

ambulanciers débarquent précipitamment en poussant une civière, mais l'animation ne dure qu'une poignée de minutes le temps que l'on emmène l'homme au teint gris. Un tableau blanc sur le mur annonce aux nouveaux arrivants que le temps d'attente est d'environ quatre heures. Dehors, le ciel s'obscurcit et prend une teinte bleu-violet. Derrière eux, un agent d'entretien en uniforme jaune passe la serpillière.

« Quelle horreur, cet uniforme », murmure Lilith.

Erdman sent son estomac se soulever. L'odeur de couche pleine qui émane du bébé deux rangs derrière n'arrange rien. Jakey est affalé sur son siège, un doigt dans le nez. Le pied de Lilith tressaute nerveusement, et à la télé le bandeau continue de défiler : une tragédie familiale bloquée en mode répétition.

Il essaye de ne pas penser à la pointe de l'aiguille, au fil qui entre dans les trous de sa peau, à son champ de vision qui devient blanc sur les côtés quand on lui fait une piqûre. Il se demande si cela est lié à un souvenir enfoui.

Fort heureusement, Lilith et lui avaient été suffisamment informés pour veiller à ce que l'immunothérapie enfantine de Jakey lui soit administrée oralement. Il avait entendu des histoires horribles concernant les conséquences des injections sur des enfants comme Jakey. En Pennsylvanie, des chercheurs réalisaient des avancées, mais il n'existait toujours pas de traitement. Il s'oblige à respirer lentement pour repousser la panique qui menace de l'emporter chaque fois qu'il songe à l'avenir de son fils. Son fils qui regarde fixement le sol à cet instant, sans se douter de rien.

« Je m'ennuie, gémit-il.

— On est deux, champion », répond Erdman.

Passer son vendredi soir dans un décor aussi déprimant, ce n'est pas l'idée qu'il se fait d'un bon moment.

Lilith passe en revue des sites d'informations sur son portable. Elle bâille sans mettre la main devant sa bouche.

« Pourquoi tu ne ramènes pas Jakey à la maison ? »

Erdman ignorait qu'il allait dire ça, et il le regrette aussitôt.

« Tu es sûr ? »

Question de pure forme : Lilith s'est déjà levée, elle met son manteau et aide Jakey à enfiler le sien.

« Je prends la voiture, OK ? Tu crois que tu pourras rentrer en bus ? »

Oui, oui, bien sûr. J'adore rentrer chez moi en bus avec tous les poivrots du vendredi soir.

« Je vais me débrouiller. »

En regardant Lilith et Jakey franchir les portes automatiques de l'hôpital, puis se diriger vers le parking et l'obscurité bruineuse, il espère encore vaguement qu'elle va rester avec lui.

Il ne peut cependant pas lui en vouloir. Toutes ces heures qu'elle a passées ici avec Jakey. Et lui aussi. Il déteste cet hôpital presque autant qu'elle.

Les minutes s'écoulent au ralenti.

« Erdman Frith », annonce une infirmière visiblement épuisée.

Ah, enfin. En la suivant vers la salle de soins, il se prend les pieds dans un chevalet *Attention sol glissant.* D'un geste de la main, il s'excuse auprès de l'agent d'entretien, qui répond par un hochement de tête.

Un médecin arborant une moustache tombante examine la main d'Erdman, puis la relâche. Il lui tourne le dos, mais Erdman saisit malgré tout son échange avec l'infirmière.

«Dites à Kaleb qu'il arrête de me faire perdre mon temps, bordel. On est déjà suffisamment occupés.»

L'infirmière adresse à Erdman un sourire las.

«Navrée de vous avoir fait attendre aussi longtemps, monsieur Frith. Le Dr Levison estime que vous n'avez pas besoin d'être recousu. Je vais vous faire un pansement, mais la coupure n'est pas aussi profonde qu'on l'a tout d'abord cru.»

Quand il quitte enfin l'hôpital, la pluie tombe à torrents. Le vent cingle son visage glacé. Que ne donnerait-il à cet instant pour être assis devant la télé, à côté du chauffage poussé à fond pour éloigner les courants d'air, conjugaux ou autres.

Arrivé à l'arrêt de bus, il consulte les horaires. S'il les interprète correctement, le prochain arrive dans vingt minutes, mais il a dû se tromper car il est encore en train d'essayer de déchiffrer les minuscules caractères noirs qu'un bus fait son apparition.

Erdman cherche son passe Oyster dans sa poche, le laisse tomber sur le sol trempé, le ramasse et le passe devant le lecteur jaune, les joues en feu. Il trouve un siège inoccupé près de la vitre et regarde dehors, sans rien voir, à travers la buée et l'air vicié.

Tandis que le bus s'enfonce dans la nuit, Erdman ferme brièvement les yeux et se demande qui s'en apercevrait s'il ne rentrait pas chez lui.

Mais il ne devrait pas perdre de temps à se lamenter sur son sort.

Son fils est déjà en danger.

Et Erdman a dix jours pour lui sauver la vie.

7

21 h 31

Lilith fait glisser les éclats de verre dans la poubelle à pédale et reporte son attention sur le sol du salon. Le sang de la blessure d'Erdman, coagulé, ressemble à des *pennies* rouillés et elle doit frotter le parquet stratifié pour les faire disparaître.

Sa tâche achevée, elle s'assoit sur les talons pour contempler le résultat. Bon sang, elle tombe de fatigue. Et il faut encore débarrasser les restes du dîner. Erdman n'est toujours pas rentré de l'hôpital, mais au moins elle a couché Jakey. D'humeur maussade, renfermé sur lui-même, il lui a donné du fil à retordre depuis leur retour, et même s'il s'est excusé pour l'incident de la voiture, elle a éprouvé un certain soulagement en fermant la porte de sa chambre avant de redescendre.

Elle ne comprend pas pourquoi son fils, habituellement si doux, s'est comporté de cette façon, mais elle n'aime pas ça. (Il faut qu'elle pense à emmener leur tas de ferraille à la révision, malgré tout.)

Pour le punir, elle a refusé de lui lire une histoire avant qu'il s'endorme. Mais apparemment, Jakey s'en fichait.

Pourtant, il adore ce vieux livre qui appartenait à Erdman, un conte folklorique effrayant, qu'il conserve depuis l'enfance. La couverture représente un homme grand au corps décharné, surmonté d'une tête de mort grimaçante en guise de visage. Un croque-mitaine qui s'en prend aux enfants. Cette histoire flanque la frousse à Lilith. Pourtant, Jakey la réclame tous les soirs depuis qu'il a découvert le livre dans un carton qui contenait les vieilles affaires de son père. Sauf ce soir. Il l'a lancé à travers la chambre.

Elle soupire en grattant la sauce et la purée figées au fond d'une assiette. La faute incombe peut-être aux médicaments, ou bien cette soirée passée à l'hôpital l'a fatigué. Sans doute devrait-elle lui accorder le bénéfice du doute, mais Jakey s'était montré très insolent dans la voiture.

Obligée de conduire sous une pluie torrentielle, voilà que le voyant lumineux s'était mis à clignoter sur le tableau de bord.

Ceinture arrière non attachée.

« Jakey ! Ne joue pas avec la ceinture de sécurité. Remets-la immédiatement, s'il te plaît !

— Je l'ai pas détachée. »

Elle avait pris un ton autoritaire.

« Jakey.

— J'ai rien fait.

— Ne raconte pas d'histoires.

— Je t'assure, maman ! J'y ai pas touché. »

Lilith savait qu'il mentait. Ce message apparaissait uniquement quand un passager assis à l'arrière ôtait sa ceinture, ou omettait de la boucler au départ.

Elle avait essayé une autre tactique.

« Mon chéri, si on a un accident à cause de ce temps

affreux et si tu n'as pas ta ceinture, tu risques d'être grièvement blessé. Alors, attache-la, s'il te plaît. Pour me faire plaisir.

— Je l'ai pas détachée, maman. »

Lilith avait tapé sur le volant, du plat de la main, et la voiture avait fait un écart vers la voie opposée. Paniquée, elle avait braqué dans l'autre sens trop brutalement, provoquant un long coup de klaxon de la part de l'automobiliste qui la suivait.

« Merde !

— Je l'ai pas détachée », avait répété Jakey, avec moins de véhémence.

Cette fois, elle n'avait pas répondu. Elle scrutait les bas-côtés sombres, à la recherche d'un endroit pour s'arrêter. Elle allait descendre de voiture pour boucler elle-même cette foutue ceinture. Mais, à cause de la pluie battante, on ne voyait rien, et le long ruban de feux arrière qui s'étendait devant elle l'obligeait à freiner.

Coincée dans les embouteillages, elle s'était retournée vers son fils. La tache pâle de son visage éclairé par les phares des véhicules roulant en sens inverse l'observait.

« Allons, Jakey, si je te dis ça, c'est pour ton bien.

— J'ai pas détaché ma ceinture ! »

Il avait éclaté en sanglots.

Elle avait failli lui expliquer que le poids d'un passager déclenchait un capteur qui alertait le conducteur quand la ceinture n'était pas attachée et, comme il n'y avait personne d'autre à l'arrière, ça ne pouvait être que lui, mais elle pensait qu'il ne comprendrait pas.

Puis ses yeux s'étaient posés sur la ceinture de sécurité de Jakey.

Elle était bien attachée.

Pourtant, le message continuait à s'afficher sur le tableau de bord.

Ceinture arrière non attachée.

Elle avait vérifié qu'elle n'avait pas posé son sac à main à côté de lui par hasard. Avec tout le bazar qu'il contenait, il pesait le poids d'un enfant. Non.

Il s'agissait d'un défaut dans le système électronique d'une voiture qui avait connu des jours meilleurs.

Lilith avait entrepris de s'excuser, en lui expliquant que, parfois, les adultes commettaient des erreurs eux aussi, mais elle l'avait entendu marmonner, malgré le martèlement incessant de la pluie.

« Laisse-moi tranquille. Fiche-moi la paix.

— Même si tu parles dans ta barbe, je t'entends.

— Maman, je…

— Je sais que la journée a été difficile, épuisante, mais ce n'est pas une excuse. On ne parle pas comme ça à sa mère. »

Ses doigts pianotaient sur le levier de vitesse.

« Mais je…

— Arrête de répondre. Excuse-toi, plutôt.

— Tu m'écoutes jamais ! Jamais, jamais, jamais ! Tu es la maman la plus méchante du monde. Je veux papa. »

La circulation avait repris et la pluie commençait à se calmer. Lilith voyait le visage de son fils dans le rétroviseur, blême et triste. Elle regrettait d'avoir été si dure, elle sentait les démangeaisons de la culpabilité maternelle.

« Désolée, je ne voulais pas être méchante. »

Jakey n'avait pas répondu, il regardait dehors, à travers la pluie, les yeux brillants de larmes, en fredonnant cette étrange petite chanson.

Lilith n'avait pas insisté, mais, dès qu'ils étaient rentrés à la maison, il avait demandé à aller se coucher. Et quand elle était montée pour le border, il lui avait tourné le dos et refusé son baiser.

Maintenant qu'elle est seule, elle comprend qu'il a raison. Elle n'a pas pris la peine de l'écouter, elle ne lui a pas donné l'occasion de s'expliquer. Certains enfants sont des menteurs compulsifs, mais Jakey, jusqu'à présent, a toujours été d'une honnêteté scrupuleuse.

Il n'y est pour rien s'ils n'ont pas les moyens d'acheter une voiture neuve.

Elle s'aperçoit qu'elle ne tient pas en place. Après avoir fini de tout ranger, elle fait les cent pas dans la maison en attendant le retour d'Erdman.

Dieu soit loué, Jakey n'a pas le bras cassé. Pourtant, elle aurait parié le contraire. Voilà pourquoi elle lui a fait avaler d'emblée une double dose de stéroïdes destinés à calmer l'inflammation. Mais la radio ordonnée par le médecin n'a fait apparaître qu'une vilaine contusion.

Elle revoit son bras bosselé, enflé, tordu, et elle récite une prière silencieuse.

Une simple contusion, a dit le médecin. Je vous en supplie, Seigneur, faites que ça ne soit que ça.

SAMEDI

8

2 h 57

L'inspectrice Etta Fitzroy peut deviner un tas de choses sur les gens rien qu'à voir l'état de leur porte d'entrée. Elle en a vu avec de la peinture écaillée et des sonnettes cassées, ou du bois fendu à la suite d'un coup de pied, ou munies de quatre serrures pour décourager les visiteurs indésirables, mais là, c'est le genre de porte qu'elle préfère : fraîchement peinte, heurtoir en argent brillant et panier suspendu contenant une plante verte qui goutte encore après la récente averse.

Mais pas ce soir. Ce soir, elle n'a aucune envie d'être là, sur ce perron qui sent les privilèges et l'argent, pour réduire en poussière les espoirs de cette famille.

Elle tourne dans Pagoda Drive, en traînant sa valise derrière elle, et sort un mouchoir en papier de sa poche pour essuyer son visage luisant. Les parents s'attendent à une présence professionnelle et calme. Ils le méritent.

La pluie a cessé, mais les trottoirs sont d'un noir huileux, l'air aux relents de fumée lui glace la peau. La maison des Foyle, une construction de trois étages de style géorgien, est la plus imposante de la rue. Et doit valoir au moins trois millions, estime Fitzroy. Des lumières embrasent les fenêtres, bien qu'il soit presque trois heures du matin.

En suivant l'allée du jardin, elle inspire une bouffée d'air humide et tremblante. Elle ne sait à quoi s'attendre : voix accusatrices pleines de colère ou questions posées tout bas, imbibées de larmes. Quelle que soit la réaction de la famille, elle comprenait et pardonnait, sachant que celle-ci trouvait racine dans le désespoir.

Sa main hésite au-dessus du heurtoir, mais, avant qu'elle puisse l'abattre contre le bois verni, une femme aux cheveux gris d'âge indéterminé ouvre la porte en boutonnant la veste de son tailleur ajusté. Ses yeux sont fatigués. Pendant plusieurs secondes, elle dévisage l'inspectrice. Fitzroy est habituée. Ayant un œil marron foncé et l'autre d'un bleu saisissant, c'est une chose qu'elle a appris à ignorer. La femme se reprend.

« Entrez. Vous devez être trempée. »

Fitzroy lui tend la main.

« Madame Foyle, je suppose ? »

La femme rit. Une réaction inattendue qui dévoile deux rangées de parfaites dents blanches.

« Mon Dieu, non. Enfin, si. Je suis bien Mme Foyle, mais pas celle que vous venez voir. Je suis Elizabeth, la belle-mère.

— Désolée pour le dérangement. »

La bouche d'Elizabeth Foyle reprend l'apparence d'un trait sombre.

« Je vous en prie. Suivez-moi. »

Elle précède Fitzroy dans un vaste vestibule au sol à damier, où se dresse un large escalier en acajou. Après être passées devant plusieurs pièces richement meublées, elles atteignent une porte fermée au bout d'un couloir. Elizabeth frappe doucement, mais, sans attendre, elle pousse la porte et s'écarte pour laisser entrer Fitzroy. La pièce est immense et les fenêtres qui montent jusqu'au plafond donnent sur une pelouse que Fitzroy imagine parfaitement entretenue. Une cheminée de brique occupe presque tout le mur du fond et un canapé vert pâle, disposé dans un coin, accueille une femme. Elle a attaché ses cheveux brillants en une queue-de-cheval qui lui donne un air presque juvénile, mais de loin Fitzroy remarque les rides profondes autour de la bouche et des yeux. Elle a le dos voûté, comme si elle s'avouait déjà vaincue. Deux agents en uniforme parlent à voix basse dans le coin opposé.

Cette maison ne dormira pas cette nuit.

« Puis-je vous offrir quelque chose à boire ? » roucoule Elizabeth, mettant bas les masques. Ce n'est pas la première fois que Fitzroy rencontre une femme comme Mme Foyle mère. L'excitation de découvrir que sa famille se retrouve au cœur d'une tragédie nationale est un phénomène bien plus répandu que la plupart des gens ne l'imaginent.

« Un thé, merci. »

En balayant la pièce du regard, Fitzroy remarque une béquille près de la cheminée. Les flammes se reflètent sur le revêtement en aluminium comme des dizaines de feux d'artifice minuscules. Des photos de famille – posées et empruntées – s'alignent sur le manteau.

« Mon mari pense qu'elle va rentrer. »

Amy Foyle s'exprime d'une voix heurtée, cassante, comme si l'unique façon pour elle de contenir son angoisse consistait à la ficeler solidement afin qu'aucune émotion ne puisse s'échapper. Fitzroy sait par expérience que ces femmes nerveuses sont généralement les premières à craquer.

Sans attendre qu'on l'y invite, elle s'assoit dans le canapé à côté d'elle.

« Et vous, qu'en pensez-vous, madame Foyle ?

— C'est vous la spécialiste, madame l'inspectrice. À vous de me le dire, non ? » répond-elle d'un ton qui monte vers la détresse.

Fitzroy décide que non, elle ne lui dira pas. Elle ne dira pas à cette femme mince et fragile, usée, qu'elle a attendu vingt minutes au téléphone pendant que l'assistant du coroner vérifiait qu'on n'avait pas retrouvé le corps de Clara ; elle ne lui dira pas qu'en ce moment même, un spécialiste des affaires de disparition prenait des dispositions afin que les opérations de recherches reprennent dès l'aube, et que les policiers n'essaieraient pas seulement de retrouver Clara, ils passeraient les environs au peigne fin pour repérer d'éventuels morceaux de vêtement ou de cartable. Sa petite culotte Peppa Pig.

Elle ne lui dira pas non plus qu'ils n'ont pas encore écarté Miles Foyle de leur enquête.

« Désolée de venir si tard, dit-elle à la place. On reçoit énormément d'appels et j'attendais les dernières nouvelles avant de venir vous voir. »

Mme Foyle se redresse, droite comme un I.

« Vous avez des nouvelles ? »

Fitzroy se reproche cette formulation malheureuse et rejette la faute sur l'heure tardive. Elle prend la main de la femme entre les siennes. Sa french manucure est écaillée sur les côtés. Ce défaut dans l'apparence impeccable de Mme Foyle l'émeut davantage que des larmes.

« Non, pas pour le moment. Désolée. »

Mme Foyle se mord la lèvre et se retourne vers le téléviseur. Sur l'écran, Clara court pour échapper à sa sœur aînée, Eleanor, qui la pourchasse avec un tuyau d'arrosage. Bien que le son soit coupé, Fitzroy devine les cris de plaisir horrifiés de la fillette.

«Mon mari a filmé cette scène cet été, dit-elle d'une voix morne. Il est en haut, il essaye de rassurer Eleanor. Elle vient de faire un épouvantable cauchemar.

— Madame Foyle, avez-vous eu le temps de penser à des éléments qui pourraient nous aider dans notre enquête ? N'importe quoi ? Un détail concernant votre fille, même s'il semble insignifiant ? Vous a-t-elle dit si quelque chose la tracassait ? Vous a-t-elle raconté qu'un inconnu l'avait abordée ?

— J'ai déjà tout dit à vos collègues.

— Oui, bien sûr.» Fitzroy reste patiente. «Mais parfois, on se souvient subitement de quelque chose et, même si ça ne paraît pas important, cette information peut nous aider à retrouver Clara.»

Une larme unique coule sur la joue de Mme Foyle. Fitzroy la regarde se détacher de son menton et tomber.

«Je sais que c'est difficile. Je sais que vous avez répondu à des centaines de questions. Je sais que vous êtes effrayée et épuisée, et que vous êtes choquée de voir la police faire irruption chez vous pour inspecter vos ordinateurs et toucher aux affaires de Clara. Mais on m'a demandé de venir ici ce soir car j'ai l'expérience de ce genre d'enquêtes, et parce que je peux peut-être vous aider.»

Fitzroy pivote sur le côté, si bien que leurs genoux se frôlent.

«Clara est-elle une enfant en bonne santé et heureuse, madame Foyle ?»

Celle-ci est interrompue avant de pouvoir répondre par le retour d'Elizabeth, qui ne cesse de soliloquer pendant qu'elle verse le thé et fait passer les biscuits.

« J'aimerais qu'elle arrête de faire ça, dit Amy Foyle dès que sa belle-mère a quitté la pièce.

— Quoi donc ?

— De se comporter comme si de rien n'était. Elle n'arrête pas de parler de la fête que l'on va organiser pour le retour de Clara, alors que tout le monde sait qu'elle est probablement… »

Sa voix se brise, elle ne peut formuler à voix haute la conclusion à laquelle sont déjà parvenus les commentateurs de salon. Et c'est là que, comme l'avait prévu Fitzroy, elle craque.

Elle ne hurle pas, elle ne vitupère pas contre un sort injuste. Assise dans le canapé, elle pleure, jusqu'à ce que, le nez plein et les joues marbrées de larmes, elle soit incapable de prononcer des phrases cohérentes.

Fitzroy ressent une bouffée de compassion. Dans les sanglots hachés de Mme Foyle, elle perçoit l'écho de toutes les familles de personnes disparues et mortes.

La mère de Grace Rodriguez, Conchita, se tenait devant l'évier.

Fitzroy la regardait s'affairer dans l'eau savonneuse, lavant indéfiniment les tasses et les assiettes dans lesquelles elle n'avait ni mangé ni bu.

Elle lui offrait quelques ultimes secondes d'espoir.

Sentant une présence dans son dos, Conchita s'était retournée et elle avait vu l'inspectrice dans l'encadrement de la porte. La soucoupe qu'elle tenait entre ses mains lui avait échappé, et Fitzroy entend encore le bruit qu'elle avait fait en se brisant sur le sol carrelé.

Conchita Rodriguez n'avait pas eu besoin qu'elle ouvre la bouche. Il lui avait suffi de voir son visage.

Ses genoux s'étaient dérobés, elle était tombée sur le sol dur et froid. Fitzroy s'était agenouillée pour pleurer avec elle.

Un an plus tard, pendant que David dormait, Fitzroy, les yeux plissés dans l'obscurité, avait ressassé les indices, à la recherche d'un détail qui lui aurait échappé. Elle ramènerait une fille à sa mère, comme promis.

Mais, dans l'immédiat, c'est Amy Foyle qui a besoin d'elle.

Fitzroy passe son bras autour des épaules de cette femme plus jeune qu'elle. À travers la soie luxueuse, elle sent la clavicule, les convulsions du choc et de l'incrédulité.

Un rappel cruel des horreurs quotidiennes dont elle est témoin dans son métier d'enquêtrice. Pourrait-elle supporter de mettre au monde un autre enfant dans le paysage sinistre de l'époque moderne, s'exposer de nouveau au risque de la perte ?

Oui, pense-t-elle. *Oh, oui.*

Amy Foyle porte son verre à ses lèvres, boit une gorgée et se tamponne les yeux avec un mouchoir en papier. Fitzroy sent les vapeurs d'alcool dans son haleine.

— Pardon.

— Inutile de vous excuser.

Amy tire sur son chemisier avec des doigts tremblants.

« Madame l'inspectrice, vous m'avez demandé si Clara était heureuse. Je n'en suis pas certaine. »

Fitzroy se renverse contre le dossier du canapé, elle offre sa poitrine, elle invite aux confidences, en fixant toute son attention sur la jeune mère assise à côté d'elle. C'est important, mais elle ne dira rien. Elle veut qu'Amy Foyle comble le vide entre elles, avec toutes les raisons qui empêchaient Clara d'être heureuse.

De nouvelles larmes roulent sur les joues d'Amy. Elle ne prend pas la peine de les sécher.

« C'est ma faute. J'avais rendez-vous chez le coiffeur pour une teinture, alors j'ai demandé à une amie d'aller la chercher à l'école. Clara ne voulait pas aller avec elle, mais je l'ai obligée. » Elle enfouit le visage dans ses mains et se remet à pleurer. « Je l'ai obligée.

— Pourquoi ne voulait-elle pas ?

— Poppy Smith, et les filles de sa classe, elles… »

Fitzroy attend.

« Elles se comportent avec la cruauté qui est propre aux enfants.

— Pour quelle raison ? »

Amy gratte les bords de son vernis écaillé, la peau autour des cuticules.

« Clara souffre d'ectrodactylie, inspectrice Fitzroy. Il lui manque des doigts aux deux mains. »

Ting.

Dans ce genre d'affaires, Fitzroy aime écouter la musique de son esprit et, quand elle l'entend, elle s'en saisit. Certains possèdent l'instinct viscéral, le flair du flic, mais pour elle, tout se passe dans la tête. La douce mélodie du processus cérébral. Le handicap de Clara explique pourquoi elle a quitté l'école seule. Sa vulnérabilité en fait une cible plus facile que d'autres.

Son regain d'espoir vient de s'écrouler.

Ce n'est pas suffisant.

« Elle n'a pas subi d'opération ? »

Mme Foyle baisse la tête.

« Clara est très spéciale, inspectrice. La plupart des enfants se font opérer à dix-huit mois environ, parfois même beaucoup plus jeunes, mais je n'ai pas voulu. Je ne supportais pas l'idée de la faire souffrir. Je pensais qu'elle avait fini par s'habituer. Mon mari ne partageait pas cet avis, d'autant que les médecins nous ont expliqué que l'opération deviendrait plus risquée à mesure qu'elle grandirait. Nous avons eu de terribles disputes à ce sujet. Ils répugnaient à opérer sans mon autorisation, mais je ne pouvais me faire à l'idée qu'ils lui charcutent les mains. » Elle laisse échapper un long soupir. « Clara est un cas extrême. Il lui manque les trois doigts du milieu aux deux mains. »

Elle appuie sa tête contre le dossier et ferme les yeux. Longtemps, les deux femmes restent assises dans cette position, dans le silence de la pièce, rompu seulement par le crépitement du feu.

On pourrait croire qu'Amy Foyle s'est endormie, mais elle se remet à pleurer doucement. Elle se débat contre sa détresse pour former des mots, elle agrippe le bras de Fitzroy. Le besoin d'être rassurée, épouvantable, déforme son visage.

« Dites-moi que mon bébé est toujours en vie. »

Plusieurs heures se sont écoulées depuis la disparition de Clara et Fitzroy a déjà menti une fois à sa mère, quand celle-ci lui a demandé si elle avait des nouvelles.

Il y a des nouvelles oui, mais pas du genre qu'elle est prête à divulguer. Les enquêteurs sont submergés d'appels de personnes qui pensent avoir vu la fillette. C'est le risque avec les alertes enlèvement. Ils croulent sous les informations, et peinent à faire le tri entre les éléments essentiels et les conneries.

Fitzroy ne se sent pas capable de mentir encore une fois.

« Je l'espère, répond-elle, refusant de faire une promesse aussi vide que les petites bottes rouges qu'elle a remarquées à l'entrée. Mais je peux vous dire qu'un grand nombre d'enfants portés disparus retrouvent leurs familles.

— Et ceux qui sont enlevés par des inconnus ? »

Amy recommence à pleurer, l'hystérie s'insinue en elle.

« Je sais que c'est très dur, madame Foyle, mais je vous assure que nous faisons tout ce que nous pouvons.

— Il faut absolument la retrouver ! »

La panique s'empare de sa voix.

Fitzroy s'efforce d'ignorer la photo de Grace Rodriguez qui remonte à la surface sans y être invitée.

Elle choisit avec soin ses paroles :

« Avez-vous une idée de celui qui aurait pu faire ça ?

— Non, aucune. »

En l'absence de proches de sexe masculin, à l'exception de Miles, la police s'est déjà intéressée aux pères des amies de Clara, aux enseignants de son école et même à l'ouvrier qui est venu réparer la gouttière le mois dernier.

Tous les délinquants sexuels fichés dans le secteur sont interrogés, mais Fitzroy ne le dit pas à Amy Foyle.

« Votre fille a donc passé une journée normale à l'école ?

— Mis à part le fait que c'est Mme Smith qui est venue la chercher, oui. »

Fitzroy se frotte les yeux avec ses poings. Malgré la fatigue, inutile de rentrer chez elle. David, qui a simplement haussé les épaules, nullement surpris, quand elle a reçu cet appel, a choisi de rester à l'hôtel pour fêter seul son anniversaire, et elle sait qu'elle n'arrivera pas à dormir.

Un silence s'est installé entre eux. Etta se demande si David est couché ou toujours au bar, en train de discuter avec le personnel de nuit. La première fois qu'il l'avait emmenée là, elle avait été touchée de voir qu'il avait disposé des fleurs dans la chambre, sans rien attendre en retour. Elle avait apprécié ce geste. C'est différent maintenant qu'elle attend davantage.

Bien plus tard, quand tout a été dit et que les ombres mouvantes ont pris leur forme matinale, Amy appelle sa belle-mère, qui apparaît avec le manteau de Fitzroy. Dès que la porte s'est refermée sur elles, Amy boit une longue gorgée du liquide contenu dans son verre.

« Je suis désolée, madame… euh… inspectrice… murmure Elizabeth. Elle est à cran.

— On peut le comprendre.

— Elle a une sclérose en plaques, vous savez. Ça fait mauvais ménage avec les médicaments et l'alcool. »

Fitzroy pince les lèvres et grimace un sourire.

« Merci pour le thé. »

Elle soulève sa valise et ouvre la porte sur un jour nouveau.

Dehors, l'atmosphère dorée dégage cette lumière particulière qui annonce une aube hivernale. La luminosité lui fait penser à une peau d'enfant, au renflement d'une pommette dans la lueur tamisée d'une lampe de chevet, à la respiration lente d'un sommeil paisible.

Mais Fitzroy ne peut pas penser à la lumière sans penser à l'obscurité. Dans sa conscience est gravée au fer rouge l'image de cette éclosion juvénile piégée par la pâleur de la mort, et elle se demande si ses doigts insidieux caressent déjà le visage de Clara.

9

7h38

Il déverrouille la porte d'entrée et guette le grincement familier de sa voix.

« C'est toi, mon chéri ? »

Elle est réveillée donc ; son cœur s'emballe.

« Oui, c'est moi ! »

La chambre sent le renfermé, le sommeil, et les effluves de levure de son corps. Il hume son odeur et se penche vers elle pour repousser les cheveux humides collés sur son visage. La douleur déforme son visage. Après tant d'années, il n'a pas besoin de poser la question. Il comprend déjà qu'elle ne quittera pas son lit aujourd'hui, et il fouille dans le tiroir à la recherche des antalgiques, il approche un verre d'eau de ses lèvres.

« Tu dois être épuisé », dit-elle.

Il lui sourit, secoue la tête. Ce qu'elle veut dire, c'est qu'*elle* est fatiguée, même si elle n'a pas quitté son lit depuis des années. Il récupère le bassin hygiénique. Le talc a laissé de légères traces sur le bord. Il soulage le frottement du métal contre la peau fragile.

« Thé et toast », annonce-t-elle.

Quand il revient avec le plateau, elle a réussi à se redresser en s'adossant aux oreillers. Ils masquent le S de sa colonne vertébrale, mais la faiblesse de son dos voûte ses épaules et projette son visage vers l'avant.

Il a coupé le toast en quatre carrés, lui en tend un. Les rideaux sont tirés, la chambre plongée dans la pénombre ; elle n'aime pas que du monde s'invite avant qu'elle soit lavée et changée.

Quand elle a fini son petit déjeuner, il remporte le plateau dans la cuisine et fait couler de l'eau tiède dans une bassine. Le sommeil l'assaille et ses paupières sont lourdes, mais il ne se repose pas. Au lieu de cela, il allume la radio et s'abreuve des infos du matin comme un homme qui a traversé le désert.

Il emporte la bassine dans le couloir en prenant soin de ne pas renverser d'eau sur les volutes marron foncé de la moquette. Elle a fermé les yeux en son absence, mais elle les rouvre lorsque l'émail de la bassine heurte le dossier de la chaise en bois. Dehors, les premières vrilles d'une ombre violette strient le ciel.

Il lui sourit, avec tendresse, et approche l'éponge de son visage, il nettoie les sécrétions au coin des yeux, la salive séchée sur le menton. Sa peau est ridée désormais, mais il ne le voit pas. Et même si son corps est voûté, ses yeux, eux, n'ont pas changé.

Sa chemise de nuit est trop grande, et pourtant elle reste accrochée lorsqu'il la fait passer par-dessus la bosse dans son dos. Il la lave sous les bras, entre les cuisses, vérifie qu'elle n'a pas d'escarres. Satisfait, il lui enfile une chemise de nuit propre et va ouvrir les rideaux. L'arrêt du bus se trouve juste en face de la fenêtre de la chambre et il regarde les passagers monter à bord et s'asseoir.

« Télé, radio ou livre ? » demande-t-il.

Elle ne l'interroge pas sur son programme de la journée. Il ne lui en veut pas. Il sait que le périmètre de son monde s'est réduit à cette maison, à cette chambre.

Mais, dès qu'elle a les yeux fixés sur l'écran de la télé, il dit:

« Il faut juste que je… »

Elle agite son bras maigre, sans détacher le regard du téléviseur.

« Je sais, je sais. Elles aussi ont besoin de manger et de boire. »

Dehors, l'herbe est humide et l'air brûlé par les gaz d'échappement. La cabane sent le foin. Il respire son odeur sucrée.

Après s'être occupé du jardin, il dort une heure ou deux. Et prend sa douche. Elle est toujours en train de regarder la télé et s'adresse à l'écran au lieu de se tourner vers lui.

Ils interviewent la mère de Grace Rodriguez, dit-elle. La Fille des Bois. L'adolescente qui a disparu en se rendant à un examen de danse.

Mme Rodriguez a été conviée à faire part de son expérience, explique-t-elle, car une fillette de cinq ans a disparu.

Il écoute le ton faussement compatissant des présentateurs du matin, leur commisération en Technicolor jure avec les cernes violacés sous les yeux de Mme Rodriguez. Ils rappellent à leurs auditeurs les détails croustillants: la police n'a retrouvé à Oxleas Wood que les bouts des doigts et les orteils de Grace, disposés dans de petits sachets en plastique et soigneusement alignés.

Il referme la porte de la chambre derrière lui, se prépare un sandwich et l'emballe dans du papier sulfurisé.

Quand il le lui apporte, il est en costume. Elle ne lui demande pas où il va.

10

15 h 46

« C'est une blague ? » demande le Boss.

Fitzroy contemple la photo de Clara punaisée sur le mur de la salle de crise du district sud de la brigade criminelle de la Police métropolitaine.

On va te retrouver, ma chérie. Je te le promets.

À l'autre bout de la pièce, une douzaine de policiers s'activent, ils téléphonent, prennent des notes, ils ressemblent à des fantômes dans la lueur de leurs écrans d'ordinateur. Les autres sont sur le terrain, ils font du porte à porte ou participent aux recherches.

« Fait chier », dit le Boss et il raccroche violemment le téléphone.

Il fait jaillir un cachet de l'emballage blister qui se trouve dans sa poche et l'avale, sans eau. Dehors, les lumières de la ville, semblables à des têtes d'épingle, éclairent l'obscurité naissante.

Fitzroy se racle la gorge.

« Tout va bien, monsieur ?

— Non, ça ne va pas, bordel ! » Il se frotte les yeux

avec le dos de la main. « Ces putains de journaux vont publier une enquête sur Miles Foyle. »

Fitzroy n'a pas besoin de demander quel genre d'enquête. Quelques heures plus tôt, elle a entré son nom dans les bases de données CRIS et CRIMINT* de la Police métropolitaine. Simple routine.

Ce qu'elle a alors découvert l'a estomaquée. Deux avertissements pour drague en voiture, il y a moins de six mois. Une des filles n'avait pas dix-huit ans, autrement dit elle était mineure au regard de la loi sur la prostitution. Il y avait également des accusations d'agression sexuelle et de séquestration sur la personne d'une stagiaire, retirées par la suite.

« Ils n'ont pas perdu de temps.

— Non, et ça ne pouvait pas plus mal tomber, nom de Dieu, avec la conférence de presse de lundi. On veut que l'opinion publique compatisse, pas qu'elle crie à l'assassin.

— Et maintenant, on fait quoi ?

— On n'a pas le choix, il faut faire face. Mais il vaudrait mieux le prévenir. »

Il soupire et déplace des feuilles éparpillées sur son bureau. Fitzroy a deviné la suite.

« Allez sur place. Avoir des rapports tarifés avec une mineure ne signifie pas qu'il a kidnappé sa fille, mais je veux que vous vous accrochiez à Miles Foyle comme une horde de sangsues. »

Lorsque Fitzroy remonte l'allée de la maison de Pagoda Drive cette fois, la porte est grand ouverte. Un lustre éclaire le sol à damier. Une femme sort, les yeux rougis,

---

* Pour *Current Research Information System* et *Criminal Intelligence.*

des mèches blondes dans ses cheveux courts. Ses mains reposent sur les épaules d'une fillette de sept ou huit ans.

« Je veux pas y aller », dit celle-ci.

La femme salue Fitzroy d'un hochement de tête, puis reporte son attention sur la fillette.

« Ça te fera du bien, ma chérie. Tu ne peux pas rester enfermée toute la journée. En rentrant, peut-être qu'on s'arrêtera dans ce café que tu aimes bien pour boire un chocolat chaud.

— Le Dr Foyle est là ? »

La femme agrippe les épaules de la fillette, à s'en faire blanchir les jointures.

« Oui. Il est quelque part dans la maison. En haut, je crois. »

Fitzroy sonne et entre dans le vestibule. Elle attend. Puis recule d'un pas pour sonner de nouveau. Une fois encore, elle s'émerveille devant la splendeur de cette maison, si différente de celle de son enfance, dans le Kent, avec ses quatre pièces réparties sur deux étages, dont l'atmosphère austère était uniquement brisée par la passion de sa mère pour les 45 tours de jazz.

« Gina ? crie une voix d'homme. Vous pouvez aller voir qui c'est ? »

Fitzroy se demande où est passé l'agent chargé de rester auprès de la famille Foyle. Comme personne ne vient, elle risque un « Ohé ? ».

La tête de Miles Foyle apparaît au-dessus de la rampe de l'escalier. Apercevant Fitzroy, il passe la main dans ses cheveux et descend. Vingt-six heures se sont maintenant écoulées depuis la disparition de Clara, et chaque minute transparaît dans ses yeux injectés de sang, dans sa barbe naissante.

« Amy est partie faire un tour. Elle devenait folle à force de rester cloîtrée ici toute la journée. »

Voilà qui répond à sa question.

« Ce n'est pas Mme Foyle que je viens voir.

— Gina était là tout à l'heure. » Il jette un regard vague autour de lui. « Elle a dit qu'elle emmenait Eleanor chez une amie, je crois.

— Docteur Foyle, nous attendons toujours la liste des patients que vous avez reçus vendredi après-midi. Pouvez-vous me la remettre ? »

Il lève les yeux, surpris.

« Euh, je n'en suis pas certain.

— Il n'y a pas à votre cabinet une secrétaire qui pourrait me la photocopier ? J'enverrai quelqu'un la chercher. Elle peut aussi me l'envoyer par mail. »

Miles cherche son mouchoir dans sa poche et se mouche.

« Je crains que ça ne soit pas possible. »

Le regard de Fitzroy dérive vers la gauche. Au porte-clés mural est suspendu un badge plastifié au bout d'un cordon. Frappé des initiales RSH.

« Vous travailliez ailleurs hier ? Je crois savoir que vous exercez parfois à l'hôpital public. »

Il suit son regard.

« Oui, au Royal Southern Hospital, mais en général c'est le mardi. »

Fitzroy commence à perdre patience.

« Docteur Foyle, dois-je vous rappeler que votre fille a disparu, sans doute victime d'un kidnapping ? Je n'ai aucune envie de vous arrêter pour entrave à l'exercice de la justice, alors je vous suggère de vous montrer un peu plus coopératif…

— Je ne peux pas vous fournir de liste car je n'en ai pas.

— Pourtant, vous étiez bien à votre cabinet, non? C'est là que nous sommes venus vous chercher.»

Il pousse un long soupir.

«Oui, j'y étais.

— Alors, pourquoi n'avez-vous pas de liste?

— Parce que je n'ai reçu aucun patient vendredi après-midi.

— Ce n'est pas un problème. Si vous en avez profité pour remplir de la paperasse, je suis sûre que votre secrétaire peut le confirmer.

— Je l'avais renvoyée chez elle.»

Ting.

«Il y a bien quelqu'un qui vous a vu à votre cabinet, ou qui vous a parlé au téléphone. Nous voulons juste vérifier où vous étiez quand...

— ... Clara a disparu? C'est ce que vous voulez dire, hein? Que je suis impliqué dans la disparition de ma propre fille?»

Ses lèvres pincées, les postillons sur son menton trahissent son indignation. Fitzroy comprend. Toute autre réaction l'aurait étonnée. Mais elle a déjà vu cette expression ailleurs, sur des visages de pères qui avaient violé et étranglé leurs propres enfants.

«Personne ne dit cela, monsieur. Mais nous avons besoin de savoir ce que vous faisiez à ce moment-là. C'est la procédure habituelle.

— J'étais avec quelqu'un, voilà. Ça vous va?»

Fitzroy s'accorde une pause, le temps que ces paroles fassent leur chemin dans son esprit.

«Qui? Nous devons interroger cette femme. Ou cet homme.

— C'est une femme.» Le visage de Miles Foyle est un masque lisse. «Et vous ne pouvez pas l'interroger.

— Pourquoi donc, docteur ?» Fitzroy marque une nouvelle pause. «C'est une prostituée ?»

Il détourne les yeux. Fitzroy observe sa joue gauche remuer, ses dents mordiller la peau à l'intérieur. Elle change d'angle d'attaque.

«Savez-vous que les journaux de demain vont publier des articles sur votre penchant pour la drague en voiture ?»

Le masque s'affaisse.

«Merde.

— Votre femme est au courant ?»

Il la regarde, sans rien dire.

«Je vous suggère de tout lui raconter.

— Je ne peux pas.» Sa voix est un murmure.

«Croyez-moi, ce sera bien pire si elle l'apprend par les journaux. En attendant, je vous demande de réfléchir très sérieusement. Comme je vous le disais, refuser de fournir des informations susceptibles de favoriser l'avancée de l'enquête peut-être être considéré comme une obstruction à la justice. Quand vous serez disposé à parler, vous savez où me trouver.»

Lorsque Fitzroy se retrouve dehors, la température a chuté. Le froid est aussi mordant que le souvenir des recherches pour retrouver Grace Rodriguez.

Les bois étaient tapissés d'aiguilles blanches, signe indubitable qu'il givrait. Leurs pieds faisaient craquer le sol dur.

Ils avaient marché à travers les arbres, plus loin que Severndroog Castle, une folie construite par une veuve inconsolable en souvenir de son mari. Elle s'était demandé de quelles horreurs cette tour gothique avait pu être témoin.

Ils s'étaient enfoncés plus loin encore dans les bois. Dans les ténèbres glacées d'un matin d'hiver.

« Généralement, je ne viens pas par ici », avait dit l'homme, tandis que son chien collait sa truffe contre l'arrière de ses jambes. Il montrait le sac rose pâle, orné d'une ballerine, à peine visible sur le sol.

Fitzroy avait examiné le nom sur l'autocollant qui commençait à se détacher après plusieurs jours passés dans l'humidité et le froid, mais s'accrochait encore au cuir d'un air de défi.

« Faites venir les gens du labo ! » s'était-elle écriée, et sa peur avait résonné dans les bois.

Un an après la disparition de Grace, sa frustration n'a pas diminué. Ses pensées la ramènent brutalement vers Miles Foyle. Cet homme constitue une énigme. Elle ne sait pas si elle doit le croire, même si sa détresse semble authentique.

En même temps…

La plupart des fillettes enlevées connaissent leurs ravisseurs. Ceux-ci sont majoritairement blancs et chômeurs. Trois sur quatre ont un casier judiciaire. Les statistiques ne sont pas en sa faveur.

En outre, il n'a pas d'alibi. Du moins, aucun qu'elle ait pu confirmer. Néanmoins, elle répugne à l'arrêter. Il faut des années pour laver sa réputation après une arrestation, surtout dans le cas d'un père accusé d'avoir enlevé son enfant. Mais elle reviendra. Elle lui accorde deux jours, et, pendant ce temps, l'équipe affectée à la famille le surveillera de près. S'il commence à craquer, elle le saura.

D'une fenêtre du rez-de-chaussée, Miles regarde l'inspectrice descendre l'allée pour regagner sa voiture, ses pas résonnant sur les pierres. Lorsque les feux arrière tournent au coin de la rue, il prend sa veste et quitte la maison vide où plus personne ne se sent chez lui.

11

16 h 36

Généralement, il préfère attendre qu'ils soient morts avant de se mettre au travail avec son couteau. Il aime l'art de la dissection, les organes que l'on retire délicatement, la peau que l'on pèle. Le reste, il le laisse à sa colonie.

Après avoir nettoyé et graissé ses outils, il libère les dermestes, il lave le sol de la salle d'opération, gravit l'escalier du sous-sol de la maison de son père et verrouille la porte derrière lui. Il reviendra dans quelques heures quand les coléoptères auront terminé leur déshabillage macabre en ôtant la chair sur les os fragiles. Il renifle sa veste à fines rayures. L'odeur des matières mortes s'accroche au tissu.

Là-haut, le silence l'engloutit. Il ferme les yeux et inspire profondément. Sa place est ici. Au milieu des os de la collection familiale. L'Ossuaire.

Un trésor d'étrangetés transmis durant d'innombrables générations. Semé par l'alliance entre un pilleur de tombes et le chirurgien du roi, récolté par les mâles de la lignée, sa lignée, et exposé ici, dans cette maison.

Il erre d'une pièce à l'autre. Il n'y a pas de meubles,

pas de photos de famille. Dans ce qui était autrefois la cuisine, une petite boîte en verre renferme un crâne humain enfoncé. À côté se trouvent les restes ossifiés et vérolés d'un syphilitique. Dans l'entrée aux murs lambrissés, les os brillent à l'intérieur de leurs vitrines. Il connaît leurs secrets, et ça l'excite. Mais cela ne suffit pas. Plus maintenant.

Il consulte sa montre. Il a trop traîné, il va devoir rouler vite dans les rues rendues glissantes par la pluie.

Il se demande ce que M. B., le directeur des pompes funèbres, lui a réservé cette fois, et il palpe l'enveloppe marron dans sa poche intérieure. Il accepte la plupart des cadeaux de M. B. Sauf les accidentés de la route. Ou ceux qui se suicident en sautant dans le vide. Trop dégoûtant. Trop de dégâts. Mais parfois, il trouve un truc à récupérer, et à revendre, sur leurs cadavres. De la peau, peut-être un organe ou deux. Il y a toujours quelqu'un qui est disposé à payer. Mais, dans tous les cas, il perd son temps. Trop de travail pour pas grand-chose, aurait dit son père.

Comme les vivants, les morts s'achètent.

La maison et ses ombres l'engloutissent. Il s'attarde dans le couloir, s'abreuve du squelette du garçon enfermé dans sa double prison de verre et d'os.

Il pense alors à l'autre garçon, et le frisson des possibilités se répand dans tout son corps.

Frith. Ce qui signifie « liberté ». L'ironie lui arrache un sourire. Il fait rouler ce nom sur sa langue. Il ne peut s'agir d'une coïncidence.

Dans l'immobilité de la maison, l'air vibre de sanglots si faibles qu'il se demande s'ils ne sont pas le fruit de son imagination. Ses doigts caressent compulsivement la fine chaîne en argent qu'il porte autour du cou. Le pendentif, une curiosité héritée de son père, est chaud sous ses doigts, lesté par le poids de son histoire sanglante.

Il ferme les yeux et pince le bijou entre le pouce et l'index. L'obscurité l'enlace comme une maîtresse. Elle lui rappelle son père, les leçons de sa jeunesse.

Les souvenirs viennent le titiller. Il a de nouveau huit ans. Il revoit le mépris sur le visage de son père, il sent le poids de sa main sur son épaule, le goût de l'échec sur ses lèvres quand il ne parvient pas à faire ce que son père attend de lui.

« C'est facile, lui avait dit Marshall. Imagine que tu tires un rideau, que tu abaisses un store. Tu dois devenir un élément du décor, comme si tu avais toujours été là. C'est aussi simple que ça. »

Il avait fermé les yeux de toutes ses forces, et tenté de faire ce que lui demandait son père. Mais il n'arrivait pas à se faire disparaître.

« Regarde. »

Marshall se tenait dans la rue principale animée, son expression impassible fermait son visage. Des femmes portaient des caisses de fruits trop mûrs, les vendeurs du marché s'apostrophaient. Il s'était fondu dans la foule du samedi en serpentant entre les étals. Par moments, le garçon entrapercevait la veste de son père. Et tandis que les commerçants se livraient à leurs activités, Marshall chapardait leurs ceintures remplies de billets.

Par la suite, ce jour-là, ils s'étaient rendus chez le buraliste, un peu plus loin dans la rue, et Marshall s'était tourné vers lui avec un grand sourire. Au-dessus de la caisse, le néon clignotait. Son père avait fait le tour de la boutique et subtilisé un paquet de Wills Embassy et une bouteille de scotch. Sur le chemin de la maison, il avait fait des ronds de fumée.

« C'est facile », avait-il répété.

Il lui avait fallu des années pour maîtriser le savoir-faire prisé de son père et de ses ancêtres, mais à présent, il sait faire profil bas et se fondre dans le décor, traverser les marges floues de l'existence sans se faire repérer. Non pas de manière surnaturelle. Non pas comme un fantôme. C'est une chose qu'il sait faire, voilà tout. De même que certaines personnes peuvent loucher ou sont ambidextres. C'est ainsi.

Il est en retard pour son rendez-vous avec M. B., mais peu importe. On peut compter sur M. B. pour garder l'œil ouvert et la bouche fermée. M. B. comprend ses besoins. Il l'a surnommé « le Collectionneur d'os étranges ». Le Collectionneur d'os. Ça lui plaît.

La philosophie de M. B. n'est pas compliquée. Quand des gens s'attendent à ce que la dépouille d'un être cher se trouve à l'intérieur d'un cercueil, pourquoi les détromper ? Simple question mathématique. Le poids moyen d'un corps humain correspond grosso modo à deux pavés.

Oui, généralement il préfère attendre qu'ils soient morts avant de se mettre au travail avec son couteau. Mais parfois, il n'a pas le choix. Parfois, il est incapable d'attendre.

Prenez cette fillette, par exemple. Elle promet tant. Il y a tellement de choses à admirer, à découvrir, chez un tel spécimen. Il a hâte d'opérer, d'ôter les couches de peau pour contempler l'os. Il a hâte d'exposer une œuvre qui bouge et respire encore.

Et en même temps…

Il se surprend à coller l'oreille à la porte pour entendre ses marmonnements enfantins. Une ou deux fois, il s'est autorisé à entrer pour arranger le drap qui couvre son corps endormi.

Elle lui rappelle celui qu'il aurait pu être dans une vie différente.

Mais il y a un risque, évidemment. Toujours.

La question est : garder ou tuer.

Chair ou os ?

DIMANCHE

12

4 heures

Le visage du bébé est écarlate, déformé, et ses cris, un *wah-wah-wah* incessant, flottent au-dessus du sol collant de la maternité et pénètrent de plein fouet dans le gyrus temporal moyen et le cortex orbitofrontal de sa mère.

Ignorant l'explosion d'activité dans son cerveau un centième de milliseconde après que le premier vagissement a atteint ses oreilles, elle tend la main pour balancer le berceau fourni par l'hôpital. Les yeux encore fermés, elle tente de se raccrocher aux ultimes vestiges de sommeil, mais en vain. Elle est biologiquement programmée pour s'occuper de son fils âgé de dix-sept heures.

Son ventre est distendu par l'accouchement et à vif après la césarienne, il y a une tache de sang sur le drap. Ses seins flasques sortent de sa chemise de nuit ouverte et une goutte de colostrum perle au bout de son mamelon. La fatigue prive son visage de toute expression. Mais elle s'en moque. Elle déborde d'amour, d'émerveillement.

Deux lits plus loin, derrière les rideaux, un deuxième gémissement se fait entendre avec de plus en plus d'insistance. Un autre bébé s'en mêle, puis un autre, jusqu'à ce que la cacophonie des pleurs oblige l'infirmière du service de nuit à interrompre sa séance de flirt avec le médecin de garde pour calmer tout son petit monde.

La mère, Nina Harper, relit le message griffonné sur la petite carte rectangulaire qu'on lui a remise en main propre cet après-midi, avec le ballon de couleur vive sur lequel est écrit « C'est un garçon ! ».

Félicitations ! Il est superbe. Affectueusement, Etta

Elle n'en a rien dit à Patrick, mais elle s'inquiète au sujet de sa sœur aînée. Etta est une femme très occupée, obsédée par sa carrière, ce que Nina peut comprendre, mais parfois, elle a peur que son travail l'engloutisse. Comme il a englouti leur père. Quant à David, Nina voit ce qu'Etta ne voit pas. Mais comment lui dire que l'homme avec lequel elle a choisi de refaire sa vie est davantage attiré par la réussite professionnelle que par la vie de famille ? Que, même si elle adore sa sœur, ses œillères l'empêchent souvent d'avoir conscience des besoins des autres ?

Prenez cet après-midi, par exemple. Etta avait débarqué à la maternité en tenant dans les bras un éléphant en peluche ridiculement grand.

« Euh, merci, sœurette. Il ira parfaitement dans notre débarras-chambre d'enfant. »

Elle avait souri pour adoucir sa remarque.

Etta avait esquissé un geste désinvolte.

« C'est un collector. »

Nina avait cru qu'elle plaisantait, mais, en vérifiant sur Internet à l'aide de son téléphone après le départ d'Etta, elle avait été choquée par le prix. Et avait essayé de ne pas penser que cet argent aurait pu servir à acheter une nouvelle poussette pour remplacer celle que lui avait prêtée une amie.

Elle avait attaché le ballon au berceau de Max avant de prendre son fils dans ses bras.

« Tu veux le porter ? »

Le visage d'Etta s'était figé. Elle avait agité son portable sous le nez de sa sœur.

« Je préfère éviter. J'attends un appel urgent et il se peut que je sois obligée de filer d'une seconde à l'autre. » Elle avait reporté son attention sur l'écran. « D'ailleurs, je ne devrais même pas être ici. Le Boss croit que je suis au domicile d'un suspect. »

Piètre excuse. Mais Nina n'avait pas insisté. Sa sœur avait ses raisons, même si ce rejet de son fils l'avait blessée davantage qu'elle l'aurait cru.

Elle avait approché la bouche du bébé de son mamelon, en ignorant le tiraillement de sa cicatrice. *Interdiction de soulever une charge plus lourde que votre enfant.* Sentant le regard dc sa sœur, elle s'était arrachée à la contemplation des traits parfaits du bébé pour lui adresser un sourire débordant de joie, mais Etta avait déjà tourné la tête.

« C'est un vrai morfal, avait-elle dit. S'il continue comme ça, il va complètement m'assécher. »

Etta avait repoussé sa chaise. Le raclement des pieds sur le sol lui avait valu un regard noir de la part d'une infirmière qui passait.

« Il faut que j'y aille.

— Mais tu viens juste d'arriver. » Nina avait changé de position contre les oreillers. « Et ton téléphone n'a pas sonné.

— Texto. »

Etta avait embrassé du bout des lèvres le duvet sur le crâne de son neveu et pressé la main de sa sœur dans la sienne.

« Tu vas faire une mère formidable », avait-elle dit, avant de disparaître.

Nina se frotte les yeux et bâille. L'odeur du lait et du méconium rend l'air poisseux.

Un agent d'entretien de l'équipe de nuit passe au pied de son lit en poussant sa vieille serpillière sur le sol en lino ; il nettoie sous le cadre de lit en fer, la table de chevet et les chaises destinées aux visiteurs. Nina retient son souffle, en priant pour qu'il ne réveille pas son fils en heurtant le berceau en plastique. Max s'est rendormi très vite, comme seuls les bébés savent le faire, ses poings minuscules serrés de part et d'autre de sa tête.

Une sorte de torpeur s'est abattue sur le service. Nina s'assoupit, elle ouvre parfois un œil, émerveillée par cette nouveauté : un fils.

Les minutes s'écoulent. Un léger tintement de vaisselle indique l'arrivée du petit déjeuner. Bientôt, la première de ces jeunes mères va s'extraire de ses draps sales en quête de nourriture.

Dans toute la ville, une nouvelle aube nettoie l'obscurité de la nuit, et les habitants vaquent à leurs occupations.

L'agent d'entretien nettoie sa serpillière et son seau, avant de les ranger dans le placard. Puis il quitte son uniforme pour retrouver ses vêtements de ville.

Le Dr Hassan se sèche les mains, remonte la fermeture de son blouson et repense à la façon dont cette nouvelle infirmière lui a souri, en songeant que sa femme sourit rarement.

Fitzroy, qui a passé une deuxième nuit dans la salle de crise, regarde un soleil orange flamboyant peindre le ciel. Elle pense à l'odeur de son neveu, en se demandant qui cache Clara Foyle.

Lilith et Erdman Frith prennent leur petit déjeuner sans se parler.

Miles Foyle, réveillé à l'aube, guette le bruit sourd des suppléments du samedi sur le paillasson.

Et, toute la journée, Amy Foyle attend des nouvelles. Elle attend. Elle attend. Elle attend.

LUNDI

13

9h54

Les bureaux du magazine occupant la 387e place des meilleures ventes du pays se trouvent fort à propos dans un entrepôt rénové, et sinistre, près de Borough High street.

Celles et ceux qui pénètrent dans ce bâtiment ordinaire peuvent tourner à droite vers The Domination Station, une société qui vend sur Internet des sex-toys aux noms aussi attrayants que Fuck-a-Duck, ou bien monter à l'étage « Saupoudrer sa vie d'un peu de magie » grâce à *Parapsy Hebdo.*

L'enseigne tape-à-l'œil rose et mauve accrochée au-dessus de la porte arrache un reniflement de mépris à Erdman chaque fois qu'il arrive à son travail. Les rares, mais fidèles, lecteurs de *Parapsy Hebdo* souscrivent peut-être à ce genre de conneries, mais lui ne peut pas les prendre au sérieux, alors qu'il en invente la plupart.

Il est officiellement Très En Retard maintenant. Auparavant, ça n'aurait eu aucune importance, mais Daniel Jarvis, le nouveau et ambitieux rédacteur en chef, observait la pendule comme un boulimique reluque un hamburger.

« C'est bon, il est en rendez-vous avec le proprio », lui lance Amber la Gothique.

Putain, merci, Seigneur.

Amber repousse quelques papiers et pose lourdement son postérieur généreux sur le bord du bureau d'Erdman. Sa teinture donne à ses cheveux l'aspect synthétique d'une crinière de poupée Barbie, et malgré l'heure relativement matinale, ses épais traits de mascara noir ont déjà coulé. Son nez légèrement de travers s'orne d'un piercing en forme de tête de mort.

« Faut pas l'emmerder aujourd'hui. Un thé ? »

Son accent nasillard de Manchester est toujours plus prononcé quand elle a la gueule de bois. Elle montre la grosse poupée blanche qui entoure le doigt d'Erdman.

« Qu'est-ce tu t'es fait à la main ?

— Une dispute avec un couteau à découper.

— Genre automutilation ?

— Non. Un jeu sexuel qui a mal tourné. »

Un rire grave monte du ventre d'Amber comme un gargouillis.

« Évidemment. J'aurais dû m'en douter. »

Erdman allume son ordinateur et se renverse dans son fauteuil. Il balaye le bureau du regard. Le papier peint lui paraît plus miteux que d'habitude. Il faut qu'il trouve un moyen de sortir de cette impasse.

Cela fait longtemps qu'il fantasme sur l'idée d'écrire un livre. Mais il ne s'y est pas encore mis. Il a toujours pensé qu'il raconterait son expérience de journaliste au *National Géographie* ou à *Paris Match*, mais, là encore, il n'a pas trouvé le temps.

En rentrant de l'hôpital vendredi soir, trempé jusqu'aux

os, avec son doigt qui l'élançait et la furieuse envie d'une bière, il avait trouvé Lilith dans la chambre d'ami, un sac-poubelle à la main.

« On a vraiment besoin de garder tout ça ? lui avait-elle demandé en montrant les piles de magazines en parfait état qu'il avait laborieusement recherchés sur Internet ou achetés dans sa boutique préférée, Vintage Magazine Shop, dans Brewer Street.

Il en avait pris un pour l'agiter sous le nez de sa femme. Une photo en noir et blanc occupait le centre de la couverture, noire par ailleurs. *Mort de Kennedy**.

« C'est un numéro collector !

— Non, c'est un vieux *Paris Match* qui prend de la place inutilement.

— Tu sais quoi ? Je vais les monter au grenier. »

Une heure plus tard, les magazines, soigneusement rangés dans des cartons, attendaient d'être photographiés puis vendus sur eBay. Apparemment, il n'y avait pas la place non plus dans le grenier.

Pourtant, il avait eu l'occasion de donner un coup de pouce à sa carrière. Le rédacteur en chef de son premier journal, Russell Shoesmith, s'était fait engager au *Daily Mirror*, et avait proposé à Erdman de le rejoindre pour faire des piges, mais il ne voulait pas passer ses week-ends à cavaler partout après avoir bossé toute la semaine. De plus, c'était mal payé. Alors, pour tuer le temps, il dormait, il faisait des jeux sur son ordinateur, puis il avait rencontré Lilith. Aujourd'hui, Russell est chef de rubrique au *Sunday Times,* alors qu'Erdman écrit des articles pour *Parapsy Hebdo*.

---

* En français dans le texte.

Amber lève les yeux de son ordinateur. Elle a le visage plissé, la tête penchée sur le côté.

« Hé, Erd ! lance-t-elle à travers le bureau. Est-ce que tous les anges ont des ailes ? »

Il manque de recracher son thé. Amber semble suggérer que les anges existent. C'est comme croire à la petite souris. Ou aux fantômes.

Avant qu'il puisse répondre, une voix familière résonne dans l'escalier. Erdman se met à taper d'un doigt, très vite : *La licorne est la représentation physique de la divinité, sa venue est souvent annoncée par un tintement de cloches. Elle incarne la pureté et elle possède le pouvoir de conférer de la sagesse à celles et ceux qui ont la chance d'en voir une.*

« Gooooood mooooooorning *Parapsy Hebdo* ! » s'exclame Jarvis d'une voix retentissante, cheveux lissés en arrière et lunettes de créateur.

Erdman doute fort qu'il ait pris le temps de réfléchir à l'approche nuancée de cette comédie sur la guerre du Viêtnam récompensée aux Oscars.

Daniel Jarvis est tout ce qu'Erdman n'est pas. À seulement vingt-six ans, il a été promu du poste de chroniqueur dans un magazine pour hommes à celui de rédacteur. Son patron ira loin, songe Erdman, amer, alors que lui reste à l'arrêt de bus.

« Bon ! lance Daniel en se frottant les mains. Je suppose que chacun a terminé son article, comme je vous l'ai demandé la semaine dernière. La *deadline*, c'est demain, les amis. »

Putain de merde.

« Ce qui veut dire… » Il adresse une grimace à son

équipe. « … qu'on a intérêt à en mettre un coup pour le numéro de Noël. *Pronto.* On a pris un sacré retard. Réunion éditoriale dans cinq minutes. »

Double putain de merde.

Erdman clique sur l'icône du dossier « Article fêtes ». Vide. Il se creuse la cervelle. Vide aussi. Il s'attend à se prendre un savon, une fois de plus.

Assis en bout de table, Daniel Jarvis sirote un café en déplaçant des feuilles. Erdman l'observe pendant que, de son côté, il examine l'équipe dont il vient d'hériter. Jarvis s'arrête sur les cheveux noir corbeau et la robe informe d'Amber ; un rictus retrousse sa lèvre supérieure. Son mépris est palpable. Puis ses yeux glissent vers Elodie, la jeune stagiaire, et son décolleté.

Le jour de l'arrivée de Jarvis, alors qu'Erdman attendait devant son bureau que débutent ce que leur nouveau patron appelait « les séances de prise de contact » (que l'équipe avait rebaptisées « les séances de prise de tête »), il l'avait entendu parler au téléphone.

« Oui, une vraie bande de ringards. » Il y avait eu un silence pendant que l'autre personne parlait, puis Jarvis s'était esclaffé. « Si le journal ne commence pas à gagner de l'argent, ils vont mettre la clé sous la porte. Je parie qu'aucun de leurs médiums ne les a prévenus. »

Jarvis n'avait pas encore parlé de licenciements économiques. Mais c'était un motif d'inquiétude.

« Eh bien, mes valeureux Hemingway, lance-t-il en riant de son trait d'esprit. C'est moi qui commande désormais, alors fini de tirer au flanc. Je n'ai jamais vu un tel foutoir. On a presque trois semaines de retard sur le planning, donc à partir de maintenant, tout le monde le nez dans le guidon. Bien. Vous avez des idées sensationnelles pour notre numéro spécial fêtes ? »

S'ensuit un silence gêné durant lequel trois paires d'yeux se penchent sur leurs blocs-notes.

« Euh, on pourrait peut-être créer une rubrique intitulée "Ho Ho Holistique" ? suggère Amber, au bout d'un moment. Avec un tas d'infos sur les thérapies holistiques qui peuvent vous aider à surmonter le traumatisme de Noël. »

Daniel acquiesce.

« Ça me plaît. Ensuite ? »

Elodie fait une timide proposition.

« Pourquoi pas un sujet du style : Les rêves peuvent-ils se réaliser ? On demanderait à nos lecteurs de nous envoyer leurs meilleurs exemples de rêves devenus réalités.

— Pas mal. Demandez-leur d'envoyer des photos aussi. »

Elodie grimace un sourire et griffonne sur son bloc. Le silence semble grandir et s'épanouir dans la pièce. Daniel pose un regard appuyé sur Erdman.

« Et toi, Erdman ?

— Euh… Je pensais qu'on pourrait faire un truc sur les symboles de Noël et ce qu'ils signifient, comme… la feuille de houx ou la bougie.

— Nul. On l'a déjà fait l'année dernière. Tu croyais vraiment que je n'allais pas prendre la peine de vérifier ? » Il secoue la tête. « Quoi d'autre ?

— Euh… Si on… »

Jarvis n'attend pas qu'il finisse.

« Je veux un article sur les qualités mystiques de la grenade. Et faites-moi un truc bien. Rappelez à nos lecteurs que les fruits de Noël, ce n'est pas seulement ces foutues mandarines. »

À La Banque, à l'heure du déjeuner, Erdman commande une pinte revigorante et un Laphroaig, pour décompresser.

Le Orange Tree Pub (nom officiel de La Banque) sent le nettoyant W.-C. et la bière éventée. Il y a longtemps, Erdman a trouvé cette astuce pour s'esquiver quand il avait envie de s'en jeter un vite fait. « Je fais un saut à la banque », disait-il à son patron. Ce n'était pas un mensonge à proprement parler… juste un surnom.

Penché au-dessus d'un menu, avec Amber et Elodie, il y a là le collègue et néanmoins ami d'Erdman, Axel.

« Ça va, vieux ? dit Erdman en levant ses deux verres. Où est Jarvis ?

— Il boit un café à Borough Market. » Axel lèche la mousse sur ses lèvres. « C'est vrai que ce connard t'a appelé Merdman ? »

Erdman détourne le regard et change de sujet.

« Tu étais où ce matin ? »

Axel se montre évasif.

« J'avais des trucs à faire. »

Quand arrive la tournée d'Axel, Erdman propose de l'aider à porter les verres. Alors qu'ils se dirigent vers le bar, Axel se cogne contre un type tout maigre, vêtu d'un costume à fines rayures, qui, par ricochet, se cogne contre Erdman.

« Désolé », murmure Axel.

L'homme lève la main pour signifier qu'il n'y a pas de mal, les doigts écartés comme des bâtons, et disparaît aux toilettes.

« En fait, dit Axel en reportant son attention sur son ami, j'ai un truc à t'annoncer. »

Erdman pose soigneusement sa pinte vide sur le bar. Quand les gens disent ça, en général, ça veut dire deux choses : ils vont avoir un bébé ou ils ont trouvé un nouveau boulot. Axel étant célibataire, il devine de quoi il s'agit.

« Tu vas où ? » demande-t-il.

Son ami jubile.

« À LA. Bosser pour un magazine mode de vie. Tu te rends compte ? Cool, non ?

— Ouais. Super cool. »

En écoutant Axel évoquer l'endroit où il va habiter et toutes les filles canon qu'il va rencontrer, Erdman se sent presque aussi gêné que ce matin pendant la conférence de rédaction.

Un quart d'heure plus tard, il annonce à ses collègues qu'il ne se sent pas très bien et rentre chez lui.

14

14 h 17

Jakey ferme les yeux, aussi fort qu'il le peut, pour ne pas être obligé de regarder les murs de sa salle de classe et les dessins qui ne changent jamais. La salle de classe où il apprend les phonèmes, où il déjeune, où il passe toutes les récréations depuis sa première année à l'école primaire du South Side.

Dehors, il entend ses camarades de classe qui s'appellent, les cris stridents des enfants qui jouent au football, à chat ou à la marelle.

Chaque jour, il a le droit de choisir un élève qui restera avec lui en classe pour jouer aux petites voitures ou aux Lego. Aujourd'hui, il a choisi Joshua Carruthers. En entendant son nom, Joshua a fait la grimace, en disant : « Oh, non, madame Haines. J'ai promis à Samuel de jouer au foot avec lui », mais leur institutrice a secoué la tête. Non, non, non, il devait rester avec Jakey.

Cela ne signifie pas que Jakey n'a pas d'amis. C'est un enfant agréable, très apprécié de ses camarades, mais difficile pour de jeunes garçons de résister à l'appel du dehors et à la liberté de courir.

Après le goûter, quand Mme Husselbee, sa prof particulière, leur a annoncé qu'elle allait aux toilettes, Joshua a lorgné avec envie par la fenêtre.

« Je vais aux toilettes, moi aussi », a-t-il dit.

Il n'est toujours pas revenu.

Jakey pose sa petite voiture sur la table et la fait rouler. Elle s'envole au bout de la table et rebondit sur la moquette. Il gratte une tache de porridge séché sur sa jambe de pantalon. Du couloir lui parvient un grondement de voix masculines. Il essaye d'ignorer la douleur dans son bras, et celle qui grandit dans sa poitrine. D'un pas boitillant, il marche jusqu'à la fenêtre et regarde la cour de récréation, le terrain de jeux au-delà.

Sans réfléchir, il ouvre la porte et sort.

Des enfants tournoient devant lui en braillant, ils courent dans tous les sens. Un garçon beaucoup plus costaud manque de lui rentrer dedans, mais l'évite à la dernière seconde, les franges de son écharpe frôlent le visage de Jakey. Un petit groupe de filles lui crient de s'écarter, il les empêche de jouer.

Jakey n'a pas le droit de sortir dans la cour. Le danger est partout, lui a dit sa mère. Il risque de se faire renverser et de se casser le bras. Ou bien il peut trébucher et se cogner le genou.

Et puis (c'est une autre raison, que sa mère n'a jamais formulée), personne ne voudra jouer avec le pauvre petit garçon qui ne sait pas courir ni attraper un ballon. Alors, il doit rester à l'intérieur. Avec Mme Husselbee. Même si, à cause du chauffage central et du personnel trop prévenant, il a parfois l'impression d'étouffer.

L'air de novembre lui gifle les joues. Il frissonne en

prenant conscience qu'il a oublié d'enfiler son manteau.

Il devrait retourner en classe. Dans quelques secondes, Mme Husselbee va revenir, découvrir sa chaise vide et partir à sa recherche. Mais il ne veut plus rester dans cette salle étouffante. Il veut être comme les autres.

À petits pas, il contourne le rectangle de béton de la cour de récréation de l'école primaire, en direction du champ qui la borde.

Quelques garçons jouent au football, silhouettes filiformes sur le fond gris du ciel d'hiver. Il les observe, émerveillé par l'aisance avec laquelle ils courent, esquivent, contrôlent le ballon, déployant une fluidité de mouvement qui lui est inconnue.

Il se rapproche de quelques pas vacillants.

À l'extérieur de l'école, un homme suit du regard sa progression hésitante sur la terre humide, vers le grillage qui empêche les enfants de sortir et les inconnus d'entrer.

L'homme boutonne sa veste à fines rayures.

Jakey n'a pas remarqué que ses chaussures s'enfoncent dans la boue alors qu'il traverse le terrain et il n'a pas entendu le coup de sifflet lointain qui signale la fin de la récréation de l'après-midi. Il ne s'est pas aperçu que son bras l'élançait, ni que sa respiration était hachée, haletante. Il appuie son visage contre la fraîcheur du grillage en fer galvanisé et il compte les voitures qui passent.

Un mouvement sur le trottoir opposé attire son attention. Un homme traverse la route. Il porte un costume sombre et un chapeau. Il a vu Jakey regarder à travers les losanges du grillage.

« Bonjour, dit-il.

— 'jour, marmonne Jakey.

— Tu ne joues pas au foot ? »

Le garçon esquisse un haussement d'épaules.

« Ce n'est pas grave. Tu peux bavarder avec moi à la place. »

Jakey regarde les yeux noirs de l'homme. Il devrait faire demi-tour. Il frissonne de nouveau.

« À cette époque de l'année, les lapins revêtent leur manteau d'hiver. » Il montre le pull du garçon. « Il t'en faudrait un à toi aussi. »

Jakey réfléchit.

« Ce serait cool.

— Tu aimes les lapins ? »

Jakey ne peut guère bouger le cou, mais il s'efforce de hocher la tête malgré tout.

« Oui. Mais je préfère les chiens.

— J'ai un chien. À la maison. Tu veux venir le voir ?

— J'ai pas le droit de sortir de l'école.

— Je croyais que tu aimais les chiens.

— Oui. »

L'homme hausse les épaules.

« On ne dirait pas.

— Je peux pas. Je vais avoir des ennuis.

— Je suis sûr que tu pourrais, si tu voulais vraiment. »

Jakey avait demandé un chien pour Noël. Les chiens se fichent pas mal que vos bras soient tordus et votre corps de travers. Quand, en ouvrant son cadeau, il avait découvert un chien mécanique, il avait pleuré pendant deux jours. Et sa mère avait pleuré aussi.

Il devrait retourner en classe maintenant, mais l'homme lui sourit, et il a des rides autour des yeux, un peu comme son père.

Si son père était à l'école à cet instant, comme tous les autres papas, ceux qui ont tenu leur promesse, il interdirait à Jakey de parler à cet homme et l'obligerait à retourner en classe.

Jakey décide de faire le contraire.

« Peut-être que je pourrais aller voir si la grille du terrain de jeux est ouverte, dit-il. Des fois, je vois les CM1 passer par là pour aller en cours d'EPS pendant que Mme Haines nous lit une histoire.

— À la bonne heure ! »

Jakey ne sait pas ce que ça veut dire, mais c'est sûrement un compliment puisque l'homme sourit.

« Si elle n'est pas ouverte, même heure demain ? »

Il répond par un sourire timide et, au moment où il se retourne pour rebrousser chemin, il voit Mme Husselbee courir vers lui. La ceinture de son manteau flotte derrière elle.

« Jakey ! Où étais-tu passé ? Je t'ai cherché partout. Tu ne dois pas quitter la salle de classe sans me prévenir.

— J'étais juste… »

Il se retourne vers le grillage pour montrer à Mme Husselbee avec qui il était en train de parler, mais l'homme au costume sombre a disparu.

15

17h11

Quand Erdman a annoncé à ses collègues qu'il rentrait se coucher, il n'a pas menti, enfin pas vraiment. Il rentrait chez lui, effectivement, mais après un petit détour.

Six pintes et une partie de billard plus tard, il passe en titubant devant le vieux cimetière de Cross Bones et se dirige d'un pas mal assuré vers la station de London Bridge. Il ne sait pas trop si c'est la bière ou la circulation à l'heure de pointe qui lui donne le tournis.

Que disait Samuel Johnson déjà ? Quand un homme est las de Londres, c'est qu'il est las de la vie. Connerie. Samuel Johnson ne s'est jamais retrouvé coincé à bord de ce foutu train de 17 h 16 pour Lewisham.

Luttant pour conserver son équilibre, Erdman avance sur le quai en scrutant les wagons bondés, à la recherche d'un espace pour s'y glisser. Des banlieusards tambourinent aux vitres et crient aux passagers d'avancer à l'intérieur pour faire de la place. Erdman opte pour la méthode furtive : il monte en jouant des coudes une seconde ou deux avant la fermeture des portes, obligeant la masse des corps à l'absorber.

Il appuie sa joue contre la vitre fraîche et ferme les yeux. Au moment où il les rouvre, un homme au visage inexpressif, vêtu d'un costume à fines rayures, un gros sac fourre-tout posé à ses pieds, l'observe de l'autre bout du wagon. *Qu'est-ce que tu regardes, cinglé ?* Il n'ose pas formuler sa question à voix haute. L'alcool le rend téméraire, mais il n'aime pas faire des histoires, même quand il est énervé. Un souvenir flou chatouille ses synapses, vite emporté par une vague de vertiges lorsque le train s'arrête en cahotant. Il ferme de nouveau les yeux. Ce petit salopard d'Axel. Tout ça, c'est sa faute.

Lorsqu'il se force à rouvrir les yeux, l'homme a été remplacé par une femme noire qui lit le journal. Ses dreadlocks multicolores masquent en partie le gros titre, mais il reconnaît la photo de la mère de cette fillette qui a disparu, Clara Machin-chose, étalée en première page. En pèlerinage au magasin de bonbons où la gamine a été vue pour la dernière fois. L'angoisse ronge son visage.

Arrivé à destination, Erdman gravit tant bien que mal la petite colline qui sépare la gare de chez lui. Il est obligé de s'arrêter juste avant d'arriver pour pisser contre le muret de leur maison. Il essuie ses mains sur son pantalon, puis tapote ses poches. Il a intérêt à rallumer son portable. Celui-ci bipe bruyamment. Le son le fait grimacer. Trois messages. Sans doute Axel ou Amber. Il les lira une fois à l'intérieur.

Dans la pénombre, les habitations victoriennes réhabilitées de sa rue semblent empilées les unes sur les autres comme des caisses. Pris de haut-le-cœur, pitoyable, il cherche sa clé. Il doit s'y reprendre à trois fois pour l'introduire dans la serrure.

Lilith est dans la cuisine, elle regarde la conférence de presse aux infos du début de soirée. Mme Foyle tient des propos quasiment incohérents, la détresse fige son visage comme un maquillage trop épais. M. Foyle est ratatiné, gris, desséché par le chagrin.

« Par pitié, si vous avez des informations, contactez la police », bafouille Mme Foyle.

Son mari est plus calme, mais ses yeux, deux gouffres de désespoir, le trahissent.

« Clara, si tu nous regardes, maman et papa t'aiment très fort. » Il fixe la caméra en face. « Je vous en supplie, rendez-nous notre bébé. »

Erdman n'est pas ivre au point de ne pas sentir l'atmosphère qui règne dans la maison dès qu'il pose sa clé. Lilith lui tourne le dos, les yeux rivés sur l'écran, les mains dans l'évier. Jakey, assis à la table du petit déjeuner, pousse avec sa fourchette les morceaux de poulet dans son assiette, captivé par une policière qui décrit le suspect que l'on a vu emmener la petite Clara.

« Comment ça va, champion ? Ton bras te fait mal ? »

Erdman s'assoit à côté de lui et touche délicatement le membre raide de son fils, mais Jakey le retire d'un mouvement brusque.

« Tu n'es pas venu, papa. »

Ses grands yeux marron sont chargés d'accusation.

« Je suis là maintenant, non ? »

Lilith se retourne vivement, faisant gicler de l'eau savonneuse.

« Tu as oublié, hein ? »

Qu'est-il censé avoir oublié ? Son cerveau embrumé par l'alcool cherche la réponse, mais elle lui échappe. Il sourit bêtement à sa femme, qui a croisé les bras sur sa poitrine.

« Tu es belle. »

Elle refuse de tomber dans le piège.

« Tu devais assister à la journée “Amène ton papa à l’école”. Tu te souviens ? »

Erdman pousse un grognement, un vague souvenir cogne à la porte de son cerveau.

« Je croyais que c’était demain après-midi.

— On a essayé de t’appeler, mais ton portable était coupé…

— La batterie est…

— LAISSE-MOI PARLER ! Jakey était dégoûté. »

Le regard de Lilith lance les mots qu’elle ne peut pas prononcer à voix haute. Ils ne savent pas pendant combien de temps encore leur fils sera physiquement capable d’aller à l’école. Déjà, il n’a pas le droit de jouer dehors à la récréation, ni de participer au cours d’EPS, en classe il doit s’asseoir à une table spécialement adaptée, et les autres mères ont trop peur pour l’inviter à goûter. Alors, les désirs de Jakey doivent passer en premier. Toujours. Toujours. Toujours.

Erdman ouvre la bouche, la referme. Puis il dit :

« Je suis désolé, mon chéri. Demain, je t’achèterai un jouet. Ça te fait plaisir ?

— On n’achète pas le pardon, Erdman. Ça se mérite. On ne t’a jamais appris ça ?

— Tu n’arranges pas les choses, Lilith. »

Il écarte les bras pour faire un câlin à son fils. Puis les laisse retomber en voyant que Jakey ne bouge pas.

« Papa est vraiment désolé, mon chéri.

— Le papa de Joe a été super cool, dit le garçon d’une voix boudeuse. Il est arrivé dans une voiture de police. Le père de Harry gagne beaucoup d’argent et il a acheté des bonbons à tout le monde. »

Flics et voyous. L'agent de police et l'avocat. Erdman les avait rencontrés l'un et l'autre lors d'une réunion de parents d'élèves au début du trimestre. À la recherche d'un sujet de conversation, ils en étaient venus à parler football, ce grand niveleur. Sauf qu'Erdman ne maîtrisait pas l'art du bavardage. Il avait un tas de choses à dire sur le tacle glissé de Messi ou le remplacement de Fergie. Mais, curieusement, les mots n'arrivaient pas à sortir. Après trois minutes de silence embarrassant, les deux autres s'étaient éclipsés.

« Tu sens bizarre, papa.

— Oh, bon sang. Tu es ivre ! »

Lilith ne lui adresse plus la parole pendant toute la soirée.

S'il est tombé amoureux d'elle, c'est en partie pour son côté cinglant. Il a toujours admiré la façon dont elle pouvait embrocher un adversaire en quelques mots, mais, désormais, les piques de Lilith lui sont destinées. Il a lu dans un supplément du week-end quelconque qu'un mariage survivait rarement dès que le mépris s'installait de manière insidieuse. Dans leur cas, le mépris ne s'est pas installé insidieusement, il piétine tout avec une grosse paire de bottes.

Alors qu'autrefois ils auraient chantonné en écoutant la radio et évoqué les nouvelles du jour, ils ont pris l'habitude de se montrer les dents telles deux bêtes blessées. Erdman ne saurait dire depuis combien de temps Lilith ne l'a pas pris par le cou en lui faisant *son* sourire.

Lorsqu'il l'a rencontrée, elle pétillait d'une énergie invisible, toujours en train de rire, de bouger. Aujourd'hui, elle ne lui parle presque plus. Il sait pourquoi, mais il ne voit pas comment y remédier, alors, il fait ce qu'il fait toujours. Rien.

Bien évidemment, sa femme adorée monte se coucher sans lui dire au revoir. Quand il la rejoint deux heures plus tard pour essayer d'arranger les choses, elle dort, bouche grande ouverte, une traînée de salive s'étale sur l'oreiller.

Dans les premiers temps, il se serait glissé dans le lit et aurait attiré vers lui son corps nu, en murmurant des excuses. Peut-être auraient-ils fait l'amour ou se seraient-ils emboîtés l'un dans l'autre, comme deux pièces de puzzle.

Maintenant, elle dort en pyjama et n'aime pas qu'on la réveille. Alors, il se faufile entre les draps froids, en prenant soin de ne pas la toucher.

C'est dans ces moments-là qu'elle lui manque le plus.

16

23 h 59

Miles Foyle compte jusqu'à dix et frappe à la porte de sa chambre.

« C'est qui ?

— Moi.

— Fiche le camp. »

Il actionne la poignée, mais la porte est verrouillée.

« S'il te plaît, Amy.

— Fiche le camp, je t'ai dit.

— Je veux te parler.

— Tu n'as qu'à parler avec une de tes putes. »

Il frappe à la porte jusqu'à ce que ses jointures deviennent rouges. Finalement, après quelques minutes, il entend coulisser la tige du verrou.

« Tu vas réveiller Eleanor, sale égoïste. »

Il tente de lui prendre la main, mais elle la retire.

« Je t'en prie. Laisse-moi une chance de m'expliquer.

— Expliquer quoi, Miles ? Dans le *Sun* d'aujourd'hui, une fille raconte qu'elle a baisé avec toi pour de l'argent.

— Juste une fois.

— Et alors ?

— Je me sentais seul.

— Et alors ? »

Amy s'assoit au bord du lit, prend la bouteille de vin sur la table de chevet et se sert un verre. Elle boit une longue gorgée.

« Elle était vieille, fatiguée, écœurante et tu as payé pour baiser avec elle. »

Ses paroles sont teintées d'incrédulité, ses lèvres tachées de tanin.

Il s'agenouille par terre à côté du lit, ses genoux s'enfoncent dans la moquette épaisse. Il remarque que le dessous du nez de sa femme est irrité à cause des larmes incessantes et, face à cette marque de fragilité, il est terrassé de regrets.

« Je me sentais seul, Amy. Je suis désolé. » Sa voix tremble. Je te promets que ça ne se reproduira plus jamais.

« Tu m'as menti, dit-elle en refusant de le regarder. Tu m'as juré que tu ne faisais pas l'amour. » Amy sèche ses larmes. « Que tu aimais juste *parler*.

— Écoute. Tout va s'arranger. » Il pleure maintenant. « La police va retrouver Clara et je te prouverai à quel point je t'aime. On redeviendra une vraie famille.

— Ce n'est pas la première fois, hein ? Qu'on t'accuse d'avoir fait une chose… » Sa voix est à peine audible. « … dégoûtante. »

Il tressaille, comme si elle l'avait visé non pas avec des mots, mais avec un lance-pierre.

« Elle a retiré ses accusations. Il s'agissait d'un horrible malentendu.

— Elle avait quatorze ans.

— C'était une adolescente perturbée par ses hormones

qui a mal interprété les signes. » Il y a de l'agacement dans son soupir. « On en a déjà parlé Amy.

— Et on en reparlera, Miles.

— C'était une stagiaire qui a essayé de me séduire et, voyant que ça ne marchait pas, elle a voulu me piéger. »

Amy regarde fixement la moquette.

« C'est la vérité, insiste-t-il. Je ne l'ai jamais retenue contre sa volonté.

— Non, la vérité, c'est que tu es un salopard qui me trompe avec des putes et qui n'est pas capable de laisser son truc dans son froc.

— C'était juste une fois ! »

Amy n'a pas l'occasion de répondre.

On frappe à la porte, tout doucement.

« Qu'y a-t-il, Gina ?

— C'est Eleanor, madame Foyle. Elle pleure encore. Et elle vous réclame. »

Amy se lève et traverse la chambre. La lumière de la lampe fait briller le vernis des larmes sur son visage. Gina l'attend sur le palier, sanglée dans sa robe de chambre d'où dépassent ses jambes maigres.

« Je crois qu'elle a encore fait un cauchemar. Elle appelait sa sœur. »

Amy se penche vers la nounou, dont le visage défait porte déjà la réponse à la question qu'Amy lui murmure à l'oreille.

« Avez-vous songé que tout cela est peut-être votre faute, Gina ? Que rien ne serait arrivé si vous aviez été là pour aller chercher ma fille ? »

MARDI

17

3 h 04

Avant même d'ouvrir les yeux, Erdman entend la respiration haletante de Jakey. Il se hisse jusqu'à la surface du sommeil.

« Ça va, champion ? » s'écrie-t-il.

Son fils ne répond pas.

Erdman roule hors du lit, attrape son peignoir et marche dans la semi-pénombre du couloir vers la chambre de Jakey.

Assis dans son lit, le garçon tient son bras blessé contre sa poitrine. Il respire par à-coups. La veilleuse projette des ombres sur les murs.

« J'ai mal partout. »

La détresse roule sur son visage.

Erdman doit faire un effort pour demeurer impassible.

« Tu l'as dit à maman ?

— Non. J'ai essayé de l'appeler, mais elle ne s'est pas réveillée. »

Erdman s'assoit au bord du lit. Son poids sur le matelas soulève brièvement le corps de son fils. Il déplie les doigts qui enserrent le bras « valide ».

Il est brûlant et enflé, une bosse apparaît déjà sur l'avant-bras. Jakey respire difficilement, son visage est chaud.

Bordel de merde.

Il calcule combien de doses de médicaments son fils a avalées depuis vingt-quatre heures. Il doit attendre le matin avant de pouvoir lui donner quoi que ce soit, même un antalgique.

Jakey s'appuie contre lui, son corps est brûlant à travers son pyjama, malgré le froid qui règne dans la chambre.

« Reste avec moi, papa. Jusqu'à ce que je m'endorme.

— D'accord, champion. »

Erdman balance ses jambes sur le lit et tire la couverture sur eux. Une lune pâle projette sa lumière par une fente entre les rideaux. Il écarte les cheveux qui tombent devant le visage de son fils. Le bruit de sa respiration hachée emplit ses oreilles et son cœur.

Ils l'ignorent l'un et l'autre, mais le père et le fils n'ont plus que quelques heures à partager, avant que leurs vies soient aussi abîmées que les os de Jakey.

18

8 h 12

Clara gratte une tache de moisissure sur le mur avec son ongle. Elle a le nez bouché et de plus en plus de mal à respirer. Sa mère mettrait cela sur le compte de ses allergies. Elle déteste cet endroit.

Ses paupières sont lourdes, comme si quelqu'un avait cousu des poids miniatures à l'intérieur. Elle est tout le temps fatiguée, mais elle voit la lumière grise qui entre par la fenêtre, alors elle sait qu'on est le matin. Elle se glisse sous le drap qui n'a pas été changé depuis qu'elle s'est fait pipi dessus deux soirs plus tôt. Il est froid sur sa peau, il sent mauvais, elle veut rentrer chez elle.

Il y a du givre à l'intérieur de la fenêtre. Elle frissonne dans l'air glacial.

Cela fait plusieurs heures qu'elle n'a pas mangé un vrai repas. Deux soirs de suite, il lui a apporté un verre de lait, une ou deux tranches de pain beurré, et une fois une banane talée, qu'il lui a épluchée. Ce n'était pas nécessaire. Malgré ses mains déformées, Clara sait accomplir des gestes simples, elle a appris toute petite. Elle a avalé la nourriture d'abord car, chaque fois qu'elle a bu le verre de lait, il s'est mis à faire nuit. Curieusement, même quand elle n'a pas faim, elle a mal au ventre. On dirait que rien ne peut combler le vide à l'intérieur.

La nuit, elle dort, mais la lumière du jour n'est pas synonyme de protection. Parfois, elle se cache sous le lit, simplement pour ne pas voir les murs froids et humides qui l'écrasent.

Cette pièce l'effraie. Comme tout le reste ici. Surtout l'Homme de la Nuit.

Elle l'appelle ainsi depuis l'horrible cauchemar, saisissant de réalisme, qu'elle avait fait quelques heures après son enlèvement. Elle s'était réveillée, en proie à la terreur, dans la lumière bleutée et dense qui précède l'aube. Avec un goût de craie dans la bouche. La pièce était silencieuse, la maison aussi. Clara ne voyait que ses yeux noirs et son visage aux angles saillants.

Lors de sa dernière visite, il lui avait apporté un cardigan. Jaune, en tricot. Et il l'avait boutonné à sa place, jusqu'au menton. Elle n'aimait pas la façon dont il avait regardé ses mains.

Si quelqu'un avait demandé à Clara quel effet produisait sur elle le regard de cet homme, elle aurait répondu qu'elle avait l'impression de rétrécir. Et un jour, bientôt, elle disparaîtrait entièrement. Il lui donnait envie de se cacher.

Elle se redresse et s'immobilise car de minuscules étoiles dansent à l'intérieur de sa tête ; elles lui rappellent le feu d'artifice qu'elle a regardé à travers les lattes des stores la nuit dernière. Cela l'avait déconcertée. Ça ne pouvait pas être la Nuit de Guy Fawkes*, car c'était déjà

---

* Le 5 novembre. Commémoration de l'échec de la « conspiration des poudres » de 1605, destinée à faire sauter le Parlement et à assassiner le roi Jacques Ier.

passé, elle était allée à Hampstead Heath avec ses parents et Eleanor. Elle se souvient bien : sa mère s'était plainte à cause de la boue, du froid, du monde. Elle avait cherché dans son sac à main sa petite flasque en argent et crié après le père de Clara parce qu'elle ne la trouvait pas, et tout le monde les avait regardés. Clara avait dit à Eleanor que leur mère était toujours en colère contre *quelque chose*, et sa sœur avait secoué la tête en mettant son doigt devant sa bouche.

« Ne m'oubliez pas », murmure Clara.

En bas, dans la rue, elle entend le bourdonnement de la circulation. Le premier jour, elle avait essayé de regarder par la fenêtre, mais elle est trop petite, elle n'atteint pas le rebord. Le deuxième jour, elle avait collé son dos contre la porte et poussé de toutes ses forces, mais elle était verrouillée.

Elle commence à perdre la notion du temps, elle ne sait plus depuis combien de jours elle est enfermée dans cette pièce qui sent le chou et une odeur sucrée, écœurante, qu'elle ne connaît pas.

Parfois, elle pleure, mais la plupart du temps elle parle toute seule, elle imagine des scènes avec sa « poupée oreiller ».

Elles font de longs voyages. Jusqu'à la plage près de l'ancienne maison. Le samedi matin, elles vont à la piscine avec Gina.

Un bruit de pas lui fait dresser l'oreille et son ventre se noue. Il ne l'a pas touchée aux endroits interdits et il ne la regarde pas comme elle a vu certains hommes regarder Gina. Il ne lui a pas fait mal. Mais elle sait ce qui l'attend, et c'est encore pire.

Clara remonte le drap taché d'urine jusqu'à son menton et écoute le déclic de la serrure, la porte qui s'ouvre.

L'Homme de la Nuit pousse une machine grise montée sur roulettes. Un long bras métallique y est rattaché. Il la branche dans une prise murale et elle se met à bourdonner.

« C'est l'heure de ta radio, ma chérie », dit-il.

19

10h57

Le mardi matin, lorsque Erdman arrive en retard au travail, accompagné d'une rafale de pluie et d'une gueule de bois, Daniel Jarvis l'attend. Cela fait quatre jours qu'il s'est coupé la main.

Il devrait être là depuis une heure, mais Jakey a fait des siennes. Il s'est accroché à ses jambes pendant qu'il laçait ses baskets, en le suppliant de ne pas aller travailler aujourd'hui, de rester là.

« Tu peux pas travailler à la maison ? S'il te plaît, papa ? S'il te plaîîîîît. »

Quand il lui a expliqué que non, malheureusement, il ne pouvait pas travailler à la maison, Jakey est devenu hystérique. Il s'est mis à tousser, à en vomir. Erdman a passé une éternité à essayer de le calmer en lui promettant de rentrer le plus tôt possible, mais Jakey ne voulait rien entendre. Finalement, Lilith a dû le ceinturer. Erdman s'est efforcé d'ignorer les hurlements de son fils en dévalant l'allée du jardin, reconnaissant envers sa femme et son attitude pragmatique. L'un et l'autre connaissaient les réactions de Jakey quand il prenait ses médicaments.

Par-dessus le marché, son train a eu du retard.

« Erdman ? »

Son patron est perché sur le bord du bureau d'Erdman, il consulte sa montre ostensiblement. Un pigiste qu'il n'a jamais vu travaille tranquillement dans un coin.

« Daniel. »

Il n'avait pas l'intention d'employer un ton si brusque, mais il n'a quasiment pas dormi de la nuit. Il s'est couché très tard pour essayer de terminer les articles de la semaine précédente, et il doit encore pondre un truc débile sur les vertus curatives de l'améthyste, et trouver le temps d'acheter un cadeau à Jakey pour se faire pardonner.

« Il faut que je vous parle », dit Jarvis, grave.

En le suivant dans son bureau de rédacteur en chef, Erdman capte l'expression inquiète sur le visage d'Amber. Il lève les yeux au ciel, mais, pour une fois, elle ne répond pas par un sourire.

« Asseyez-vous, Erdman. »

C'est grave, alors. Pas de surnom débile, pas de sourires forcés. La question est : grave comment ?

Jarvis commence par un laïus bien rodé sur la crise que traversent les magazines, les restrictions budgétaires et les tirages en baisse.

« Vous voyez le tableau. »

Erdman regarde fixement une tache de graisse sur la veste de Jarvis en se demandant où il veut en venir. Il ne tarde pas à le découvrir.

« Bref, je crains que nous ne soyons obligés de nous séparer de vous, conclut Jarvis. Vous êtes aujourd'hui trop cher pour nous. »

Une bulle de nausée remonte dans la gorge d'Erdman,

l'obligeant à déglutir. Pendant que Jarvis poursuit son baratin. Ils le savent l'un et l'autre. Il s'agit d'un conflit de personnalités, voilà tout. Il s'aperçoit, honteux, qu'il n'arrive plus à parler.

« Nous allons vous arranger un licenciement économique. Et vous aurez droit à votre période de préavis. Un mois, je crois. Merci infiniment pour vos loyaux services. Dix ans, c'est ça ?

— Douze. »

Erdman se lève. Jarvis lui donne une tape dans le dos.

« Haut les cœurs, Erdman. Avec votre expérience, vous n'aurez aucun mal à retrouver un autre poste. Oh, j'ai failli oublier… »

À son crédit, Jarvis rougit en lui tendant le sachet en plastique contenant de vieux carnets, des stylos mâchonnés et des trombones. Erdman aperçoit également un emballage de Crunchie.

« Désolé, dit Jarvis, c'est la politique de la maison. Nous préférons maintenant que les employés partent le jour même. Vous comprenez. »

Erdman n'est pas un homme violent, mais, tandis que Jarvis appelle Pete, l'agent de sécurité vieillissant, il éprouve une très forte envie de coller son poing sur la gueule de son salopard de patron – ex-patron – obséquieux.

20

11 h 07

L'inspectrice Fitzroy rentre chez elle pour se doucher et se changer dès qu'elle est certaine que David est parti à la City, où il exerce la profession de courtier de marchandises. Dormir est une extravagance qu'elle ne peut se permettre. Chaque heure qui passe entraîne un peu plus Clara Foyle dans les ténèbres. Mais il faut quand même qu'elle se lave de temps en temps.

Une assiette de tourte au poisson surgelée l'attend sur le comptoir de la cuisine. Son mari adore cuisiner et il prépare parfois des plats élaborés. Fitzroy la fait réchauffer au micro-ondes et la mange en guise de petit déjeuner.

Les cheveux mouillés, elle s'assoit au bord du lit aux draps parfaitement tirés et rédige un texto pour rappeler à David leur rendez-vous à la clinique jeudi. À mi-chemin, elle s'arrête et l'efface, de peur qu'il ne réponde par téléphone. Elle sort un calepin du tiroir de sa table de chevet et griffonne un mot à la place. Elle n'a pas la force d'affronter cette conversation.

Elle dépose le mot sur l'oreiller de David. Un message sec, professionnel. Dans le temps, elle dessinait des gribouillis, des cœurs, tandis que lui glissait des morceaux de papier remplis d'amour entre les pages des livres qu'elle était en train de lire. Pour leur premier rendez-vous, il l'avait surprise en l'emmenant danser dans un club de salsa en sous-sol, où sa façon de bouger l'avait emballée. Le décalage qui existait entre eux à présent lui paraissait d'autant plus douloureux.

Au début, l'âge de David (il avait douze ans de plus qu'elle) semblait être un détail insignifiant. Sa stabilité, sa perspicacité en matière financière, la prédominance qu'il accordait à sa carrière sur sa vie de famille, tout cela la rassurait. Et l'excitait.

Mais aujourd'hui, son désir d'enfant étire la distance qui les sépare, il les entraîne vers des territoires inconnus. Si elle – ou lui – fait un seul pas en arrière, quelque chose va se briser à coup sûr.

L'inspecteur Alun Chambers doit passer la chercher dans cinq minutes, pour le briefing avec le Boss. Elle sait déjà ce qu'il va leur dire. Ils manquent dangereusement, effroyablement, de pistes solides. Ils doivent éliminer Miles Foyle de la liste des suspects, sans l'arrêter si possible. Le Boss a besoin de personnes qui raisonnent de manière originale. Trouver Clara est la priorité.

Mais ils n'ont pas l'ombre de quoi que ce soit.

Pour l'instant, rien n'accuse Mme Foyle, et M. Atwal, le commerçant, est à peu près aussi utile qu'une capote dans un couvent. Il change sa déposition toutes les cinq minutes quand on lui demande qui est venu dans sa boutique l'après-midi où Clara a disparu. Un seul témoignage a été confirmé (des dizaines d'autres personnes ont aperçu la fillette entre Land's End et Majorque) et ils ne disposent que d'un vague signalement du ravisseur. Quelqu'un a vu une camionnette gris métallisé rouler à toute allure quelques minutes après la disparition, mais il n'a pas relevé le numéro d'immatriculation, pas un seul chiffre, pas une seule lettre. Les caméras de surveillance placées près de l'école ont enregistré la même chose… mais dans la direction opposée.

Fitzroy connaît parfaitement le genre d'individus qui enlèvent des fillettes comme Clara, et elle prie pour qu'elle ne souffre pas.

Elle se demande ce que ferait son père s'il menait l'enquête et elle se représente son visage sévère, dur. Même quand il dort, les rides qui encadrent sa bouche lui donnent un air maussade.

Des années plus tard, elle entend encore son ton véhément et récalcitrant, la seule et unique fois où elle avait sollicité son aide dans une affaire : une agression au couteau dans une famille fortunée où tout le monde se serrait les coudes.

« Ne cherche pas à savoir ce que je ferais, petite idiote. Essaye de comprendre par toi-même. »

Elle aurait dû s'y attendre. Pas de traitement de faveur. Un rejet condescendant. Même si elle avait obtenu les meilleures notes lors de l'examen d'entrée à Hendon. Et même si, à vingt et un ans, elle n'était plus une « petite idiote ».

Rien de nouveau.

Ah, si seulement elle ressemblait davantage à Nina, qui avait choisi de prendre à la rigolade une enfance flagellée par les critiques cinglantes de leur père, et lui avait fait du charme pour qu'il lui paye ses cours d'art dramatique.

Quand Nina avait incarné Rosalinde dans *Comme il*

vous plaira, il avait été le premier à se lever pour l'ovationner et il avait applaudi à en avoir mal aux mains. Mais pas une fois il n'avait dit à Etta qu'il était fier qu'elle marche sur ses traces.

Trop tard maintenant. Son père était parti vivre en Grèce avec sa nouvelle épouse il y a deux ans, et elle ne l'avait pas revu depuis.

Fitzroy entre dans le salon. Le canapé gris a la couleur du ciel. Chaque livre, chaque magazine, chaque *chose* est à sa place. Elle essaye d'imaginer une montagne de jouets qui se déversent sur le coûteux tapis que David a rapporté de son dernier voyage d'affaires en Italie. Elle essaye d'imaginer les cris d'un bébé aux yeux noisette et aux boucles brunes, comme David, qui tend la main vers elle dans son berceau. Elle essaye d'imaginer un avenir sans enfant pour elle et David, mais les pages sont vierges.

Dehors, Chambers klaxonne. Elle se faufile hors de l'appartement comme un fantôme.

21

11 h 15

Merde, putain, bordel. Merde, putain, bordel. Les pas d'Erdman martèlent le rythme de sa détresse.

Le voilà officiellement chômeur. Sans emploi. Dans le pétrin jusqu'au cou. Etc.

Erdman Frith a été viré hier, humilié. Ce loser de 39 ans n'a même pas été capable de garder son boulot dans un magazine pour maboules.

Derrière lui, un jeune garçon s'esclaffe. Son rire ressemble tellement à celui de Jakey qu'il se retourne, mais le trottoir est désert à l'exception de deux personnes qui marchent tête baissée, absorbées par leurs portables. *On devrait appeler ça les réseaux antisociaux*, pense-t-il.

Du talon des deux mains, il donne un grand coup dans l'épaisse porte en bois, mais, si le carreau tremble, elle ne cède pas. La Banque n'ouvre pas avant 11 h 30. Dans un quart d'heure.

Il reste le *offie**. Non, quand même pas. Il n'est pas désespéré au point de risquer de se faire prendre avec

---

* Pour *off-licence* : boutique qui vend de l'alcool.

un pack de bières dans le parc. Ça, c'est bon pour les clochards et les poivrots. Il n'en est pas là. Pas encore.

Mais il ne peut pas non plus rentrer chez lui. C'est le « thé du mardi » et Lilith reçoit des donateurs pour l'hôpital. Debout depuis l'aube, elle confectionne des gâteaux qui coûtent plus cher que la somme qu'elle récoltera. Elle devrait faire un don directement, au lieu de se fatiguer.

Comment vont-ils s'en sortir quand son indemnité sera épuisée ?

Et que va-t-il foutre de toute la journée ?

Pas question d'aller dans un musée envahi de touristes heureux qui prennent des photos et d'écoliers bruyants. Attendre l'ouverture du pub ? Possible. Mais il ne peut pas se permettre de picoler toute la journée, pour plusieurs raisons.

La pluie qui l'a trempé sur le chemin du travail s'est arrêtée et, bien que le ciel demeure gris, il espère que le temps va rester sec pendant au moins deux heures. Mais oui, bien sûr. Il sait ce qu'il va faire. Il va aller voir Ma.

Dans un de ses plus anciens souvenirs, Erdman revoit sa mère en train de pleurer. Shirley Frith ne pleurait pas souvent, voilà pourquoi il s'en souvient.

Il avait trois ans quand il lui avait demandé où était parti son frère, et très vite il avait appris à ne plus poser la question. Peu de temps après, toutes les photos avaient disparu. Et à mesure que les années passaient, le souvenir de Carlton aussi.

Et donc, Erdman avait grandi dans une maison où deux personnes auraient dû être quatre, où le chagrin, à force d'user le caractère, en avait fait une pointe acérée, où il se sentait étouffé autant que rejeté.

À cette époque, chaque fois qu'Erdman croisait son reflet, il voyait un écho de lui-même, une image déformée de son visage. Désormais, il s'efforce de ne pas penser à son enfance.

Lorsqu'il descend du bus pour remonter la rue, ses jambes pèsent des tonnes. Il vieillit, impossible de le nier. Au moins, sa vue reste intacte. Chaque matin, avant de se lever, il vérifie qu'il peut toujours lire le poster des phases de la Lune que Lilith a accroché au mur de leur chambre. *Une lune gibbeuse croissante, c'est quand le soleil éclaire totalement la moitié tournée vers la Terre.* Cela fait partie de sa routine journalière, comme de se brosser les dents.

Bon sang, il déteste rendre visite à sa mère. Pourquoi a-t-il décidé de venir la voir, aujourd'hui qui plus est ? Sans doute ses penchants masochistes. Ça ne l'aidera pas à se sentir mieux, et elle non plus, encore moins. Ça doit bien faire six mois qu'il n'est pas venu ici, nom de Dieu.

Il gravit l'allée d'un pas traînant, salue d'un hochement de tête le jardinier occupé à tailler les haies. Il imagine ce que dirait sa mère, en étirant les voyelles, sourcils dressés dans une éternelle expression de mécontentement.

« Ça fait beaucoup trop longtemps, mon chéri. Je suis toujours ta mère, je te rappelle. »

Erdman quitte l'allée de gravier pour marcher dans l'herbe spongieuse. Un bouquet de lys pend dans sa main. Il s'agenouille devant la tombe de sa mère.

SHIRLEY FRITH
13 mai 1947 – 25 mai 2012
TENDRE MÈRE ET ÉPOUSE
EMPORTÉE TROP TÔT

Les mauvaises herbes ont poussé depuis l'enterrement, elles viennent caresser la pierre tombale posée récemment, et qu'il voit pour la première fois *in situ*. Il les arrache rageusement, en prenant soin toutefois de protéger son doigt bandé, et il se laisse submerger par son passé.

C'était un enfant solitaire, toujours dans les jambes de sa mère, à panser les blessures infligées par sa langue aiguisée comme un couteau.

Jouant avec son frère mort.

Il détestait ramener des camarades à la maison. Sa mère les bombardait de questions, sans s'apercevoir que plus celles-ci devenaient personnelles, plus ils se repliaient sur eux-mêmes et plus leurs visages prenaient la couleur du saumon en boîte des sandwichs qu'elle leur servait à l'heure du thé. Inévitablement, la conversation dérivait vers lui.

« Toi aussi, tu passes tes journées dans ta chambre, à jouer avec des amis imaginaires ? » avait-elle demandé un jour à l'un d'eux. Erdman s'était fait charrier pendant trois ans à l'école.

À l'adolescence, cela avait pris de telles proportions que ses rares amis attendaient dans la voiture, de peur d'affronter les interrogatoires de sa mère. Des piques sournoises parées de beaux habits.

Mais, la plupart du temps, Erdman restait seul dans sa chambre, et ses conversations avec son frère avaient fini par s'essouffler. Alors, il avait appris à se distraire grâce aux livres et aux jeux sur ordinateur.

Jamais il n'en avait parlé, ni à sa mère ni à Lilith, il avait enfoui cette période dans les ténèbres de sa mémoire.

Aujourd'hui, c'est Jakey qui a des amis imaginaires. Quelques jours plus tôt, un soir, il avait surpris Lilith sur le palier, l'oreille collée à la porte de la chambre de leur fils, un sourire bienveillant aux lèvres.

Elle lui avait fait signe d'approcher.

« Écoute », avait-elle murmuré.

Erdman s'était posté à côté d'elle. En inhalant l'odeur chaude et sucrée de sa peau, il s'était momentanément laissé aller. Mais la voix forte et claire de Jakey lui avait soulevé l'estomac.

« Je sais pas. »

Un silence.

« Aucune idée. »

Nouveau silence.

« OK. Disons… dix ? »

Son fils s'exprimait d'un ton maussade, il renâclait. Soudain, un bruit sourd, puis un cri étouffé. Erdman avait tendu la main vers la poignée, mais Lilith avait retenu son geste.

« Vingt ? »

Soupir.

« Dis-le-moi, alors. »

Une pause de quelques secondes, puis Jakey avait repris, d'une voix teintée d'incrédulité.

« Deux cent six ? » Nouvelle pause. « Si, si, je te crois. »

Jakey s'était déplacé dans la chambre, Erdman avait entendu la porte du placard à jouets s'ouvrir. Lilith l'avait gratifié d'un sourire de conspiratrice, mais il n'avait pas réussi à le lui rendre.

« Tu savais que le fait de posséder un ami imaginaire est un signe d'intelligence supérieure ? avait-elle murmuré. Adorable, non ? »

« Non, je te l'interdis ! »

Jakey avait haussé le ton. Erdman croyait y percevoir des relents de peur et, sans se soucier de Lilith, il avait ouvert la porte.

« Tout va bien, champion ? »

Jakey avait sursauté, comme pris en flagrant délit.

« Oui, oui », avait-il bredouillé, M. Lapinou sous le bras.

Erdman avait fourré une poignée de Lego dans leur boîte.

« C'est bientôt l'heure de se coucher. OK ?

— OK. »

Au moment où il faisait demi-tour pour ressortir, son fils lui avait demandé :

« Dis, papa, tu sais combien il y a d'os dans un squelette ? »

Erdman s'était retourné, surpris.

« Un squelette humain ?

— Oui, avait répondu le garçon en fourrant son pouce dans sa bouche.

— Aucune idée. Et toi ?

— Deux cent six.

— Waouh. C'est beaucoup.

— Toi, tu es fort, papa, hein ? Très fort. »

Erdman avait bandé ses maigres biceps en riant.

« Comme un lion.

— Tu pourrais battre n'importe qui, alors ? »

Erdman avait perdu son sourire.

« Je n'irais pas jusque-là. Mais rassure-toi, personne ne va se battre, champion. »

Jakey lui avait adressé un petit sourire triste.

Plus tard ce soir-là, après avoir consulté son compte en banque sur Internet et passé une heure environ à combattre la Horde de Pandarie, il avait cliqué sur un article consacré au corps humain, par pure curiosité. Jakey avait raison. Sans doute avait-il appris ça à l'école.

Le sol est mouillé, l'humidité traverse son jean, mais il s'en fiche. Il déballe le sandwich au fromage que lui a préparé Lilith et mord dedans.

Beurk. Des pickles. Merci, Lilith.

Apparemment, sa femme est toujours en colère après lui, mais ce geste lui ressemble tellement que ça lui donne presque envie de sourire. C'est une femme qui sait se défendre. La seule femme qu'il a osé présenter à sa mère.

« Bonjour, ma belle. Quelle joie de te rencontrer enfin. Erdman me dit que tu es une enfant abandonnée. Pauvre petite. Comment peut-on faire une chose pareille ? C'est une honte. »

Douze ans plus tard, Erdman frémit encore en repensant à cette scène, mais Lilith avait fait preuve de son aplomb habituel.

« Bonjour, madame Frith. Je suis heureuse moi aussi de vous rencontrer. C'est de l'histoire ancienne, et je préfère laisser le passé là où il est. Soit dit en passant, mes parents adoptifs étaient des gens formidables. J'aime beaucoup votre robe. Marks and Spencer, non ? »

Shirley avait froncé les sourcils.

« Nous ne nous sommes pas déjà rencontrées ?

— Je ne pense pas. Je m'en souviendrais. »

Les deux femmes se tournaient autour, sur leurs gardes, mais, au fil des ans, le bombardement vocal de sa mère avait affaibli leurs défenses et, peu à peu, les visites s'étaient espacées, jusqu'à prendre fin.

Sa mère était beaucoup trop fière pour tenter d'arranger

les choses. Très vite, leurs rapports s'étaient limités à une carte d'anniversaire et une autre à Noël. Et puis, il y a six mois, il avait reçu un appel d'une infirmière d'un centre de soins palliatifs à Brighton.

« Votre mère vous demande. Elle insiste. »

Il y était allé seul, sans savoir à quoi s'attendre, et honteux de ne pas le savoir. L'infirmière lui avait expliqué que la chimiothérapie avait provoqué un AVC qui l'empêchait de parler et de déglutir.

Il n'avait pas reconnu la créature émaciée couchée dans le lit, avec ses cheveux en bataille et le genre de chemise de nuit à fleurs qu'il détestait. Sa tête formait un angle bizarre sur l'oreiller, son menton reposait sur l'os saillant de sa clavicule.

« C'est moi, maman. »

Un coin de sa bouche tombante avait tressailli, mais elle n'avait pas ouvert les yeux. Erdman lui avait pris la main, elle était chaude, la peau parcheminée. Les larmes lui piquaient les yeux.

« Je ne t'abandonnerai plus, promis.

— Elle est déjà morte une fois, vous savez. » L'infirmière avait dit cela sur le ton de la conversation, mais Erdman savait reconnaître une critique voilée. « Elle a fait une réaction allergique à un des produits de la chimio, ce qui a déclenché un choc anaphylactique. Elle est morte cliniquement pendant environ deux minutes. » Elle avait tamponné le front de Shirley avec une éponge. « Mais c'est une vieille dame entêtée. Visiblement, elle ne voulait pas partir sans vous avoir revu. »

Erdman avait enfoui le visage dans ses mains.

« Mieux vaut tard que jamais », avait concédé l'infirmière en lui tapotant le dos.

Quatre heures, il était resté au chevet de sa mère, sans lui lâcher la main, même au moment où l'infirmière était venue prendre sa tension, tandis que l'obscurité de la nuit envahissait la chambre. Il s'était assoupi quand il avait entendu sa voix, si faible, si différente, qu'il avait tout d'abord cru l'avoir imaginée.

« Ésolée… »

Erdman avait ouvert les yeux. Sa mère n'avait pas bougé.

« Suis… ésolée. »

Ses doigts trituraient la couverture, sa tête remuait sur l'oreiller.

« Ne t'en fais pas, maman. Je suis là. »

Sa voix avait semblé l'apaiser car elle ne remuait plus. Quelques secondes plus tard, cela avait recommencé.

« Suis ésolée. Suis ésolée. »

Un silence.

« Suis dé-solée. Ja-key.

— Oh, maman, ne t'inquiète pas pour ça. Nous aussi on est désolés. Mais on essaye de ne pas penser à l'avenir. On préfère se concentrer sur l'instant présent. »

Elle avait remué la tête de droite à gauche et sa voix s'était faite plus forte, plus insistante. Ne sachant pas comment calmer son agitation, il avait choisi la dérobade.

« Je vais téléphoner à Lilith, d'accord ? Pour lui annoncer que tu vas bien. Peut-être que Jakey pourra te parler. »

Il était descendu pour appeler sa femme, sachant pertinemment qu'il ne ferait pas subir les divagations de sa mère à Jakey, mais il voulait avant tout s'éloigner des râles qui s'échappaient de sa bouche inerte. Le temps qu'il remonte, elle était morte.

L'infirmière lui avait expliqué que parfois, les patients

victimes d'un AVC pouvaient paraître lucides et débiter du charabia, et que parfois, ils attendaient qu'un être cher arrive pour s'autoriser à partir ; et qu'après le cancer, mais avant l'AVC, Mme Frith parlait de sa famille avec chaleur et amour. Une image de sa mère qu'Erdman ne parvenait pas à concilier avec ses sautes d'humeur, son égoïsme, son calvaire.

Après sa mort, il n'avait pas pleuré une seule fois, pas même quand sa dépouille était arrivée à Londres pour être enterrée dans un cimetière proche de chez lui.

Un léger crachin s'est remis à tomber, mais on devine qu'il n'a pas l'intention d'en rester là, alors Erdman fait une boule avec le papier d'aluminium et se relève péniblement. Il brosse les miettes sur son pantalon. Et dépose un baiser sur le marbre de la pierre tombale.

« Au revoir, maman. À bientôt. »

Le cimetière est vide quand il regagne la sortie, à l'exception du jardinier et d'un personnage solitaire, en costume noir, assis sur un banc, un sac à ses pieds.

Le visage de l'homme ne lui est pas inconnu. Erdman s'arrête sur les pommettes tranchantes, convaincu de les avoir déjà vues. Qui est-ce ?

« Est-ce que vous me suivez… »

Mais il parle dans le vide. L'individu disparaît dans la toile de fond du décor. Erdman a juste eu le temps de le voir se faufiler entre les tombes, son costume semblable à une tache d'encre sur la feuille blanche du ciel. Une odeur désagréable flotte dans l'air, une odeur d'animaux en décomposition.

« Ça ne va pas, monsieur ? lui lance le jardinier.

— Vous avez vu cet homme ? En costume noir…

— Non, j'ai pas fait attention. »

Le jardinier tend sa lèvre inférieure, la perplexité se lit sur son visage buriné.

Erdman se met à courir, il scrute les tombes à la recherche de son inconnu, mais, à part une vieille femme au loin, il n'y a personne dans le cimetière. Qui est cet homme ? Où l'a-t-il déjà vu ? Dans le métro, non ? Ou dans le train ? Il est certain de l'avoir aussi déjà vu ailleurs, mais où ? Le vent se lève, il frissonne dans sa veste mouillée. Peut-être que sa mémoire lui joue des tours. Franchement, il a des problèmes plus importants à régler, au lieu de croire qu'un cinglé le suit partout.

Alors qu'il rentre chez lui, une pensée le frappe soudain. Jakey. Il a promis de lui rapporter un cadeau. Il doit faire attention aux dépenses maintenant. Mais il ne peut pas trahir sa promesse encore une fois.

Il hésite entre une voiture miniature et une figurine de Spiderman quand quelque chose attire son regard dans la devanture d'une boutique.

Un objet brillant, magnifique et totalement inapproprié.

Il imagine la réaction de Jakey quand il le lui offrira, ses yeux qui semblent s'allumer de l'intérieur. Il imagine la joie qui se répand sur son visage, dans tout son corps, et déclenche un sourire, un sautillement magnifique.

Il n'a pas les moyens de l'acheter. Il n'est même pas certain que Jakey pourra s'en servir.

Il l'achète quand même.

22

14h19

L'homme en costume attend exactement au même endroit.

« Bonjour, dit Jakey en marchant dans la boue, les pommettes rougies.

— Bonjour.

— J'ai pas le droit d'être ici. Mme Husselbee va être furieuse. Elle m'a ordonné de rester en classe, ou sinon elle va m'emmener dans le bureau de Mme Gaynor, c'est la directrice de l'école. Je voulais juste vous dire que ma maman va venir me chercher plus tôt pour m'emmener chez le médecin, alors je peux pas aller voir votre chien. »

Bizarrement, Jakey se sent soulagé quand il a fini.

« Ah, quel dommage. » Le sourire forcé de l'homme s'efface et il glisse un ongle entre ses dents. « Je voulais te demander si tu voulais un de ses chiots. »

Jakey ouvre de grands yeux.

« Un chiot ?

— Si tu n'en veux pas…

— Si, si. » Son visage s'assombrit. « Mais je peux pas

venir aujourd'hui. À cause de mon bras. Ça va plus du tout. »

Le regard de l'homme s'illumine.

« Je peux voir ? »

Jakey se retourne vers l'école. Mme Husselbee vient d'apparaître à la porte de la salle de classe. La main en visière, elle scrute le champ.

« Faut que j'y aille, dit-il.

— Et si tu venais choisir ton chiot demain ? Je t'attendrai si tu veux. »

L'homme sort une enveloppe de l'intérieur de sa veste. Un nom est griffonné dessus : Mme Haines. « Donne ça à ta maîtresse. C'est un mot de ta maman qui m'autorise à venir te chercher. » Il sourit au garçon en glissant l'enveloppe par un interstice dans le grillage. « Mais attends demain matin surtout. »

Les doigts de Jakey se referment autour de l'enveloppe, ses yeux s'accrochent aux boucles de l'écriture de l'homme, dont l'encre bave déjà sous le léger crachin qui commence à tomber. Il la fourre dans la poche de son pantalon.

« Oui, dit-il. Demain. »

23

15 h 12

« Miles Foyle vous a contactée ? demande le Boss.

— Toujours pas, monsieur.

— On a besoin de ce nom.

— Je sais.

— Dites-lui que s'il ne nous le fournit pas, nous serons obligés de l'arrêter. »

24

15h23

La maison est vide, et il se sent soulagé. Erdman évalue les mérites de l'oubli, puis repose la bouteille de Laphroaig sur l'étagère et se sert un verre d'eau à la place. Il va s'asseoir sur le canapé et attend le retour de sa petite famille.

« Ah, bon sang, vous m'avez fait peur. »

La lumière électrique l'oblige à plisser les yeux lorsque Lilith abaisse l'interrupteur, et Jakey lui saute sur les genoux comme s'il ne l'avait pas vu depuis des années, et non quelques heures seulement.

« Doucement, champion. Fais attention de ne pas tomber. »

Et il songe : ça pourrait être catastrophique. Il passe la main dans la frange cuivrée de son fils (elle a encore besoin d'être coupée) et la repousse sur son front, avant de la remettre en place, délicatement. Est-ce une nouvelle bosse qu'il a sentie sur son crâne ? Il déglutit pour ravaler la boule dans sa gorge.

Lilith a beau tirer sur son haut, il ne cesse de remonter et il aperçoit la bande de peau claire au-dessus de sa jupe.

Pour une fois, elle lui sourit. Il a envie de l'embrasser, pas de la faire pleurer.

« Comment se fait-il que tu sois déjà rentré ? »

Il y a dans sa voix un petit ton moqueur, absent depuis trop longtemps. En sa présence, il a l'impression de s'épanouir, comme une feuille sous le soleil printanier.

« Jarvis nous a laissés partir plus tôt. » Après une pause, il demande : « Alors, qu'a dit le médecin ? »

Elle grimace.

« Toujours pareil. Direction l'hôpital si l'état de son bras s'aggrave. Vérifier qu'il n'y a pas d'infection des voies respiratoires. Le surveiller de près. Bla-bla-bla.

— Ça me va.

— Oui, moi aussi, dit-elle en retrouvant le sourire. Il insiste pour aller à l'école demain, j'en déduis qu'il ne va pas si mal que ça. »

Dans sa tête, il a répété la manière dont il allait lui annoncer son licenciement, en prenant l'air sombre qui convient, mais maintenant qu'il la voit, là devant lui, souriante pour la première fois depuis des semaines, il n'y arrive pas.

Au lieu de cela, il se lève et fait rouler la bicyclette qu'il a cachée derrière le canapé.

Jakey et Lilith poussent le même cri de surprise en même temps. Erdman a toujours adoré ce mimétisme : son fils est une version miniature de sa femme, que ce soit la façon dont il fronce les sourcils quand il est en colère ou le grain de beauté identique dans son cou.

« Oh, merci, papa ! Je l'adore.

— À quoi tu joues, là ?

— Je peux aller en faire maintenant ?

— Tu aurais dû m'en parler avant.

— S'il te plaît, papa ! S'il te plaît ! »

Erdman regarde tour à tour Jakey et sa femme. Parfaits contrastes.

« Cinq minutes, dit-il à son fils. Va mettre tes baskets. »

Jakey pousse un grand cri de joie et fonce chercher ses chaussures. Le visage de Lilith est un collage d'émotions diverses.

« Et s'il tombe ? Et s'il n'a pas la force de pédaler ou de tenir le guidon ? » Elle s'emporte. « Qu'est-ce qui t'a pris ?

— Il faut bien le laisser vivre un peu, Lilith. On ne peut pas le protéger en permanence.

— Si, justement. C'est notre devoir de le protéger. Pas de lui faire courir des risques inutiles. Il n'est pas comme les autres, je te le rappelle. Où est son casque ? Où sont les genouillères ? Les coudières ? Sincèrement, Erdman, tu es irresponsable. »

Et voilà, on en revenait toujours à ça.

Il fait rouler le vélo vers la porte d'entrée, sans se retourner.

Il n'y a quasiment personne dans la rue, ce n'est pas encore l'heure de pointe. L'obscurité s'installe déjà sur la ville, mais Jakey ne semble pas s'en soucier.

« Mieux vaut ne pas trop s'éloigner, champion. Maman est un peu en colère après moi. On va juste faire un essai sur le trottoir, devant la maison. »

Erdman aide son fils à s'asseoir sur la selle et à poser les mains sur le guidon. L'inclinaison de sa tête et l'angle de son coude font pencher le poids de son corps vers la gauche, si bien que la roue droite du stabilisateur décolle de plusieurs centimètres.

« Oh là ! » s'exclame Erdman en voyant la bicyclette chanceler, mais Jakey rigole.

Prudemment, Erdman pose la main sur celle de son fils afin de faire contrepoids avec son corps. Les pieds de Jakey s'agitent dans le vide, en quête de stabilité. Lorsqu'ils touchent le sol, il pousse en arrière et les pédales se mettent à tournoyer furieusement.

Le vélo avance d'un centimètre dans un soubresaut.

« Il faut que tu pousses avec tes jambes, champion. » Erdman s'efforce d'ignorer la respiration sifflante de son fils. « Tu crois que tu peux y arriver ? »

Jakey hoche la tête et tente de suivre le conseil de son père.

Mais la bicyclette avance à peine.

Lilith a peut-être raison, peut-être qu'il n'a pas suffisamment de force dans les jambes. C'était peut-être une idée stupide, en effet. Peut-être est-il réellement un père irresponsable.

« Allez, papa ! On essaye encore. »

Erdman cligne des yeux dans l'obscurité naissante, ému par la détermination de son fils.

« Accroche-toi », dit-il et, agrippant les deux poignées, il pousse Jakey, en douceur.

Le vélo avance. Les pieds de Jakey suivent le mouvement des pédales.

« J'y arrive ! Je fais du vélo !

— Oui, mon chéri. Tu y arrives. »

Jakey passe dix minutes à se familiariser avec cette nouvelle activité. La lèvre inférieure saillante, il actionne ses jambes maigres pour pédaler dans le sens de la montée ; un large sourire fend son visage lorsqu'il redescend en roue libre. Erdman le ralentit d'une main.

Mais soudain, l'avant du vélo heurte le bord d'un pavé qui dépasse.

Comme si le temps était une mélasse, épaisse et collante, qui s'écoule lentement, Erdman voit son fils basculer par-dessus le guidon, tête en avant, il entend le long cri qui s'échappe de ses lèvres. Les phares d'une voiture qui passe à ce moment-là inondent le visage de Jakey. Un crachin a fait son apparition. Erdman a pu enregistrer tout ça avant d'agripper son fils par son manteau pour le retenir.

Dans sa poitrine, la peur s'estompe et devient un point noir compact.

Il tire brutalement son fils vers lui.

« Tout va bien, champion, dit-il, autant pour lui-même que pour Jakey. Tout va bien. »

Lilith ouvre la porte de la maison.

« Le thé est bientôt prêt », annonce-t-elle.

Erdman et son fils se regardent, ils attendent que sa colère fasse exploser le calme de la rue, ils attendent les reproches, la menace d'enfermer le vélo dans la cabane de jardin ou, pire, de le vendre sur eBay.

« Vous avez entendu, les garçons ? Le thé est prêt dans cinq minutes. »

Le père et le fils relâchent leur respiration et rient en chœur : un son joyeux, libre.

« On pourra faire ça tous les jours, papa ?

— Un peu, mon neveu ! »

Ni Erdman ni Jakey n'ont remarqué l'homme vêtu d'une veste à fines rayures qui les observe de l'intérieur de sa camionnette grise garée de l'autre côté de la rue, les ongles enfoncés dans sa paume.

« Pourvu qu'il ne se casse rien », dit le Collectionneur.

Plus tard, pendant que Lilith fait la vaisselle, Erdman donne son bain à Jakey. Cela ne lui est pas arrivé depuis longtemps et le choc le saisit.

La colonne vertébrale de son fils ressemble à un xylophone de bosses osseuses, et il remarque pour la première fois une protubérance difforme sous son omoplate gauche. Il la masse avec le gant de toilette Moshi Monsters et sent son fils grimacer sous la pression, si légère soit-elle.

Sous le prétexte de faire mousser le shampoing, il dénombre trois grosseurs sur le crâne de Jakey. Une arête osseuse est visible au-dessus de sa clavicule. La bosse sur son bras valide a grossi. Ses os semblent avoir été soudés aux mauvais endroits : une présence étrangère indésirable qui rôde juste sous sa peau.

Il reçoit un jet d'eau en plein visage, et Jakey rigole en agitant son Super Soaker de son bras valide. Erdman se demande combien de temps il faudra pour que lui aussi se soude à son corps. À cet instant, il se réjouit d'avoir le visage trempé pour cacher ses larmes.

Il hisse Jakey hors de la baignoire et l'essuie entre les doigts de pied. Les deux gros orteils, déformés et tournés vers l'intérieur, lui rappellent toujours la naissance de son fils. Les médecins inquiets rassemblés dans un coin. Le choc, la stupeur, le drame. Le début de la ligne de fracture qui traverse son mariage.

« Dis, papa... Je vais mourir ? »

Cette question ébranle Erdman. Très vite, il se ressaisit et boutonne la veste de pyjama de son fils.

« Pas avant très longtemps, champion. Pourquoi tu me demandes ça ?

— C'est la maman de Josh qui lui a dit. »

Erdman maudit Alyson Carruthers et sa grande gueule.

« Tu sais que tu as un petit problème…

— J'ai des os en plus, hein ?

— Exactement. Et il y en a d'autres qui vont continuer à pousser. Comme ça, il y aura plus de toi à aimer.

Erdman ne juge pas nécessaire de lui expliquer que lorsqu'il sera adolescent, ces os supplémentaires auront encerclé ses muscles, ses tendons et ses articulations, réduisant ses mouvements à l'intérieur d'un second squelette.

Jakey semble satisfait de cette réponse.

« Câlin. »

Son cou penche vers son épaule et il ne peut pas lever le bras gauche, mais Erdman voit briller dans les yeux de son fils une étincelle d'amour pleine de sommeil. Il noue les bras autour de son corps rigide et le serre contre lui, pas trop fort. Quelque part dans la maison, un téléphone sonne.

« Quoi qu'il arrive, papa sera toujours là pour veiller sur toi, je te le promets », murmure-t-il en inhalant la bonne odeur de pomme dans ses cheveux.

Quand Erdman redescend, Lilith est en train de tricoter. Le *clic-clic* nerveux des aiguilles aurait dû le mettre en garde, mais il est encore plongé dans le moment qu'il vient de passer avec Jakey.

« Amber Collins vient d'appeler, dit Lilith d'une voix dangereusement calme. Elle voulait savoir comment tu allais. Car, *apparemment,* tu aurais perdu ton PUTAIN DE BOULOT. »

Erdman se fige alors qu'il allait se servir un verre de vin.

« Ah.

— C'est tout ce que tu trouves à dire ? "Ah" ? » Elle frappe du poing sur la table. « On a un crédit sur le dos, au cas où tu l'aurais oublié. Pourquoi tu ne m'as rien dit ? »

Elle se lève et fait les cent pas dans le salon en se massant le ventre, comme souvent lorsqu'elle est agitée. Erdman aurait aimé que, à l'exemple de Bouddha, ça porte chance.

« Je ne voulais pas t'inquiéter.

— Mon cul. Tu avais peur, oui. Alors tu as laissé ta collègue m'annoncer la nouvelle à ta place. Bravo, Erdman. Bien joué, vraiment.

— Ça va aller. »

Elle parlait lentement, comme s'il était incapable de comprendre les mots de plus d'une syllabe.

« On n'a pas d'économies. Tu les as dépensées pour acheter ce tas de ferraille. Tu te souviens ? *Une super affaire*, tu disais. Oh, oui ! Pour ce charlatan qui nous a arnaqués. »

C'était un vieux motif de ressentiment, un parmi tant d'autres, et Erdman ne s'étonnait pas de le voir resurgir. Lilith les débitait à chaque dispute. Il aimait se les représenter à l'image d'un chariot rempli d'une sélection de desserts alléchants. La suggestion du soir : *Le Suzuki spécial, un régal. Servi avec un généreux accompagnement de coups de fouet sur les fesses.*

« Tu dois trouver un travail. N'importe lequel. Ils recrutent au Sun in the Sands.

— Je refuse de travailler dans un pub. Je vais envoyer un mail à Russell pour voir s'il n'a pas quelque chose. »

Il omet de préciser qu'il l'a déjà fait, et Russell ne peut

rien pour lui. *Désolé, mon pote. Restrictions budgétaires, comme partout.*

« Tu ne peux pas te permettre de faire le difficile. Tu dois prendre ce qui se présente.

— J'ai dix-neuf ans de journalisme derrière moi. Je ne vais pas changer de carrière maintenant. »

Elle laisse échapper un rire amer.

« De quelle carrière tu parles, au juste ? Tu n'as jamais obtenu la moindre promotion et tu n'as pas eu d'augmentation correcte depuis Dieu sait combien de temps. Tu travailles dans le même magazine merdique depuis dix ans. On ne peut pas compter sur toi, tu n'as jamais rien d'intéressant à dire et, franchement, je ne crois pas que je pourrai supporter ça pendant encore quarante ans. » Elle s'arrête pour reprendre son souffle. « Pourtant, on était heureux dans le temps. Tu t'en souviens ? Avant que tu décides de renoncer. Avant… » Elle ferme les yeux. « … Jakey.

— Hé, attends une minute… »

Il lève les mains, comme si ce geste pouvait arrêter le torrent verbal, mais Lilith refuse de croiser son regard, sa bouche est crispée, inflexible.

« C'est la vérité. »

L'effet aurait été le même si elle lui avait décoché un coup de pied dans le ventre. Il regarde sa femme. Tout en elle irradie la colère, la déception. A-t-elle toujours été ainsi ? La voyait-il enfin clairement, après des années de vision brouillée ?

Il se souvient d'une époque où on aurait pu croire qu'ils ne s'arrêteraient jamais de parler, où ils sortaient du cinéma avant la fin du film car ils avaient le sentiment de perdre leur temps à regarder l'écran en silence, où ils passaient des heures en cuisine. Nom de Dieu, il s'asseyait même au bord de la baignoire avec une bière pendant qu'elle se prélassait dans un bain moussant, et ils se racontaient leurs journées respectives.

Durant les semaines qui avaient précédé la naissance de Jakey, il avait massé avec de l'huile son ventre qui grossissait, il avait foncé à la station-service ouverte toute la nuit pour acheter de la Marmite ou des chips fromage-oignon. Ils avaient lu ensemble des livres sur la grossesse, sans se douter que celle de Lilith cachait en elle une bombe qui allait faire exploser leur vie.

Il se souvient de l'époque où ils s'intéressaient l'un à l'autre.

« C'est vraiment ce que tu penses de moi ? »

L'expression de Lilith est bien plus éloquente que tous les mots. Pour la quatrième fois en moins de douze heures, les larmes menacent de le submerger et, cette fois, ce n'est pas le genre yeux mouillés reniflements provoqués par un oignon qu'on hache, mais des sanglots qui vous dévastent un homme.

« Va te faire foutre », dit-il.

Sur ce, Erdman Frith claque la porte au nez de sa femme et sort dans l'obscurité.

25

19h56

À l'étage, Jakey sursaute lorsque la porte d'entrée se referme sur la colère de son père. Il n'est ni endormi ni réveillé, mais quelque part entre les deux. Le monde intermédiaire de la conscience et des rêves.

Un homme semblable à une ombre, aux dents aiguisées et aux longs bras décharnés, tel le croque-mitaine sur la couverture du livre de papa, s'est penché au-dessus de lui, mais Jakey a poussé un petit cri en donnant des coups de pied, et il a disparu dans le trou noir et poussiéreux sous le lit, ou à l'intérieur du placard à jouets, il ne sait pas trop.

Ce qu'il sait, en revanche, c'est que cet homme voulait lui faire du mal. Comme à cette petite fille dont ils ont parlé à la télé. Il sait aussi que les choses sombres aiment les endroits sombres.

Il remonte sa couette Spiderman jusque sous son nez et tente de déplier son bras endolori. Ses doigts frôlent le plastique dur de sa lampe électrique et la font tomber par terre. La porte était ouverte quand son papa lui a souhaité bonne nuit, mais maintenant elle est fermée. Jakey n'aime pas que la porte soit fermée.

Ol' Tommy Rawhead est là, Ol' Bloody Bones.

Dès que ce nom lui traverse l'esprit, Jakey doit repousser un flot de larmes paniquées.

Il est dans ma chambre. Il vient me chercher. Et papa n'est pas là pour le chasser.

Il essaye de crier pour appeler sa mère, mais quelque chose l'en empêche, un objet enfoncé dans sa bouche. Il l'arrache avec sa main droite. Ce n'est que son vieux lapin en peluche, M. Lapinou.

Il ferme les yeux aussi fort qu'il le peut et compte jusqu'à trois, comme son père lui a appris à le faire quand la douleur devient insupportable.

Derrière le silence de la chambre, il entend la respiration tranquille d'Ol' Tommy, semblable à un râle. Pourra-t-il atteindre la porte ? Non. *Nooon.* Les doigts de squelette vont se refermer autour de ses chevilles dès qu'il sortira du lit. Et la fenêtre ? *Trop haute dans le ciel.* Si seulement il pouvait allumer la lumière. Cela flanquerait la frousse au croque-mitaine.

Ses paupières papillonnent, alourdies maintenant, les doubles cordes de l'imagination et du sommeil le ligotent dans son lit. *Ol' Bloody Bones a enlevé cette petite fille et il va venir me chercher ensuite.*

Le garçon est couché, inerte, prisonnier de la peur et des limites imposées par son corps, quand sa mère monte le voir. Ol' Tommy est reparti et il s'est endormi.

26

19 h 58

Miles Foyle est affalé dans un fauteuil. Depuis la dernière fois que Fitzroy l'a vu, le samedi, il ne s'est pas rasé. Il a la joue éraflée, les yeux bouffis et cernés à cause du manque de sommeil.

Le visage d'un homme condamné à mort par l'opinion publique.

Elle pourrait éprouver de la peine pour lui s'il ne se montrait pas aussi obstiné. Même quand elle lui a lu ses droits, il a refusé de faire appel à un avocat, affirmant que c'était inutile car il n'avait rien à cacher.

« Suite de l'enregistrement. Nous sommes le mardi 12 novembre. Je suis l'inspectrice Etta Fitzroy et je suis en présence de… » Là, elle s'interrompt pour permettre à Miles Foyle de marmonner son nom. « … le père de Clara Foyle, l'enfant qui a disparu. L'interrogatoire reprend à 19 h 58. »

Miles garde les yeux baissés.

« Docteur Foyle, êtes-vous disposé à nous donner le nom de la femme avec qui vous étiez l'après-midi où Clara a disparu ? »

Pas de réponse.

« Docteur Foyle, vous faites obstruction à une enquête sur la disparition de votre fille. Si vous ne voulez pas nous fournir le nom de cette femme afin que l'on vérifie votre alibi, cela suggère que vous mentez. Vous en avez conscience ? »

Il lève la tête. De minuscules veines rouges forment des toiles d'araignée dans le blanc de ses yeux.

« Que se passera-t-il si je ne vous le dis pas ?

— On peut vous garder ici pendant vingt-quatre heures environ. Ensuite, on peut demander une prolongation de garde à vue. »

Il frappe du poing sur la table, et fait sursauter Fitzroy.

« Pourquoi est-ce que vous ne pouvez pas me croire sur parole ?

— Et si la police avait cru sur parole Roy Whiting ? Ou Ian Huntley ? »

Miles laisse retomber son menton sur sa poitrine, mais elle voit sa bouche trembler. Elle fait glisser une boîte de mouchoirs en papier sur la table.

« On finira par le découvrir. Alors, pourquoi vous compliquer la vie ? »

Elle attend qu'il se ressaisisse, puis change de tactique.

« Docteur Foyle, est-il exact qu'une adolescente ayant effectué un stage dans votre cabinet vous a accusé d'agression sexuelle l'année dernière ? » Fitzroy consulte ses documents. « Elle a affirmé que vous l'aviez séquestrée sur votre lieu de travail pendant trois heures. »

Le visage de Miles s'empourpre.

« C'est des conneries. Elle a tout inventé. Et elle a retiré ses accusations.

— L'avez-vous obligée à les retirer, docteur Foyle ? »

Il la foudroie du regard, ses cils mouillés de larmes bordent ses yeux de pointes de fer.

« Vous vous êtes déjà fait une opinion sur moi, n'est-ce pas ?

— À vous de la faire changer. »

La pluie martèle son rythme implacable sur le toit de l'immeuble. Fitzroy ne cesse de tirer sur le tissu de sa robe, comme si cela pouvait restaurer l'ordre dans le chaos de ses pensées. Pendant une heure, elle attend qu'il la provoque, qu'il riposte, qu'il fasse ou dise *quelque chose* pour se défendre.

Mais Miles Foyle refuse de prononcer un mot de plus.

La tache de la nuit s'est assombrie autour d'elle tandis qu'elle se trouvait dans la salle d'interrogatoire. Profitant d'une courte pause, elle traverse la rue rapidement et entre dans la station Cutty Sark du DLR*.

Elle emprunte l'escalier mécanique et se laisse entraîner, comme elle laisse le mouvement fluide transporter ses pensées vers un endroit où il est possible d'établir des connexions.

Qu'est-ce qui empêche Foyle de dire la vérité ? Qu'y a-t-il de si grave pour qu'il préfère être accusé de l'enlèvement de sa fille plutôt que de cracher le morceau ?

Arrivée en haut de l'escalator, Fitzroy tourne à droite, fait quelques pas et pose les pieds sur la première marche de l'escalier mécanique parallèle qui descend. Le jeune couple qui se trouve derrière elle échange des coups de coude en rigolant, mais Fitzroy les ignore. Prendre

* Docklands Light Railway.

l'escalator l'aide à organiser ses pensées, à écouter la musique de son esprit.

Miles Foyle produit un son discordant qui la turlupine, un bruit de cymbales au milieu de la section des cordes.

D'après son expérience, la plupart des tueurs d'enfants ne se placent pas d'eux-mêmes dans le viseur, ils préfèrent rôder autour.

Mais cela n'excuse pas une réalité irréfutable. On ne sait toujours pas où se trouvait Miles Foyle à l'heure où Clara a disparu.

27

19 h 59

Il bruine et les nuages qui filent devant la lune diluent ses contours. Les maisons, collées les unes aux autres comme des rangées de dominos, sont silencieuses. Un par un, les lampadaires se transforment en talismans contre les cieux qui s'obscurcissent. Erdman marche d'un pas lourd vers Tranquil Vale, appâté par un verre.

Ses joues sont mouillées. Il les essuie du bout des doigts, mais en quelques secondes sa peau ruisselle de nouveau.

Lilith ne m'aime pas.

Puis…

Comment en est-on arrivés là ?

L'envie de voir Jakey le saisit. Il s'arrête et se retourne vers la maison, vers le rectangle noir de la fenêtre de la chambre de son fils, mais une ombre frôle le rideau, alors il repart. Il n'a pas la force d'affronter Lilith à nouveau.

Il remonte Granville Park à grandes enjambées. Jusqu'à Pagoda Gardens. Là, il tourne à gauche vers Mounts Pond Road, en suivant la courbe qui rejoint Hare and Billet Road, l'artère qui mène au village.

Lilith l'avait convaincu d'acheter à Blackheath onze ans plus tôt, quand ils étaient encore enivrés par la vie et leur amour. Ils avaient vidé leurs fonds de tiroir pour rassembler tout l'argent qu'ils avaient, et celui qu'ils n'avaient pas, puis convaincu leur banquier de leur accorder un prêt trop important.

Le jour de l'installation, il avait plu sans cesse, au point de faire déborder les collecteurs d'eau, et de provoquer des torrents qui dévalaient Lewisham Hill. Leurs cartons étaient trempés, leurs meubles en bois ciré constellés de gouttes de pluie. Le soir, ils avaient traversé en courant le Heath* inondé en quête d'un endroit où dîner, mais une des bottes de Lilith était restée coincée dans la boue et elle était tombée la tête la première.

Erdman avait voulu la soulever par les aisselles, mais elle riait tellement que son corps était tout mou. Elle avait de la boue sur le menton et dans les cheveux. Ses genoux avaient flanché et elle était retombée, en l'entraînant cette fois dans sa chute. Ils s'étaient retrouvés couchés dans l'herbe, aspergés de pluie, riant aux éclats, à en avoir mal au ventre.

Trop sales pour oser pousser la porte d'un des restaurants du village, ils avaient acheté des *fish and chips* qu'ils avaient mangés avec les doigts devant le Conservatoire.

Lilith s'était tournée vers lui, son souffle produisait de la fumée, ses cheveux pendaient par mèches autour de son visage.

« J'espère qu'on restera toujours comme ça. »

Il avait passé un bras autour de ses épaules pour attirer

* Nom donné au jardin public de Blackheath.

son corps trempé contre le sien. Elle frissonnait sous sa veste, mais elle ne s'était pas plainte du froid, pas une seule fois.

« On est une équipe, non ? On fera encore ça à quatre-vingts ans.

— Et on aura des dizaines de petits-enfants, une maison au bord de la mer…

— Des chiens et des poules », avait-il ajouté.

Elle lui avait donné une petite tape sur la poitrine, mais ses yeux lui souriaient. Ils adoraient bâtir des châteaux en Espagne.

Plus tard ce soir-là, ils étaient de nouveau allongés côte à côte, mais dans des draps propres. Malgré l'heure tardive, ils ne trouvaient pas le sommeil, à cause de l'absence de rideaux et des trains qui passaient au pied de leur jardin.

« Notre maison à nous, enfin », avait dit Lilith, pour la dixième fois de la journée.

Erdman avait ri et elle avait roulé vers lui.

« Je n'arrive toujours pas à croire que tu m'as choisi », avait-il murmuré en caressant les courbes de sa peau nue.

Lilith s'était dressée sur un coude. D'un doigt, elle jouait avec la barbe naissante de son menton.

« Je t'attendais », avait-elle répondu.

Lilith rendait Erdman heureux, plus qu'il ne l'avait jamais été. Et peu importe s'ils étaient ensemble depuis seulement un an quand ils avaient acheté leur maison. Peu importe s'il avait laissé tomber l'université et traînait derrière lui une ribambelle de relations désastreuses. Peu importe même s'il détestait son boulot dans un magazine merdique. Il trouverait un autre poste, il demanderait à Lilith de l'épouser, et la vie serait parfaite.

Et elle l'avait été, pendant un temps. Les week-ends sous la tente sur la côte de l'Essex, les nuits passées à rire au Railway, la peinture des murs de leur nouvelle maison. Ils faisaient l'amour. Ils s'étaient mariés. Ils continuaient à faire l'amour. Lilith était tombée enceinte. Jakey était né. Et leur vie parfaite s'était effilochée point par point.

Le crachin, poussé par un vent violent, lui cingle le visage. Erdman enfonce les mains dans ses poches et rentre la tête entre les épaules. Les rues sont désertes. Il va boire une pinte, pour se détendre, et rentrer ensuite.

Un groupe d'adolescents glande à l'arrêt de bus, leurs éclats de voix brisent le calme du soir. L'un d'eux, capuche relevée, jean tombant sur les hanches, danse sur un rythme dans sa tête, exécutant des pas élaborés à l'attention de la fille assise seule sous l'abri couvert de tags.

« Ça roule, mama ? Tu rentres du boulot ? »

Elle fait mine de les ignorer en tripotant son portable.

« Tu veux faire la teuf avec nous, mama ? Hither Green, hein ? »

La fille esquisse un sourire, sans croiser son regard. Et marmonne une réponse : « Je ne peux pas ce soir, désolée. »

L'adolescent se plante devant elle, jambes écartées, et empoigne son entrejambe. Bassin projeté vers l'avant.

« Tu veux goûter ? » »

Ses potes s'esclaffent et lui tapent dans le dos, mais ça ne suffit pas. Vexé, le chef de la bande se jette sur le portable de la fille. Elle pousse un cri strident. Erdman se précipite vers eux.

« Hé ! Qu'est-ce que vous foutez ? Laissez-la tranquille. »

Cinq têtes se tournent vers lui ; cinq visages affichant le même masque hostile.

« C'est quoi ton problème, toi, fils de pute ? Tu veux tirer ton coup, le vieux ? »

La bande l'encercle. Erdman fouille dans son classeur mental. Quand vous êtes entouré par une meute de jeunes gens dangereux, vous a) faites preuve d'assurance pour montrer que vous êtes prêt à en découdre, b) demandez grâce, c) faites le mort jusqu'à ce que ça soit terminé ? Erdman est partisan de la solution d), « Allez, les gars, on oublie ça », mais, quand il lève les mains dans un geste d'apaisement, quelqu'un lui donne un coup dans la poitrine, et il recule en titubant.

La fille a disparu. Ses boyaux se liquéfient.

Un autre membre de la bande, un garçon à la tête de rat qui arbore une ceinture cloutée et une énorme chaîne en or autour du cou, lui décoche un coup de poing au visage. Erdman sent jaillir le sang de son nez et se rassembler au fond de sa gorge. Il crache et tourne sa langue dans sa bouche pour voir s'il a des dents qui bougent. Un deuxième coup de poing, dans le ventre cette fois, assené par Face de Rat, le met à genoux. Une grosse basket s'enfonce dans ses reins. Le choc lui arrache un grognement.

Tandis que son corps subit une pluie de coups de pied et de poing, son esprit étouffe la douleur, il ralentit le temps, comme un chronomètre qui égrène les secondes. Une main subtilise son portefeuille dans sa poche, son portable. Il voit un lacet rouge traîner dans une flaque, l'éclat d'une chevalière avant qu'elle lui entaille le menton. Il a un goût de terre et de cuivre dans la bouche.

Tout d'abord, il est sûr qu'il s'agit d'un couteau. Le métal glacé d'une lame sur sa joue. Moins de deux secondes et il s'aperçoit que c'est trop lourd et que la forme ne correspond pas. Face de Rat l'agite devant ses yeux. Une chaleur désagréable envahit son pantalon.

« Tu flippes ta race, grand chef ? » Un dernier coup de pied. « Tu as pissé sur mes pompes, connard. »

Les adolescents poussent des cris de joie et se tapent dans la main, excités par la violence. Quelqu'un piétine le bras d'Erdman, ils éclatent de rire et s'en vont en roulant des mécaniques.

Peut-être est-ce le « papa » murmuré une heure plus tôt par son fils à moitié endormi. Peut-être est-ce cette obstination que lui reproche toujours Lilith. Peut-être est-ce l'humiliation et la colère. Quoi qu'il en soit, les mots sortent de sa bouche avant qu'il puisse les retenir.

« Tant mieux. *Connard.* »

Face de Rat, qui s'est arrêté pour refaire son lacet, se relève. D'un mouvement fluide, il sort de la ceinture de son boxer short un Webley 8 mm.

« *Booyah !* » s'exclame-t-il, et il tire.

Erdman a eu à peine le temps de voir le pistolet avant que la balle perce un trou dans sa cuisse. Il sent d'abord la chaleur, puis une douleur aveuglante. Un feu de flammes blanches. Les gens évoquent l'odeur de la cordite, mais lui ne perçoit que des effluves de végétation en décomposition.

À travers le bourdonnement dans ses oreilles, il entend des cris, des rires et des pas précipités. Il ferme les yeux et appuie sa joue contre le trottoir.

Un père de famille a été abattu dans le sud-est de Londres la nuit dernière. Erdman Frith, 39 ans, aurait dû s'occuper de ses affaires.

Ses doigts trouvent sa jambe. Son jean est poisseux,

mais le sang ne gicle pas, il s'écoule en filet. Erdman n'est pas médecin, mais il suppose que la balle l'a simplement effleuré. Ça fait un mal de chien, mais il ne va pas se vider de son sang. Bien qu'il ne croie pas en Dieu, il le remercie quand même. Il s'est fait tirer dessus et il a survécu. Combien de personnes peuvent en dire autant ? Il pourrait écrire un article pour le magazine. Ah, non, zut. Il n'y travaille plus.

Après une bouffée de jubilation, ses paupières pèsent des tonnes et il a du mal à les garder ouvertes. N'est-il pas censé rester éveillé ? Ou est-ce un cas d'hypothermie ?

Alors qu'il gît sur le trottoir, son corps ressuscite dans un hurlement. À chaque inspiration, le bas de son dos s'enflamme. Les reins ? la rate ? Son visage est enflé, à vif. Ses yeux gonflent à toute vitesse. Il se représente sa peau telle une carte d'hématomes et d'entailles.

Lentement, il roule sur le côté. Il essaye de parler, d'appeler à l'aide, mais sa bouche semble hors service.

Il rampe dans l'herbe du bas-côté. Il attend une voix réconfortante, une lumière bleue stroboscopique, il tend l'oreille pour guetter le son d'une sirène malgré le bourdonnement incessant, mais le Heath demeure désert.

Il ferme les yeux, un pied au bord de l'évanouissement, en priant pour que quelqu'un ait assisté à cette agression.

De fait, quelqu'un a tout vu, mais, si Erdman avait su qui était ce quelqu'un, il aurait regretté sa prière.

28

20 h 07

Le corps ensanglanté du père gît dans l'herbe, à quelques dizaines de mètres de là. Il descend de sa camionnette, ses chaussures cirées s'enfoncent dans le sol boueux. En approchant, il constate que l'homme a les yeux fermés, gonflés. Il ne bouge pas.

Le Collectionneur le contourne. Il pourrait l'aider. Il pourrait appeler une ambulance. Mais il ne le fait pas. Pour une fois, la route est déserte. Pas de voitures, pas de promeneurs de chien ni de joggeurs. Il sourit, ses dents brillent dans la lumière au sodium du lampadaire. Maintenant que le père est immobilisé, ce sera plus facile d'atteindre le garçon.

Voilà plusieurs jours maintenant qu'il surveille cette famille. Au travail. À l'école.

Le moment est presque venu.

Il hisse le sac sur son épaule. Le contenu n'est pas lourd, mais il sent le poids de son importance. Il l'emporte partout. Il n'ose pas le perdre de vue. Ses doigts se faufilent par l'ouverture, frôlent le carton, s'attardent sur la surface lisse de l'os. Un cadeau pour le garçon, une sorte d'échange. C'est normal.

Ça l'amuse de penser que le père n'a pas remarqué la camionnette grise qui le suivait, indiscrète et indésirable. Sa colère a été une bénédiction, elle l'a aveuglé.

Le Collectionneur bâtit une image de cette famille. Il veut faire apparaître ses faiblesses, ses fragilités. Pour découvrir la faille par laquelle il pourra s'introduire pour réclamer son dû.

Car il a la certitude maintenant que c'est lui. Il a vu la vérité, écrite noir sur blanc.

Il toise le père sous le crachin qui s'est transformé en averse. Des larmes ensanglantées mouillent son visage. Les paupières tressaillent, se figent, tressaillent de nouveau.

Le vent glace sa peau humide. Il va arriver en retard au travail ce soir. Au loin, il entend gémir une sirène. Il tend l'oreille. Le bruit se rapproche, il gravit la colline. Il a presque atteint le sommet.

Il fait demi-tour et s'enfuit.

Soudain, alors qu'il court dans l'herbe mouillée, ses chaussures dérapent, il perd l'équilibre et s'affale sur le sol mou. Le sac s'envole et retombe un peu plus loin, à l'envers.

Maintenant, les sirènes sont presque sur lui, elles passent devant l'église en hurlant. Il se relève difficilement, ramasse le sac par la bandoulière et se remet à courir tant bien que mal.

Il ne remarque pas que le sac est vide.

29

23 h 56

« Vous êtes sûre ? » lui demande le Boss.

Fitzroy détache les yeux des profils de pédophiles locaux qui souillent son écran, heureuse de pouvoir s'offrir un petit moment de répit. À force, elle se sent sale et déprimée.

Miles Foyle est toujours en garde à vue. La dernière fois qu'elle est allée le voir, il dormait. Dans quelques heures, elle fera une nouvelle tentative, elle lui annoncera qu'ils envisagent une prolongation. Peut-être que le désespoir lui déliera la langue.

« Et merde ! » crache le Boss en lançant son portable sur le bureau.

Deux autres policiers lèvent la tête, intrigués. Il se masse la poitrine et sort de sa poche un tube d'antiacides pour faire glisser un comprimé dans sa paume.

« Vous voulez de l'eau pour prendre ça ? »

D'un mouvement de tête, il montre l'écran de l'ordinateur.

« Vous avez vu qu'un type s'est fait tirer dessus dans le Heath ?

— Oui, mais l'équipe de nuit s'en charge. Ce n'est pas notre problème.

— Maintenant, si. Le superintendant veut qu'on jette un coup d'œil.

— Pour quoi faire ? » s'étonne Fitzroy.

Le Boss est en train d'écrire quelque chose. À la façon dont le stylo appuie sur la feuille, Fitzroy devine qu'il est furieux de devoir se passer de deux policiers.

« Une adolescente a aperçu une camionnette grise. » Il semble épuisé. « Écoutez, je sais que c'est tiré par les cheveux, mais quand une gamine disparaît et qu'un homme se fait tirer dessus à moins d'un kilomètre de là, on doit s'assurer que les deux événements ne sont pas liés. » Il soupire. « Allez vérifier, d'accord ? Demandez à l'inspecteur Chambers de vous accompagner.

— Et Miles Foyle ?

— Je trouverai quelqu'un d'autre pour l'interroger.

— Bien, monsieur. »

Au moment où Fitzroy éteint son ordinateur, son portable sonne. Nina. Elle ne répond pas et refuse de se demander pourquoi elle n'est pas retournée voir son neveu qui vient de naître. Elle s'était armée de courage pourtant, mais les cheveux duveteux du bébé, sa douce odeur de lait avaient été plus difficiles à supporter que la plus brutale des scènes de crime.

Elle n'a jamais eu l'occasion de croiser le regard de son fils, de nourrir sa bouche affamée. Son bébé à elle, parfait et beau, né une semaine avant terme, n'avait jamais bougé.

« Oh, Fitzroy…

— Monsieur ?

— Faites aussi vite que possible. J'ai besoin de vous sur cette affaire. »

Fitzroy replie sa tristesse en un petit carré parfait qu'elle scelle. Au moins, quelqu'un a besoin d'elle.

MERCREDI

30

00 h 00

Minuit : « Rentre à la maison, Erdman. Il pleut des trombes. »

00 h 30 : « Je suis désolée. Je ne pense pas que tu es nul dans ton boulot. Ni que tu n'es pas digne de confiance. »

00 h 30 : « Très bien, fuis, comme toujours. »

01 h 00 : « Je vais au lit. Si tu découches, ce n'est pas la peine de revenir. Plus jamais. »

Le problème avec Erdman, c'est qu'il ne pense pas aux autres. Il a fichu le camp au moment où ça l'arrangeait, et maintenant il marque le coup de manière ridicule. S'il avait investi autant d'énergie dans son travail, il serait directeur de publication aujourd'hui.

Lilith remue dans son lit, elle essaye de trouver le sommeil en se persuadant qu'elle ne guette pas la sonnerie de son portable et, oui, elle regrette ce qu'elle a dit, mais pourtant, c'est la vérité. Erdman a laissé tomber sa famille.

Elle n'en a jamais parlé à personne, pas même à Erdman, mais elle avait eu pitié de ses parents adoptifs. Même si elle les adorait, la lumière tremblotante de leur vieux téléviseur était la seule tache de couleur et de vie dans leur existence grise de banlieusards. Et aujourd'hui, elle leur ressemble : elle passe toutes ses soirées devant la télé, ou devant l'ordinateur dans le cas d'Erdman, à jouer pendant des heures ou à envoyer des messages à des inconnus.

Elle écoute la pluie marteler le toit. Parfois, son quotidien ressemble à un bulletin météo : temps pluvieux et gris, sans espoir d'éclaircie. Sous les draps, elle joue avec sa fine bague de fiançailles en argent, son seul bijou. Quand Erdman lui avait demandé sa main, il n'avait pas les moyens de lui offrir une alliance, et depuis, jamais il n'avait songé à en acheter une. Elle en a assez de faire croire que ça n'a aucune importance. Récemment, elle a pris l'habitude de tripoter cet anneau quand elle est nerveuse. Il tourne aisément. Elle ne comprend pas pourquoi ses doigts sont plus fins maintenant, alors que tout le reste a grossi.

Où est-il, nom de Dieu ? Jakey va se lever dans quatre heures et elle ne sait pas comment lui expliquer l'absence de son père.

Finalement, la colère qui lui a noué le ventre s'épuise et, vidée, elle plonge dans un sommeil entrecoupé, se réveillant par moments en sursaut pour consulter son portable sur la table de chevet.

Elle ne veut pas se l'avouer, pas encore, mais elle commence à ressentir les prémices de l'inquiétude. Ça ne ressemble pas à Erdman, pas du tout. Mais elle était tellement furieuse à cause de ce licenciement qu'elle l'a poussé à bout, et maintenant il est quelque part en ville, ivre sans doute. Très certainement vulnérable.

Pour la première fois depuis des mois, elle se surprend à regretter la présence rassurante de son mari à côté d'elle dans le lit. Demain – aujourd'hui, techniquement parlant –, elle lui préparera son plat préféré, peut-être même qu'elle débouchera une bouteille de vin. Elle s'excusera. Il trouvera un autre travail, même si c'est dans quelques mois. De son côté, elle fera des efforts. Ah, si seulement il pouvait l'appeler pour lui dire qu'il va bien.

Un gémissement attire son attention, si faible qu'elle l'a peut-être imaginé. Elle se redresse dans son lit et tend l'oreille. Avant même qu'elle se lève pour en avoir le cœur net, Jakey apparaît sur le seuil de la chambre. Les yeux grands ouverts, il la regarde. Il a sur la joue une griffure qu'il n'avait pas en se couchant.

« Jakey ? Ça ne va pas, mon chéri ? Tu as fait un cauchemar ? »

Elle repousse les draps et tend les bras pour l'inviter à la rejoindre, comme elle l'a fait d'innombrables fois maintenant qu'il est assez grand pour accourir quand des peurs nocturnes le chassent de son lit. Mais Jakey ne bouge pas. Il continue à la regarder fixement. Une pellicule de sueur recouvre sa peau, semblable à de l'huile.

Il remue les lèvres et marmonne des mots qu'elle n'entend pas, un méli-mélo de sons qui ne veulent rien dire.

Lilith balance ses jambes sur le sol, pose la main sur l'épaule de son fils et la secoue doucement. Sa veste de pyjama est mouillée. Elle sent sous ses doigts la chaleur du bras enflé. Jakey promène son regard sur elle, sans la voir, le souffle court.

« C'est un rêve, mon chéri. Un simple rêve. »

Les flaques sombres de ses yeux la submergent. Elle ouvre la bouche pour continuer à le rassurer, mais son expression lugubre la réduit au silence.

Jakey avance d'un pas, puis fait un brusque demi-tour vers la gauche. Sans ciller, il se penche brutalement vers l'avant et se fracasse le front contre le montant de la porte. Un bruit écœurant parvient aux oreilles de Lilith. Le bruit de la peau et des os que l'on martyrise.

Avant qu'elle puisse réagir, il recommence. Un filet de sang coule sur l'arête de son nez, mais Jakey demeure impassible.

« Arrête ! » s'écrie-t-elle horrifiée, et elle l'agrippe par les épaules, au moment où il balance la tête en arrière, prêt à donner un troisième coup dans la porte. Il ne se débat pas, il semble attendre passivement que sa mère le lâche pour pouvoir se faire mal de nouveau.

La lumière du palier éclaire le visage du garçon. Une entaille sanglante barre son front et un hématome apparaît déjà. Une traînée écarlate décore la peinture blanche de la porte. Lilith n'ose même pas penser aux dommages qu'il s'est infligés, elle imagine déjà les gonflements, l'excroissance osseuse qui va le défigurer.

Elle le secoue de nouveau, plus fort cette fois.

« Réveille-toi, mon chéri. Tu fais un cauchemar. »

Jakey revient à lui et une expression de confusion balaye son visage ; il semble surpris de se retrouver dans la chambre de ses parents au petit matin.

« N'aie pas peur, mon cœur. C'est fini, tout va bien. »

Elle le prend dans ses bras pour le porter jusqu'au lit ; elle repousse sa mèche sur le côté.

Malgré son front tuméfié, déjà ses yeux se ferment, attirés vers les profondeurs du sommeil, et Lilith répugne à le déranger pour lui appliquer de la crème antiseptique et une compresse froide dans la lumière brutale de la salle de bains.

Il a presque sombré, les mouvements de sa poitrine ralentissent tandis qu'il s'enfonce un peu plus dans l'oubli, mais, lorsqu'elle se penche pour remonter la couette, il l'attrape fermement par la main et l'attire vers lui. Elle sent son haleine aigre.

« Il arrive, murmure-t-il. Ol' Bloody Bones arrive. »

Lilith est parcourue de frissons. Ce foutu bouquin d'Erdman. Elle ne comprend pas pourquoi il continue à obséder son fils. Quand elle l'avait trouvé abandonné près du panier à linge sale le soir où il s'était fait mal au bras, elle l'avait caché. Cet épisode est peut-être dû aux médicaments qui surchargent son cerveau encore en formation. En outre, il est à l'âge auquel l'imagination commence à prendre son envol, où les ténèbres entourent chaque recoin. Demain, elle lui parlera et essaiera d'aller au fond des choses.

Lilith se laisse tomber sur le lit, son regard se pose sur une chaise où s'entassent des vêtements. Les ombres de la chambre semblent s'épaissir, palpiter et, durant un court instant, les vêtements prennent l'apparence d'une masse informe et mouvante. Elle sent son cœur ricocher dans sa poitrine, avant de se secouer mentalement. L'attente du retour d'Erdman la rend nerveuse, voilà tout.

Jakey ouvre les yeux, brièvement, puis les referme. C'est seulement en le regardant replonger dans le sommeil qu'elle s'aperçoit qu'il n'a pas demandé où était son père.

Quand on frappe à la porte, quelques petits coups aussi légers que l'aube grise qui se lève, Lilith, toujours éveillée, les yeux irrités, contemple le plafond.

Tout en enfilant son peignoir, habitée par un sentiment

d'inéluctabilité grandissant, elle regarde la rue paisible en dessous.

La voiture en dit suffisamment long. Les damiers fluorescents, le grand nez qui vient se fourrer partout. Un véhicule banalisé est garé juste derrière. Elle se hâte de descendre avant qu'ils réveillent Jakey en frappant de nouveau à la porte.

Une femme en manteau vert fermé par une ceinture et pantalon noir brandit sa carte. Son visage, qui dans d'autres circonstances paraîtrait chaleureux, est fermé, sa bouche ressemble à un trait de crayon. L'air humide fait friser ses boucles châtains. À côté d'elle se tient un homme grand, affublé de bajoues et d'une bedaine.

« Madame Frith ? Je suis l'inspectrice Etta Fitzroy. Et voici l'inspecteur Alun Chambers. Pouvons-nous entrer ? »

Lilith empoigne les pans de son peignoir.

« Que se passe-t-il ? »

Dites-le-moi, dites-le-moi.

« Est-ce qu'on pourrait s'installer quelque part ? » demande Chambers.

Plus tard, chaque fois que Lilith se repassera mentalement le film de cette matinée, voilà la phrase dont elle se souviendra. Celle que prononcent les policiers dès qu'ils doivent annoncer une terrible nouvelle.

L'inspectrice Fitzroy se pose au bord du canapé en cuir d'un air gêné. Dans sa veste chic, elle fait tache au milieu des meubles miteux. Son regard, rempli de pitié, capte celui de Lilith.

« Votre mari est là ?

— Euh… on s'est disputés. » Elle cherche sur leurs visages de quoi se rassurer. « Erdman va bien ? Je vous en prie, expliquez-moi ce qui se passe.

— Il y a eu une fusillade au croisement de Mounts Pond et de Hare and Billet Road hier soir, vers 20 heures… Nous pensons que votre mari est impliqué. »

Le miroir accroché au mur donne l'impression de pencher sur le côté. La vue de Lilith se trouble, ses ongles s'enfoncent dans le cuir marron.

« Erdman s'est fait tirer dessus ? »

Chambers répond par un bref hochement de tête.

« Un témoin, une jeune femme, a vu un homme correspondant au signalement de votre mari se faire agresser par une bande d'adolescents. Nous croyons savoir qu'un coup de feu a été tiré, mais nous essayons encore d'établir l'ordre chronologique des faits. »

L'inspecteur baisse la voix, comme si cela pouvait, d'une certaine manière, atténuer la violence du choc.

« Nous avons retrouvé le portefeuille de votre mari sur place. »

Lilith enregistre cette information et sourit pour exprimer un soulagement inattendu.

« Comment savez-vous qu'il s'agit d'Erdman, alors ? Je parie qu'il a perdu son portefeuille en allant au pub. Il va toujours au Crown, au village. Il est tête en l'air, il n'arrête pas de perdre des choses. La semaine dernière, il a égaré ses clés et, une fois, il a cherché son passeport pendant un an. Tenez, l'autre jour, il a fait tomber son chéquier derrière le frigo. »

Fitzroy la regarde avec compassion.

« Le témoin. Elle attendait à l'arrêt de bus quand la bagarre a éclaté. Elle s'est enfuie et elle a appelé la police, mais elle est revenue en entendant les sirènes. La carte de presse de votre mari se trouvait dans son portefeuille. Elle pense l'avoir reconnu d'après la photo.

— Oh, mon Dieu. » Les questions se bousculent dans sa tête. « Comment va-t-il ? Il est à l'hôpital ? Il n'est pas… »

Elle n'arrivait pas à prononcer le mot.

Fitzroy et Chambers échangent un regard gêné.

« C'est ça le problème. On l'ignore. D'après ce que nous savons, votre mari a été conduit à l'hôpital, mais le temps qu'on arrive, il avait été soigné et il était reparti. Nous enquêtons sur une affaire de personne disparue et nous aimerions l'interroger au sujet d'une camionnette aperçue au moment de son agression. C'est extrêmement urgent. Savez-vous où il pourrait être ? »

Non, ce n'est pas possible. Elle va se réveiller d'une seconde à l'autre et trouver Erdman endormi dans leur lit, à côté d'elle ; elle préparera le déjeuner de Jakey avant de l'accompagner à l'école et, plus tard, Erdman et elle partageront le curry du mercredi soir, et sans doute se disputeront-ils encore une fois.

« Il n'a pas beaucoup d'amis.

— Et des collègues de travail ?

— Ça m'étonnerait. Il vient de se faire licencier. »

De nouveau, les inspecteurs échangent un regard lourd de sens.

« Madame Frith, demande Chambers, votre mari est-il, de près ou de loin, mêlé à des histoires de drogue ? »

Le miroir penche une seconde fois, avant de se redresser.

« Non, bien sûr que non. *Inutile, évidemment, d'évoquer quelques joints occasionnels.* Pourquoi vous me demandez ça ?

— Nous pensons que l'adolescent qui lui a tiré dessus fait partie d'un important gang de trafiquants qui sévit dans le sud-est de Londres. Il se peut que votre mari se soit fait agresser car il leur devait de l'argent.

— Vous voulez dire qu'il s'est fait tirer dessus par des dealers ?

— C'est une hypothèse. »

Le rire de Lilith est un aboiement râpeux.

« Vous plaisantez. » Les inspecteurs ne répondent pas. « Oh, mon Dieu. Vous êtes sérieux. »

Elle devine ce qu'ils pensent. *Il a perdu son travail, il a des problèmes d'argent, voilà pourquoi il était avec ces jeunes.* La pièce tangue encore une fois et elle s'oblige à se concentrer. Elle repense à cette soirée dans un club, la fois où Amber leur avait offert des rails de coke et avait sorti un sachet transparent contenant des pilules couleur pastel. « Non merci, avait dit Erdman. C'est pas mon truc. ». Mais connaît-elle *vraiment* son mari ?

Un bruit de chasse d'eau à l'étage. Jakey. Merde. Que va-t-elle lui dire ? Elle ne lui a jamais menti, pas même au sujet de sa maladie, et s'est juré de ne jamais le faire. Mais cela risque de détruire la confiance fragile qu'ils ont eu tant de mal à bâtir. Cacher la vérité, est-ce mentir ?

Soudain, une pensée la frappe de plein fouet, elle en a le souffle coupé. Oh, mon Dieu, et s'il était mort ? Et s'ils étaient là, en train d'émettre des suppositions, à se demander où il pouvait bien être, alors que son corps sans vie était déjà froid depuis plusieurs heures ? Mais non, il avait quitté l'hôpital par ses propres moyens, avait dit l'inspecteur. Donc, il est vivant. Simplement, elle ne sait pas où.

Chambers surgit tout à coup avec une théière. Il a versé du sucre dans un bol et déniché un vieux pot à lait dont ils ne se sont jamais servis. Il en dépose trois cuillerées dans la tasse de Lilith, alors qu'elle ne prend plus de sucre depuis ses vingt ans.

Elle boit une gorgée en s'apercevant que, malgré le contexte, elle peut encore avoir honte de sa vaisselle ébréchée.

Non, non, non, il y a forcément une erreur. Son mari est un homme ennuyeux. Ce genre de choses, ça n'arrive pas à des gens comme eux. Erdman va franchir la porte d'un instant à l'autre et tout va redevenir comme avant. Terne et prévisible.

« Et maintenant, on fait quoi ? » demande-t-elle.

Chambers fait grise mine.

« On attend que votre mari rentre à la maison, madame Frith. »

La maison est envahie de gens. Quand Jakey descend, les cheveux en bataille, le bras rouge et enflé, Mme Cooper, la voisine, beurre un toast dans la cuisine pendant que M. Cooper refait du thé.

Il va se réfugier dans le bureau, Lilith le trouve en train de tournoyer dans le fauteuil d'Erdman. Il a un énorme bleu sur le front et le sang de la plaie irrégulière a séché. Son menton penche vers sa clavicule, mais il a les yeux levés vers elle. En voyant son visage, si semblable à celui de son père, elle sent monter les larmes. Il ôte son pouce de sa bouche.

« Où est papa ? » demande-t-il dès que les deux policiers sont repartis.

Elle le prend dans ses bras. Ses os saillants s'enfoncent dans sa peau, mais elle s'en fiche. Tel un bébé singe, il noue les jambes autour de la taille de sa mère. Ce mouvement lui arrache un soupir qu'elle retenait inconsciemment. Il a encore de la mobilité dans les jambes. Et pas de nouvelle bosse dans le dos. C'est un petit jeu auquel ils se livrent tous les matins, ignorant les changements qui ont pu se produire dans la nuit. Imitant sans le savoir le geste de son mari quelques heures plus tôt, elle serre son fils contre elle et ses doigts palpent ses côtes sous la veste de pyjama. Elle sent la chaleur de son bras. De son dos.

Elle réfléchit aux mots qu'un garçon de six ans peut comprendre.

« On ne sait pas, mon chéri. On le cherche.

— Et si vous le retrouvez pas ? »

Lilith le repose par terre et s'accroupit devant lui, en le tenant par les épaules. Elle lit le doute sur son visage.

« On va le retrouver, évidemment, affirme-t-elle. Papa va bientôt rentrer à la maison. »

Jakey tente, sans y parvenir, de secouer la tête. Il émet un râle d'exaspération. La frustration fait partie des effets secondaires fréquents, le groupe de soutien a mis en garde Lilith à ce sujet. Surtout s'il a gardé le souvenir de sa liberté de mouvement.

« Ça va, mon chéri ? On va s'habiller ? »

Jakey est incapable de parler, son jeune esprit est envahi de pensées et d'images sombres, alimentées par le vieux livre de son père et les reportages sur Clara Foyle à la télé.

Il prend le bloc-notes de son père et le feuillette délicatement. Les feuilles sont couvertes d'une écriture presque illisible.

Il suit les pleins et les déliés avec le doigt, mais son regard est vide.

31

10 h 06

À quelques kilomètres de là, à Lincoln's Inn Fields, une silhouette se faufile à l'intérieur d'un musée.

Quiconque verrait passer cet homme penserait que la maladie a rongé toute la chair sur ses os. Ses joues sont creusées, et la peau si tendue qu'on la croirait prête à se déchirer. Ses vêtements pendent sur son corps décharné : un assemblage d'os vieillissants maintenu par un fragile réseau de nerfs. Son sourire ressemble à une mise en garde.

Une personne s'approchant de trop près sentirait peut-être, derrière les notes musquées et le déodorant, une légère trace d'autre chose. Ne parvenant pas à l'identifier, elle s'éloignera discrètement, le nez plissé par le dégoût, trop polie pour faire une remarque. Ceux qui travaillent dans les morgues et les abattoirs la reconnaîtront aussitôt, et l'effet sera comme un coup de hachoir.

Le Collectionneur marche lentement sur le sol en marbre dont les volutes sombres renvoient aux ossements malades rassemblés à l'étage du dessus.

Trois jours se sont écoulés depuis sa dernière visite et les morts l'accueillent chaleureusement. Il inhale l'air inodore, ferme les yeux et maîtrise les battements de son cœur.

L'héritage de John Hunter est partout. Dans les quintuplés rabougris de Blackburn, les dents des soldats perdues à Waterloo, et les milliers d'autres curiosités alignées sur les murs.

Et dans l'ombre de Hunter marche son fidèle acolyte, M. Howison. Le voleur de cadavres. L'ancêtre du Collectionneur. Celui qui a commencé la collection familiale avec de sinistres trésors pillés dans des tombes, transmis de génération en génération, chaque fils sélectionnant à son tour les spécimens les plus rares, les plus parfaits. Une collection que son propre père a conservée, avant de la lui léguer.

Les liens familiaux sont coupants et saignants.

En pénétrant dans la Crystal Gallery, le Collectionneur se laisse brièvement entraîner en direction d'un fœtus de trois mois dont il ne reste que les os fragiles, à nu. Une poupée couchée dans la boîte à cigare qui lui sert de lit.

Par habitude, il regarde le contenu de la vitrine, mais, même si le squelette n'est pas plus gros qu'unc allumette brisée, il n'a plus pour lui le même attrait.

Maintenant qu'il a le sien.

Il traverse rapidement la galerie, ignorant les bocaux remplis de langues d'animaux et de membres amputés, pour atteindre une autre vitrine qui abrite les restes du squelette autrefois dénommé Charles Byrne. Il est venu pour ça. Il pose un genou à terre et baisse la tête, un croyant devant l'autel, révérencieux et humble.

Tout a commencé ici. Et aujourd'hui, il a le plaisir et le privilège de poursuivre l'œuvre de Howison.

Finalement, le Collectionneur lève la tête et passe la

langue sur ses lèvres sèches. Le Géant irlandais. Deux mètres trente-cinq de mystère et d'os.

Il y a plusieurs dizaines d'années, des professeurs ont trouvé ce que Hunter n'avait jamais réussi à découvrir. Le gène mutant, la cause de cette taille inhabituelle. Mais le Collectionneur est reconnaissant envers Byrne, et son squelette qui a séduit et envoûté le chirurgien. Car en autorisant le vol du cadavre de Byrne, Hunter avait offert aux ancêtres du Collectionneur un héritage plus merveilleux qu'il pouvait l'imaginer.

Ses yeux s'attardent sur le fémur, puis remontent le long du corps, admirant l'ischion, l'ilion et l'omoplate. Un doigt appuyé contre la vitre, il suit les vertèbres et les côtes, reliées par de la ficelle marron. Il manque quelques os des pieds. Il se demande quels secrets pourraient dévoiler ces os disparus.

Marshall lui avait parlé pour la première fois de ce musée quand il était encore un jeune garçon, en dépit des protestations de sa mère. Mais Sylvie n'avait aucune raison de s'inquiéter. Il n'avait pas eu peur, même à l'époque. Il avait été intrigué.

Satisfait de le voir aussi curieux, son père l'avait encouragé à poser des questions. Il lui avait raconté des histoires de pilleurs de tombes et d'esprits. Comment Howison avait volé le corps du géant pour Hunter, en le remplaçant par des pavés. Il lui avait parlé des liens qui unissaient leur famille à cet endroit, aux hommes qui se cachaient derrière ces pièces exposées.

Marshall avait alors expliqué à son fils le concept de devoir familial. Il avait commencé son éducation, qui culminerait dans des tueries nées du désir de préserver et de protéger des raretés médicales.

Il était avide d'apprendre, de perpétuer les traditions de sa lignée.

Une heure passe, puis une autre. Le Collectionneur ne remarque pas la raideur dans ses jambes, ni les touristes qui lui donnent des coups de coude pour mieux voir. Il contemple la vitrine qui contient M. Jeffs et son dos tordu. Il songe à ses propres trophées, et à celui qu'il doit encore acquérir.

Au bout d'un moment, il consulte sa montre. Il espère qu'elle va manger le déjeuner qu'il lui a laissé sur la chaise à côté du lit. Ces derniers temps, elle touche à peine à ce qu'il lui apporte, un petit morceau par-ci par-là. Il va lui offrir une gâterie pour aiguiser son appétit, qui diminue de jour en jour.

Il envisage de rentrer, il sent son pouvoir d'attraction. Mais il a rendez-vous à Woolwich dans une heure. S'il ne se dépêche pas, le vendeur va céder cette nouvelle colonie à un collectionneur rival. Pas question. Ces coléoptères lui reviennent.

Et puis, il y a le garçon. Il doit être à l'école à la fin de la journée. Tout ce travail.

À vingt kilomètres de là, dans une pièce impersonnelle située au dernier étage de la maison, Clara Edith Foyle s'entraîne à épeler son nom. Elle répète les lettres à voix haute, encore et encore. Elle sait que chaque partie de son nom comporte cinq lettres, et que son nom entier se compose de quinze lettres. Elle répète son nom pour se rappeler qu'elle existe toujours.

Quand elle était arrivée ici, au début, elle appelait sa mère et son père. Gina et Eleanor. Au bout d'un moment, elle avait fini par comprendre qu'ils ne viendraient pas. Le seul qui venait, c'était l'Homme de la Nuit.

Quelques heures plus tôt, Clara a observé une araignée qui filait sur le sol, vers le coin le plus proche de la porte. Elle tissait une toile, obéissant à son instinct qui la poussait à chasser des proies, même si, à cause des températures glaciales, Clara n'avait pas vu un seul insecte durant sa captivité.

Un peu plus tard, elle s'est sentie de nouveau attirée par la toile. À son grand étonnement, une petite créature était prisonnière des fils collants, elle se débattait frénétiquement, en vain. Un insecte plat, d'un noir brillant. *Un scarabée,* pensa-t-elle.

Allongée sur le ventre pour observer l'araignée, elle s'est endormie, et dans ses rêves elle s'est retrouvée chez elle, couchée dans son lit, à l'abri, dans la lumière de sa lampe de chevet, et Noël qui approchait. Elle a rêvé qu'une porte s'ouvrait et se refermait, sa mère entrait, déposait un baiser sur son front et la bordait.

Quand elle rouvre les yeux et découvre les murs grêlés de sa cellule, Clara ne peut retenir un sanglot, le souvenir de sa mère s'efface déjà. Elle sèche ses larmes du revers de la main et recommence à épeler les lettres de son nom. La cour de récréation lui a appris que pleurer ne servait à rien. Les regards et les remarques des autres l'ont aidée à souder chaque expérience douloureuse en un noyau d'acier.

Cette force intérieure – elle appelle ça les Je M'en Fiche – la maintient en vie.

Ankylosée après s'être endormie à même le sol, Clara tente de se relever, mais ses bras refusent d'obéir. Tout d'abord, elle est certaine que l'Homme de la Nuit lui a encore ligoté les poignets et, paniquée, elle tente de les libérer. Ils se dégagent sans peine et son rythme cardiaque ralentit. Le drap s'était entortillé autour de ses membres.

Elle ne se souvient pourtant pas de s'être enroulée dans un drap. Surtout pas un drap comme celui-ci. Il n'avait pas la même odeur que celui dans lequel elle avait eu un petit accident. Celui-ci était doux, décoré de roses aux couleurs délavées, et il sentait le propre. Elle ne l'avait jamais vu.

Il faisait de plus en plus froid, alors Clara noua le drap autour de ses épaules, et se pencha pour examiner l'insecte prisonnier de la toile.

Pendant qu'elle dormait, l'araignée l'avait entortillé dans ses fils de soie.

32

13 h 46

Fitzroy maudit la pluie. Non seulement cette putain d'averse détruit sa scène de crime, mais en plus elle bousille ses chaussures.

Alors qu'elle observe dans l'herbe les traces de sang diluées, elle se dit que le Boss cherche encore à la punir.

Si elle possède un sens aigu de la justice, ce sont les enfants qui mobilisent son attention, qui l'incitent à éplucher des indices pendant des nuits entières. Voilà pourquoi elle enrage de devoir participer à cette chasse au dahu, alors qu'elle devrait utiliser toute son énergie pour retrouver cette fillette.

Donc, Erdman (ça sort d'où ce prénom ?) Frith s'est fait tabasser et tirer dessus. Clara Foyle a disparu, sans doute enlevée. Les deux événements se sont produits à moins d'un kilomètre de distance. Autant qu'elle peut en juger, seul cet élément permet de relier les deux affaires. Quant à la camionnette « grise », les témoins ne parviennent pas à dire si elle était métallisée, gris foncé ou même bleu clair. Mais le Boss subit des pressions d'en haut et, si ténue soit-elle, c'est une piste.

Ça lui apprendra à rester au travail au lieu de rentrer chez elle pour chiper quelques heures de sommeil. Pour la première fois en quatre ans de mariage, David n'a pas pris la peine de lui envoyer un texto pour lui demander si elle pensait rentrer. Il lui a laissé un message sec juste après l'aube, sans doute pendant qu'elle se préparait à aller travailler ; il voulait lui dire que Nina avait téléphoné deux fois. Fitzroy ne les a rappelés ni l'un ni l'autre. Elle verra David demain à la clinique de la fertilité et elle essaiera d'arrondir les angles. Quant à Nina, elle ne se sent pas capable d'affronter son sourire triomphant de jeune mère.

Etta ne le dira jamais à sa sœur, évidemment. Mais même si elle l'aime, elle ne peut supporter l'idée que Nina l'a devancée une fois de plus. Sauf que là, il ne s'agit plus de résultats d'examen ni de concours pour savoir laquelle des deux réussira à faire sourire leur père, mais d'une chose qu'Etta ne peut contrôler, ce qui rend la situation d'autant plus cruelle.

C'est cette plaie ouverte dans sa vie qui l'incite à combler le vide en cherchant Grace ou Clara, à pousser David dans une direction qu'il rechigne à emprunter. Elle redoute le lendemain, la perspective de voir David s'éloigner, la façon dont il exprime son mécontentement en soupirant. Mais il y avait avant et il y a maintenant.

Et maintenant, elle se trouve à Blackheath Common, désert à l'exception de quelques officiers de police qui passent le sol au peigne fin, trempés jusqu'aux os par la pluie glacée, dans la boue jusqu'aux chevilles.

La lumière blafarde de l'après-midi va bientôt s'éteindre. Quelques semaines plus tôt, le Boss a fait tout un plat pour annoncer qu'il était prêt à lui confier de nouveau plus de responsabilités, et elle sent tout leur poids sur ses épaules.

Elle regarde l'équipe de la police scientifique ratisser l'herbe, leurs silhouettes se découpent devant la jolie petite église et son clocher, dont l'horloge égrène les minutes comme autant de reproches car Clara demeure introuvable. Ils pourront s'estimer heureux s'ils découvrent un mégot de cigarette avec ce temps, mais le Boss leur a ordonné de fouiller les environs jusqu'à ce qu'ils dénichent un indice, n'importe lequel, permettant de la localiser. Cinq jours déjà, et ils cherchent encore. Chambers lui met sous le nez un café hors de prix qu'il est allé chercher au village, et se baisse pour ôter la boue sur son pantalon à l'aide d'une serviette.

« Un froc tout propre d'aujourd'hui.

— Ça change. »

Fitzroy souffle sur son café. Il est brûlant et amer, exactement ce qu'il lui faut.

« Alors, tu en penses quoi ? demande-t-elle.

— J'ai froid, j'ai sali mon pantalon et je rêve d'une bonne pinte. »

Fitzroy lève les yeux au ciel. Chambers hausse les épaules et boit une gorgée de café.

« M. Frith n'a pas la tête du dealer moyen.

— Mon instinct me dit la même chose. »

Elle regarde la photo dans sa main. Erdman Frith est un homme au physique peu ordinaire, longiligne, et son teint pâle, ses taches de rousseur, ses cheveux tirant sur le roux lui donnent l'apparence d'une peinture de la Renaissance. Elle a rarement vu un visage aussi triste.

« Mais on sait tous que les apparences peuvent être trompeuses.

— Il n'est pas fiché. Il ne vit ni dans un squat ni dans un penthouse. Sa femme semble réellement bouleversée. Même si c'est un consommateur à la petite semaine, pourquoi irait-il s'embrouiller avec ces types ? Ils ne rigolent pas. Jusqu'à hier, il travaillait dans un obscur magazine de psychologie. Il y a un truc qui ne colle pas.

— Oui, tu as raison. »

Chambers fait passer son gobelet dans son autre main. Il souffle des volutes de fumée blanche en parlant.

« Mauvais endroit au mauvais moment ?

— Possible. Mais pourquoi lui tirer dessus ? Apparemment, ils l'avaient déjà sacrément amoché.

— Parce qu'il a vu ce qu'il n'aurait pas dû voir ?

— Ça se peut.

— Alors, où est-il maintenant ?

— Il s'est engueulé avec sa femme. Peut-être qu'il se planque chez un pote.

— Et la camionnette ?

— Coïncidence ? Erreur humaine ? Difficile de déterminer précisément une couleur quand il fait presque nuit.

— Quel est le lien avec Clara Foyle ? »

Fitzroy se mordille l'ongle du pouce. Elle cherche un rapport entre les deux affaires, mais elle n'en voit aucun, elle ne sent pas cette masse compacte en forme de preuve. Elle a pour habitude de se fier à son instinct, d'écouter ce tintement dans son cerveau qui la guide, et d'exploiter chaque piste, si fragile soit-elle, jusqu'à ce que le bruit cesse et qu'elle trouve la réponse. Mais pas aujourd'hui. Aujourd'hui, elle n'entend que la voix de Clara, qui l'incite à se dépêcher, et l'écho, plus faible, de celle de Grace Rodriguez. Elle enregistre un mémo dans son téléphone pour demander à Mme Foyle si elle connaît la famille Frith, mais elle devine déjà la réponse.

« Allez, viens, dit-elle en adressant un signe de tête à Chambers. On perd notre temps. On s'en va. »

Ils regagnent leur voiture lorsqu'un des hommes en blanc s'accroupit soudain et pousse un grand cri d'excitation. Ses collègues se regroupent autour de lui pour regarder le même endroit sur le sol. Quelqu'un tient un parapluie au-dessus de sa tête. Fitzroy échange un regard avec Chambers, puis traverse le Heath en courant, sans hésiter à patauger dans la boue.

« Qu'est-ce que c'est ? Qu'avez-vous trouvé ? »

L'homme accroupi montre un endroit dans l'herbe. Là, à moitié immergée dans une flaque d'eau boueuse, il y a une vieille boîte à chaussures. Elle contient le squelette d'un animal. Pâle et terne. On reconnaît le crâne minuscule, légèrement allongé, et la colonne vertébrale incurvée. Les pattes sont des fuseaux d'os.

« C'est quoi, ce putain de truc ? » demande Fitzroy.

Son esprit a déjà pris de l'avance, il passe les indices en revue, il fait défiler les pièces du puzzle ; elle les relie avec ce qu'elle sait déjà.

Elle construit un nouveau tableau, totalement inattendu.

« Oui, putain de truc, comme vous dites, répond le type en blanc qui a découvert la boîte à chaussures, en faisant signe à un photographe de rappliquer. Regardez-moi ça. »

Délicatement, il soulève le squelette fragile pour le sortir de la boîte. Les os sont à nu, mais il reste juste assez de tissu connectif pour les maintenir assemblés. De ses mains gantées, il retire un petit tube en plastique attaché à une des pattes arrière.

« Intéressant », murmure-t-il.

Il sort de sa poche une pince à épiler grâce à laquelle il extrait un mince papier à cigarette glissé à l'intérieur du tube. Avec une dextérité que contredit la taille de ses mains, il le déroule tout doucement.

« Je crois que vous devriez lire ça », dit-il.

Fitzroy se penche par-dessus son épaule. Les mots griffonnés à l'encre tressautent devant ses yeux.

« *... les os s'approchèrent les uns des autres.* »

Les vannes de l'adrénaline s'ouvrent en elle.

« Mettez ça dans un sachet. Vite. »

Incapable de maîtriser les tremblements de ses mains, elle les enfonce dans les poches de sa veste. Et se tourne vers Chambers. « Contacte le service d'identification et de renseignements du Muséum d'histoire naturelle. Dis-leur que c'est urgent et demande-leur d'attendre notre arrivée. Je vais passer un coup de téléphone. Il faut que je parle au Boss. »

33

14h11

Erdman avale un antalgique et allume la télé. Puis l'éteint.

Ce simple geste déclenche plusieurs éclairs de douleur. Il souffre de partout, et pas seulement physiquement.

Il cherche une position confortable dans le canapé. Amber a déposé une assiette de biscuits sur la table basse, mais il n'a pas faim. En fait, il ne sait pas trop ce qu'il ressent.

Lilith doit s'inquiéter, il le sait. Pourtant, il ne peut se résoudre à l'appeler. La veille au soir, quand on l'avait conduit aux urgences et qu'il s'était aperçu que son portefeuille et son portable avaient disparu, il avait demandé à une infirmière de l'appeler.

Mais le temps qu'ils finissent de le rafistoler, les braises de sa colère s'étaient ravivées.

Une infime partie de lui-même avait envie de la faire souffrir pour toutes les horreurs qu'elle lui avait dites. Évidemment, il avait de la peine en pensant à Jakey, mais Lilith n'aurait qu'à se débrouiller. Après tout, c'était sa faute.

L'idée que la police pouvait souhaiter l'interroger ne l'a pas effleuré. Il n'a pas véritablement réfléchi non plus aux répercussions de cette disparition sur sa vie de famille. *Lui* sait qu'il est sain et sauf, c'est tout ce qui compte.

Amber avait été formidable ; elle n'avait pas sourcillé quand il avait frappé à sa porte à une heure du matin. Elle avait regardé son visage en compote et la large déchirure sur son jean, là où les médecins avaient dû tailler dans la toile pour atteindre la plaie.

« Je ne savais pas que tu étais branché SM à ce point », avait-elle lâché en resserrant la ceinture de son peignoir orné de têtes de mort, et Erdman n'avait pu retenir un ricanement, en dépit de la situation.

Il aurait pu trouver refuge chez Axel, mais il vivait en colocation dans un appartement sordide et il ne se sentait pas capable d'affronter la curiosité des autres. Amber possédait une chambre d'amis et elle n'avait pas posé de questions.

Avant de partir travailler ce matin, elle avait ouvert les épais rideaux de velours et posé délicatement la main sur son épaule.

« N'oublie pas d'appeler Lilith, surtout », avait-elle dit, mais il avait fait semblant de dormir.

Il sait qu'il devrait être chez lui, ou au moins décrocher le téléphone, comme le lui avait demandé Amber. Ça s'imposait. Mais la partie de lui-même qui est égoïste, irresponsable et tous ces autres défauts que lui reproche Lilith l'en empêche. Il veut lui faire comprendre que les mots ne sont pas des confettis qu'on lance pour s'amuser et que le vent emporte, mais des blocs de béton qui peuvent terrasser un homme.

Et puis, il y a une autre réalité, plus profonde, qu'Erdman s'avoue en secret. Il n'est pas encore prêt à rentrer chez lui. Il apprécie ce répit inattendu, loin d'une femme qui s'est laissé grignoter par la peur, loin de l'inquiétude permanente causée par son fils.

Pendant quelques heures, il peut respirer.

Le téléphone fixe d'Amber sonne. Le son strident le fait sursauter. Le répondeur s'enclenche.

« Décroche, vieux. Je sais que tu es là. »

Axel. Erdman ne fait pas un geste pour décrocher. Il ne veut pas affronter la pitié de son ami.

« OK, je vois. Tu es aux chiottes. Ou ailleurs. » Une pause. « Bref, j'ai un pote qui est rédac chef dans un journal local et qui cherche des gens. Je te garantis rien, mais je peux lui parler de toi, si ça t'intéresse. C'est pas trop loin. Dans l'Essex, je crois. Près de la côte. Ça fait une trotte, mais c'est jouable. En toute franchise, tu lui rendrais service… »

Erdman a une boule dans la gorge, ému par la générosité de son ami.

« Bon, tiens-moi au courant. Euh… J'espère que tout va bien… Et… À plus tard. »

Erdman s'arrache au canapé et, d'un pas boitillant, marche jusqu'à la fenêtre de l'appartement de Camberwell. Il donne sur le jardin privatif, dans lequel un vieil homme sort d'un sac de pain de mie des croûtes qu'il déchiquette pour les lancer aux oiseaux.

Il espère que la police va retrouver les salopards qui lui ont fait ça.

Le vieil homme renverse le sac dans l'herbe. Les pigeons et les étourneaux viennent se masser à ses pieds tels des disciples. Un retraité qui combat la solitude de ses journées. Pourtant, la vision de ses fines mèches de cheveux argentés déclenche un souvenir dans le cerveau d'Erdman.

Hier soir, alors qu'il gisait dans l'herbe, brisé, en sang, il avait entrevu un visage. Il ne savait pas qui était cet homme, pour quelle raison il le suivait, ni pourquoi il lui avait paru familier, mais son instinct le mettait en garde : il devait tenter de le découvrir.

34

14 h 54

Jakey Frith est enfermé dans les cabinets au fond de la salle de classe, et il gémit. Les démangeaisons de son bras sont une brûlure incessante. Et sa poitrine lui fait vraiment très mal.

Voilà un moment qu'il n'a pas ressenti ça, et il sait que cette crise ne laisse rien présager de bon. Certes, il est habitué aux frustrations, aux limitations, et à l'ironie d'une maladie qui, alors qu'elle lui donne des os supplémentaires, le diminue. Mais cette douleur, cette chaleur dans son corps, il sait que c'est grave. Simplement, il ignore le degré de gravité.

Il songe à alerter Mme Husselbee, mais elle est encore fâchée après lui parce qu'il s'est enfui.

« Je vais finir par avoir des ennuis à cause de toi, lui a-t-elle dit hier, en lui lançant un regard noir, alors qu'il traversait le champ en sens inverse de sa démarche claudicante. Je suis censée te surveiller. »

Jakey ne veut pas qu'on le surveille. Il veut juste son père.

Ce matin, sa mère avait rechigné à l'envoyer à l'école,

mais Jakey s'était souvenu que l'homme lui avait promis de lui offrir un chiot, et il avait affirmé qu'il se sentait mieux.

Sa main griffe son bras, ses ongles labourent la peau tendre. Le gonflement se répand. Il le savait. Cela signifie que sa mère va suivre le conseil du médecin et l'emmener à l'hôpital.

Mais il ne veut pas y aller, au cas où son père reviendrait pour leur séance de vélo.

Et si papa ne revient plus ?

Deux larmes s'échappent de ses yeux.

Assis sur le siège de la cuvette, il écoute les intonations de la voix de Mme Haines, et il sait que Mme Husselbee va frapper à la porte des toilettes d'une seconde à l'autre pour lui demander si tout va bien.

Le besoin de se gratter le submerge de nouveau. Ses ongles s'enfoncent dans la zone d'inflammation, lui lacèrent le bras, il a envie de s'arracher la peau. Il se gratte jusqu'au sang, mais cela ne fait qu'attiser le feu qui ravage son bras. Alors, il gratte de plus belle.

Jakey a oublié la lettre et l'homme en costume qui a promis de lui donner un chiot aujourd'hui. Il a oublié l'inquiétude gravée sur le visage de sa mère. Il oublie même, pendant quelques secondes, l'absence de son père.

Les démangeaisons de son bras et la brûlure dans sa poitrine vident son cerveau de toute pensée.

35

16h01

Le métro, certains jours, avec ses retards et le flot ininterrompu de touristes, est encore plus lent que la voiture. Malgré cela, elle attend tranquillement que l'escalator la conduise vers la sortie de la station de South Kensington.

Autour d'elle, les voix de la ville se mélangent jusqu'à ce qu'elle cesse de les entendre, perdue dans le rythme du mouvement perpétuel.

Elle ferme les yeux et laisse son esprit vagabonder tandis que l'escalier mécanique poursuit sa lente ascension. Est-ce possible ? S'agit-il de la découverte capitale qu'elle attend ? Elle n'aurait jamais pu l'imaginer quand le Boss l'avait envoyée enquêter sur cette camionnette grise.

Fitzroy descend de l'escalator, emprunte maintenant le couloir d'un pas vif, tourne à gauche et gravit les marches.

Dehors, il fait plus sombre à présent et elle aperçoit les lumières blanches et crues de la patinoire au coin de Cromwell Road, où David et elle avaient célébré leur deuxième anniversaire à coups de vin chaud en chancelant sur des patins lacés trop serré. Les squelettes des arbres devant le Muséum d'histoire naturelle, décorés de nombreuses guirlandes électriques, lui rappellent que Noël est dans un peu plus d'un mois seulement. Elle prie pour que la famille de Clara ait quelque chose à fêter.

Elle monte les marches du perron quatre à quatre, franchit le sas de sécurité, pénètre dans l'immense hall au sol de mosaïque noir et blanc, dépasse la réplique de *Diplodocus*, tourne à gauche, passe devant la boutique de souvenirs, la galerie des mammifères, la zone bleue et trouve ce qu'elle cherche : le Centre Darwin.

Elle descend un escalier, tourne à gauche encore une fois et arrive en face des portes vitrées décorées de jacinthes des bois et de papillons. Le Service d'identification et de renseignements. Elle appuie sur la sonnette et un jeune homme brun, à l'air sérieux, apparaît derrière les vitres. Il s'adresse à elle via l'interphone.

« Inspectrice Fitzroy ?

— Merci de me recevoir si vite. »

Il hausse les épaules et lui ouvre la porte. Elle entre. Les murs d'un blanc irréel sont illuminés par des bandes de néons. Des chaises vertes, inoccupées, s'alignent d'un côté.

« Je suis le Pr Dashiell Hall. Nous nous sommes parlé au téléphone. » Il lui tend la main et soutient son regard. « Vous avez une hétérochromie des iris. »

Son ton trahit un mélange d'étonnement et de plaisir.

« Oui.

— C'est très beau, très particulier. » Il fait un pas en avant pour examiner ses yeux. « Marron et bleu. Ma combinaison préférée. »

Fitzroy se sent rougir, mais le Pr Hall ne semble pas s'en apercevoir.

« Vous avez quelque chose à me montrer ? »

Délicatement, elle sort la boîte en plastique de son cabas et soulève le couvercle.

Le jeune homme hausse les sourcils derrière ses lunettes.

« Il aurait été grandement préférable de le laisser sur place. Une de nos équipes serait passée dès demain. »

Elle entend son père : *Petite idiote.*

« Nous ne pouvons pas nous permettre d'attendre, professeur.

— C'est vous qui décidez, dit-il en lui tournant déjà le dos. Suivez-moi. »

Il la précède devant une succession de box disposant chacun d'un ordinateur et d'un microscope jusqu'à une rangée de classeurs métalliques. Sur l'un d'eux trône un hérisson empaillé dans une vitrine, à côté d'un renard. Il fait signe à Fitzroy de poser sa boîte sur une table.

« Cela fait un bon moment que la police n'est pas venue ici, dit-il en enfilant une paire de gants en latex.

— Tant mieux, je dirais. »

Le jeune homme a un rire puissant et chaleureux, qui rappelle à Fitzroy qu'elle n'a pas entendu David rire depuis longtemps. Avant, il riait en permanence, surtout pour se moquer de sa cuisine.

« Oui, sans doute. Je n'étudie pas les spécimens comme des éléments d'une scène de crime, mais plutôt sous un angle scientifique.

— Savez-vous ce que c'est ?

— Tout dépend de ce que vous entendez par “savoir”. Rien qu'en regardant votre squelette, je peux vous dire qu'il appartient à la famille de lagomorphes.

— Ce qui signifie ?

— C'est un lièvre ou un lapin, pas un rongeur. »

Fitzroy demeure impassible, mais son cœur galope dans sa poitrine.

« Je vois. Pouvez-vous me dire s'il est vieux ?

— Le spécimen ou le squelette ?

— Les deux.

— À en juger par la taille, je dirais qu'il est adulte. Regardez, les os du crâne et l'épiphyse sont soudés. Il devait se trouver là depuis au moins un jour. Vous voyez, les tissus connectifs qui auraient dû être mangés par des insectes charognards sont intacts. Bizarre. » Il fronce les sourcils. « Vous l'avez découvert dans une boîte ou un sac hermétique ?

— Une boîte à chaussures, mais elle n'était pas hermétique. Elle commençait à se décomposer sous la pluie. »

Le Pr Hall se dirige vers les classeurs et ouvre un des tiroirs métalliques.

« Venez voir ça. »

Fitzroy le rejoint. Il sent légèrement la transpiration et l'odeur musquée de la testostérone. Un plateau en plastique contient le crâne d'un petit mammifère, bouche ouverte pour laisser voir des dents incurvées comme des griffes. Écrit directement sur l'os, à l'encre noire, on peut lire : *Oryctolagus cuniculus.*

« Comparons ces deux merveilles », dit le Pr Hall.

Il prend le crâne sur le plateau pour le poser à côté du squelette apporté par Fitzroy et montre la mâchoire.

« Vous voyez, la forme de la tête et la courbe de la mâchoire sont quasiment identiques.

— Vous pouvez m'en dire un peu plus ?

— J'ignore s'il s'agit d'un spécimen sauvage ou domestiqué, et je ne peux pas vous indiquer l'espèce, mais je dirais que c'est aussi un *Oryctolagus cuniculus*.

— Pardon ?

— Vous savez, je suppose, que le terme *Homo sapiens* désigne les êtres humains collectivement ? » Fitzroy le fusille du regard. « Eh bien, *Oryctolagus cuniculus* désigne les lapins.

— Donc, c'est un squelette de lapin.

— Exact. »

Il remet le spécimen sur son plateau et referme le tiroir. Puis il ôte ses gants en adressant un sourire triomphant à Fitzroy. Celle-ci s'appuie contre la table, son visage a la couleur du crâne de lapin. Son sourire s'évanouit.

« Oh, zut, ça ne va pas ? Vous voulez un verre d'eau ? »

Fitzroy ne sait pas ce qui lui arrive. Le dossier de Grace Rodriguez défile dans son esprit, comme les pages d'un livre. Elle glisse un doigt entre deux feuilles. Et fait apparaître l'image d'une photo prise dans les bois, quelques heures après la découverte des restes du corps.

Ils s'étaient enfoncés dans le bosquet. Les chiens reniflaient le sol à la recherche d'une récompense, des brindilles craquaient sous leurs pieds. Le faisceau de la lampe torche de Fitzroy rebondissait contre les arbres, ce n'était plus une balise d'espoir dans l'obscurité, mais de chagrin.

Le vent s'engouffrait sous sa veste, pourtant elle était bien décidée à fouiller ces bois jusqu'à trouver ce qu'elle était venue chercher. Le sac de danse appartenait à Grace. Aucun doute. Mais il fallait qu'elle retrouve la fillette.

Les chiens avançaient quelques mètres devant quand

ils s'étaient mis à aboyer, déchirant le silence des bois au crépuscule.

Une lune étroite s'était faufilée entre les nuages. Un des maîtres-chiens avait poussé un cri. Fitzroy s'était précipitée, elle sentait les branches s'enfoncer dans les semelles de ses chaussures.

Et puis…

L'horreur de ce qu'ils avaient découvert, soigneusement scellé dans de petits sachets à sandwich.

Fitzroy et l'équipe avaient passé des heures sur le site, à ramasser des indices, à chercher les restes du corps de Grace.

Un des chiens avait ensuite déniché, non loin de là, le squelette parfaitement conservé d'un petit mammifère. Le photographe de la police scientifique avait pris deux ou trois photos, mais personne n'avait prêté attention à cette découverte, mettant cela sur le compte de la brutalité de la vie sauvage. Tout le monde savait que la vie animale pullulait dans ces bois. La mort aussi.

« Tenez, buvez. »

Elle avale une gorgée d'eau tiède pour montrer sa bonne volonté, et s'essuie la bouche du revers de la main, en sentant le regard du Pr Hall posé sur elle.

« J'ai besoin d'en savoir plus. Le plus vite possible.

— C'est faisable, si vous me donnez deux ou trois jours. Je vous raconterai toute l'histoire de sa vie.

— Merci », dit-elle en tendant la main au Pr Hall, sans oser le regarder.

Les doigts du jeune homme se referment autour des siens. Il a la peau chaude, douce.

« C'est un plaisir. »

Elle rebrousse chemin d'une démarche mal assurée sur le parquet en bois clair du musée. Elle se penche pour refaire son lacet. Les veines du bois ressemblent à ces points de couture, tortueux, qui assemblent les os du spécimen de lapin qu'elle vient de voir. Des voix, des bruits de pas font vibrer Hintze Hall.

Le sapin de Noël installé devant la boutique de souvenirs devient flou, les boules argentées tournoient devant ses yeux mouillés de larmes. Le Boss l'a mise en garde l'an dernier : émotionnellement, elle s'implique trop dans ses affaires. Mais elle n'y peut rien.

Dans ses moments de grande faiblesse, quand elle suffoque en repensant à son fils, au petit creux parfaitement formé entre son nez et sa bouche, à la douleur de donner naissance à un enfant qui jamais ne respirera ni ne pleurera, elle se juge responsable de sa mort.

De toutes leurs morts.

Quelque part, un enfant court, trébuche et ses cris lui transpercent le cœur.

36

16 h 09

En fin d’après-midi, la maison des Frith s’embrase, les fenêtres brillent d’un éclat orangé. Pour Lilith, dont l’optimisme décline aussi vite que la lumière du jour, c’est l’unique moment lumineux de la journée.

Toujours aucune nouvelle d’Erdman. Son téléphone reste silencieux. Il ne répond pas aux mails ni aux messages sur Facebook. Où est-il ? Ça lui ressemble si peu. Il n’est pas le genre d’homme à disparaître. Parfois, il lui arrive d’oublier d’appeler quand il prend une cuite avec Axel, mais il rentre toujours à la maison retrouver son lit. Et sa femme. Toujours.

Une quinzaine de jours avant leur mariage, il était allé faire la bringue avec quelques anciens camarades d’université. Constatant qu’il n’était pas encore rentré le lendemain matin, elle ne s’était pas inquiétée. C’était un samedi et elle avait du travail, prisonnière d’une *deadline*. Quand elle avait refait surface, l’après-midi touchait à sa fin. Douchée et habillée, elle s’était postée devant la fenêtre pour l’attendre. Quand les ombres de l’été finissant avaient commencé à envahir le jardin, une sensation de froid s'était emparée d'elle, et elle avait décidé de partir à sa recherche.

La ville l'étouffait, la poussière et les gaz d'échappement saturaient ses sens. Elle avait fait le tour des pubs qu'ils avaient fréquentés dans les premiers temps de leur liaison, balayant du regard la foule des consommateurs à la recherche d'un éclair roux, d'une pinte tenue d'une certaine manière.

Finalement, au bout d'une heure environ, elle l'avait retrouvé. Assis dans le jardin d'un pub, tenant à la main une bouteille de bière dont l'étiquette se décollait sous l'effet de la condensation. Les ultimes rayons de soleil transformaient ses cheveux en une couronne d'or bruni. Levant la tête, il l'avait aperçue et lui avait fait signe, par-dessus les autres clients occupés à bavarder, de le rejoindre.

« Hé, Lilith ! Viens boire un verre ! »

Elle était repartie aussitôt.

Erdman l'avait rattrapée sur le trajet de la maison, un peu essoufflé à cause de la chaleur. Il lui avait pris la main. L'odeur de transpiration que dégageait le T-shirt humide qu'il portait depuis deux jours avait assailli ses narines. D'un geste brusque, elle s'était libérée.

« Qu'est-ce qui te prend, Lilith ?

— Je me faisais un sang d'encre. »

Sa voix avait tremblé sur la dernière syllabe, la faute à des larmes inattendues.

Le visage d'Erdman s'était alors défait.

« On s'est laissé emporter. J'aurais dû te téléphoner. » Avec son pouce, il avait séché les larmes de sa femme. « Je suis désolé. »

Elle refusait de le regarder ; elle faisait semblant de chercher ses clés dans son sac. Pour montrer qu'elle s'en fichait, après tout.

Il lui avait repris la main, et cette fois elle l'avait laissé faire.

« Ça ne se reproduira plus, Lilith. Je te le promets. Même si je suis bourré, quelle que soit l'heure, je rentrerai à la maison. » Il l'avait obligée à lever la tête pour la regarder droit dans les yeux. « Marché conclu ? »

Elle l'avait fait attendre un instant, mais le soulagement avait sapé les fondations de sa colère.

« Marché conclu. »

Et il avait tenu parole. Jusqu'à aujourd'hui.

Lilith a téléphoné à des parents et à des amis pour leur demander s'ils avaient vu Erdman. Amber Collins n'a pas répondu, mais Lilith lui a laissé un message, en la priant de se renseigner auprès de leurs autres collègues. Elle a dressé la liste des endroits où il pourrait se trouver. Et bien que son portable soit coupé, elle lui a envoyé un texto. *Rentre à la maison.*

En allant chercher Jakey à l'école, elle a traversé le Heath à pied, elle est passée devant *cet* arrêt de bus, et elle a vu sur le trottoir les taches de sang qui s'effaçaient déjà. Le sang d'Erdman. Prise de vertiges, elle a dû se retenir à un lampadaire, comme si cela pouvait l'aider à chasser cette étrange sensation de flottement. Cela lui rappelait le jour de la naissance de Jakey. Les larmes l'ont submergée. *Je suis désolée, je n'ai pas su t'apprécier à ta juste valeur. Mais je saurai me faire pardonner quand tu rentreras, je te le promets. Rentre à la maison, je t'en supplie.*

Jakey paraissait épuisé, des demi-cercles violacés bordaient ses yeux. Tout son corps était brûlant. L'assistante sociale de l'école l'avait appelée pendant la récréation de l'après-midi pour lui conseiller de venir chercher son fils plus tôt.

« Papa est rentré ? » a-t-il demandé, sans conviction, comme s'il posait une question de pure forme dont il connaissait déjà la réponse.

Il a laissé tomber son sac à dos Spiderman et son duffel-coat par terre, en grimaçant.

« Pas encore, mon chéri. Je m'en occupe. Comment va ton bras ? Je peux regarder ? »

Il n'a pas voulu. Il est monté dans sa chambre d'un pas traînant, et impossible de l'inciter à en sortir. Alors, Lilith l'a laissé tranquille, avec ses livres et ses jouets.

Il viendra me voir quand il se sentira prêt. Comme d'habitude.

Mais il n'est pas venu.

À l'heure du thé, Lilith lui apporte un sandwich et un verre de lait, mais Jakey n'a pas envie de parler. Pas avec elle en tout cas. En fermant la porte de la chambre derrière elle, elle entend sa voix. Étrangement suppliante.

« Va-t'en. Fiche-moi la paix. »

Un silence.

« Tu es où, papa ? Je veux que tu rentres à la maison. »

Elle songe à rebrousser chemin pour le réconforter, puis se dit que c'est sa manière à lui d'affronter la situation, mieux vaut le laisser faire.

Quand plus tard elle monte voir comment il va, elle le trouve endormi sur sa couette, alors délicatement elle le déshabille.

Et plaque la main sur sa bouche.

Une poussée, ils appellent ça. Nul ne savait vraiment pourquoi elles se produisaient, ni comment. Parfois, cela survenait après une chute. Parfois, sans aucune raison. Le gonflement des tissus mous pouvait être étendu ou limité, durer quelques jours seulement ou une journée entière, et se promener sur tout le corps à sa guise.

Quatre nouvelles bosses déforment le « bon » bras de Jakey.

Lilith pose ses lèvres sur le front brûlant et pleure, jusqu'à ce que ses larmes mouillent la frange de son fils.

L'amour lui serre le cœur tandis qu'elle contemple son visage, dont les joues rebondies conservent les derniers vestiges du bébé qu'il a été. Elle sait bien qu'ils ne vont pas tarder à disparaître eux aussi, à l'instar des couches, des tétines et du doudou, aujourd'hui rangé dans un tiroir de la commode, dans sa chambre à elle. Elle a tenu à conserver ce morceau de chiffon doux qui sent le lait, le talc et l'espoir, même si Jakey ne voulait pas.

Lilith a dû s'endormir à un moment car, quand elle se réveille en sursaut, l'obscurité s'est épaissie dehors, et elle a des fourmillements dans les jambes.

Elle redescend lentement, traverse des pièces sombres et vides. Dans le vestibule, elle décroche le téléphone et compose le numéro d'Erdman. La voix féminine, monotone, de la boîte vocale lui répond. Elle raccroche, soudain furieuse envers son mari qui inflige ça à leur fils. En regardant d'un air absent l'écran de la télé, elle se demande si elle pourra lui pardonner un jour une telle marque d'égoïsme.

37

21 h 14

Erdman a une migraine épouvantable. Ça lui fait toujours ça quand il essaye de dormir dans un autre lit que le sien. Même quand il ne s'est pas fait tabasser par un gang de jeunes sauvages et n'a pas reçu une balle tirée à bout portant dans la cuisse. *Alors, lâchez-moi un peu la grappe.* Il ricane intérieurement.

Il se retourne et grimace, à cause de la douleur et des draps noirs en polyester d'Amber. Peut-être aurait-il mieux fait de rester à l'hôpital, finalement.

En temps ordinaire, il ne se couche jamais si tôt, mais Amber le harcèle depuis qu'elle est rentrée du boulot après être passée chez le traiteur chinois.

« Appelle ta femme, lui a-t-elle dit en versant une montagne de *chow mein* dans son assiette.

— Salut, chérie. Tout va bien, et toi tu as passé une bonne journée ? »

Amber a ignoré cette remarque sarcastique.

« Elle m'a laissé deux messages, Erd. Je ne l'ai pas rappelée car je ne veux pas te mentir, mais je ne peux pas continuer à faire la morte. » Elle a ouvert une autre boîte en carton. « Elle a l'air désespérée. »

La culpabilité enrobait chaque bouchée qu'il avalait, et finalement il avait repoussé son assiette, encore à moitié pleine. S'il voulait être honnête avec lui-même, il commençait à se sentir un peu honteux, surtout vis-à-vis de Jakey.

En vérité, il n'avait pas fait grand-chose à part penser à sa famille et à cet inconnu qui l'observait.

Prudemment, il roule sur le dos. Cela nécessite plus d'efforts qu'il l'imaginait.

Il a passé la majeure partie de la journée à essayer de se remémorer ses rencontres avec ce type. Il l'a vu dans le train. Au cimetière. Et ailleurs également, il en est certain. Mais où ? Au pub ? Oui, voilà. La Banque. Lundi, à l'heure du déjeuner.

En comptant le soir de l'agression, il l'a aperçu quatre fois. Quatre fois en deux jours. *Pourquoi ?*

Peut-être qu'il devrait le défier ? Mais à quoi ça servirait ? Et puis son état physique lui permettrait-il de s'en prendre à ce cinglé ? Tu parles ! Et en se réveillant demain, Sir Alex Ferguson* allait annoncer au monde entier que Dieu lui avait parlé en rêve pour lui ordonner de manager Liverpool.

La pluie martèle le toit. Erdman fait surgir mentalement l'image de cet inconnu : les épaules étroites, les mèches de cheveux argentées. Elle provoque un sentiment de familiarité, un tourbillon qui sème la confusion dans ses pensées. Ce visage lui est familier, telle une chanson

* Le légendaire manager de Manchester United dont l'équipe de Liverpool est l'ennemie héréditaire.

oubliée depuis longtemps qui vous revient peu à peu, par bribes. Il le connaît. Oui.

Mais qui est-ce, nom de Dieu ?

Soudain, il perçoit un léger claquement, régulier. Il lui faut une seconde pour s'apercevoir que ce sont ses dents. Il remonte la couette jusqu'à son menton. Il entend l'écho de la télé dans le salon d'Amber et le murmure de la circulation au loin.

Le sommeil flotte dans sa direction, il tente de l'attirer avec son chant de sirène.

Lilith, je t'aime. Je suis désolé.

Il fouille dans sa mémoire pour faire resurgir le jour de son mariage. Il l'a enterré dans les profondeurs de son cerveau il y a longtemps, et voilà que maintenant, il remonte à la surface, à travers la vase. Il avait connu des moments plus glorieux. Il était arrivé en retard, avec la gueule de bois, mais, surtout, il avait oublié de confirmer leur réservation dans un château près de Bristol, et ce salopard de gérant mielleux avait donné leur suite à quelqu'un d'autre. Un festival de musique avait lieu dans le coin, et tous les hôtels étaient complets. Résultat, ils avaient passé leur nuit de noces dans un Premier Inn, au bord de la M5.

Alors, il préfère se souvenir de ce jour magique où il l'avait demandée en mariage. Lilith, hâlée et étendue à Lulworth Cove, la brise qui soulevait ses mèches de cheveux et dévoilait son visage constellé de taches de rousseur, sa gorge exposée au soleil chaque fois qu'elle s'étirait langoureusement. Et lui, riant, encore plein d'espoir, vêtu d'un short en jean délavé ; il avait arraché la languette d'une canette de Coca pour la passer autour de l'annulaire de Lilith.

« Voulez-vous m'épouser, mademoiselle Lilith ? »

Elle avait ri tout d'abord, elle croyait qu'il plaisantait. Mais quand il avait posé un genou dans le sable, elle avait cessé de rire et pris le menton d'Erdman entre ses mains.

« Vous êtes sérieux, Erdman Frith ? Ou est-ce encore une de vos plaisanteries ?

— Je veux que tu deviennes ma femme, Lilith. Je veux que tu restes à mes côtés jusqu'à la fin de mes jours. »

Elle avait alors éclaté en sanglots, et c'était ce dont il se souvenait le mieux. La chaleur bienveillante du soleil et l'éclat des larmes sur sa peau parfaite. Il ne lui avait toujours pas acheté de véritable bague de fiançailles, tout en sachant qu'elle avait conservé cette languette de canette dans un petit écrin en velours au fond de sa boîte à bijoux.

Demain, il rentrera chez lui. Il ira voir la police, il s'excusera auprès de sa famille et essaiera de se montrer digne de leur respect.

Ses paupières sont lourdes. Il fait surgir l'image de Jakey pour se réconforter sur le chemin de l'oubli : son rire, sa façon de dormir, en pointant la langue entre les lèvres comme s'il s'entraînait à lire.

Jakey-boy. Mon champion. Je te dis à demain.

Il s'accroche à ces images de son fils, son petit garçon adoré. Les mèches blondes dans ses cheveux. L'esprit qui danse dans ses yeux. Son corps fragile, parfait à ses yeux de père, malgré ses bosses et ses difformités.

Mais elles dérivent en douceur, tels des fils de la Vierge, jusqu'à ce que, enfin, il s'endorme.

JEUDI

38

7h49

Le lapin cligne des yeux sans se douter de rien. Une rapide torsion du cou et il est mort. Le Collectionneur berce entre ses mains le corps encore chaud, puis il prend son couteau et le dépèce. Il laisse tomber la fourrure dégoulinante dans un seau disposé sous son établi. Une incision minutieuse et le sang se déverse sur le métal galvanisé. Un autre mouvement habile du poignet et le cœur, puis les reins heurtent le rebord avec un bruit sourd, bientôt suivis de la langue, des yeux et de la cervelle.

Pour ses six ans, sa mère lui avait offert un lapin. Blanc et noir. Ses moustaches remuaient quand il reniflait sa main. Il sentait son cœur battre sous la peau, vibrante évocation de la vie.

Il adorait ce lapin. Il jouait avec, il le brossait pendant des heures. Le jour où l'animal l'a mordu, il l'a assommé d'un coup de parpaing et lui a fendu le crâne.

Il reporte son attention sur la tâche qui l'occupe.

À l'aide d'un scalpel, il découpe les lambeaux de chair qui s'accrochent aux os comme un défi. Un doigt fin trempe dans la flaque de sang et l'étale sur ses lèvres comme un baume. Des globules s'accrochent à la peau gercée. Il essuie ses gants en latex sur sa blouse blanche et exhibe un grand sourire écarlate. Il a cherché partout les os de lapin. En vain. Encore quelques heures et ce nouveau squelette sera prêt.

Il est normal qu'il le laisse sur place, en guise de cadeau. Un remerciement. Un gage de sa dévotion envers le devoir. Et un signe pour la police. Chacun aime être reconnu pour son travail.

Et puis, les insectes ont besoin de manger pour survivre. D'une pierre deux coups.

Il prend sa loupe et choisit un dermeste parmi la masse rampante contenue dans un des sept récipients en plastique dur qu'il conserve dans sa salle de dissection. Il examine ses pattes et l'espace entre la tête et le thorax. Une seule mite égarée et il sera obligé de détruire toute la colonie.

Le vendeur de chez Woolwich n'a pas posé de questions embarrassantes quand le Collectionneur a expliqué qu'il travaillait pour un musée, et lui n'a pas chipoté sur le prix. Sept cents livres pour trois mille adultes, larves et nymphes, c'était plus que le prix normal, mais il ne pouvait pas se permettre de se faire remarquer. Il a payé sans dire un mot, en liquide.

« Attention qu'ils soyent pas trop mouillés et faut laisser reposer le corps quelques heures, ils aiment pas quand c'est trop frais. J'sais pas pour quel genre d'animal vous voulez vous en servir, mais si vous voulez exposer le squelette entier, faut vérifier régulièrement qu'ils bouffent pas les articulations et les tissus connectifs. »

Le gros type au crâne rasé, une coccinelle tatouée sur

le bras, a allumé une cigarette et, après avoir tiré une longue taffe, a recraché la fumée par le nez. En dilatant les narines.

« Si vous voulez qu'ils se reproduisent, faut les garder au chaud et dans le noir. Attention que ça soye pas trop moisi, ou trop sec, sinon ils pondront pas d'œufs. »

Le Collectionneur a acquiescé et remercié l'homme pour son aide. Il ne lui a pas parlé de la colonie de dix mille spécimens qu'il possède déjà, à l'intérieur du congélateur débranché dans la maison de son père. Ni de la fille enfermée à l'étage. Ensemble, ils ont versé les insectes dans un récipient en plastique contenant de la sciure de bois et un bloc de mousse.

Le jeudi matin, de bonne heure, il revient. La dépouille du lapin commence déjà à dégager un fumet unique et le Collectionneur sait qu'il va encore évoluer. Il se délecte de cette odeur écœurante, et plus tard il léchera sa peau pour essayer d'en retrouver la saveur dans les cellules et les follicules morts.

Le vendeur d'insectes lui a recommandé de laisser sécher son spécimen à l'air libre pendant quelques heures avant de mettre son armée au travail. Le moment est venu. Il dépose la carcasse du lapin dans le récipient et suit l'avancée de son nouveau bataillon : des milliers de soldats couleur bouse prêts à démasquer l'ennemi. Telle une sentinelle, il regarde sa colonie décaper sa proie, jusqu'à ce qu'il n'en reste plus qu'un squelette quasiment parfait : tarse, atlas, cubitus, métacarpe. Le haut des vertèbres cervicales est brisé, mais peu importe.

Le garçon se fiche bien de la carte de visite qu'il laissera.

Il est enchanté, surpris même, par la rapidité et l'efficacité de sa nouvelle colonie. Bientôt, il pourra lui demander de s'attaquer à quelque chose de plus gros.

Il leur fredonne un air, il les appelle. Masse ondulante unique, ils grimpent le long de ses bras, autour de son cou, descendent dans le dos de sa veste. Il aime cette sensation de milliers d'insectes qui rampent sur sa peau, il la préfère au contact de mains humaines. Au bout d'un moment, il les encourage à retourner dans leur récipient et, d'un même élan, ils obéissent.

Il ressort de la salle de dissection, verrouille la porte et gravit l'escalier en béton qui mène au rez-de-chaussée. Il hume l'air et perçoit une légère odeur derrière celle des poubelles pleines. Impatient de s'occuper du lapin, il a oublié de monter voir la fillette, mais ça peut attendre. Dans l'immédiat, il a besoin de dormir, ne serait-ce qu'une heure ou deux, pour se préparer en vue de la phase suivante.

Le lever de soleil liquide dégouline derrière les stores de la maison de son père, une construction quelconque dans une rue anonyme. Il est épuisé, mais excité. Comme toujours, le chant des sirènes de sa collection l'attire. Il ne devrait pas s'attarder, mais il ne peut s'en empêcher.

Tout d'abord, il est aimanté par la vitrine étiquetée S. À l'intérieur, les os sont décolorés et s'effritent. Il a appris il y a longtemps, grâce à son père, que si l'ammoniaque bouillante agit rapidement, elle provoque des dégâts durables.

Il fait le tour de la pièce. Il y a G et ses phalanges distales manquantes, le magnifique crâne difforme de Q, atteint de la maladie de Paget et victime de ses cruelles déformations ; le squelette complet articulé d'un cheval. F, le fœtus parfait d'un enfant mort-né, est exposé près de la fenêtre, protégé de la lumière extérieure par des stores occultants utilisés dans les crèches de tout le pays. L'ironie de la chose ne lui avait pas échappé.

Aujourd'hui, il s'oblige à attendre. Et l'excitation, quand elle survient, explose en lui. Le spectacle des os difformes de C le revigore. Il lui rappelle son père. Et il se demande quels secrets lui réserve la peau de J ; il rêve déjà d'exposer son squelette dans une étreinte familiale.

Après avoir refermé la porte de son musée personnel, il s'autorise un sourire. Sa collection est une source de plaisir, mais elle est loin d'être achevée cependant. Il reste encore tellement de travail à accomplir : de nouveaux spécimens à préparer, des pièces à exposer, une colonie à entretenir.

De nouvelles cibles à suivre.

Sa femme dort quand il entre dans la chambre. Elle respire par la bouche et il écoute chaque souffle qui bat des ailes et s'envole. Il ôte sa veste, la suspend sur le dossier de sa chaise.

Le bassin est plein, mais l'odeur ne l'incommode pas. Il a l'habitude. Il regarde si elle a pris des médicaments pour savoir si la douleur de ses articulations l'a arrachée au sommeil en pleine nuit. Lorsqu'il voit la plaquette intacte, le soulagement l'envahit telle une eau tiède.

Pendant qu'elle dort, il voit la tristesse sur son visage vieillissant. Un quadrillage de fils aussi fins que des lames, certains incrustés dans le tissu de sa peau, d'autres plus récents, imprimés depuis peu. Elle porte les rides de l'absence d'enfant comme des cicatrices.

Il s'assoit au bord du lit, ôte ses chaussures, son pantalon et le plie soigneusement. La lumière du jour s'infiltre par les interstices des rideaux, et pourtant elle dort encore. Il étend son corps sur la bande de drap froid à côté d'elle, il sent la chaleur de sa femme qui l'attire. Elle lui prend la main. Il ferme les yeux.

39

7h58

Fitzroy est censée ne pas boire de café, malgré cela elle avale d'un trait le triple expresso en espérant que ce sera suffisant pour l'aider à affronter la matinée.

Ses yeux sont encore embrumés de sommeil. Elle les frotte pour tenter d'effacer la fatigue, mais il n'existe qu'un seul remède, dormir, et ce n'est pas possible. Pas tant que ce *ting* dans son cerveau ne se sera pas calmé, et il ne cesse de croître d'heure en heure.

Elle a failli annuler, elle *aurait dû* annuler, mais il lui a fallu des mois pour convaincre David. Un crachin vernit le trottoir. Fitzroy jette le gobelet en carton dans la poubelle et entre.

Les sièges sont rose pâle et confortables. Quatre sont occupés par des couples qui se tiennent par la main, inquiets.

« Pouvez-vous remplir ceci, je vous prie ? » demande la réceptionniste en lui tendant un formulaire fixé sur une planchette.

Elle s'assoit, seule, tête baissée et rédige quelques

mails. La pendule murale indique 7 h 58. Elle regarde son téléphone. À 7 h 59, elle lui envoie un texto.

Où tu es ?

Pas de réponse.

À 8 h 01 son portable tinte.

Désolé Etta, je ne viendrai pas. Je ne peux pas.

Elle regarde ces mots sur l'écran, elle a du mal à intégrer ce qu'ils disent. Ce qu'ils ne disent pas.

« Monsieur et madame Fitzroy ? lance la réceptionniste. » Fitzroy se lève.

« Désolée, murmure-t-elle. Mon mari a été retenu.

— Ce n'est pas grave, vous pouvez attendre si vous voulez.

— Euh… »

Elle n'arrive pas à réfléchir, elle n'arrive pas à se dire que David l'a laissée venir jusqu'ici, qu'il l'a laissée espérer, pour finalement la laisser tomber. Elle sait que son mari a bien des défauts, mais elle ne s'attendait pas à tant de désinvolture dans la cruauté. Est-ce parce qu'il n'en a plus rien à faire ?

Quelle idiote elle a été !

Ses pensées la ramènent trois ans en arrière, au pot de fiançailles de Nina et Patrick ; elle revoit les joues empourprées de sa jeune sœur, malgré la bouteille d'eau pétillante dans sa main.

« C'était sympa, hein ? avait-elle dit à leur retour chez eux, en s'affalant dans le canapé et en ôtant ses chaussures avec ses pieds.

— Elle est enceinte. »

David avait dit cela d'un ton méprisant, déjà.

Oh, mais oui, évidemment.

Plusieurs verres de vin avaient donné du courage à Fitzroy. Elle s'était relevée, légèrement titubante, et avait pris la main sèche de David dans la sienne. C'était la solution à leurs problèmes conjugaux initiaux, elle le savait.

« Si on essayait de faire un bébé nous aussi ? » Elle avait commencé à déboutonner sa chemise. « Là, tout de suite.

— Non.

— Quand, alors ? »

Il avait soupiré, repoussé sa main, et s'était assis pour délacer ses chaussures.

« Je ne veux pas d'enfant. »

Le rire de Fitzroy trahissait le choc et l'étonnement.

« Tu ne me l'as jamais dit.

— Je crois que si, Etta. »

Et il avait raison. Il le lui avait dit. Pas lors de leur rencontre, pendant l'enquête sur le suicide d'un des collègues de David victime de surmenage. Il s'était montré respectueux et poli à ce moment-là, même s'il avait soutenu son regard une seconde de trop. Ni quand il lui avait glissé sa carte de visite dans la main et l'avait invitée à dîner. Non, c'était venu plus tard. Durant des conversations alcoolisées au bar à vin du bout de la rue, dans l'ivresse des premiers temps, lorsque chacun trouvait l'autre aussi grisant que le contenu de son verre, lorsque l'expérience et la stabilité de David correspondaient exactement à ce qu'elle recherchait, l'antidote au poison de la perte qu'elle avait subie. C'était un trader, bon sang ! Il avait l'habitude des négociations. Elle pensait alors qu'il finirait par changer d'avis. *Elle* le ferait changer d'avis.

Une semaine après le pot de fiançailles, Nina avait fait une fausse couche. Son indifférence avait surpris Fitzroy.

« J'en aurai un autre dans un ou deux ans, avait-elle dit. Et puis, je n'ai pas envie d'être une grosse mariée. »

Fitzroy avait alors songé qu'elle voulait bien rester grosse toute sa vie si c'était synonyme d'enfant.

Elle n'avait pas ménagé sa peine pour convaincre David et, pendant un moment, elle avait cru avoir réussi. Elle partageait avec lui ses rêves de maternité. Voyant que ça ne marchait pas, elle lui avait montré ces photos déchirantes qu'elle gardait dans une boîte, au fond de sa penderie. Puis elle l'avait supplié. À contrecœur, il avait accepté les rapports non protégés, en milieu de cycle, mais toujours rien. Infertilité inexpliquée, disait le médecin.

Peu à peu, l'intimité qui les liait s'était asséchée comme une tache sur un drap.

Désormais, elle passait tout son temps libre au travail. Et lui aussi. Ils se faufilaient entre les fissures de leurs vies respectives.

Mais ce rendez-vous. C'était ce qui lui avait permis de tenir, d'espérer. Alors même qu'elle franchissait les portes de la clinique ce matin, elle croyait encore qu'ils allaient réussir.

Mais David n'est pas venu. Ce qui revenait à dire que leur mariage était mort.

« Voulez-vous un autre rendez-vous ?

— Non. Merci. »

Dehors, la matinée de novembre est mordante. Elle a du travail.

L'escalator l'entraîne dans les profondeurs du métro,

et tandis que le mécanisme répète son cycle sans fin, son cerveau en fait autant.

Elle a passé la majeure partie de la nuit à relire les dépositions et à passer en revue les éléments du dossier de Grace Rodriguez.

Mais elle n'avait pas besoin de parcourir toutes ces pages pour savoir que le squelette de lapin découvert sur le Heath était identique à celui qu'ils avaient découvert, et ignoré, là où se trouvaient les orteils et les bouts de doigts de Grace.

À cette différence près qu'il n'avait aucun tube attaché à la patte.

Et alors ? On a facilement pu passer à côté puisqu'on ne le cherchait pas.

D'où ce message peut-être. Cette fois, aucun doute possible. Elle demeure perplexe cependant. Ce squelette est-il une signature pour Clara ? Dans ce cas, pourquoi l'a-t-on retrouvé de l'autre côté du Heath, alors que la fillette a été vue pour la dernière fois au village, dans un magasin de bonbons ? Il n'y avait aucune trace d'un corps, ni de quoi que ce soit, hormis le sang du dénommé Erdman Frith. Et cette camionnette grise aperçue sur place ? Est-elle le lien ? Il faut qu'elle interroge ce Frith, pour voir ce dont il se souvient.

Au moment où, dix minutes plus tard, elle monte dans la rame à London Bridge, son portable sonne. Son ventre se noue, mais ce n'est pas David.

« Où êtes-vous passée, bordel ? demande le Boss. Je croyais que vous alliez juste boire un café.

— Désolée, j'ai été retenue.

— Eh bien, libérez-vous et rappliquez illico. Je veux qu'on parle de ces foutus lapins. »

Au bureau règne l'agitation qui caractérise les grandes enquêtes. Le Boss lui fait signe d'approcher.

« Racontez-moi tout. »

Bien qu'elle lui ait déjà transmis une note quelques heures plus tôt, elle répète tout ce que lui a dit le Pr Hall.

« Le labo est dessus, dit le Boss. Mais on ne trouvera pas grand-chose. La pluie a éliminé toutes nos chances. » Il étouffe un bâillement. « Même si ce n'était pas la pluie qui a fait disparaître l'indice laissé par le ravisseur de Grace. On a réussi cette prouesse nous-mêmes ! » Il ferme les yeux et se masse le plexus avec le talon de la main.

« Et ce foutu message, là. Quel merdier !

— Monsieur…

— La disparition de Clara Foyle me file une putain de migraine. On a enquêté sur tous les délinquants sexuels du coin, à part un ou deux. On continue à vérifier leurs alibis. On a besoin de renforts, rapido, mais on ne les aura pas.

— Monsieur…

— On se retrouve avec deux putains d'enquêtes sur les bras, et on n'a pas assez de spécialistes pour travailler dessus. Comment je fais pour décider quelle vie est la plus importante ? Une ado qui a disparu depuis un an ou une gamine de cinq ans ? Je ne peux pas choisir, c'est bien ça le problème. Je ne devrais pas être obligé de choisir. » Il reprend son souffle. « Vous êtes d'accord pour faire une nouvelle tentative avec Miles Foyle ? Il refuse toujours de parler.

— Oui, monsieur, mais…

— Quoi donc, Fitzroy ? »

Maintenant que le Boss se tait enfin, elle ne sait pas

si elle va avoir le courage de formuler sa pensée à voix haute. Elle se sent bête, mais le *ting* lui dit qu'elle va le regretter si elle ne parle pas. Alors, elle se jette à l'eau.

« Quelqu'un a vérifié s'il n'y avait pas un squelette de lapin au magasin de bonbons ? »

Le Boss ôte ses lunettes. Sans elles, son visage paraît nu, les rides autour de ses yeux ressortent davantage, et il a une marque en creux de chaque côté du nez. Il sort un chiffon de sa poche pour en essuyer les verres.

Fitzroy poursuit son raisonnement :

« Le squelette de lapin déposé dans le bois était à quelques centimètres des bouts de doigts de Grace, non ? Bien en évidence. En revanche, il n'y avait aucune trace laissée par Clara sur le Heath, là où on a découvert l'autre squelette. Est-ce qu'on ne devrait pas essayer de trouver un… »

Elle cherche le terme adéquat. « … un lien *concret* entre les deux affaires ? »

Le Boss remet ses lunettes et fait tourner sa langue dans sa bouche. Même s'il reste patient, Fitzroy a l'impression d'être une stagiaire trop zélée le premier jour de sa formation à Hendon.

« Les gars du labo ont déjà inspecté l'itinéraire emprunté par Clara quand elle a quitté l'école, Fitzroy. Ils ont inspecté le Heath deux fois. Ils ont inspecté le magasin de bonbons, son domicile, la voiture de ses parents. Ils ont inspecté tout ce qui leur passait par la tête. »

La honte ressentie ce matin à la clinique commence à entamer sa confiance en elle. Lasse de se battre contre tout le monde, chez elle et au travail, elle baisse la tête. Elle en a assez de David et de son manque d'empathie, de son incapacité à voir au-delà de son horizon restreint. Le jour de leur mariage, une cérémonie civile élégante mais discrète dans le centre de Londres, elle avait la certitude qu'il incarnait son avenir, aujourd'hui, même cela lui paraît incertain.

Elle en a assez de stagner au niveau professionnel. Avant cet incident l'année dernière, elle aurait parié que le Boss envisageait de lui accorder une promotion. Aujourd'hui, elle peut s'estimer heureuse d'être encore là.

Elle repense à la carte de félicitations qu'elle a vue sur la table de chevet de Nina à l'hôpital. Son père n'a jamais admis ce qui lui était arrivé, il ne voyait pas l'intérêt d'assister à l'enterrement d'un bébé mort avant d'avoir vécu, un bébé qu'il n'avait pas connu et ne connaîtrait jamais. Sur le coup, elle n'y avait pas prêté attention, son chagrin avait occulté la douleur provoquée par le désintérêt de son père. Dorénavant, ça la ronge, et c'est une des raisons pour lesquelles ils ne se parlent quasiment plus.

Et elle commence à comprendre que si elle ne s'éloigne pas de David, elle n'aura peut-être jamais d'enfant.

Elle foire tout, dans tous les compartiments de sa vie. Parfois, elle a l'impression d'être une gamine de sept ans et non pas une femme de trente-sept.

Petite idiote.

« C'était une simple intuition, dit-elle. Une intuition stupide.

— Fitzroy… »

La façon dont le Boss prononce son nom l'incite à relever la tête et à redresser les épaules. À cet instant, il ressemble plus à un père que son vrai père.

Elle croise son regard.

« Vérifiez encore une fois. »

40

8h31

Le jeudi 22 novembre, deux jours après la disparition de son père – et moins d'une heure après que Fitzroy a décrété que son mariage était mort –, l'aube indésirable escalade le rebord de la fenêtre de Jakey pour annoncer le matin. Il ferme les yeux, aussi fort qu'il le peut, faisant naître une larme qui coule sur sa joue et éclot sur l'oreiller Spiderman.

Son cœur le fait souffrir. Pas comme son corps quand les os lancent une nouvelle incursion et que sa mère lui donne un médicament qui le soulage quelque temps. Ce n'est pas non plus cette douleur atroce qui l'empêche de dormir la nuit et fait pleurer sa mère quand elle le croit assoupi. C'est plus profond, comme s'il portait en lui un poids qui le mine.

Fiche le camp, Ol' Bloody Bones, Ol' Tommy Rawhead. Laisse-moi tranquille.

Il n'a pas beaucoup dormi. Et quand il a réussi à trouver le sommeil, ses rêves étaient remplis d'images : un homme aux traits indistincts, aux longues dents et aux bras maigres, et son père.

Oh, papa.

Jakey émet un son à mi-chemin entre le hoquet et le sanglot. Son père a promis de le protéger, mais il l'a abandonné.

Je t'en supplie, papa, rentre à la maison.

Sur le terrain de jeux de son imagination, il voit le personnage issu des histoires enfantines de son père tendre la main vers lui, doigts en avant, scrutant tout de ses yeux noirs.

Jakey n'a que six ans et, dans son esprit d'enfant, l'homme du livre et l'homme de la télévision se fondent pour donner naissance à la même peur insidieuse.

Ol' Bloody Bones a enlevé la petite fille. Il l'a vu à la télé.

Et maintenant, son papa a disparu.

Si Ol' Bloody Bones existe réellement, comme il le croit, cela signifie que toutes ses peurs, ses angoisses ont pris corps.

Et lui, Jakey, est le prochain sur la liste.

Quant à la mère de Clara Foyle, sa propre imagination l'entraîne sur un chemin obscur qu'elle ne veut pas emprunter. Ses jours et ses nuits sont uniquement définis par la succession de la lumière et de l'obscurité ; très souvent, elle s'assoupit à des moments incongrus, puis se réveille en sursaut pour redécouvrir, chaque fois, l'horreur et la détresse de la disparition de sa fille.

Le rectangle noir de sa fenêtre sans rideaux lui signale que la nuit est revenue. *Clara, tu manques beaucoup à maman. Ma petite fille adorée. J'espère que tu dors.*

Elle prend le verre posé sur la table de chevet et boit une gorgée de liquide transparent et brûlant. Elle ne sait pas si c'est la vodka ou la sclérose en plaques qui brouille sa vision.

Sans les ronflements de Miles, semblables à des grognements de bête, la chambre est plus calme, mais son côté du lit est froid, vide. La police ne l'a pas relâché. D'une main tremblante, elle retourne leur photo de mariage dans son cadre en argent.

Elle a toujours exigé ce qu'il y avait de mieux, en tout. Vêtements de créateurs, linge de maison haut de gamme et vacances de luxe, mais allongée là, dans l'obscurité béante de sa maison, elle nourrit bien des regrets.

Amy qui, à moins de trente ans, est une mère privée d'une de ses filles, et l'épouse d'un mari infidèle. Une femme habituée à une vie de privilégiée, facilitée par l'argent et le prestige.

Mais si elle le pouvait, elle donnerait tout, jusqu'au dernier penny, pour revoir Clara.

41

9 h 04

Dharamdeep Atwal est en train de remplir sa caisse enregistreuse avec des sacs de pièces lorsque Fitzroy entre dans la boutique.

« Qu'est-ce que vous voulez encore ? C'est pas bon pour les affaires.

— Une petite fille a disparu, monsieur Atwal. Je suis sûre que vous n'allez pas me refuser une demi-heure de votre temps ? »

Il referme bruyamment le tiroir-caisse. Les pièces de monnaie s'entrechoquent.

« Non, évidemment. Mais la police a déjà tout mis sens dessus dessous.

— Je veux juste jeter encore un coup d'œil. Ce ne sera pas long. »

Fitzroy n'attend pas la réponse. Dans ce genre de situations, elle a un peu l'impression d'être une marchandise avariée. La police avait investi la boutique de M. Atwal le vendredi, dès qu'il était devenu évident que Clara avait disparu. Depuis, ses collègues l'ont interrogé plusieurs fois. Maintenant qu'elle débarque à son tour, il en a plus qu'assez des officiers de Sa Majesté.

Mais elle a besoin d'être ici. Là où Clara a été vue vivante pour la dernière fois.

La boutique de M. Atwal est une authentique confiserie. On n'y trouve pas de haricots en boîte, de pizzas surgelées ni de paquets de gâteaux, uniquement des dizaines de bocaux contenant des friandises multicolores, des tablettes de chocolat enveloppées dans du papier d'argent et des boîtes de bonbons à l'ancienne entourées de gros rubans. Elle imagine Clara, envoûtée par tout ce choix, s'avançant vers le comptoir en serrant une pièce dans sa main.

M. Atwal n'aime pas le désordre. Dans sa boutique, chaque chose est à sa place. Les réserves s'alignent sur les étagères. Arrêtée entre les sucettes et les sachets de bouteilles de Coca acidulées, elle essaye de deviner où il a bien pu le cacher. S'il l'a caché.

Elle ressort de la boutique et entend tinter la clochette, qui fait écho au *ting* dans son cerveau. Elle rectifie : il ne l'a pas caché. Il voulait qu'on le trouve.

Elle regarde dans la poubelle dehors, dans la ruelle qui borde la confiserie. De retour à l'intérieur, elle inspecte les étagères, puis la minuscule arrière-boutique où se trouvent le manteau de M. Atwal, son panier-repas, une chaise, une bouilloire et pas grand-chose d'autre.

Je fais fausse route, pense-t-elle. Pourtant, elle n'a pas le sentiment de se tromper.

Un camion de livraison se gare devant la boutique sans couper son moteur. Fitzroy regarde le chauffeur décharger une pile de cartons et échanger une plaisanterie avec M. Atwal, avant que ce dernier signe le reçu.

Il pose un des cartons sur le comptoir et fend le ruban adhésif avec un cutter.

Des sachets de poudre acidulée au citron se déversent. M. Atwal entreprend de les ranger sur les étagères, en fredonnant une mélodie discordante qui tape sur les nerfs déjà à vif de Fitzroy. Quand il a fini, il pose le carton par terre et s'attaque au suivant.

Fitzroy revoit la boîte à chaussures détrempée sur Blackheath Common.

Ting.

« Monsieur Atwal, où stockez-vous les cartons vides ? »

Il lui répond sans se retourner.

« Derrière la boutique. On les dépose là pour les types du recyclage. »

Fitzroy entend le sang couler à toute allure dans ses veines.

« Quand passent-ils ?

— Le jeudi matin. »

Elle se précipite. Les cartons s'empilent contre un sac-poubelle qui déborde, dans une petite alcôve qui empeste l'urine, derrière la boutique. Certains ont été aplatis pour faire de la place, mais pas les plus petits. La pluie les a ramollis. Une substance désagréable s'écoule du sac, mais Fitzroy s'en moque.

Elle sort une paire de gants de sa poche, l'enfile et s'attaque au haut de la pile ; elle sent le carton mou se désagréger entre ses doigts. Elle soulève les rabats. Rien. Elle fait la même chose avec le suivant. Rien. Le troisième carton se délite dans ses mains, éclaboussant ses chaussures d'eau de pluie, ou pire. Elle s'oblige à refréner ses ardeurs. Si Clara a été enlevée par le même homme que Grace Rodriguez, il n'y a quasiment plus aucun espoir.

Il ne reste que deux cartons et elle sent déjà le poing

cruel de l'échec lui vriller l'estomac. Les voitures passent à faible allure. Des passants battent le pavé à quelques mètres de là.

Elle prend un petit carton frappé de caractères noirs, qui commencent à dégouliner, sur le côté. Elle soulève les rabats.

Son cœur est un oiseau prisonnier de sa cage thoracique.

Dans un coin du carton, un squelette de lapin aux os décapés et cassants est recroquevillé. Un message est roulé à l'intérieur d'un tube transparent: «*Je vais faire entrer un souffle en vous.*»

À côté de ces ossements, un sachet de bonbons à la fraise, déchiré, a déversé dans le carton du sucre glace rose évoquant les capitons de soie d'un cercueil.

42

11 h 31

Comme Fitzroy, cela fait plusieurs heures que Lilith est réveillée. Le doute avait partagé son lit toute la nuit et durant ces heures solitaires qui précédaient l'aube, alors que le reste du monde dormait encore, elle s'était persuadée qu'Erdman avait des ennuis.

L'obscurité a une manière bien à elle d'amplifier les angoisses. Elle l'imaginait allongé dans une ruelle, se vidant de son sang sur les pavés, terrassé par ses blessures, trop faible pour appeler à l'aide.

La douche froide de la lumière du jour lui avait permis de retrouver ses esprits. Mais pas son mari. Il n'aurait pas quitté l'hôpital s'il ne s'estimait pas en état de le faire. Il boudait dans son coin, voilà tout.

Elle essaye d'ignorer le doute persistant. À une époque, elle aurait juré que jamais il ne négligerait son mariage, mais elle s'était trompée, non ? Avait-elle commis d'autres erreurs de jugement ?

Cette enquêtrice avait téléphoné tôt ce matin pour parler à Erdman. Lilith avait voulu mentir, faire croire qu'il était sorti, mais sa conscience l'en avait empêchée. Elle avait avoué à l'inspectrice Fitzroy qu'il n'était toujours pas rentré, et qu'elle n'avait aucune nouvelle de lui. Le silence au bout du fil lui avait fait l'impression d'un jugement porté sur ses qualités d'épouse.

« Il faut absolument que je lui parle », avait dit l'inspectrice.

Moi aussi, avait pensé Lilith.

Après cet appel, elle était montée voir Jakey. Il dormait encore, sa respiration ressemblait à un râle. Pas question de l'envoyer à l'école aujourd'hui. Plus tard dans l'après-midi, elle l'emmènerait de nouveau chez le médecin. Elle réclamerait une nouvelle ordonnance pour des stéroïdes, et peut-être des antibiotiques. La vision de ces longs couloirs d'hôpital lui nouait la gorge.

Pendant que son fils dort, elle se prépare un déjeuner frugal. Un morceau de fromage, une pomme coupée en tranches et un petit pain beurré. Elle déjeune seule en écoutant la radio et recouvre de papier alimentaire la part de Jakey, au cas où il aurait faim en se réveillant.

Le tintement discret de la sonnette interrompt l'interview du nouveau P-DG de la BBC.

Erdman ? Est-ce toi ?

« Bonjour, dit Mme Cooper, la voisine. Je voulais juste savoir si votre mari était rentré. »

Lilith inspire à fond pour garder son calme, ses yeux se mouillent. La compassion adoucit le visage ridé de Mme Cooper, qui lui tapote la main.

« Vous m'en voyez désolée. Est-ce que je peux vous aider ? Vous avez besoin de quelque chose ? »

Sa sollicitude toute maternelle est réconfortante.

« En fait, oui, répond Lilith. Ça vous embêterait de

garder Jakey une heure ou deux ? Je vais partir à la recherche de mon mari. »

En sortant, Lilith constate que l'hiver est arrivé pour de bon. Le grésil lui cingle le visage alors qu'elle descend la rue d'un pas vif, sans savoir par où commencer.

Les pubs ne sont pas encore ouverts. Elle essaye de deviner où il peut être, chez qui. La plupart des personnes ont répondu à ses messages de plus en plus affolés, sauf Amber Collins. Erdman lui a dit un jour qu'elle habitait près du Blue Elephant Theatre. Peut-être pourrait-elle commencer par là.

Elle hésite devant la voiture. Rien ne garantit qu'elle puisse parcourir une grande distance, surtout avec les embouteillages du centre de Londres. Finalement, elle marche jusqu'à l'arrêt de bus, près du poste de police de Lewisham. Le 436 la conduira directement à Camberwell.

Tandis que le grésil se transforme en pluie, elle aperçoit le toit de son bus qui approche. Au moment où elle glisse la main dans son sac pour sortir sa carte de transport, son portable sonne. Elle farfouille au milieu des mouchoirs en papier et des tampons. Le nom qui s'affiche sur l'écran lui coupe le souffle.

Maison.

« Lilith ? » La panique dans la voix de Mme Cooper lui soulève le cœur. « Rentrez vite !

— Que se passe-t-il ? C'est Erdman ? »

La voix de la vieille femme lui semble lointaine, comme si elle lui parlait de l'autre extrémité d'un tunnel.

« Non, c'est Jakey. J'ai peur qu'il se soit évanoui. »

43

14 h 17

Posté derrière la grille, il regarde les enfants jouer, mais ne voit pas le garçon. Il n'était pas là hier non plus. Il avait franchi les portes de l'école en se cachant parmi les mères harassées, lestées de bambins, les nounous et leurs larges poussettes, les grands-parents empotés, mais le garçon aux cheveux cuivrés et aux taches de rousseur vivaces était demeuré invisible.

Le Collectionneur se demande s'il est malade.

Si la disparition du père va rendre la mère plus attentive, ou moins.

Il brûle du désir de savoir.

Il regagne sa camionnette grise et roule à vive allure dans les rues luisantes de pluie. À deux pâtés de maisons de là seulement. Il se demande si le garçon viendra de son plein gré, ou s'il sera obligé d'utiliser la force. Cette perspective l'inquiète.

Déjà, il sait que le garçon ne le décevra pas ; il l'a observé, il l'a suivi. Il a vu de ses propres yeux les grosseurs et les déformations sous la peau. Mais le père le rend perplexe, il ne ressemble pas du tout à ce qu'il avait imaginé.

Il tapote la poche de sa veste pour s'assurer que ses outils sont à leur place. La colonie ne consommera pas de la matière vivante, il faudra avoir recours à une lame.

Et la vitrine, vide depuis tant d'années, sera enfin remplie.

Les lumières sont allumées et il perçoit un mouvement derrière les fenêtres.

Les gouttes de pluie qui frappent le pare-brise emprisonnent les faisceaux des phares dans des têtes d'épingle.

« Il pleut des tringles d'escalier », disait Marshall.

Il se demande ce que dirait Marshall aujourd'hui, s'il pouvait le voir.

Il ralentit, à la recherche d'une place de stationnement. La camionnette tressaute en montant sur le trottoir.

Il tuera la mère s'il le faut.

C'est alors qu'il l'entend, et son cœur se fige.

Les ondulations d'une sirène.

Il en oublie de respirer.

Ils l'ont repéré.

Une lumière bleue tremblotante glisse sur les façades des maisons attentives. Lentement, très lentement, il se remet à respirer.

Mais ce n'est pas la police.

C'est une ambulance.

44

14 h 51

Seul un malencontreux hasard fait que les forces opposées qui convergent vers le domicile de la famille Frith comme des points sur une boussole ne se croisent pas.

Erdman s'est réveillé tard, le corps toujours tuméfié et endolori. Il a pioché dans les corn-flakes d'Amber, pris une douche (expérience douloureuse) et enfilé les vêtements trop larges qu'elle a empruntés à son petit copain (expérience encore plus douloureuse). Il a allumé la télé. Feuilleté un livre. Il projetait de rentrer chez lui, mais il attendrait que Jakey soit rentré de l'école. En se cachant de cette façon, il avait renoncé à la supériorité morale. Mais la présence de son fils diluerait la colère de sa femme. Voilà pourquoi il est seulement en train de traverser Camberwell Green à pied, lorsque l'ambulance arrive chez lui.

Le Collectionneur, qui avait l'intention d'enlever Jakey Frith cet après-midi, n'aime pas gérer les imprévus. Lorsque l'ambulance fait son apparition, il s'enfuit et fait le tour des rues avoisinantes, tel un oiseau de proie.

L'inspectrice Fitzroy s'est demandé si on ne la menait

pas en bateau. L'épouse de Frith lui avait paru bizarre. Elle a décidé de se déplacer. Ce n'est pas si loin. Voilà pourquoi elle arrive moins d'une minute après l'ambulance et le départ du Collectionneur.

Quant à Lilith, elle a gravi en courant la rue qui monte depuis l'arrêt de bus. Le sang cognait de plus en plus fort dans ses veines et elle craignait que son cœur n'explose hors de sa poitrine.

Elle arrive soixante secondes très exactement avant l'ambulance et elle ne remarque pas la camionnette grise garée en face.

La porte d'entrée est restée ouverte et on aperçoit Jakey dans le vestibule. Mme Cooper a passé son bras autour de ses épaules. Il est tombé à genoux. Les yeux fermés, il tire sur sa manche de pyjama.

« Ça fait mal », gémit-il.

Lilith se précipite vers lui en trébuchant, bras tendus, à la manière d'une somnambule, ou d'un marin qui se noie.

Le garçon essaye de se relever pour venir vers elle, mais, à peine debout, il titube, et gémit de plus belle. Puis s'écroule, comme si ses jambes s'étaient liquéfiées.

Fitzroy, qui a remonté l'allée au sprint, arrive juste à temps pour le retenir. Elle le dépose délicatement dans l'herbe. Il a les yeux fermés, ses longs cils ourlés reposent sur ses joues.

Les ambulanciers accourent.

« Tout va bien, mon chéri, dit Lilith en prenant son fils dans ses bras. Tout va bien. »

Des larmes laissent des traînées brillantes sur son visage.

Fitzroy sent quelque chose remuer en elle et doit détourner le regard. Elle se souvient d'une autre vie, avant qu'elle rencontre David, avant que tout se complique, se brouille et se brise. Elle se souvient d'un autre petit garçon, de ses ongles minuscules qui touchent les siens, de ses lèvres bleutées. De ses yeux qui ne se sont jamais ouverts.

Les ambulanciers sont penchés au-dessus de Jakey, pâle et immobile.

« Il a une maladie des os », dit Lilith. Elle parle vite. Fitzroy a l'impression qu'elle crache des morceaux de verre à chaque mot. « Il fait une poussée. Grave. Essayez d'éviter les injections intraveineuses, ça accélère le phénomène. Et manipulez-le avec soin, pour éviter les fractures et les traumatismes. En règle générale, il faut éviter de le toucher, sauf si c'est pour lui sauver la vie. »

Fitzroy entend un des ambulanciers dire à son collègue :

« Emmenons-le à l'hôpital. Il est MB. »

Lilith grimpe à bord de l'ambulance. Fitzroy regarde les portes se refermer sur elle. Elle est dans le métier depuis assez longtemps pour savoir ce que signifie MB. *Mal barré.*

De retour à l'hôpital, pour la seconde fois en moins d'une semaine, Lilith attend, assise au chevet de Jakey. Ils lui ont administré une forte dose d'anti-inflammatoires pour combattre les gonflements et la douleur. Il a les yeux fermés. Il tousse et remue douloureusement entre les draps.

Le médecin s'adresse à Lilith en parlant tout bas. La respiration et la température de Jakey l'inquiètent. Il souhaite lui faire passer une radio. Afin de s'assurer qu'il ne s'agit pas d'une infection des voies respiratoires. Ou d'une pneumonie.

« On va le placer sous surveillance cette nuit, annonce le Dr Garvey. Et voir ce que ça donne. Chaque cas est différent, mais, quand un nouvel os se forme, ça peut provoquer une douleur extrême. Espérons que c'est juste ça. »

Aussitôt le médecin parti, Jakey roule sur le côté, tournant le dos à sa mère. Ses épaules se mettent à trembler. Inquiète, Lilith tend la main pour le réconforter et s'aperçoit qu'il pleure. Elle l'enlace. Elle met un moment à déchiffrer ce qu'il essaye de dire.

« J-j-j-j-ai peur, maman. »

Il a le visage marbré de larmes et un épais filet de morve coule sur sa lèvre supérieure. Il recommence à tousser.

« Tu es en sécurité ici, mon chéri. Les médecins vont te soigner et tout ira bien. TU comprends ? tout va bien se passer. »

Elle parle d'une voix ferme et sait qu'elle essaye de se convaincre elle-même.

« Je veux pas mourir, maman.

— Oh, Jakey, tu ne vas pas mourir voyons ! Pourquoi est-ce que tu dis ça ? »

Le garçon ne répond pas.

Lilith sent ses yeux se remplir de larmes ; elle les chasse d'un battement de paupières et plaque un sourire sur ses lèvres. Pas question que son fils la voie craquer.

Il se retourne vers le mur. Sa veste de pyjama, dont le col est ouvert, laisse voir la protubérance osseuse de son épaule, une intruse indésirable, tapie sous sa peau, qui la distend et la déforme, comme leurs vies.

Une femme venue voir un malade passe en tenant sa petite fille dans les bras. Celle-ci se retourne contre l'épaule de sa mère, attirée par la vision du corps tordu de Jakey.

Lilith détourne la tête. Elle n'en veut pas à l'enfant, mais sa réaction lui rappelle tous ces regards qu'ils ont endurés pendant des années, alors qu'elle devrait y être habituée désormais.

Le premier jour d'école, une fillette s'était précipitée vers Jakey en affichant un sourire aussi éclatant que ses boucles.

« Essaye de m'attraper ! » lui avait-elle lancé, tandis qu'elle détalait déjà.

Jakey lui avait rendu son sourire et s'était élancé à sa poursuite en boitant.

Consciente des regards apitoyés autour de lui, Lilith avait résisté à l'envie de rattraper son fils pour lui ordonner de faire attention et lui interdire de se fatiguer. Elle s'était toujours juré de ne pas l'envelopper dans un cocon, mais cela s'était révélé plus difficile qu'elle le croyait. Si l'école avait apporté à Jakey une liberté nouvelle, elle avait entravé Lilith de chaînes de peur et d'inquiétude. Quand il était bambin, il était plus facile de suivre ses mouvements et de le surveiller. Désormais, elle s'attendait chaque jour à recevoir un appel de l'école lui annonçant que son fils était souffrant ou blessé. Jakey avait des amis cependant, mais ça ne serait jamais des amitiés chahuteuses. Du genre virées à vélo après l'école.

Et voilà qu'il se retrouve à l'hôpital une fois de plus.

Une volonté farouche de protéger son fils l'habite, ce fils qui s'est battu pour venir au monde et qui continue à se battre au quotidien. *Ce n'est pas juste,* songe-t-elle férocement. *D'abord sa maladie, et maintenant toute cette merde avec Erdman. Ce n'est pas juste.*

Où est-il ? Au cours de ces dernières vingt-quatre heures, la culpabilité qui la rongeait s'est cristallisée sous forme d'autosatisfaction. Elle a raison depuis le début. Il n'est jamais là quand elle a besoin de lui. Mais cette fois, ce n'est pas elle qui en souffre. C'est leur fils.

Elle lui tient la main et lui chante des chansons jusqu'à ce que sa respiration s'apaise et que le fardeau de la peur et de l'angoisse abandonne son visage pour glisser vers le sien. Il a mis presque une heure à s'endormir.

45

15h43

Erdman gravit la rue pentue, aussi vite que le lui permettent ses blessures. C'est-à-dire pas très vite. Et ça lui convient. Plus il approche de chez lui, plus il traîne les pieds, il craint la réaction provoquée par ses deux nuits d'absence inexpliquée.

Une femme assise dans sa voiture, devant chez lui, lève les yeux vers les fenêtres. Le voyant apparaître, elle ouvre sa portière. Compte tenu des événements de ces derniers jours, et notamment de la présence de cet inconnu à la périphérie de son existence, Erdman s'approche d'elle prudemment.

« Je peux vous aider ? » demande-t-il.

La femme observe son visage tuméfié, ses vêtements trop grands et ses cheveux qui, sous la pluie, prennent peu à peu la couleur du pain d'épices brûlé.

« Je crois que c'est plutôt à moi de vous aider, monsieur Frith. »

Erdman plisse les yeux.

« Ah bon ? »

La femme lui tend la main.

« Inspectrice Etta Fitzroy. »

Sa poignée de main est ferme.

« C'est au sujet de l'autre soir ?

— Oui et non. Il faut que je vous parle de ce qui s'est passé, et d'une camionnette grise aperçue par un témoin, mais… »

Les mots restent coincés dans sa gorge. Même les officiers de police expérimentés ont du mal à annoncer les mauvaises nouvelles.

« Vous voulez entrer ? propose-t-il. Je… euh, je suis resté absent un petit moment et il faut que je retrouve ma famille. »

Il se dirige déjà vers la maison quand il sent une main se poser sur son épaule.

« Il n'y a personne.

— Oh ! » Il se retourne et une décharge électrique dans son dos le fait grimacer. « Et vous ne savez pas où ils sont, je suppose ? »

La femme accroche son regard.

« Votre fils ne va pas bien, monsieur Frith. Une ambulance est venue le chercher. Ils l'ont emmené à l'hôpital. »

Erdman cligne des yeux, deux fois. Les briques des maisons se fondent dans le ciel monotone. La pénombre a commencé à avaler le jour. Une masse compacte et lourde obstrue sa poitrine.

Fitzroy voit le sentiment de culpabilité se peindre sur son visage, et elle éprouve une soudaine bouffée de compassion.

« Venez, dit-elle, je vous y conduis. On bavardera en chemin. »

En fin de compte, la discussion tourne court. Erdman regarde dehors, à travers la vitre, sans un mot.

Non, il n'a pas vu de camionnette grise.

Non, il ne sait pas qui sont ses agresseurs.

Non, il n'a jamais pris de drogue.

Les phares des voitures roulant en sens inverse illuminent ses yeux, deux faisceaux de peur et de repentir.

Fitzroy est surprise par cette différence d'humanité. Miles Foyle, enfermé dans la dénégation, cherchant à se protéger lui-même avant de protéger sa fille. Erdman Frith qui souffre à cause de l'absence qu'il s'est imposée. Et son propre père.

L'inspecteur chef Boyd Fitzroy.

Vivant aujourd'hui en Grèce. Elle ne sait pas très bien où. Quelque part sur la côte, près d'Athènes. Un homme dont la colère a grossi à mesure que sa carrière périclitait. Qui a tiré un trait sur ses faiblesses en abandonnant sa famille.

C'était par une de ces soirées fraîches et lumineuses qui annoncent le printemps. La télé diffusait les infos de fin de journée. Elle s'en souvient car son père n'était d'habitude jamais là à cette heure-ci.

Des émeutes dans une ville du nord, des policiers armés de boucliers et de matraques.

« Cognez sur ces salopards ! s'était-il écrié en s'adressant au téléviseur. Pas de pitié ! »

La mère d'Etta, occupée à coudre, avait levé les yeux.

« Tu ne peux pas encourager les brutalités policières.

— Ces crapules l'ont bien cherché. La police est la principale autorité dans ce pays. C'est elle qui maintient l'unité et nous empêche de sombrer dans l'anarchie. Elle doit être respectée. Nous sommes la loi. »

Il avait dit cela comme s'il y croyait réellement.

Etta, quinze ans, était intervenue :

« Maman a raison, la police ne doit pas faire de mal aux gens. C'est tout le contraire de ce qu'elle est censée faire.

— N'écoute pas ta mère, Etta. À part la cuisine et le ménage, elle ne comprend rien à rien. J'espère que tu feras autre chose de ta vie. »

Sa mère avait posé la jupe qu'elle était en train de confectionner, tout doucement, et elle avait quitté la pièce.

La voiture banalisée pénètre sur le parking de l'hôpital. Fitzroy cherche une place. Le visage d'Erdman s'assombrit encore dans l'ombre du bâtiment. De nouveau, elle éprouve de la compassion. Elle devine qu'il a passé des mois ici avec Jakey.

« Je vous accompagne, dit-elle. Je veux prendre des nouvelles de votre fils. »

Il accepte cette délicate attention d'un hochement de tête.

L'hôtesse d'accueil prononce les mots « pédiatrique » et « soins intensifs ». Fitzroy observe Erdman tandis qu'il absorbe cette information, en déglutissant plusieurs fois, comme si ce n'étaient pas les nerfs qui provoquaient cette réaction, mais une vérité difficile à avaler.

L'instant des retrouvailles n'est ni mélodramatique ni hystérique ; c'est une famille ordinaire qui se rassemble. À travers la petite fenêtre de la porte du service, ils voient Lilith Frith discuter avec une infirmière. Son regard passe sur le carreau sans s'y arrêter, puis revient en arrière. Pendant une seconde, elle se fige. Puis elle se met à courir, pousse la porte et se jette contre son mari, qui l'enlace, caresse ses cheveux, son visage, toutes les parties de son corps accessibles.

Fitzroy s'efforce de ne pas les regarder, et de ne pas penser à sa réaction si David avait disparu pendant deux jours sans lui dire où il était. Elle attend que les récriminations se déversent de la bouche de Mme Frith, les accusations, le sentiment de trahison et d'indignation.

Mais Lilith se contente de répéter ces mêmes mots en boucle :

« Dieu soit loué. Dieu soit loué… »

46

17 h 10

La première fois qu'il a senti l'odeur de viande crue, humide, de l'intérieur d'un corps humain, il a planté ses canines dans sa lèvre inférieure, jusqu'à la transpercer. La douleur l'a empêché de s'évanouir.

Son père avait estimé qu'il serait très instructif de le faire assister à la préparation d'un squelette en vue de son exposition. Il tenait à lui montrer l'ouverture d'un cadavre, l'incision en Y et l'ablation des groupes d'organes : cardio-thoraciques, gastro-intestinaux et urogénitaux. Il avait dix ans.

« Si on sait y faire, on peut tout enlever d'un seul coup, mais je préfère procéder de cette façon », avait expliqué Marshall, souriant, en brandissant les poumons dans une main et le cœur dans l'autre, les avant-bras luisants de sang et de matière visqueuse.

Le garçon avait regardé le fluide du parenchyme s'écouler de ces deux sacs qui, autrefois, s'étaient gonflés d'air, de vie. Il avait regardé son père les déposer à l'intérieur de deux boîtes, au milieu de la glace fondue, pour être remis à leur contact dans un laboratoire de recherches du Hertfordshire.

« Ne reste pas planté là, mon garçon. Après, faut sortir les entrailles. » Marshall s'était saisi du scalpel. « Allez, hop, mes tripes à l'air ! » Son rire brutal avait ébranlé le silence de leur cave.

D'un pas hésitant, le garçon s'était avancé vers le corps éviscéré, en respirant tout doucement pour ne pas inhaler l'odeur de la femme. Il croisa son regard, un court instant ; il n'y vit aucun reproche, aucune conscience, c'était un regard terne, vide. Son ventre se noua, mais pas question de le montrer. Son père savait percevoir ce genre de choses. Les choses les plus secrètes.

« Au travail. »

Pris de haut-le-cœur, il avait plongé les mains dans la bouillie de la cavité abdominale.

« LES MAINS ! Lave-toi les mains d'abord, pauvre idiot ! »

La gifle assénée par son père l'avait envoyé valdinguer contre la surface dure de l'évier. Après s'être relevé en titubant, il était revenu vers le corps étendu sur la table et il avait senti, derrière le sang et les organes, une odeur de noix de coco dans les cheveux de la femme.

« Va chercher la colonie plutôt, avait ordonné son père. Le moment est venu de déshabiller cette traînée. »

Dans le silence de la salle de dissection, le Collectionneur entend la voix de son père voyager jusqu'à lui à travers les ans.

Un jour, au cours d'un dîner, alors que son père était d'humeur communicative et que lui-même se sentait rempli d'audace, il lui avait demandé si parfois il ne doutait pas, s'il ne craignait pas de faire quelque chose de mal. Marshall avait ôté un nerf de viande coincé entre ses dents avec une pique à cocktail.

« Ce qu'on pense ne compte pas, fiston. On a un devoir à accomplir.

— Mais…

— Il n'y a pas de mais. La loyauté envers la famille passe avant tout. Toujours. Il en allait de même pour mon père. »

Le sien parlait rarement de sa famille, alors il avait retenu son souffle, attendant la suite.

« C'est comme ça. Je ne raisonne pas en termes de bien ou de mal. Ton grand-père en faisait autant. Il était fier de se voir confier cette collection et convaincu que, afin d'endosser véritablement cette responsabilité, il devait prouver son engagement et sa valeur en poursuivant… » Là, il avait reposé négligemment son cure-dent. « … l'œuvre de notre famille. »

Regardant son fils droit dans les yeux, il avait demandé : « Es-tu loyal, fiston ?

— Oui, papa.

— Alors, tu feras toujours ce que je te demande ?

— Oui, papa. »

Le Collectionneur verrouille la porte de sa mémoire sur ce souvenir et attaque la lente et pénible montée des deux étages.

Une lampe est allumée, sa lumière feutrée s'étend comme une flaque sur le sol, sans atteindre les éternelles poches d'obscurité dans les coins de la pièce. Arrêté sur le seuil, silhouette d'ombres et d'os, il écoute le tic-tac de la pendule qui s'égrène dans le silence.

Lorsque ses yeux se sont habitués à la semi-pénombre, il distingue quelques vieux outils par terre, une très ancienne perceuse, un ciseau. Une vitrine au bois vermoulu.

Les talons de ses chaussures noires brillantes ne font pas un bruit lorsqu'il traverse la pièce vers une longue table sur laquelle repose un petit cercueil. Il soulève le couvercle.

Il se prépare en vue de l'arrivée du garçon.

Il imagine déjà, à l'intérieur, un ensemble d'os humains, aussi pâles et propres qu'un clair de lune.

Il se représente toutes les étapes du processus.

Il commencera dans la salle de dissection. Il ôtera d'abord la peau du garçon, puis les organes, parmi lesquels le cerveau et la langue, et laissera les restes sécher dans l'air stagnant de la maison de son père. Les insectes finiront le travail en dévorant la chair en décomposition. Ils n'aiment pas la viande fraîche.

Régulièrement, il viendra examiner le corps et veillera à ce que la colonie ne grignote pas les tissus connectifs, afin que le squelette reste entier.

Ensuite, il le montera ici, dans ce cercueil. Prêt pour le « Premier accrochage », le moment où, pour la première fois, il pourra contempler la beauté de son travail.

Les yeux fermés, il s'imagine caressant les os qu'il ne possède pas encore. Le squelette le plus difforme qu'il verra jamais. En ajoutant cette pièce à la collection, il deviendra immortel dans l'histoire de sa famille. Il pense à la vitrine en bas. Aux murmures de son père dans cette pièce froide, avec son autel et ses croix, un Noël, il y a si longtemps. « Vite, vite », disait Marshall, et ils avaient enveloppé le corps du petit garçon dans un drap pour le transporter dans des couloirs déserts et silencieux. « Avant que quelqu'un nous voie. »

Même cet ancien et glorieux trophée va se trouver éclipsé.

« Le fémur, chuchotera-t-il en promenant ses doigts fins et tremblants sur toute la longueur de l'os de la cuisse, dans les deux sens. Un exemple élégant de tibia. »

Puis ses mains remonteront, elles glisseront sur le torse et le cou, jusqu'à ce que ses doigts trouvent le creux de la joue et explorent la cavité en suivant la courbe de l'os. « Une interprétation intéressante de l'arche zygomatique. »

Il se demande ce qu'il va ressentir en promenant sa main sur les côtes de la cage thoracique, en caressant les bizarreries et les déformations de la matière osseuse.

Mis à nu, ce squelette sera le spécimen le plus parfait qu'il a jamais vu.

Un coléoptère égaré court sur le couvercle du cercueil encore vide. Il sort de sa poche une boîte d'allumettes et s'en sert pour expédier la créature à l'intérieur, avant de faire glisser le couvercle.

Un souffle frais sur son visage lui fait tourner la tête brusquement. Ses yeux scrutent les profondeurs de son musée. Ce n'est rien, juste un courant d'air un soir d'hiver.

Il renifle, passe la langue sur ses lèvres gercées. Un cri lointain déchire le silence. Le Collectionneur pousse un juron dans sa barbe. La fillette devra attendre pour l'instant. Il est occupé.

Il repense au garçon, couché dans son lit d'hôpital.

Un signe. Un cadeau.

Mais il ne veut pas se précipiter.

Quand il se sera emparé de lui, il rassemblera dans ses bras ce fatras d'os et se hissera sur l'escabeau. Il suspendra le crâne à un crochet fixé au plafond et lâchera le tout, doucement. Le squelette se balancera, puis s'immobilisera. Le spécimen baptisé J sera achevé.

Il y collera son visage pour respirer son odeur d'os.

Quand il redescendra de l'escabeau pour admirer son travail, il saura que ce spécimen ne se décomposera pas dans le grenier de cette maison, abandonné comme d'autres avant lui. D'autres squelettes aux os lisses, *ordinaires.*

Cette rareté, il la descendra dans sa galerie particulière.

Ces os seront dignes de son attention.

De sa protection.

VENDREDI

47

9 heures

« Bonjour et bienvenue à ceux qui nous rejoignent à l'instant. Nous sommes le vendredi 23 novembre et il est 9 heures. L'heure des informations.

« Nouveau coup de théâtre dans l'affaire des deux écolières Clara Foyle et Grace Rodriguez. Une semaine jour pour jour après la disparition de la petite Clara, la police confirme qu'elle recherche le même suspect depuis qu'elle a découvert des squelettes de lapins identiques sur les lieux des deux enlèvements. Catherine Murray nous en dit plus… »

Il approche une cuillerée de porridge de la bouche de sa femme et elle l'avale.

« Tu as entendu ? »

Elle frissonne, alors que le chauffage est au maximum. C'est l'enquêtrice qui s'exprime maintenant, l'inspectrice Etta Fitzroy.

Il introduit une autre cuillerée dans la bouche de sa femme.

« Oui, nous recherchons le même suspect dans les deux affaires, mais je me refuse à tout autre commentaire dans l'immédiat. Les familles vivent un moment extrêmement difficile. N'oubliez pas, je vous prie, que les spéculations de toutes sortes ne sont d'aucun secours. »

Il détecte un frisson de panique sous la surface, et il sourit. Cela lui ouvre l'appétit. Il a presque de la peine pour elle. Ce soir, quand il se sera emparé du garçon, la panique aura pris le dessus.

Peut-être qu'il lui enverra un petit quelque chose. De personnel. Un cadeau pour attiser les flammes. Faire monter les enchères. Se moquer de son échec.

Il hoche la tête intérieurement. Oui, il prendra plaisir à la voir cavaler dans tous les sens comme un de ses insectes.

Il dépose le bol sur la chaise et zappe sur la chaîne d'infos en continu. Même reportage, même inspectrice, mais il perçoit la tension maintenant, visible dans la crispation de la mâchoire, les poches sous les yeux.

« Tu as entendu ? répète sa femme. Comment une personne saine d'esprit peut faire ça à un lapin ?

— Il y a des gens affreux sur cette terre, ma chérie », répond-il, et il tapote sa main parcheminée.

Pendant que le Collectionneur s'occupe de sa femme, sur le sol, Clara Foyle dessine des personnages bâtons représentant sa mère à l'aide d'un morceau de béton tout effrité qu'elle a arraché au mur.

Ses mains en pince de crabe rendent la tâche difficile, mais pas impossible, et elle est satisfaite de ses efforts maladroits.

Elle n'est pas certaine de manquer à sa mère. Elle voudrait s'en convaincre, mais sa mère est toujours tellement occupée qu'elle se réjouit peut-être d'avoir un peu de tranquillité pour changer.

Et si ses parents avaient décidé qu'une famille de trois ça marchait mieux qu'une famille de quatre ? Mais elle repense à ce que lui disait toujours Gina quand sa mère la renvoyait ou quand son père l'ignorait. *Même si ton papa et ta maman sont très occupés, ils t'aiment très fort.* Clara se raccroche à ces paroles qui lui permettent de tenir le coup.

Elle sort un biscuit qu'elle a caché dans sa poche. Il lui a apporté du lait et des biscuits la dernière fois. Des vrais. Elle savoure le bon goût de beurre du sablé.

Quelques miettes tombent sur le sol, elle en récupère une avec le bout de son doigt. La toile d'araignée est toujours là. Clara dépose la miette sur les fils collants.

Dans les dessins animés qu'elle regardait des fois avec Eleanor, les gentils l'emportaient toujours sur les méchants.

Clara se rassoit et attend que quelqu'un vienne la secourir.

Amy Foyle attend elle aussi. Elle ne fait plus rien d'autre maintenant. Elle attend la police et, quand ils arrivent, elle attend les nouvelles. Elle attend le sommeil. Elle attend que Miles rentre à la maison.

Elle évolue dans un temps suspendu, incapable de reprendre sa vie tant que Clara n'a pas été retrouvée.

Elle n'ose l'avouer à personne, ce sentiment l'horrifie, mais, depuis quelque temps, elle s'aperçoit qu'elle est furieuse après Clara. Qu'est-ce qui lui a pris, nom d'un chien, de quitter l'école toute seule ? Elle a envie de secouer sa fille comme un prunier, de lui passer un savon, pour les avoir entraînés dans le monde inconnu de la peur et de l'angoisse.

Elle n'en veut pas seulement à Clara. L'autre jour, à l'école, elle avait vu Miranda Smith, la mère de Poppy, rire avec une autre mère, et elle avait foncé vers elle en traînant une Eleanor récalcitrante. Elle brûlait d'envie de lui arracher les yeux.

Mais en la voyant arriver, la mère de Poppy s'était figée. Ses yeux regardaient à droite à gauche, à la recherche d'une échappatoire. En s'approchant, Amy avait remarqué que Miranda flottait dans son jean et que son fond de teint était mal étalé dans son cou. Ses doigts tremblants tenaient un jeu de clés, dont le tintement ressemblait à un signal de détresse.

Amy était passée près d'elle sans s'arrêter.

Elle avait compris alors que la disparition de Clara avait affecté d'autres familles que la sienne, et que le voleur qui lui avait pris sa fille avait imprimé sa marque sur cette communauté, aussi insidieuse et corrosive que de l'acide.

48

12 h 30

Fitzroy se gare devant son appartement et appuie son front contre le volant. Elle n'a aucune envie d'entrer, mais David l'a appelée ce matin, tôt, et l'a suppliée de rentrer à la maison pour déjeuner avec lui.

« Il faut que tu manges.

— Il faut que je retrouve Clara Foyle.

— Juste un sandwich, Etta. Vite fait. Tu pourras repartir ensuite. Ça fait plusieurs jours que je ne t'ai pas vue. S'il te plaît. »

David ne disait pas souvent « S'il te plaît ».

« Bon, d'accord », avait-elle soupiré, avant de raccrocher.

En poussant la porte, elle est assaillie par une forte odeur de piment et d'ail. Dans la cuisine, la table est dressée, il y a même des fleurs et une baguette tranchée dans un panier. Des pâtes cuisent dans une grande casserole d'eau bouillante qui embue les fenêtres.

« C'est quoi, ce bordel ? Un restaurant italien improvisé ? »

David se retourne brusquement.

« Tu m'as fait peur. »

Il avance vers elle, bras tendus. Voyant qu'elle ne réagit pas, il se contente d'une petite tape gênée sur l'épaule.

« Comment ça va ?

— Je ne peux pas rester longtemps, David. Il faut que je retourne travailler.

— Le déjeuner est prêt dans deux minutes. Assieds-toi. »

Elle le regarde égoutter les spaghettis, les verser dans un plat et ajouter la sauce.

« Parmesan ? »

Il brandit un gros morceau de fromage en souriant. Elle ne lui rend pas son sourire.

Il s'assoit à table et lui sert un verre d'eau.

« Alors, quoi de neuf ? Tu as fait la connaissance de ton neveu ? »

Elle le regarde en fronçant les sourcils. David n'est pas du genre à échanger des banalités.

« Notre neveu, corrige-t-elle.

— Tu devrais appeler Nina, tu sais. Elle meurt d'envie de te voir. » Son ton s'adoucit. « Elle s'inquiète pour toi.

— Je suis en pleine enquête. Je n'ai pas le temps de m'intéresser à des nouveau-nés. » *Ni de me plier aux caprices de ma sœur cadette.*

David enfourne une bouchée de spaghettis. Pendant une minute ou deux, ils mangent en silence.

« Etta, je suis vraiment désolé pour hier. C'était nul de te laisser toute seule là-bas. »

Elle boit une gorgée d'eau.

« Pour être tout à fait honnête, ça m'a permis d'y voir beaucoup plus clair. »

Il pose sa fourchette.

« Ne le prends pas comme ça. Je me suis laissé submerger par tout ça. »

C'était une façon polie de présenter les choses. David appartenait à cette race d'hommes convaincus qu'ils allaient retrouver leur belle vie d'avant une fois que leur épouse aurait évacué cette histoire de bébé.

Il ignorait que Fitzroy avait refusé d'abandonner son fils mort-né, qu'un directeur de pompes funèbres compatissant l'avait encouragée à ramener son bébé à la maison pendant un jour ou deux, et que, sans cesser de pleurer, elle lui avait montré le jardin et son berceau, et avait dormi à côté de lui dans son lit. Il ignorait que sa famille avait trouvé cela choquant. Et qu'un autre homme, qui vivait maintenant une autre vie, était devenu père au moment même où il perdait son fils.

« Dommage que tu ne m'aies pas prévenue avant que j'arrive à la clinique. »

Elle mord dans une tranche de baguette. La croûte se plante dans sa lèvre et elle repose le pain dans son assiette.

« Tu sais que ce n'est pas la seule raison, hein ? »

Il lui parle tendrement.

Elle le foudroie du regard.

« Il faut qu'on en parle, Etta.

— Je n'ai pas envie d'en parler.

— Si tu ne veux pas en parler avec moi, peut-être que par le biais de ton travail tu peux entrer en contact avec une personne habituée à gérer ce genre de choses. Un psychologue spécialiste du deuil, par exemple. »

Il glisse la main sous la table et fait apparaître la boîte à souvenirs qu'elle conserve dans sa penderie. La boîte qui renferme ses secrets. Et ceux de son fils.

Elle lâche sa fourchette, qui tombe bruyamment dans son assiette.

« Faut que j'y aille. »

Elle repousse sa chaise, en heurtant la table dans sa précipitation. En une fraction de seconde, David se retrouve à côté d'elle et l'attire dans ses bras.

« Laisse-moi, dit-elle en le repoussant. Laisse-moi. »

Mais il est plus fort qu'elle et referme la main autour de son poignet, pinçant la peau fragile. De sa main libre, elle le gifle violemment.

Le visage de David est l'image même de la stupéfaction.

« Tu es content ? » Un postillon atterrit sur le verre de ses lunettes. Elle relève sa manche pour examiner sa peau rougie et lui coller son poignet sous le nez.

« Tu n'as pas pu t'en empêcher, hein ?

— Etta, je…

— Non, tais-toi. »

Il laisse pendre ses bras le long de son corps, accablé par la tristesse de voir son mariage se déliter.

Elle referme doucement la porte en sortant.

Elle s'oblige à descendre l'escalier la bouche ouverte, inspirant lentement, de manière régulière. Au cours d'un séjour au Pakistan, à l'époque où elle avait profité de ses congés annuels pour travailler dans une association caritative d'aide aux enfants, elle était tombée sur un article de journal expliquant que la plupart des victimes d'un bombardement succombaient à une hémorragie pulmonaire. En cas de danger, les gens ont le réflexe de retenir leur respiration, et leurs poumons, transformés en ballons pressurisés, explosent. Comme cela arrive parfois avec certains articles, elle n'a jamais oublié celui-ci. Alors, elle inspire et expire doucement, même si elle ne redoute pas une authentique onde de choc, mais juste une explosion émotionnelle. Cette méthode de respiration lui permet de se concentrer.

Tout à sa détresse, Fitzroy ne remarque la vitre brisée qu'une fois assise au volant, en sentant l'odeur de terre et de fer de la boucherie de son grand-père.

Elle tourne la tête lentement, mais ses yeux l'ont devancée. Elle découvre la boîte sur le siège du passager. Un coin du carton est imbibé de sang. Du bout de l'ongle, elle soulève le couvercle.

Le sang s'est accumulé dans un coin, épais et sombre. Au milieu repose une petite chose en forme de haricot.

Oh, putain.

On dirait un rein.

Un rein d'enfant ?

Non.

Trop petit.

Quoi, alors ?

Oh, non.

Non.

NON.

Ting.

Ça vient de Lui.

J'en suis sûre.

C'est un rein.

Un rein de lapin.

Un lapin.

Elle le touche du bout du doigt. Il est encore chaud.

Elle s'énerve sur la poignée, parvient à ouvrir la portière et jaillit hors de la voiture. Elle tourne sur elle-même.

La rue est déserte, à l'exception d'un camion-poubelle qui s'éloigne dans un grondement.

Elle sort son téléphone. Et envoie un texto à Chambers.

Miles Foyle est toujours en garde à vue ?

La réponse lui parvient quelques secondes plus tard.

Oui.

Merde.

Leur piste la plus sérieuse est donc la bonne.

Il n'y a rien d'autre dans le carton. Elle le soulève délicatement. Du sang macule son manteau, une gouttelette tombe sur sa joue. Une pochette en plastique qui protège une feuille de papier est scotchée en dessous. Fitzroy reconnaît l'écriture. Identique à celle des messages qui accompagnaient les squelettes de lapins.

« *Les reins sont-ils détruits ? Je vous laisse décider de ce qu'il faut faire de ses os.* »

49

14 h 44

Mon mari a kidnappé ma fille.

Amy Foyle teste cette phrase dans sa tête. C'est un poids encombrant sur sa langue. Elle la répète. Cette fois, les mots sont un peu plus fluides, plus plausibles.

Il en va de même avec le choc, a-t-elle constaté. Il vous arrache à la réalité, violemment, pour vous propulser dans l'inconnu. Mais à mesure que les heures et les jours passent, l'inconnu devient réalité, et la réalité le quotidien.

Cela fait maintenant presque soixante-douze heures que Miles est en garde à vue. Quand cette inspectrice, Etta Fitzroy, était venue l'arrêter, il s'était tourné vers elle, sa femme, l'air totalement serein.

« Ce n'est pas moi, avait-il dit. Je n'ai pas enlevé Clara. » Elle s'était jetée sur lui, toutes griffes dehors.

Elle ne le croyait pas.

J'ai épousé un tueur d'enfant.

Amy a toujours eu foi dans les liens sacrés du mariage. *Contre vents et marées.* Mais lorsque ces vœux ont été mis à l'épreuve, les doutes ont afflué.

Assise à la table de cuisine, Gina agite le dé dans sa main et le lance.

« Oh, non, encore un six ! » s'exclame Eleanor.

Amy les ignore l'une et l'autre, occupée à se servir un petit remontant. Soudain, elle sent la main de Gina se poser sur son bras.

« Vous avez vraiment besoin de ça ?

— Oui, répond-elle en ajoutant des glaçons. J'en ai besoin. »

Les larmes reviennent, mais elle les repousse. Elle a tellement pleuré qu'elles ne veulent plus rien dire. Intérieurement, elle est aussi sèche que de la moelle.

Elle revoit le visage de Clara, son sourire éclatant, le petit renflement de son ventre d'enfant.

Maman, maman, tu joues avec moi ?

Toutes les fois où elle a rembarré sa fille cadette, en répondant qu'elle était trop occupée. Toutes ces fois où elle lisait un magazine, achetait des vêtements sur Internet ou n'avait simplement pas envie qu'on la dérange.

La voix de sa fille s'estompe déjà. Elle tente de s'en saisir. Plus rien. Le poids de la panique commence à l'écraser.

« Maman, dit Eleanor, tu joues avec moi ? » Sa propre voix lui parvient de très loin.

« Pas maintenant, ma chérie. Joue avec Gina plutôt. »

Et soudain, il est là, dans la cuisine, le regard fatigué, le dos voûté. Il dépose ses clés sur le plan de travail avec un soin étudié.

Ses yeux croisent ceux de sa femme.

« Ils m'ont relâché.

— Je vois.

— Ils ont compris que ça ne pouvait pas être moi. L'inspectrice, Fitzroy, a reçu une sorte de paquet lié à cette affaire pendant que j'étais en garde à vue.

— Ils ne t'ont pas inculpé, alors ? »

Qui te dit qu'il n'a pas un complice ? Que ce n'est pas une ruse destinée à détourner l'attention ? Son cerveau s'arrête un instant, avant de repartir dans un bourdonnement frénétique. Peut-être l'ont-ils relâché exprès, pour le suivre.

« Non », dit son mari.

Amy se tient près de la table, Miles près du plan de travail.

« Allez, viens, laissons un peu respirer maman et papa », murmure Gina en entraînant Eleanor.

Le silence se fait dans la cuisine, assourdissant.

« Tu ne me prends pas dans tes bras ? » demande Miles.

Amy l'enlace, mais leurs deux corps se touchent à peine.

Il plonge son visage dans ses cheveux soyeux.

« Tu me crois, hein ? Jamais je ne ferais de mal à notre fille. Jamais. »

Amy n'a pas le courage de lui dire que sa confiance était un cadeau, difficilement gagné, aisément perdu. Et que maintenant, le simple fait de le voir, de le sentir, de l'entendre même, la remplit d'un étrange dégoût. Et que, selon toute vraisemblance, elle ne lui fera plus jamais confiance.

50

18h05

Les rues sont détrempées et suffisamment obscures. Il porte le temps comme un déguisement et se faufile à travers le crachin qui obscurcit Londres. Il est 18 heures passées.

Il sourit en repensant à l'expression de l'inspectrice : le dégoût, la peur. Il adore. Il a hâte de revoir ça. Il brûle d'impatience de voir son visage quand elle découvrira que le garçon a disparu.

Le Collectionneur roule dans l'obscurité, il suit les feux arrière des voitures qui serpentent sur la chaussée pour regagner leurs maisons et leurs petites vies. Le garçon ne rentrera pas chez lui.

Quant à la fillette, il n'a pas encore pris sa décision. Marshall l'encourageait à repousser les limites, pour voir ce dont il était capable. À expérimenter. Il réfléchit.

Pendant qu'elle dérive dans son sommeil artificiel, il pourrait lui enlever la peau des mains. Il meurt d'envie de découvrir ces doigts préhensiles débarrassés de leur enveloppe de chair, les détails techniques qui leur permettent de saisir et de serrer. Il veut voir à l'œuvre ces pinces d'os attachées à une matière vivante. Il veut une autre première pour sa collection.

Mais évidemment, il y a le risque qu'elle meure. À cause du choc ou de l'hémorragie. D'infection ou de douleur. Elle risque également de s'enfuir. Et d'attirer l'attention.

Et puis, il s'est habitué à sa présence.

Sa décision peut attendre. Ce soir, une chose plus importante requiert son attention.

Le garçon. L'ossature de sa collection, les vertèbres cervicales, la colonne vertébrale.

Le destin lui a offert une autre chance. Un autre trophée attend qu'on s'en empare. Un autre Frith.

Le Collectionneur le veut plus que tout. Et il obtient toujours ce qu'il désire.

51

22 h 31

L'unité des soins intensifs du service de pédiatrie se situe au septième étage du Royal Southern Hospital, juste au-dessus de la maternité.

Bien que le matériel puisse être bruyant et certains enfants gravement malades, Lilith trouve qu'il s'en dégage une aura de calme, un antidote au désordre émotionnel de sa vie.

Ses paupières se ferment, mais les ronflements de la femme installée en face d'elle la réveillent en sursaut. Elle soupire et se redresse. Les ressorts de son fauteuil grincent, et elle entend la mère remuer sur son lit de fortune, à l'autre bout de la salle, avant de recommencer à ronfler de plus belle. Elle fait pivoter son cou. Les lits pliants sont interdits en soins intensifs et la chambre destinée aux parents est trop loin. Elle doit donc se contenter d'un fauteuil. Impossible dans ces conditions de s'offrir une bonne nuit de sommeil.

Qui essaye-t-elle de convaincre ? Même couchée dans un grand lit, sans aucun bruit, elle n'aurait pas été capable de dormir. Comment seulement l'envisager, alors que

Jakey est dans cet état ? Et s'il mourait pendant qu'elle dormait sans plus se préoccuper de rien ? Non, son corps ne la trahirait pas.

Autour d'elle, les machines bourdonnent, émettent des bips, et les pas des infirmières résonnent dans le couloir malgré l'heure tardive. Il y a toujours quelque chose à vérifier, des enfants à éloigner du précipice. Le va-et-vient régulier de la serpillière de l'agent d'entretien qui nettoie le sol est étrangement réconfortant.

Jakey a été placé sous respirateur. Un appareil respire à sa place, il gonfle et dégonfle ses petits poumons. Un appareil, nom d'un chien ! Pour Lilith, respirer a toujours été une activité naturelle, normale. Mais les événements de ces dernières heures lui ont prouvé que non. C'est le résultat d'une demi-douzaine au moins de processus complexes.

Le corps de Jakey est raide comme un point d'exclamation, ses lèvres sont entrouvertes. Son visage a l'air gris dans les ombres projetées par la veilleuse. Un tube sort de son nez.

Les radios ont fait apparaître la terrible vérité.

En se développant, les os de sa cage thoracique compriment ses poumons et il souffre d'une pneumonie.

Le spécialiste l'a prévenue : elle doit se préparer à des moments difficiles. Mais Lilith l'écoutait à peine pendant qu'il lui expliquait de son ton brutal que même si Jakey survivait à la pneumonie, ce nouvel os pouvait se révéler dramatique. Quand il s'arrêtait entre deux phrases, elle hochait la tête, mais elle refusait de le croire. Non, son fils ne mourrait pas. La puissance de son amour le maintiendrait en vie.

Elle a mal aux reins. Sans savoir si c'est à force de rester contorsionnée dans ce fauteuil ou parce qu'elle a besoin d'aller aux toilettes. Elle évalue les probabilités que Jakey ait besoin d'elle au cours des cinq prochaines minutes.

Peut-elle le laisser seul ? Elle aimerait qu'Erdman soit à ses côtés. Mais il est descendu à la cafétéria pour refaire le plein de café.

Depuis qu'il a réapparu hier, de manière totalement inattendue, il doit se faire violence pour rester plus de quelques minutes au chevet de son fils. Il a pleuré en le voyant ainsi, les yeux fermés face au monde extérieur. Face à lui.

Devant sa détresse, Lilith a senti fondre sa colère. Elle comprend. Il ne supporte pas de voir son fils dans cet état. Elle non plus.

Jakey ne bouge plus, pas même un battement de cils, pas même une contraction musculaire.

Pourquoi faut-il que ça tombe sur sa famille ?

Toujours.

Elle hait cet hôpital. Les souvenirs qui hantent les couloirs. Depuis ce terrible jour où Jakey est venu au monde, vieux de deux heures seulement, mais déjà condamné à mort.

« Je suis vraiment désolé, leur avait dit le médecin, le visage grave.

— Désolé pour quoi ? avait demandé Erdman en passant son bras autour d'elle, un sourire fatigué, hébété, sur le visage tandis que Lilith retenait son souffle et serrait son bébé contre elle.

— Votre fils est atteint de fibrodysplasie ossifiante progressive. »

Elle revoit encore la mère d'Erdman, Shirley, passant ses ongles dans ses cheveux permanentés.

Lilith avait laissé échapper un petit rire. « Mon fils ? Non, impossible. » Puis : « C'est quoi une fibro… »

Il leur avait expliqué. Shirley avait fermé les yeux, mais Lilith ne s'en était pas aperçue, trop occupée à regarder son avenir s'écrouler.

Plus tard ce soir-là, Erdman avait agité devant elle un paquet de feuilles, des informations puisées sur Internet. Les médecins leur avaient conseillé d'attendre la confirmation du diagnostic avant de se lancer dans des recherches, mais il avait ignoré leur avis. Quand Lilith l'avait envoyé chez eux chercher les serviettes hygiéniques post-accouchement qu'ils avaient oubliées, il avait immédiatement allumé son ordinateur, en quête d'un peu d'espoir.

« Il s'agit peut-être d'une forme bénigne. Là, ils disent que plusieurs malades ont vécu jusqu'à soixante ans.

— Tu parles d'une vie ! »

Ce souvenir lui fait venir les larmes aux yeux. Elle pose sa tête sur le lit, à côté de son fils endormi. Elle regrette ces journées simples où elle passait son temps à veiller sur Jakey et à maudire Erdman. Elle veut retrouver sa vie d'avant, avec ses imperfections et ses frustrations. Elle veut être une mère et une épouse. Cela ne se reproduira peut-être plus jamais. Les fondations de son mariage sont affaiblies, instables. Son fils agonise.

Mais soudain, il remue les lèvres.

« Papa, murmure-t-il. Papa. »

Un espoir fou enfle dans sa poitrine. Jakey a un tube dans le nez et la trachée. Physiquement, il ne devrait pas pouvoir parler.

« Infirmière ! Infirmière ! »

Des pas claquent dans le couloir des soins intensifs.

« Qu'y a-t-il ? demande l'infirmière, un peu essoufflée. L'alarme ne s'est pas déclenchée.

— Il a parlé », dit Lilith.

L'infirmière, nommée Anna Murphy, observe Jakey. Il a toujours les yeux fermés et sa respiration, bien que sifflante, est régulière.

« Vous ne pensez pas qu'il a pu pousser un grognement dans son sommeil ? »

Lilith est incapable de prononcer un mot tout à coup.

« Ça peut arriver », ajoute l'infirmière.

Elle consulte les écrans qui indiquent sa tension, le taux d'oxygène dans le sang, et presse affectueusement l'épaule de Lilith.

Puis elle borde Jakey.

« J'ai une bonne nouvelle. Le médecin m'a autorisée à vous en parler. » Un sourire fend son visage. « D'après la seconde radio, la croissance osseuse dans sa poitrine n'est pas aussi invasive qu'on le craignait. Si elle s'arrête et cesse d'exercer une pression sur ses poumons, et si on soigne cette fichue pneumonie… » Elle se garde bien d'évoquer l'hypothèse d'une guérison, mais Lilith l'entend. « Je ne vous promets rien, attention. La route est encore longue. »

Lilith esquisse un sourire. De soulagement ou d'incrédulité ? Elle ne saurait le dire. L'infirmière lui presse l'épaule encore une fois, et s'en va.

Son dos l'élance de nouveau, alors elle se lève et enfile les tongs qu'elle a glissées sous le fauteuil.

Elle n'a rien imaginé. Jakey a bien appelé son père.

Sans doute était-il en train de rêver.

Après le départ de l'infirmière, il ne reste que les

malades endormis dans la pièce et un ou deux parents, endormis eux aussi. Lilith cligne des yeux en sortant dans le couloir, désorientée par l'éclat de la lumière. Le nom de Jakey est inscrit au feutre vert sur un tableau blanc fixé au mur, au-dessus des heures de passage des médecins et de prises de médicaments.

La fraîcheur des toilettes des parents est la bienvenue après la chaleur étouffante qui règne dans l'unité de soins. L'agent d'entretien la salue d'un hochement de tête en sortant, sans cesser de pousser sa serpillière devant lui. Lilith s'asperge le visage d'eau pour se réveiller et contemple son reflet dans la glace. Un fantôme la regarde. Ses yeux sont rougis par les larmes et le manque de sommeil ; leurs éventails de fines rides ressemblent à des sillons. Elle ne se souvient pas depuis quand elle n'a pas fait un vrai repas. Ses clavicules ressortent par-dessus le décolleté rond de son haut en coton.

Elle agrippe le lavabo de part et d'autre, ferme les yeux et laisse les larmes goutter sur la céramique. Certaines coulent dans sa bouche, elles ont le goût salé des anchois.

Elle regarde ses doigts pâles accrochés à la céramique blanche. Jakey va mourir avant elle. Instinctivement, elle l'a toujours su. Mais, pour l'instant, il est encore vivant et elle n'a d'autre choix que de bâtir une citadelle autour de ses émotions afin de le protéger des assauts de son chagrin.

Elle se lave les mains. Des feuilles de papier-toilette sont collées au sol et l'odeur d'urine perce à travers le désinfectant. Lilith s'assoit sur le siège de la cuvette, les yeux fixés sur le carrelage blanc. Plusieurs minutes s'écoulent.

Soudain, un courant d'air froid envahit les W.-C. Et

elle se retourne en pensant qu'une fenêtre s'est ouverte, laissant entrer la nuit glaciale, mais il n'y a pas de fenêtre, uniquement une bouche d'aération qui siffle. Le besoin de retourner auprès de son fils la submerge et, avant même de prendre conscience de ce qu'elle fait, elle se précipite hors des toilettes et court vers l'unité de soins, en trébuchant à cause de ses tongs dans son impatience.

Par pitié, non. Non, non, non.

Plusieurs membres du personnel médical (il y a même un interne, non ? Elle ne veut pas d'un débutant, elle veut un pédiatre spécialiste des problèmes respiratoires !) sont massés autour de lui. Elle a l'impression qu'ils brassent de l'air. L'oreiller de Jakey est tombé par terre.

Je vous en supplie, mon Dieu. Faites qu'il vive.

Elle sait qu'elle ne devrait pas s'approcher du lit, elle va déranger les médecins qui tentent de sauver son fils, mais elle ne peut s'en empêcher.

À mesure qu'elle avance, leurs gestes semblent ralentir, et il y a tellement de monde autour du petit corps de son fils qu'elle ne le voit pas.

Elle ne le voit pas.

Une infirmière la saisit par le bras – *lâche-moi, connasse* – pour l'entraîner dans le couloir, jusque dans une pièce où on lui ordonne d'attendre.

Elle a compris. Elle savait déjà avant même d'aller aux toilettes. Elle l'avait vu, gravé dans l'architecture du corps de Jakey, la mollesse de ses membres, la pâleur de son visage.

En une demi-heure seulement, Lilith a vieilli de dix ans. La peur crispe les muscles autour de sa bouche et voûte ses épaules. Elle songe à la manière dont la peur a réduit le père de Clara Foyle à une simple enveloppe humaine ; la disparition de sa fille, puis le *soupçon* l'ont vidé de toute substance, et elle comprend pourquoi.

On fait entrer Erdman dans la pièce. Mâchoire crispée, nerfs à vif.

« Que se passe-t-il ? » demande-t-il tout bas.

Il suffit qu'elle le regarde pour que tout son corps se dégonfle, comme si l'air s'en échappait peu à peu par un trou d'épingle.

Un interne vient les informer, pas même le spécialiste, un simple interne. C'est marqué sur son badge. Le tremblement de ses mains le trahit : c'est la première fois qu'il annonce une nouvelle aussi terrible à des parents.

Lilith observe sa bouche pendant qu'il parle. Quelques poils de barbe parsèment son menton juvénile, pas encore affermi par l'expérience. Aujourd'hui, il fait son premier pas sur ce chemin difficile.

« Monsieur et madame Frith… »

Sa voix est éraillée par la fatigue et l'émotion, hésitante. Lilith a presque de la peine pour lui.

D'un hochement de tête, elle indique qu'elle a compris, elle se sent incapable de parler. L'interne n'ose pas croiser son regard et il se met à bredouiller : « Je ne sais pas comment vous annoncer ça… je crains que nous ayons perdu votre fils. »

Une boule de colère se forme au creux de son ventre, elle serre les poings. Si ce médecin n'était pas aussi jeune, elle lui jetterait sa bouteille au visage, mais, au lieu de cela, elle la laisse tomber. Elle a mal revissé le bouchon et l'eau se répand sur le sol de la salle des parents, comme lorsque Jakey est venu au monde, avec presque quinze jours de retard, et que le médecin a percé la poche des eaux à l'aide d'un crochet. Elle se souvient encore de la décontraction avec laquelle il avait enfilé un gant en latex et percé un trou dans cette chose qui protégeait son bébé. Aujourd'hui, cet autre médecin vient de percer un trou dans son cœur.

« Qu'est-ce… »

Elle s'interrompt. Elle ne sait pas ce qu'elle veut dire.

« La police va arriver », annonce l'interne.

Il se balance d'un pied sur l'autre en triturant un bouton de sa blouse. Lilith se demande si c'est sa mère ou sa petite amie qui la lui lave, ou s'il le fait lui-même.

Je ne laverai plus jamais les vêtements de Jakey.

Un tunnel de vide s'ouvre devant elle.

Oh, mon Dieu, il va y avoir une autopsie.

Elle a vu une émission de télé sur les autopsies. Ils découpaient la cage thoracique et ouvraient le crâne. Ils n'avaient pas le droit de mutiler son petit garçon de cette façon. Elle refuserait de laisser ces bouchers s'approcher de lui.

Erdman ne dit rien, il regarde le jeune médecin d'un air vide. Elle se rapprocherait de lui si elle le pouvait, mais ses jambes semblent paralysées.

Une infirmière entre à son tour en se tordant les mains. Lilith reconnaît Anna Murphy, la chef du service des urgences pédiatriques qui est venue voir Jakey un peu plus tôt.

« Madame Frith, monsieur Frith, je suis vraiment navrée…

— Je… », l'interrompt Lilith, mais elle doit s'arrêter, submergée par une nouvelle vague de chagrin. Elle ravale une gorgée de larmes et de morve puis s'essuie le nez avec la manche de son cardigan sans se soucier du regard des autres.

Une fois qu'elle aura dit adieu à Jakey, qu'elle aura tenu sa main et embrassé les doux pétales de ses paupières, une fois qu'elle aura rempli les formalités indispensables, elle trouvera un flacon de cachets et elle dormira longtemps, très longtemps.

Erdman continue à dévisager le jeune interne, qui joue avec son stylo sans oser croiser son regard.

L'infirmière se mordille la lèvre en leur jetant des coups d'œil inquiets. Lilith prend une grande inspiration tremblotante. Évidemment que Jakey allait mourir avant elle, mais elle ne pensait pas que cela arriverait si tôt, dans des circonstances aussi tragiques.

Comment l'annoncer aux gens ? à l'école ? à ses camarades ? Ces effroyables coups de téléphone feraient de sa mort une réalité dans ce nouveau paysage terrifiant de sa vie.

L'infirmière lui touche le bras.

« Je veux le voir, murmure Lilith. Il a peur du noir. Il ne veut même pas aller aux toilettes tout seul. » Elle tente de grimacer un sourire larmoyant, mais l'expression de l'infirmière la fait tiquer. « Quoi ? Qu'y a-t-il ? »

L'infirmière Murphy ouvre la bouche, puis la referme. Elle se tourne vers l'interne, qui baisse les yeux. Quand enfin elle s'exprime, cela lui demande un effort surhumain, semble-t-il.

« Je crains que vous n'ayez pas bien compris. »

Erdman se manifeste pour la première fois.

« Compris quoi ?

— Je suis navrée d'être celle qui vous annonce la nouvelle, mais je ne suis pas du genre à tourner autour du pot. » Elle prend sa respiration. « Jakey a disparu. D'après ce que je sais, il a disparu du service il y a à peine une demi-heure. Nous sommes en train d'inspecter tout l'hôpital, mais il demeure introuvable. Rassurez-vous, monsieur et madame Frith, on va le retrouver. Un enfant gravement malade ne disparaît pas comme ça. Évidemment, c'est extrêmement embarrassant pour l'hôpital et depuis des années que je suis infirmière… »

Elle s'interrompt brusquement, une rougeur marbrée se répand sur son visage.

« Il n'est pas mort ? » Lilith avale une grande bouffée d'air et la laisse envahir ses poumons. Elle la garde à l'intérieur. L'infirmière secoue la tête. Lilith relâche son souffle.

« Je ne comprends pas, dit-elle. Il était dans son lit. Quelqu'un a dû l'emmener passer un autre examen pendant que j'étais aux toilettes.

— Impossible. Nous avons vérifié.

— Attendez voir, intervient Erdman. Vous êtes en train de nous dire que notre fils s'est volatilisé ? »

L'infirmière le regarde droit dans les yeux.

« Oui, monsieur Frith. Cela semble bien être le cas. »

Lilith fait un pas en avant, mais ses genoux se dérobent et elle bascule vers l'avant. Le jeune interne, qui avait commencé à glisser vers la porte pour fuir, se précipite pour la retenir. Ses doigts s'enfoncent sous ses aisselles.

Elle ne s'est pas évanouie. Il n'y a pas eu perte de connaissance, pas d'accalmie dans l'effet larsen qui lui déchire les tympans. Plutôt une faiblesse de ses membres, une défaillance de la pesanteur chargée de la maintenir debout. Elle s'appuie contre lui. Il sent le déodorant et le bonbon à la menthe, par-dessus des relents de transpiration, et le revers de sa blouse est rêche contre sa joue. La réalité de ce qu'il représente la frappe de plein fouet et elle se met à suffoquer, elle halète et pleure, elle s'accroche à lui.

La panique balaye le visage de l'interne qui la guide jusqu'à un fauteuil et l'oblige à écarter les doigts comme on le ferait avec un enfant qui ne veut pas qu'on l'abandonne. Quelqu'un, dans un autre moment de tragédie inconnue, a arraché des morceaux de mousse au fauteuil, ouvrant une gigantesque plaie. C'est très inconfortable, mais elle s'en fiche. Plus rien n'a d'importance.

Les bras d'Erdman pendent le long de son corps. Il regarde sa femme comme s'il ne l'avait jamais vue, le choc efface toute expression. Tout sentiment.

L'infirmière Murphy aide Lilith à tenir debout. Délicatement, elle coince son bras sous le sien et Lilith se laisse aller contre son corps aux formes maternelles, comme si les fils tendus qui la retenaient avaient été sectionnés.

Le poids de l'information fournie par l'infirmière plombe ses jambes.

« On a appelé le directeur du conseil d'administration chez lui. Il va venir vous voir. La police également. En attendant, on va vous apporter une tasse de thé. »

Lilith se laisse entraîner vers un ascenseur sans avoir la moindre idée de l'endroit où on l'emmène. Elle se souvient seulement que quelqu'un dépose entre ses mains une tasse de thé brûlant (une véritable tasse en porcelaine, pas un de ces gobelets en plastique dont on a toujours l'impression qu'ils vont se fendre en deux), et l'infirmière qui l'a conduite ici passe une série de coups de téléphone.

Erdman ne dit pas un mot. Au bout de plusieurs

minutes, il lui prend la main. Elle est choquée de la sentir aussi chaude. À l'intérieur, elle est glacée. Paralysée.

Elle n'a pas conscience du temps qui passe, ou alors très vaguement, et nul ne lui prête réellement attention. Parfois, elle voit l'infirmière jeter un coup d'œil inquiet dans sa direction. À un moment donné, elle entend vaguement un message dans les haut-parleurs.

« Appel à tout le personnel. Ceci est une alerte Ambre. Je répète, ceci est une alerte Ambre. »

Mais, dans l'ensemble, elle demeure assise là, immobile, à contempler le mur.

Mon petit garçon a disparu.

Disparu.

Quelqu'un a enlevé mon fils.

Non, il s'agit d'un stupide malentendu.

Il va réapparaître d'une minute à l'autre.

Quelqu'un l'a emmené se promener.

Quelqu'un l'a emmené.

Jakey.

Reviens près de maman.

Jakey.

Mon Jakey.

Elle brûle d'envie de caresser sa frange cuivrée, de promener un doigt sur sa joue. De respirer son odeur, de préserver dans sa mémoire chaque détail de son être magnifique.

En l'espace de trois jours effroyables, elle a perdu son mari et maintenant son fils. Son mari est revenu, mais elle sait, quelque part au fond d'elle-même, que Jakey ne reviendra peut-être plus jamais. Un murmure, déloyal, enjôleur, s'insinue dans son esprit. *Si seulement ça pouvait être le contraire.* Elle le repousse. Et jette un regard coupable à son mari.

Celui-ci garde les yeux rivés au sol ; il n'a pas touché à son thé.

Un individu sans visage a fracassé leur vie à coups de masse. Comment pourront-ils, un jour, commencer à en rassembler les morceaux ?

Non, ils vont le retrouver.

La police va le retrouver.

C'est leur métier, ils retrouvent les enfants disparus.

Mais ils n'ont toujours pas retrouvé Clara Foyle.

Pourquoi Jakey serait-il une exception ?

Elle a dû s'assoupir. Apparemment, les infirmières ont jugé bon de la laisser tranquille, et à présent elles semblent occupées, accaparées par un autre drame. Peu importe. Rester assise là ne lui demande aucun effort, et elle se sent tellement fatiguée.

Autant qu'elle puisse en juger, Erdman n'a pas bougé. Il ne dit rien. Il demeure immobile, comme une statue, mais elle perçoit un courant de colère et de détresse derrière cette apparente maîtrise.

Quelques secondes plus tard, elle entend une voix familière et des pas courir dans le couloir. Le manteau de l'inspectrice Etta Fitzroy est taché de sang, ses cheveux châtains sont hirsutes et gras. Lilith aperçoit derrière elle une poignée d'agents en uniforme qui envahissent l'hôpital, bouclent les issues et cherchent Jakey. Ou la personne qui l'a enlevé.

« Madame Frith… c'est vrai ? » Fitzroy l'attrape par les épaules. « C'est vrai ? »

Lilith baisse les yeux.

Fitzroy émet un gémissement teinté d'incrédulité et tape dans le mur du plat de la main. Elle se laisse tomber dans un fauteuil et penche la tête en avant. Dans cette position, elle semble ratatinée, vidée de tout espoir.

« C'était un avertissement, murmure-t-elle. Un putain d'avertissement. »

Erdman, qui s'est mis à arpenter le couloir, capte ses paroles en passant. Il se plante devant elle, l'indignation plisse son front.

« Vous saviez que ça allait arriver ?

— Non, non, bien sûr que non. Mais il a déposé… » Elle hésite, ne sachant pas jusqu'où elle peut aller. « … un message dans ma voiture.

— Un squelette de lapin ? demande Erdman d'un ton brusque.

— Euh… »

Fitzroy ne peut se résoudre à lui parler du petit morceau de chair sanglante.

Lilith plaque la main sur sa bouche.

Après un long silence, il oblige ses lèvres à former des sons.

« Vous pensez… le même homme… Clara Foyle ? »

Fitzroy déglutit bruyamment.

« Donc, ces lapins dont ils parlent aux infos, c'est… » Il cherche le bon mot. « … important ?

— Apparemment, oui.

— Mais qu'est-ce que ça veut dire ?

— J'aimerais bien le savoir. Les journaux s'en donnent à cœur joie, mais ne croyez pas tout ce que vous lisez.

— Qui croire, alors ?

— Moi. Je vous dirai toujours la vérité, monsieur Frith.

— Allez-y. »

Fitzroy semble gênée.

« Nous faisons tout notre possible pour retrouver cet homme. »

Lilith la croit. Mais elle sait aussi que l'inspectrice débite un texte tout fait, et qu'elle leur cache quelque chose.

Son instinct ne la trompe pas. Alors que Lilith regarde Erdman exorciser sa peur en faisant les cent pas sur le carrelage brillant, Fitzroy se repasse mentalement la conversation téléphonique qu'elle a eue un peu plus tôt avec le Boss.

« Racontez-moi tout, lui avait-il ordonné tandis qu'elle fonçait à l'hôpital, en ayant du mal à croire qu'un autre enfant venait de disparaître. Je vous écoute. »

Son ton était cassant, l'urgence dévorait les syllabes.

Après avoir inspiré à fond, elle s'était lancée.

« Quand des parties du corps de Grace Rodriguez ont été découvertes dans les bois il y a plus d'un an, on a trouvé à quelques mètres de là le squelette d'un petit mammifère. Mais on n'y a pas prêté attention, on n'a pas pris conscience de son importance.

« … Avant-hier, on a découvert une boîte à chaussures contenant un squelette de lapin identique, sur le Heath, près de l'endroit où Erdman Frith a été agressé et non loin de l'endroit où Clara Foyle a été enlevée. À sa patte était attaché un petit tube en verre, du genre de ceux qu'on utilise pour les pigeons voyageurs, et à l'intérieur il y avait une feuille de papier à cigarette sur laquelle figurait une citation.

— Rappelez-moi ce qu'elle disait. »

Fitzroy n'avait pas besoin de consulter son carnet, elle l'avait mémorisée.

« Elle disait : "*Les os s'approchèrent les uns des autres...*"

— Et ça vient d'où ?

— De l'Ancien Testament, le "Livre d'Ézéchiel". » Elle avait attendu que le Boss enchaîne, mais il était resté muet.

« En temps normal, on n'y aurait pas accordé autant d'importance. Ça pouvait être l'œuvre d'un cinglé, d'un original, ou une simple coïncidence, mais à cause du lien avec Grace Rodriguez, on ne pouvait pas l'ignorer. Et puis, on a découvert un autre squelette, derrière le magasin de bonbons, où Clara a été vue pour la dernière fois.

— Avec une autre citation ?

— Oui. Même mode opératoire. Celui-ci disait : "*Je vais faire entrer un souffle en vous.*" Verset trente-sept, chapitre cinq. Mais on ne sait toujours pas ce qu'il essaye de nous dire, ni pourquoi il a laissé un squelette de lapin sur le Heath, sans rien d'autre à proximité. Dieu sait pourtant qu'on a cherché. En vain. Aucun indice. On a effectué des prélèvements d'ADN, mais ça n'a rien donné pour l'instant.

— Et cette citation qu'il vous a laissée ?

— Elle doit aussi provenir de la Bible, je suppose. »

Aucun des deux n'avait eu besoin de formuler à voix haute ce qu'ils savaient déjà : des recherches approfondies menées sur des serial killers avaient montré qu'un grand nombre d'entre eux avaient reçu une éducation religieuse très stricte, et que beaucoup, une fois capturés, citaient des passages de la Bible pour justifier leurs crimes.

« Et maintenant, avait dit le Boss, un autre garçon

atteint de malformations osseuses, un certain Jakey Frith, a disparu de l'hôpital ?

— Oui, monsieur.

— Merde. »

Un seul mot, lourdement chargé de fatigue et de peur.

Fitzroy était en train d'entrer à l'hôpital au moment où le Boss reprit la parole. L'adrénaline et l'autorité saturaient à présent ses ordres.

« Interrogez la famille Frith. Et l'équipe médicale. Retournez-moi tout l'hôpital. Je veux savoir s'il nous a laissé sa charmante carte de visite. »

Comme les deux enfants disparus étaient l'un et l'autre atteints de malformations osseuses, Fitzroy se promit de se renseigner pour savoir dans quels hôpitaux Clara avait été soignée et d'appeler Mme Rodriguez dès que possible. Grace ne souffrait d'aucune difformité, elle le savait déjà, l'enquête l'avait montré, mais peut-être existait-il un autre lien.

« Bien, monsieur.

— Oh, Fitzroy ?

— Oui, monsieur ?

— Si vous trouvez quelque chose, gardez-le pour vous en attendant, d'accord ? Cette enquête fuit comme une putain de passoire ! »

Sur ce, il avait coupé la communication et Fitzroy s'était mise en quête des époux Frith.

Et là, elle les regarde l'un et l'autre, d'un œil méfiant, en répétant son mantra. Celui qu'elle utilise quand des enfants sont enlevés et retrouvés morts : « Nous faisons tout notre possible pour retrouver cet homme. »

Lilith ferme les yeux, comme si cela pouvait suffire à

faire disparaître la voix de l'inspectrice, aussi efficacement que le désespoir imprimé sur son visage.

Erdman décoche un coup de pied dans son fauteuil et ressort en coup de vent dans le couloir, où il percute un médecin qui ouvre la bouche pour le réprimander, mais qui, devant son expression, juge préférable de s'abstenir. Lilith n'essaye pas de retenir son mari.

Les deux femmes sont assises côte à côte, tandis qu'autour d'elles des vies sont sauvées, d'autres perdues. Le silence en suspension se contracte et se dilate, étouffant les bruits de l'hôpital. Deux mères, dont les bras sont vides.

Lilith regarde le mur, le chagrin ravage ses traits, la détruit, la transforme en quelqu'un d'autre.

Une pensée soudaine, horrible, lui vient à l'esprit.

« Vous avez trouvé un sque… » Elle trébuche sur le mot, elle n'arrive pas à le prononcer. « … quelque chose près du lit de Jakey ?

— Mes hommes cherchent.

— Mais c'est lui, hein ? Vous pensez que c'est lui. »

Fitzroy baisse les yeux au sol.

« Trouvez-le. Pour nous. S'il vous plaît. »

Les projecteurs installés à l'arrière de l'hôpital inondent le vaste terrain bien entretenu qui l'entoure, lui donnant l'aspect non pas d'un endroit où l'on soigne les gens, mais d'un hôtel de luxe. Seuls les malades en blouse verte, rassemblés près des portes vitrées pour tirer sur leurs clous de cercueil, laissent deviner ce qui se passe à l'intérieur.

Nul ne fait attention à l'homme qui pousse vers une camionnette grise un fauteuil roulant où s'entassent des couvertures qui cachent le corps avachi d'un enfant.

52

23 h 13

« Etta, c'est moi. S'il te plaît, réponds-moi. Ou rappelle-moi. » un silence. « Max veut un câlin de sa tata. Et j'ai très envie de te voir moi aussi. Tu te rends compte qu'il a tes yeux ? Et mon nez, apparemment. » Un rire. « Le pauvre. »

Nouveau silence.

« Etta, j'ai parlé à David. Réponds, s'il te plaît. Tu me manques. »

SAMEDI

53

3 h 14

« Où voulez-vous que je vous dépose ? »

Lilith Frith dort à l'arrière, ou bien elle n'a pas entendu. Fitzroy grimace en faisant grincer la boîte de vitesses à laquelle elle n'est pas habituée. Sa voiture est toujours entre les mains de la police scientifique.

« Monsieur Frith ?

— Appelez-moi Erdman. »

Sa voix est un murmure brisé.

Fitzroy étouffe un juron lorsqu'une voiture roulant à toute allure lui fait une queue de poisson. Une canette de bière vide rebondit sur son pare-brise. En ville, les soirs de week-end sont aussi animés que les heures de pointe.

« Y a-t-il quelqu'un que je pourrais appeler ? Ou un ami chez qui je pourrais vous conduire ?

— Non.

— Je vous ramène chez vous, alors ?

— NON. » Le ton brutal et inattendu d'Erdman résonne dans le silence de la voiture. « Désolé, dit-il, c'est juste que je n'ai pas envie de rentrer. »

Fitzroy comprend. Elle ressent la même chose.

« Je ne peux quand même pas vous laisser errer dans les rues.

— Je sais où j'aimerais aller », dit-il, et il lui indique une adresse à Hither Green.

Dès qu'ils passent devant les lumières criardes de Lee High Road pour emprunter Northside Road, Erdman est assailli par le souvenir de sa mère.

Des sandwichs confectionnés avec les restes de viande du dimanche, beurrés jusqu'aux bords. Des biscuits ramollis dans une boîte en fer. Une pendule à coucou en bois peint accrochée au mur.

Un visage qui ressemble au sien.

Une maison remplie de secrets et de questions demeurées sans réponses.

La clé est toujours sous le grattoir à chaussures.

L'intérieur présente cet aspect négligé des maisons vides. La poussière recouvre les murs et ça sent le renfermé, une souris a laissé une ribambelle de crottes. Erdman a refusé de la vendre, et même de la louer. Ce qui a provoqué la colère de Lilith. Aujourd'hui, il se félicite d'avoir tenu bon. En l'espace de six mois seulement, les prix ont augmenté. Et maintenant qu'il n'a plus de travail, il pourrait peut-être se résoudre à la vendre. Et profiter de cet argent pour passer du temps avec Jakey dans cette maison au bord de la mer dont il rêve. Puis il se souvient que Jakey a disparu.

Fitzroy se tient sur le seuil, gênée.

Quelques cartes traînent sur le paillasson, envoyées par d'anciennes connaissances qui n'avaient pas d'autre adresse. Il aperçoit les caractères penchés à travers les enveloppes fines. « Toutes nos condoléances. »

Bientôt, les mêmes cartes atterriront sur mon paillasson.

Les larmes forment un vernis devant ses yeux, une incrédulité écœurante lui vrille les tripes.

« Vous êtes sûr de vouloir rester ici ? » demande Fitzroy.

Des mèches de cheveux gris qui n'étaient pas là quelques semaines plus tôt barrent les tempes d'Erdman. Il se frotte les yeux avec la manche de sa veste.

« Oui, j'en suis sûr. »

Il trébuche en gravissant l'escalier pour monter dans son ancienne chambre, conservée en l'état par sa mère. Avec espoir ? Pour la postérité ? Il arrange tendrement sa housse de couette Star Wars. Et lève les yeux vers le plafond où sont peintes les planètes du système solaire.

Où es-tu, Jakey-boy, mon champion ? Qui t'a arraché à moi ?

Il a autant de chances de trouver la réponse dans les lignes tremblantes de ces globes à moitié effacés que dans le ciel étoilé dehors, glacial et clair.

Il distingue les silhouettes de Han Solo et de Luke Skywalker sur le papier peint, les épais filaments de poussière qui pendent de l'abat-jour. Le rire discret d'un garçon, semblable au sien, emplit ses oreilles. Dans sa chambre d'enfant, il perçoit les échos du passé.

Il s'allonge sur le lit et offre sa vie en échange de celle de son fils.

En bas, Fitzroy évolue dans un kaléidoscope de confusion. Elle doit retourner au bureau. Le Boss l'a déjà appelée deux fois. Mais elle ne veut pas réveiller Lilith, qui, par chance, dort encore à l'arrière de la voiture.

Cette maison est glaciale, la nuit noire se referme. Frigorifiée, elle s'enveloppe dans son manteau.

Malgré l'absence de squelette, le *ting* dans son cerveau lui dit qu'il s'agit du même homme.

Elle se demande quelles actions dépravées il va faire subir à ces deux enfants, perdus quelque part dans la nuit, et elle utilise la brûlure de sa colère pour cautériser la peur qui menace d'obscurcir son raisonnement, de la priver de toute lucidité, de tout recul.

Elle fait défiler les faits. Trois enfants disparus : Grace Rodriguez, Clara Foyle et maintenant Jakey Frith, dont deux sont atteints de malformations osseuses. Trois squelettes de lapins : un premier dont la signification lui a échappé, un deuxième découvert sur le Heath, sans lien apparent, et un troisième déposé à l'endroit où Clara a été enlevée. Rien – jusqu'à présent – à proximité du lit de Jakey.

Deux messages contenus dans des tubes, un avertissement déposé dans sa voiture.

Ça ne tient pas debout.

Pourtant, elle sait qu'il y a un lien, une connexion, quelque part. Mais elle a beau chercher, elle ne voit pas.

Trouvez le mobile et vous trouverez le meurtrier. Malheureusement, il n'y a pas de mobile, ou plutôt elle ne le connaît pas.

Hormis la proximité géographique…

Les victimes n'appartiennent pas au même groupe ethnique.

Les victimes ne sont pas toutes du même sexe.

Les victimes n'ont pas toutes le même âge.

Elle tâtonne dans le noir, elle essaye de rassembler les éléments, d'écouter la symphonie de son cerveau, en vain. Dans une minute ou deux, elle annoncera à Erdman qu'elle doit repartir.

Elle erre dans le salon de Shirley Frith et perçoit les traces d'une vie malheureuse. Pas de photos de famille sur les murs, pas de petits-enfants qui sourient dans leur uniforme scolaire, aucun souvenir.

Elle se laisse tomber dans un fauteuil et sent quelque chose de dur s'enfoncer dans son dos. Elle écarte le coussin et découvre une photo dans un cadre en argent.

Les couleurs ont cet aspect passé et un peu surexposé des photos des années 1970.

Son cœur s'arrête.

Deux garçons : mêmes cheveux tirant sur le roux, même sourire contagieux ; l'un des deux a le même visage qu'Erdman, l'autre le même squelette tordu que Jakey.

« Vous avez trouvé autre chose là-haut ? D'autres… » Elle hésite. « … photos ? »

La voix de Fitzroy gravit l'échelle jusque dans le grenier, où Erdman ôte de ses cheveux vingt ans de toiles d'araignée. Six mois se sont écoulés depuis le décès de sa mère et il ne se décide toujours pas à faire le vide. Encore une tâche à ajouter à sa liste des *J'en ai pas le courage.* Pourtant, il y trouverait peut-être les réponses qu'il cherche.

« Non, toujours pas. Mais il y a des tonnes de cartons. Ça va prendre un temps fou de tout inspecter. »

Il passe la tête par l'ouverture de la trappe. Des filaments de poussière grise pleuvent.

« Montez. »

Le grenier de Shirley est rempli de cartons, en effet, et de vieux meubles, parmi lesquels un berceau en bois peint blanc et un fauteuil à bascule assorti, une collection de valises et un coffre en cuir, fermé par un cadenas. Erdman et Fitzroy, côte à côte, contemplent ce chaos.

« Regardez ça, dit Fitzroy en brandissant ce qui ressemble à un morceau d'étoffe kaki.

— Le béret de grand-père Frith. » Il tripote le tissu épais. « Porté disparu à El Alamein. »

Sa gorge se noue à l'évocation de son grand-père, le spectre mystérieux des autres êtres chers disparus.

« Vous aviez donc un frère…, dit-elle.

— Oui. »

Son regard glisse vers la photo que lui a remise Fitzroy.

« Que lui est-il arrivé ? »

Erdman fronce les sourcils, il lutte pour sonder sa mémoire.

« Je ne sais pas. Ma mère n'aimait pas parler de lui. » Il s'interrompt, regarde de nouveau la photo qu'il tient dans sa main. « J'étais très jeune. Je m'en souviens à peine. Il était malade, je crois. Un jour, on jouait ensemble à la maison, et le lendemain plus personne. Ma mère n'a plus jamais été la même à partir de ce jour-là. »

Dans la pénombre du grenier, Erdman paraît si abattu que Fitzroy sent son cœur se serrer en songeant à la perte qu'elle-même a subie.

« Que contient ce coffre, à votre avis ? » demande-t-elle.

Erdman se penche et tire sur le cadenas, qui refuse de s'ouvrir.

« Il faut une petite clé », dit-il en cherchant à tâtons sur le sol poussiéreux.

Posée en équilibre sur un secrétaire poussé sous la pente du toit, une boîte à chaussures renferme des lettres, mais l'encre est à ce point effacée qu'on ne peut plus savoir qui les a envoyées, ni ce qu'elles contiennent.

Fitzroy en prend une au hasard. Des pattes de mouche, illisibles, recouvrent la feuille. D'autant que l'encre a coulé. Elle distingue uniquement un nom « Erdman » et une signature peut-être, « Affectueusement, Derek », mais elle n'en mettrait pas sa main au feu. Elle devine que cette lettre a été envoyée à la mère d'Erdman quand celui-ci était petit. Ellc porte une date : mars 1976. Ajoutée au crayon, d'une écriture différente.

Mais l'autre petit garçon, alors ? Celui qui ressemble tant à Erdman et à Jakey ?

« J'ai trouvé ! » Erdman brandit une clé en affichant un léger sourire. « Elle était à l'intérieur de ces chaussures bizarres, là-bas. »

Fitzroy suit la direction de son doigt, tendu vers un carton à moitié éventré, caché derrière le coffre cadenassé.

Il contient une vieille paire de chaussures d'enfant. Sans aucun élément décoratif, ni boucles ni lacets, taillées dans un cuir marron foncé qui s'est craquelé et fendu au fil des ans. Elles ont gardé la forme des pieds de celui qui les portait. Une feuille de papier jauni est posée dessus. Fitzroy se penche pour la prendre.

Ces chaussures ont été placées ici en guise de bouquet final, lors de la réfection du toit en avril 1976. Ne les déplacer sous aucun prétexte.

Fitzroy fronce les sourcils. Qu'est-ce qu'un « bouquet final » dans ce contexte ? Elle ira voir sur Google plus tard. Elle plie la lettre et la glisse dans sa poche.

La clé découverte par Erdman entre dans le cadenas,

mais des années de rouille ont grippé le mécanisme. Après l'avoir tortillée pendant plusieurs minutes, il parvient enfin à ouvrir le cadenas.

Dans un coin du coffre, nichées au milieu des replis de soie d'une robe de baptême, reposent une minuscule paire de chaussures et une boîte transparente contenant une boucle de cheveux d'un roux clair. À côté se trouve un ours en peluche mal en point. Et à côté de l'ours, une collection d'articles de journaux réunis par un ruban délavé.

« C'est quoi ? interroge Erdman.

— On va voir », murmure l'inspectrice en défaisant le ruban pour libérer une coupure de presse. Tirée du *Daily Mirror* daté du 25 octobre 1976.

Elle lit à voix haute.

La famille de Carlton Frith, éplorée, a organisé hier une commémoration privée à la mémoire du petit garçon de trois ans porté disparu.

Sa mère, Shirley, 29 ans, tenait un bouquet de myosotis * *en souvenir du petit garçon, dont le corps a mystérieusement disparu de la Chapelle du Repos du Royal Southern Hospital il y a dix mois.*

Il semblerait que son frère jumeau, Erdman, soit resté au domicile familial de Hither Green, dans le sud-est de Londres, durant la cérémonie très émouvante d'une heure et demie. Les personnes présentes avaient été priées de s'habiller en blanc.

L'inspecteur Felix Tapp, qui dirige l'enquête, nous a déclaré : « Nous continuerons les recherches tant que nous n'aurons pas retrouvé le corps du petit Carlton. »

---

* En anglais *forget-me-not,* soit « Ne m'oublie pas ».

Derek, le père de Carlton, n'assistait pas à la cérémonie. Par un tragique coup du sort, il a succombé à une crise cardiaque en avril.

Fitzroy tend l'article à Erdman. Il le prend par réflexe, mais ses yeux ne voient plus rien, le choc fige les traits de son visage.

« Vous vous en souvenez ? »

Il secoue la tête ; un geste rageur, violent. Pendant qu'il parcourt l'article, le cerveau de l'inspectrice s'emballe.

Ainsi, Erdman avait un jumeau, qui souffrait du même problème osseux que Jakey. Et son corps avait disparu.

Ça ne peut pas être une coïncidence.

« Regardez, il n'y a pas un autre carton là-bas ? Je crois apercevoir quelque chose. »

Elle montre l'espace entre les poutres du toit.

Elle s'approche de l'intervalle sombre et tâtonne à l'intérieur. Ses doigts frôlent quelque chose de rêche, qu'elle arrache d'un coup sec.

« Beurk ! »

Elle essuie sa main sur son pantalon noir et sort de sa poche sa lampe torche qu'elle braque entre les poutres.

Le faisceau fait apparaître une épaisse couche de poussière et de toiles d'araignée, et ce qui ressemble à des dizaines de graines de carvi : signe indubitable de la présence de souris. Au milieu gît une chose grise et ratatinée. Les os des pattes arrière sont à nu, alors que des plaques de peau parcheminée couvrent encore la cage thoracique. Fitzroy aperçoit une fine queue, comme une mèche de cheveux. Des griffes sorties. La moitié de la face a disparu, mais un rictus laisse voir une rangée de dents blanches et pointues. Un cadavre de chat.

Dégoûtée, elle lâche la lampe, qui tombe bruyamment sur le plancher et roule, replongeant le grenier dans une semi-obscurité.

« C'était quoi ? Qu'est-ce que vous avez vu ? »

Fitzroy ramasse la torche et la pointe de nouveau sur l'espace entre les poutres.

« Putain, lâche Erdman. C'est quoi, ce truc ? » Une impérieuse envie de quitter cet endroit la dévore. D'échanger l'atmosphère écœurante du grenier de Shirley Frith contre de l'air frais. D'aller voir Mme Frith dans la voiture.

La vaisselle du petit déjeuner est encore sur l'égouttoir, attendant d'être rangée. En voyant l'assiette Royal Worcester avec sa guirlande de roses poussiéreuses, elle a envie de pleurer. Une chose innommable s'est produite dans cette maison, mais comment établir un lien avec la disparition de Carlton, de Jakey ? Avec Grace et Clara ?

La pratique du bouquet final, vieille de plusieurs siècles, est souvent utilisée dans l'industrie du bâtiment. Traditionnellement, on posait un branchage ou même un arbre sur les nouveaux toits qui venaient d'être achevés. Il existe également des exemples de personnes cachant des chaussures d'enfant afin de chasser les mauvais esprits. L'innocence de l'enfance et le fait que les chaussures sont le seul accessoire vestimentaire qui conserve sa forme étaient suffisamment puissants, disait-on, pour repousser les forces maléfiques.

Il n'était pas rare que certaines familles superstitieuses cachent des chats morts derrière des conduits de cheminée, au-dessus des linteaux de porte ou sous les toits en guise de protection.

Erdman regarde l'image du chat momifié sur l'écran de son iPad. Un reste de toast traîne dans une assiette posée à côté de lui. Il n'a plus faim. Ces derniers temps, il n'a pas beaucoup d'appétit.

Il s'est connecté à Google et, d'un doigt, il a tapé deux mots : *Carlton Frith.* 8 900 000 résultats (0, 22 seconde).

Il a cliqué sur le premier article. Daté du 11 avril 1999. Un gros titre en bleu, souligné. Journal local, première page.

Après vingt-quatre heures, j'espère encore qu'on va retrouver mon garçon.

Cet article est paru quelques mois avant qu'il rencontre Lilith. Alors qu'il passait un trimestre pitoyable en Inde, à se demander ce qu'il allait bien pouvoir faire de sa vie. Sa mère avait dû attendre qu'il quitte le pays. La colère lui brûle la gorge, il déglutit pour la ravaler. Sa famille, bâtie sur des secrets. Il continue à lire.

Par un doux après-midi de juin 1975, Carlton Frith jouait sur la plage à Southend-on-Sea avec son frère jumeau Erdman.

Alors que sa mère, Shirley, observait son fils, alors âgé de deux ans, s'amuser dans le sable, elle remarqua une bosse sur sa poitrine.

Ce fut le début du cauchemar pour cette famille ordinaire du sud-est de Londres.

Les médecins, convaincus que Carlton avait développé une forme agressive de cancer, effectuèrent une biopsie de la tumeur.

Une démarche qui se révéla désastreuse. Carlton

souffrait en réalité d'une maladie très rare, appelée maladie de l'homme de pierre, qui provoque l'apparition d'os surnuméraires au niveau des tissus connectifs du corps, à la suite d'un traumatisme ou à cause d'une poussée spontanée.

Les victimes de cette maladie handicapante développent souvent un second squelette qui les enferme véritablement à l'intérieur d'une prison d'os.

Dans le cas de Carlton, cette opération intrusive a entraîné une évolution anormalement rapide de la maladie. Le développement d'un os supplémentaire dans la poitrine limitait ses capacités respiratoires.

Six mois après l'épisode de la plage, Carlton Frith était mort.

Cette tragédie aurait à elle seule suffi à faire le malheur d'une famille pour toute la vie. Hélas, la déchirante histoire des Frith ne s'arrête pas là.

Le jour de Noël, alors que la plupart des gens dégustaient une dinde en écoutant la reine évoquer une année d'inflation record, le corps du jeune Carlton fut volé à l'intérieur de la Chapelle du Repos de l'hôpital. En cette période de fêtes, le personnel était en sous-effectif et, à cette époque où les caméras de surveillance n'existaient pas, personne n'avait rien vu.

Aujourd'hui, plus de vingt ans après, le sort de son fils continue de hanter sa mère.

« Je me demande souvent où est le corps de Carlton et, même après tout ce temps, j'aimerais pouvoir lui offrir l'enterrement qu'il mérite », nous a déclaré Shirley, 51 ans.

« Il était déjà mort quand on l'a enlevé, mais j'ai l'impression que l'on m'a empêchée de lui dire au

revoir. Et j'aimerais que le malade qui nous a volé le corps de notre fils, et la possibilité de faire notre deuil, soit jugé. »

Erdman, le frère jumeau de Carlton, n'a jamais évoqué publiquement la disparition de son frère, mais Shirley, courtière en assurances, nous a avoué qu'il ne s'en était jamais remis.

« Erdman n'était qu'un bébé. Les jumeaux venaient d'avoir trois ans quand Carlton est mort. Il ne comprenait pas où était passé son frère, et c'était très dur pour nous tous. »

Il existe au Royaume-Uni trente-cinq cas répertoriés de la maladie de l'homme de pierre, également appelée fibrodysplasie ossifiante progressive. Il s'agit parfois d'une maladie héréditaire, mais il semblerait que la famille Frith ait échappé à une double tragédie.

Si Shirley refuse de parler de son fils toujours en vie, elle a bien voulu confirmer qu'il n'était pas atteint de cette maladie.

Carlton souffrait de la maladie de l'homme de pierre ? Pendant toutes ces années d'enfance solitaire, d'adolescence rageuse, puis alors qu'il était devenu adulte, sa mère n'avait jamais évoqué, de près ou de loin, cette maladie. Pas même durant les premiers temps, euphoriques, de son mariage, quand, apprenant que Lilith était enceinte, elle s'était contentée de pincer les lèvres. Ni lors de cette nuit effroyable, six ans plus tôt, lorsque les médecins leur avaient annoncé la vérité au sujet de la maladie de Jakey, et qu'il avait regardé sa femme bercer leur nouveau-né avec l'impression d'agoniser lui aussi.

Certes, il n'avait jamais parlé de son frère jumeau qui

aurait le même âge pour l'éternité, tandis que lui continuait à grandir. Mais c'était uniquement parce que sa mère refusait d'aborder le sujet. Peut-être en était-elle incapable. Et puis, il avait découvert que c'était son cas à lui aussi. Le souvenir de son frère avait été remplacé par une sorte d'engourdissement vide. *Mais pourquoi ?* lui murmurait une voix. Pourquoi diable ne l'avait-elle pas mis en garde contre la bombe génétique à retardement de la maladie de Carlton ? Surtout après tout ce que Jakey avait enduré ?

Il ne parvient pas à se défaire d'un sentiment de trahison.

Ses deux parents étant décédés, il n'a plus personne à interroger.

Avec Fitzroy, il a passé en revue tous les autres journaux conservés dans le grenier, datant pour la plupart du même mois. Un des articles était illustré d'une photo qu'il n'avait jamais vue. Lui et Carlton bébés, bras potelés et chapeaux de soleil assortis, les yeux plissés face à l'objectif, exhibant leurs sourires sans dents. Une autre image en noir et blanc montrait une Shirley beaucoup plus jeune, en tailleur, pénétrant au Royal Southern Hospital au milieu des journalistes et des photographes.

Sa mère lui avait caché des choses.

Cette découverte lui fait mal.

Erdman doit s'arrêter de lire, les larmes brouillent sa vue. Comment a-t-il pu oublier tout ça ? A-t-il enfoui ces souvenirs dans un recoin de sa mémoire ? Ou peut-être n'a-t-il jamais su. Après tout, il n'avait que trois ans, et il n'y avait aucune photo de Carlton à la maison, rien qui rappelle sa brève existence.

Sa mère avait-elle agi de la sorte pour lui faire du mal ? ou pour le protéger ?

Oh, maman. Avait-il jamais pris la peine de se demander pour quelle raison sa mère avait bâti, brique après brique, implacablement, un mur autour d'elle ? En repensant au mépris qu'elle leur inspirait, à Lilith et à lui, à la manière brutale dont ils s'étaient écartés de sa vie, il sent ses joues s'enflammer sous l'effet de la culpabilité et de la honte.

Des ombres entourent le bureau, mornes et silencieuses. La pluie gifle la fenêtre, comme des poignées de gravier. Erdman regarde fixement l'écran jusqu'à ce que les lettres lui sautent au visage.

Cet inconnu qui le suit est-il lié à l'enlèvement de Jakey ? Non, c'est ridicule, il devient parano. N'empêche, il devrait peut-être en parler à Fitzroy.

Lilith dort à l'étage, sous sédatifs. Elle s'était réveillée dans la voiture de Fitzroy, groggy et désorientée, alors que l'inspectrice les ramenait finalement chez eux, loin de la découverte de la maladie de son frère. Lilith avait recommencé à pleurer et ne s'était arrêtée qu'à l'arrivée du médecin de garde.

Comme il serait facile de ne pas se réveiller, pense-t-il.

Mais tant qu'il reste la moindre étincelle d'espoir que Jakey soit toujours en vie, il fera tout son possible pour le retrouver.

Soudain, le téléphone lance son strident appel à l'action. Il se lève pour aller répondre.

54

10 h 16

Quand Jakey ouvre les yeux, il est dans une pièce qu'il ne reconnaît pas.

En inspirant, il sent qu'une sangle lui comprime la poitrine. Un courant froid l'enveloppe. Il avale une autre bouffée d'air et, à ce moment-là, la douleur et la panique se déchaînent à l'intérieur de sa cage thoracique.

« Maman ? »

Il a la gorge à vif, enflée, comme si on y avait fait entrer, ou sortir, ou les deux, quelque chose de trop gros. Il aperçoit une chaise dans un coin, un seau. Une grille d'aération métallique est vissée dans le mur. Il fait noir, à l'exception des traits de lumière, fins comme des lames de rasoir, qui filtrent entre les lamelles des stores.

Ol' Bloody Bones est là.

Un filet humide coule entre ses jambes.

Il se redresse. La douleur renaît dans sa poitrine. Chaque respiration est une souffrance. Il est fiévreux. Il a chaud et froid. Il se demande, l'espace d'une seconde, s'il s'agit d'un rêve.

Son corps se met à trembler et, bien que son drap soit trempé, il le remonte sur lui, en essayant d'ignorer ce contact désagréable sur sa peau.

Il ferme les yeux.

Il écoute.

Le silence règne dans la maison, l'obscurité lui murmure à l'oreille. Jakey n'a que six ans, mais il sait que la mort habite ici. Et qu'elle va venir le chercher.

Soudain, sortant de la bouche d'aération dans le coin, il entend la voix d'une petite fille qui chante.

55

10h45

C'est Fitzroy.

« Monsieur Frith…

— Du nouveau ? »

Au bout du fil, l'inspectrice semble hésitante.

« Un témoin a vu une camionnette grise quitter l'hôpital la nuit dernière, semblable à celle aperçue l'après-midi où Clara Foyle a été enlevée. »

Erdman serre le téléphone dans sa main. Lilith et lui comptaient sur l'absence de squelette de lapin, ils espéraient que Fitzroy ait mal interprété l'avertissement retrouvé dans sa voiture.

« Vous en êtes sûrs ?

— On ne sait pas s'il s'agit du même individu, mais il y a de fortes probabilités. On analyse les images des caméras de surveillance des environs, mais ça va prendre du temps. Si on a du nouveau, je vous préviendrai. »

Après une courte interruption, elle lui pose les mêmes questions qu'à Amy Foyle.

« Y avait-il quelque chose qui tracassait Jakey ? Une chose bizarre, inhabituelle, dont il vous aurait parlé ? »

Silence coupable.

« Il faudrait plutôt demander ça à Lilith, mais a priori, non. Je ne vois pas. Il avait peur de mourir, à cause d'une remarque qu'on lui avait faite à l'école, mais c'est tout.

— Êtes-vous sûr de ne pas avoir vu une camionnette grise au moment de votre agression ? »

Erdman se projette jusqu'à ce soir-là, qui semble appartenir à une autre vie désormais.

« Je ne... »

Le visage de l'inconnu fait irruption dans sa mémoire.

« Qu'y a-t-il, monsieur Frith ?

— J'ai l'impression que quelqu'un me suit. » Silence. « Dites-m'en plus. »

Il lui parle de l'homme qu'il a aperçu à plusieurs reprises avant son agression et l'enlèvement de Jakey.

« Vous ne pensez pas que vous auriez dû nous en parler plus tôt ? »

Le ton de Fitzroy est glacial.

« Ça ne me paraissait pas important.

— Pouvez-vous me le décrire ?

— Grand, avec des cheveux gris. »

Elle pense immédiatement à Miles Foyle. Un homme grand, aux cheveux gris.

« Avez-vous vu le père de Clara Foyle dans les journaux ou à la télé ?

— Oui. »

Elle n'y va pas par quatre chemins.

« C'est lui ?

— Non. » Erdman semble choqué par cette question. « Absolument pas.

— On va établir un portrait-robot.

— OK.

— Et nous aimerions organiser cette conférence de presse dont nous avons parlé hier soir. Cet après-midi de préférence, avec vous et votre femme. »

Les ondulations d'une sirène annonçant une autre tragédie, quelque part en ville, traversent le bourdonnement à l'intérieur du crâne d'Erdman.

Jakey a été enlevé par un individu qui coupe le bout des doigts des petites filles.

Quand Fitzroy reprend la parole, une certaine tension perce dans sa voix.

« Monsieur Frith ? Êtes-vous d'accord ? »

S'il fait du mal à mon petit garçon, je le tuerai.

« Monsieur Frith ? Vous m'entendez ? En plus d'aider Jakey, cela pourrait nous mener jusqu'à Clara. Jusqu'à Grace. »

Il a besoin de prendre ses médicaments et d'être suivi à l'hôpital.

« Monsieur Frith ?

— Oui ?

— La conférence de presse ?

— Oui, oui, bien sûr. On fera tout ce que vous nous demandez.

— Bien. Je passerai vous chercher tous les deux après le déjeuner. »

À l'étage, Lilith émerge de son sommeil artificiel. Elle regarde une minuscule lumière blanche qui danse dans un coin du plafond.

Jakey ?

Elle se redresse au prix d'un gros effort, tend la main et s'aperçoit que c'est uniquement le reflet de sa montre quand elle bouge le poignet.

Qu'a-t-il fait à son bébé ? Elle fourre son poing dans sa bouche et en mord les jointures, à s'en déchirer la peau. *Arrête ça. Arrête de penser à lui au passé.*

Un éclair de douleur dans sa poitrine manque de la terrasser. Elle s'oblige à inspirer. Encore. L'absence de Jakey est devenue une brûlure acide dans sa gorge. Ses articulations sont douloureuses, ses doigts, ses genoux.

Belinda Chong, la femme agent de police qu'on leur a assignée, l'a mise en garde à ce sujet. La souffrance émotionnelle peut se transformer en souffrance physique.

Elle ignore cette douleur, elle s'en sert au contraire pour se lever.

Il aurait forcément laissé un squelette de lapin. Un indice quelconque. Si c'était Lui.

L'espoir s'embrase en elle, éclatant et avide, mais elle s'empresse de l'étouffer. L'espoir vous rend vulnérable.

À cet instant, et ce n'est pas la première fois, elle aimerait que sa mère adoptive soit là, elle aimerait avoir des parents sur lesquels s'appuyer. Mais Valerie Thrupp a déjà fort à faire avec trois jeunes sœurs que leur mère a abandonnées pour passer quinze jours de vacances à Ténérife. Elle ferme les yeux. Sa mère biologique est morte, elle le sait. Même si elle ne connaît pas son nom.

En bas, dans l'entrée, elle entend les pas lents, hésitants, de son mari.

Erdman l'a toujours laissée s'appuyer sur lui. Aujourd'hui, il a à peine la force de tenir debout.

À plusieurs reprises au cours de l'année écoulée, elle a envisagé la vie sans lui, elle s'est imaginée faisant une valise pour Jakey et elle. Elle a même contacté un avocat, pour se renseigner sur la procédure.

Mais elle s'aperçoit désormais que la naissance de

Jakey l'a abattue. Le choc, le chagrin. Six ans plus tard, elle essaye encore de se relever. Et Erdman n'y est pour rien. Ça n'a jamais été sa faute.

Maintenant que Jakey a disparu, la blessure qui est en elle ne se refermera jamais.

Au cours de ces jours affreux qui avaient suivi sa naissance, alors qu'elle évoluait dans un brouillard étrange, perdue entre l'amour pour son bébé et le deuil de la vie qu'elle avait prévue pour lui, la cicatrice de sa césarienne s'était infectée. Il avait fallu des semaines et des semaines pour qu'elle guérisse. La cicatrice laissée par son fils durerait des années, toute la vie même.

Jakey, mon chéri.

Elle frissonne en repensant à la dernière soirée qu'ils ont passée ensemble à la maison, avant que son état se dégrade et que débute une autre forme d'enfer.

Elle l'avait trouvé agenouillé sur la banquette devant la fenêtre, face à l'étendue bleue et noire du jardin, en train de contempler le sinistre crachin.

Dans la lumière des éclairages extérieurs, l'herbe luisait, chaque brin d'herbe ressemblait à une œuvre d'art fraîchement peinte. Le dallage de pierres plates miroitait.

Il avait le visage collé à la vitre et, parfois, il se penchait légèrement en arrière pour dessiner des petit personnages dans la buée. Sa respiration était précipitée, difficile.

Deux adolescents étaient passés en courant, leurs pas claquaient sur le trottoir ; ils lançaient des éclats de rire stridents sous la pluie. Elle les avait suivis du regard jusqu'à ce qu'ils disparaissent.

« C'est l'heure de faire dodo, mon chéri », avait-elle dit, et elle l'avait porté dans l'escalier sans qu'il proteste.

Après lui avoir donné son bain et l'avoir aidé à se

brosser les dents, elle l'avait bordé dans son lit, prête à lui raconter une histoire.

« Dis, maman, la petite fille… elle a besoin d'aide. Tu vas l'aider ? avait-il demandé.

— Quelle petite fille, mon chéri ?

— Elle a peur, elle… »

La fatigue engluait sa voix. Lilith avait caressé son sourcil avec le pouce, en sentant son cœur s'emballer.

« Quelle petite fille, Jakey ?

— Celle de la télé.

— Tu veux parler de *Clara Foyle* ?

— Oui. » Le garçon avait laissé échapper un petit rire étonné. « C'est son nom ? Comment tu le connais, maman ? »

56

10 h 54

Fitzroy garde les yeux fixés sur le téléphone. Elle a mal joué son coup, elle a laissé voir son impatience. Derrière elle, le Boss fait les cent pas. Ses yeux sont enfoncés dans leurs orbites, mais le feu couve dans sa voix.

« Allez, bon sang ! Il faut mettre la main sur ce salopard. J'exige une arrestation avant demain. »

Nous aussi, Boss. Mais on ne peut pas arrêter le vide.

Les Frith sont bouleversés, et Fitzroy ne peut pas leur en vouloir. Elle imprime l'article qu'Erdman a déniché sur son ordinateur et le relit. Elle se demande si l'inspecteur Felix Tapp, mentionné dans ce papier, est toujours en vie. Elle décide de chercher son adresse.

Toujours pas de nouvelles de Conchita Rodriguez. Fitzroy a tenté de la joindre à deux reprises ce matin, mais sa ligne fixe ne répond pas, et elle sait que la mère de Grace n'utilise plus de portable depuis qu'elle a été victime de canulars après la disparition de sa fille. Sur son bureau, le téléphone sonne.

Elle saute dessus.

« Madame Rodriguez ?

— Fitzroy ? »

C'est l'agent Jared Fox, à l'accueil.

« Oh, salut, *Foxy*. Tout va bien ?

— Y a un type qui demande à te voir en bas. Ne t'excite pas. Il dit que tu le connais. Un certain Dashiell Hall, du Muséum d'histoire naturelle. »

Le Pr Hall est appuyé contre une affiche pour les *Crime-stoppers**. Il a plaqué ses cheveux bruns en arrière avec du gel et troqué ses lunettes contre des lentilles. Il lui lance un demi-sourire.

« J'ai préféré venir vous voir, plutôt que de vous envoyer un mail. C'est trop impersonnel, vous ne trouvez pas ? »

Fitzroy porte la main à ses cheveux d'un geste furtif, et lui rend son sourire.

« Il y a un café juste en face. »

Bakes & Beans était une de ces petites enseignes indépendantes qui proposaient de bons gros gâteaux faits maison et un excellent café de Colombie. L'odeur suffit à mettre Fitzroy en joie.

Une serveuse apporte un café noir pour le Pr Hall et un cappuccino pour elle. Fitzroy attend qu'elle dépose les tasses et reparte avant de demander :

« Eh bien, qu'avez-vous à me dire ? »

Le Pr Hall sort une chemise de sa mallette.

« Un tas de choses, en fait. Ce spécimen est fascinant. Il s'agit d'un lapin mâle adulte, très certainement domestique.

---

* Mouvement de citoyens qui transmet des informations à la police sur des activités criminelles.

— Comment pouvez-vous l'affirmer ? »

Il lui montre les photos du squelette apporté par Fitzroy, et une autre qu'il a apportée à titre de comparaison. Ses yeux brillent.

« Regardez. Votre lapin a une tête plus ronde, un crâne plus court. C'est l'effet de l'élevage sélectif. Cela revient à comparer un loup et un bouledogue. Les lapins d'élevage sont sélectionnés pour produire plus de viande et, naturellement, les proportions se modifient. On l'a pesé, pour avoir confirmation. Les os de votre lapin domestique sont beaucoup plus gros et plus lourds que ceux de ce lapin sauvage. »

Il referme les mains autour de sa tasse. Il a de très longs doigts.

« Vous pouvez déterminer la race à partir de ça ?

— Difficile. Ce n'est pas fiable à 100 %. Toutefois, compte tenu de la largeur de la cage thoracique et du cou ramassé, j'opterais pour un blanc de Hotot. »

Il fait défiler les photos contenues dans sa chemise et en sort une autre. Elle représente un lapin blanc aux yeux cernés de noir.

« Élevé pour sa magnifique fourrure blanche et sa viande. Originaire de Normandie, en France. »

Fitzroy se renverse contre le dossier de sa chaise et se laisse submerger par le bruit du café. Cela signifie-t-il qu'ils ont affaire à un éleveur de lapins ? Combien en existe-t-il dans le sud-est de l'Angleterre ? S'ils doivent tous les localiser, ils vont avoir du pain sur la planche.

« Mais ce n'est pas tout. » Le plaisir de la découverte enflamme le visage du Pr Hall. « N'importe quel criminaliste vous dira que chaque chose laisse une trace. Et votre squelette ne fait pas exception à la règle. »

Fitzroy commence à avoir la chair de poule.

« L'état de votre spécimen m'a surpris, je l'avoue. Son squelette était intact, tout comme les tissus connectifs. En revanche, plus une seule trace de chair sur les os. »

Fitzroy n'en perd pas une miette ; il croise son regard et ajoute :

« C'est pour le moins inhabituel. » Il boit une gorgée de café. « Alors, j'ai creusé un peu plus profondément.

— Continuez.

— En l'examinant au microscope, j'ai constaté que plusieurs os présentaient de minuscules entailles, ce qui suggère que la fourrure, les organes et une partie de la chair ont été ôtés à l'aide d'un couteau. »

Fitzroy s'est redressée sur sa chaise, sans se soucier des regards intrigués du couple assis à la table voisine.

« Mais le reste de la chair ? demande le Pr Hall. Aucun individu, si habile soit-il à manier le couteau, ne peut en retirer jusqu'à la moindre trace. À moins que…

— À moins que quoi ?

— À moins qu'il se fasse aider par des *Dermestes maculatus.* »

En disant cela, le spécialiste du Muséum d'histoire naturelle sort de la chemise un autre jeu de photos. Un crâne d'animal sur lequel grouillent des milliers de minuscules insectes noirs.

« Il a utilisé des insectes charognards. Ils nettoient les carcasses d'animaux morts. J'ai retrouvé des traces de leur ADN dans la salive présente sur les os. »

Le cerveau de Fitzroy fonctionne à toute allure. D'où viennent ces insectes ? Leur homme a-t-il pu se les procurer facilement ?

Le Pr Hall la devance : « Certains scientifiques utilisent

des produits chimiques pour ôter la chair des squelettes, mais cela risque de ronger les os et de modifier leur structure. Nous, au musée, nous utilisons un moyen très similaire afin de nettoyer nos spécimens. *Dermestes haemorrhoidalis.* Autrefois, on utilisait des *maculatus.* D'ailleurs, la plupart des gens continuent à y avoir recours. Nous entretenons notre propre colonie, mais certains éleveurs vous vendront des centaines de milliers d'insectes adultes pour commencer la vôtre. »

Il pose sa tasse vide et arrache un morceau de son muffin au chocolat.

« Trouvez cet éleveur, Etta, et vous trouverez votre ordure de détraqué. »

57

13 h 03

Nul ne l'a prévenue que c'était aussi difficile de réduire son fils adoré à une seule photo. Doit-elle donner de lui l'image d'un garçon insouciant et rieur, perché sur l'épaule de son père ; ou malade et fragile, dans un lit d'hôpital ? Le public sera plus enclin à rechercher un pauvre enfant souffrant, décide Lilith.

Erdman pose un sandwich sur la table et prend une photo dans le tas. D'un doigt, il caresse le sourire figé de son fils sur papier glacé. Lilith lui prend la main. Elle n'a pas faim, mais elle apprécie le geste.

« Comment tu te sens ? » demande Erdman.

Elle hausse les épaules. Il n'y a rien à dire.

« Ils vont le retrouver, affirme-t-il. Il faut y croire. »

Mais il n'ose pas croiser le regard de sa femme.

L'agent de police Jemma Maslan, spécialiste des systèmes de reconnaissance faciale, venait de passer deux heures avec Erdman, à construire l'image du suspect potentiel. Elle lui avait montré des centaines de nez, de mentons, d'yeux et de coupes de cheveux. Erdman maudissait sa mémoire défaillante. Les traits de l'homme demeuraient aussi insaisissables que des volutes de fumée.

« Ce sont des choses qui arrivent, hélas, lui avait-elle dit. Vous croyez vous souvenir d'un visage, mais, lorsque vous devez le représenter, c'est beaucoup plus difficile. Vous êtes dérouté, vous commencez à douter de vous-même. »

Pendant qu'ils travaillaient, deux policiers avaient fouillé la chambre de Jakey. Lilith avait dû se retenir pour ne pas les flanquer dehors.

À présent, la maison est vide. Ne reste que Belinda, leur nouvelle aide à domicile, occupée à laver les tasses et les cuillères.

« Ils vont revenir, dit-elle à Lilith. Dès qu'ils auront du nouveau à nous annoncer. »

Lilith tique en l'entendant dire « nous » comme si Belinda connaissait Jakey et se souciait de son sort, alors qu'elle est simplement payée pour rester chez eux, dans l'eau de vaisselle jusqu'aux coudes.

Elle redoute ce moment. La conférence de presse. Ces mots l'écrasent. La matinée avait ressemblé à un tourbillon. Après avoir fait d'innombrables tasses de café, elle s'était échappée sous prétexte d'aller acheter du lait lorsque l'atmosphère de la maison était devenue irrespirable. Une des mères de l'école de Jakey, Alyson Carruthers, qui passait par là en voiture, avait proposé de la ramener. Elle avait aidé Lilith à remonter l'allée en la tenant par le bras, comme une vieille femme. Lilith avait envie de lui hurler de s'en aller, mais, même face à la tragédie, l'instinct de survie l'en avait empêchée.

Puis elle avait pleuré en regardant les photos de Jakey,

et maintenant – elle regarde sa montre – l'inspectrice Etta Fitzroy va bientôt venir les chercher.

Lilith déteste monopoliser l'attention, surtout au moment où elle se sent le plus vulnérable, mais Fitzroy a convaincu Erdman de l'importance de cette conférence de presse. Cela peut les aider à retrouver Clara Foyle. Et Grace Rodriguez également.

Par pitié, laissez-le vivre.

Elle n'est pas idiote. Elle sait pertinemment que la police utilise les conférences de presse pour mettre les suspects sous pression, pour guetter un faux pas ou des larmes de crocodile. Fitzroy leur a assuré que ce n'était pas le cas ici, alors, hébétée, Lilith a accepté.

On sonne à la porte. Fitzroy se tient sur le perron, des cernes violacés sous les yeux.

« Désolée pour le retard, madame Frith. La matinée a été… très chargée. »

C'est ainsi que Lilith et Erdman se retrouvent en ce samedi midi au Novotel, un bâtiment de verre et de brique situé sur Greenwich High Road. Voilà plus de quinze heures que Jakey a disparu, huit jours que Clara a été enlevée, un an et quatre jours que Grace est partie à son cours de danse pour ne jamais rentrer chez elle.

Une petite table a été installée dans une salle au fond du hall. Trois chaises, une carafe d'eau, des verres et un micro. La photo choisie par Lilith est projetée sur l'écran derrière eux.

Le bourdonnement des conversations cède la place à un silence respectueux lorsque Lilith et Erdman s'assoient, accompagnés de Fitzroy. Lilith sent son estomac se soulever en découvrant tous ces regards avides. Elle s'arrête sur une femme brune au visage rond qui porte des lunettes à épaisse monture noire et tient son stylo mâchonné au-dessus de son bloc-notes. Un jeune homme équipé d'un micro et d'un magnétophone est accroupi près de la table, des caméras disposées en retrait sont braquées sur elle. Plusieurs dictaphones sont posés au bord de la table. Erdman se mordille la lèvre et lance des regards inquiets à travers la salle, remplie d'un si grand nombre de journalistes qu'il a fallu déplacer la conférence de presse initialement prévue au poste de police.

Je ne peux pas, se dit Lilith, qui sent ses jambes flageoler. Elle a envie de pleurer. Elle ne veut pas se retrouver dans cet hôtel sans âme, exposée à la curiosité du public. Mais Fitzroy l'encourage d'un signe de tête, puis elle les présente brièvement et, avant de comprendre ce qui lui arrive, Lilith se met à lire, d'une voix hachée, une déclaration rédigée au préalable. Au milieu de sa lecture, elle lève les yeux et, voyant deux journalistes parler tout bas, elle se déconcentre, bafouille en prononçant le nom de son fils, et finit par froisser la feuille de papier qu'elle tient à la main pour la laisser tomber sur la table, comme coulent ses larmes. Erdman lui prend la main et la serre tendrement dans la sienne, leurs doigts s'entrelacent. Il déglutit. Un silence, brisé par les crépitements des flashs. Puis il s'exprime à son tour, face aux caméras, imitant inconsciemment Miles Foyle.

« Je vous en supplie, je vous en supplie, aidez-nous à retrouver Jakey. Et ramenez-nous notre fils. »

Fitzroy se lève et s'adresse à l'assemblée.

« Ce sera tout, mesdames et messieurs. Nous ne répondrons à aucune question aujourd'hui, mais merci à tous d'être venus. »

Pendant que les journalistes et les équipes de télé rangent leur matériel, envoient des mails ou appellent leurs rédactions, Fitzroy murmure aux époux Frith : « Bravo. Vous avez été très bien. Ça devrait passer aux infos de début de soirée. Et on verra sur quoi ça débouche. »

Notre fils. Je veux qu'on retrouve notre fils.

Alors que Fitzroy raccompagne Erdman et Lilith à sa voiture, ils entendent un bruit de pas sur le trottoir derrière eux.

C'est la femme brune présente à la conférence de presse, journaliste au *Daily Mirror*, spécialiste des affaires criminelles. Elle hèle Fitzroy en l'appelant par son nom.

« Vous avez une minute à m'accorder ?

— Non », répond l'inspectrice, sans même se retourner.

La journaliste prend un air étonné et agite son dictaphone dans le dos de Fitzroy. Malgré les rafales de vent, Lilith ne peut s'empêcher de remarquer que la jeune femme sent le tabac froid.

« Dommage. Je voulais vous donner un tuyau. »

Fitzroy inspire profondément.

« Excusez-moi un instant », dit-elle aux époux Frith.

Elle entraîne la journaliste à l'écart. Malgré cela, et bien qu'elles parlent à voix basse, Lilith entend presque tout leur échange.

« On est au courant pour le rein de lapin, dit la journaliste. On va balancer l'info demain. »

Fitzroy serre les poings, puis les desserre lentement en pivotant pour faire face à la journaliste. Lilith craint qu'elle lui colle son poing dans la figure, mais l'inspectrice garde un ton calme. Trop calme.

« Ne faites pas ça. S'il vous plaît. On n'est pas encore

prêts à divulguer cette information. Pour des raisons opérationnelles.

— Allons, Fitzroy, c'est énorme ! Un serial killer potentiel qui dépose des squelettes de lapins à la place de ses victimes. Et un rein de lapin dans votre voiture en guise d'avertissement. Mon rédac chef est comme un fou. Il a décidé d'en faire la une. Alors, si vous voulez que j'étouffe l'affaire, il va falloir me donner du croustillant en échange.

— Un peu de compassion, Sarah. On parle d'enfants disparus, pas d'un bon moyen de booster les ventes de votre journal. Et n'essayez pas de me faire chanter. Vous savez aussi bien que moi qu'il suffit d'un coup de téléphone à votre patron.

— N'en soyez pas si sûre. Il vous en veut encore d'avoir refilé au *Sun* l'histoire des doigts coupés de la Fille des Bois, l'année dernière. »

Un muscle tressaille sur la joue de Fitzroy. Elle glisse les mains dans ses poches.

« On n'a rien refilé à personne. C'est la belle-sœur de Mme Rodriguez, je crois, qui a fourni cette pépite à la presse. »

Sarah rit, sans joie.

« Peu importe. Ils ont eu un scoop et pas nous. Aujourd'hui, c'est à notre tour. Je sais ce que vous pensez. La police veut être en mesure de faire le tri entre les appels sérieux et les canulars. Mais vous ne pourrez jamais étouffer cette histoire. Elle va forcément fuiter, et vous le savez. »

Lilith se sent étrangement détachée de cet échange, comme si elle écoutait une pièce à la radio sans voir les visages des comédiens. Erdman, lui, dévisage la journaliste et le dégoût durcit ses traits. Fitzroy secoue la tête, l'incrédulité fait danser les boucles sur son front.

« Je pense que nous ne devrions pas avoir cette conversation en présence de M. et Mme Frith. Mais je vais vous dire une chose : si vous voulez à tout prix publier cet article, on sera obligés de répliquer, j'en ai peur. Ça signifie donner l'information à tous les médias…

— Vous n'oseriez pas faire ça ! C'est *notre* scoop. »

Outrée, Sarah rougit jusqu'à la racine des cheveux.

« Attendez encore deux jours avant de publier l'info, et ensuite, elle sera à vous, rien qu'à vous.

— Et si quelqu'un met la main dessus avant ?

— Impossible. Rappelez-moi dans deux jours. »

La journaliste repart à grands pas et Fitzroy adresse un sourire en coin aux époux Frith.

« Elle ne s'en servira pas, déclare-t-elle.

— Qu'en savez-vous ? demande Erdman.

— Faites-moi confiance. Elle voudra protéger son scoop. Comme tous les journalistes. »

58

14 h 14

Le seau est plein maintenant, et ça commence à sentir mauvais. Clara plisse le nez. L'Homme de la Nuit n'est pas venu depuis longtemps. Elle a faim et, même s'il lui fait peur, il apporte toujours quelque chose à manger.

Elle se vautre sur les draps froissés. Une odeur désagréable s'en échappe. Sa langue est toute sèche dans sa bouche, elle a mal au dos. Elle prend son oreiller bosselé.

« Ne t'inquiète pas, Rosie, susurre-t-elle. Maman est là. » Elle chantonne en inventant des paroles, en assemblant des morceaux de mélodies qu'elle a entendues chez elle ou à l'école, même si ces souvenirs, vieux d'une semaine maintenant, lui semblent flous et lointains.

Généralement, il vient quand la lumière du matin se déverse sur le sol et les murs nus à travers les barreaux, mais il fait plus sombre déjà, un voile de pénombre enveloppe la pièce.

Elle somnole par intermittence. Comme cet après-midi où un bruit étouffé l'avait arrachée à son demi-sommeil. Elle s'était redressée dans le lit, Rosie l'Oreiller serrée contre elle, en tendant l'oreille. Devait-elle crier ou au contraire ne faire aucun bruit ? C'était peut-être sa mère, ou la police, qui venait la sauver.

Les yeux fixés sur la porte, elle l'encourageait à s'ouvrir.

Encore un bruit sourd. Accompagné d'une toux grave et d'un bruit de pas légers, rien à voir avec ceux de l'Homme de la Nuit. Elle avait envie d'appeler, pour les obliger à revenir. Elle avait attendu. Une porte s'était fermée quelque part.

Il y avait quelqu'un.

Cette délicieuse pensée s'était insinuée dans son esprit. Jamais, jusqu'à présent, elle n'avait entendu une autre personne que *lui* dans cette maison étrange.

Elle avait collé son oreille contre la porte, jusqu'à ce qu'elle devienne toute rouge, pour essayer d'entendre quelque chose, n'importe quoi.

Mais il n'y avait que le silence.

« Qu'est-ce que tu en penses, Rosie l'Oreiller ?

— Je ne sais pas, Clara. Ça ne ressemble pas à l'Homme de la Nuit. »

Clara s'exprimait d'une voix haut perchée en agitant Rosie l'oreiller à bout de bras.

« C'est peut-être quelqu'un qui peut nous aider. C'est peut-être maman. »

Cette éventualité avait provoqué en elle une telle joie inattendue que Clara avait sautillé sur place et s'était tordu la cheville. Tant pis. Elle était prête à supporter n'importe quelle douleur, du moment qu'elle dormait dans son lit ce soir, avec M. Snuggles et le Chat Déguenillé.

« Je ne crois pas que ce soit maman, avait dit Rosie l'oreiller.

— Tais-toi ! »

Ses intonations enfantines avaient viré à l'aigre sous l'effet de la déception et elle avait jeté l'oreiller par terre.

L'ampoule de la lampe dans le coin ne cesse de clignoter, projetant des ombres inachevées sur les murs. Il ne fait pas encore assez nuit pour se coucher, mais trop sombre pour que ce soit le jour.

Malgré ses forces limitées, elle traîne une chaise, seul meuble à part le lit, jusqu'à la porte. En essayant d'escalader cette montagne branlante pour regarder par le trou de la serrure, elle fait basculer la chaise et tombe lourdement.

Le souffle coupé, elle reste immobile. Quand les points noirs arrêtent de danser devant ses yeux, elle ressent le besoin de se faire aussi petite que possible, de disparaître, et elle se faufile dans l'espace étroit sous le lit. Peut-être qu'il ne la verra pas.

Vingt minutes plus tard, elle rampe sur le sol pour récupérer Rosie, avant de retourner dans sa cachette.

Quand l'Homme de la Nuit vient changer le seau, elle dort, et il est beaucoup trop pressé pour la remettre dans le lit. Il redresse la chaise et dépose dessus le verre de lait contenant les somnifères. Puis il sort de sa poche un petit chien, tricoté par sa femme des dizaines d'années plus tôt, avec lequel personne n'avait jamais joué, et il le laisse par terre à côté de Clara.

59

18 h 12

Les rues sont étonnamment vides pour un samedi soir. La pluie chasse les gens. Madame la Chance est de son côté. Il espère qu'elle va lui rester fidèle.

La voiture de l'inspectrice est partie depuis longtemps, laissant un grand espace vide dans son sillage. Il a regardé les hommes la charger sur un camion, un sac de courses à la main, le cœur en joie.

Ils ne trouveront rien. Il a fait très attention. Comme toujours.

Une lumière éclaire une des fenêtres, mais le Collectionneur sait qu'elle n'est pas chez elle. Elle le cherche. Et elle ne le trouvera pas.

L'inspectrice l'intrigue, elle envahit ses pensées. Il nage dans les eaux tièdes de son désespoir. Cela ajoute une dimension nouvelle à son travail et il s'aperçoit qu'il brûle d'envie de lui faire savoir que les heures du garçon sont comptées : bientôt, il va commencer à le préparer à recevoir les derniers honneurs.

Tic-tac, inspectrice. Tic-tac.

Il pense à la fillette, tapie dans l'obscurité du coin de la chambre, et essaye d'imaginer à quoi aurait pu ressembler son propre enfant, mais le visage demeure vide, lisse.

Il pense alors au garçon, allongé sur le matelas. Il est malade. Peu importe s'il meurt. Une tâche en moins.

Il se demande combien de temps il peut les cacher dans cette ville de huit millions d'âmes, et s'il ne devrait pas les transporter dans un endroit silencieux et sûr.

La mort n'est pas la fin. Grâce à sa collection, ils vivront éternellement. Mais il refuse de se précipiter : il veut savourer pendant des heures et des heures la mise à nu de ces os les plus rares.

Les essuie-glaces sont trop lents pour repousser la pluie battante. Il est presque arrivé.

Il fera chauffer de la soupe pour le dîner de sa femme, en y ajoutant peut-être un peu de crème. Ses bras sont décharnés. Si elle ne mange pas, elle aussi va devenir un squelette, enveloppé d'une très fine couverture de peau.

Il remonte la rue en toute hâte. Elle n'allait pas bien quand il l'a quittée, pas bien du tout. Il s'inquiète. Il espère qu'elle a réussi à boire. Il a envie de rentrer chez lui, de la voir. Il doit changer ses draps, lui faire prendre un bain, lui mettre une nouvelle chemise de nuit.

Lorsqu'il tourne au coin de la rue, son estomac se noue. La lumière électrique illumine toutes les fenêtres.

60

19h01

Jakey se décolle lentement du matelas. Son bas de pyjama est trempé et froid, chaque inspiration est une lame de couteau qui s'enfonce dans ses côtes.

Des ombres sondent les coins de la pièce. Cela fait presque vingt-quatre heures qu'on l'a enlevé. Il rampe jusqu'au mur percé d'une bouche d'aération en métal brillant. Il approche sa bouche de l'ouverture entre les lamelles métalliques.

«*Hello,* dit-il d'une voix enrouée. *Hello ?*»

Rien.

La fatigue appuie sur lui de tout son poids et dépose une pellicule de sueur sur son front. Il recule sur les fesses, jusqu'à ce que son dos repose contre le mur.

Il a dû rêver.

Il ferme les yeux. Deux larmes chaudes coulent dans sa bouche et il les avale ; cette violation de sa gorge enflée le fait grimacer.

Maman, j'ai besoin de toi.

Viens me sauver, papa.

Mais il n'existe aucun espoir de fuite. Ol' Bloody

Bones a tout prévu. Jakey se rendort pendant quelques minutes.

Sa respiration est laborieuse. À l'hôpital, les antibiotiques injectés en intraveineuse avaient juste commencé à produire leur effet, mais ils ne pourraient pas achever leur travail. Si Ol' Bloody Bones ne le tuait pas, la pneumonie s'en chargerait.

Il allait mourir ici.

Son jeune esprit dérive. Il croit entendre son père lui chanter une chanson, il a l'impression de tomber dans un terrier.

« Hello, dit le mur. Comment tu t'appelles ? »

61

19h03

Si un propriétaire de chien finit par ressembler à son animal, on peut logiquement penser qu'il en va de même avec une maison.

Le numéro 46 présente une sorte de renflement au milieu, phénomène dû aux flatulences plus qu'à l'affaissement, et les hautes herbes dans le jardin rappellent ses cheveux fins jaunis par la nicotine.

Retraité ou pas, si l'inspecteur Felix Tapp avait entendu une jeune effrontée comme Fitzroy le décrire de cette manière, il lui aurait balancé une claque derrière la tête.

Elle sonne à la porte. Une silhouette floue apparaît derrière le carreau en verre dépoli.

Voilà bien longtemps que Felix Tapp n'a pas reçu une visite le soir en dehors de celle de ses aides à domicile, et lorsqu'il vient ouvrir d'un pas traînant, ses pieds enflés glissés dans une paire de pantoufles usées, il flotte dans la maison cette odeur de linge sale et de transpiration qui ressemble à du moisi.

Felix porte une chemise à carreaux tachée sur le devant. Il introduit Fitzroy dans un salon encombré et lui désigne un sofa aux coussins dépareillés. Des photos, des membres de la famille ou des amis sans doute, occupent toutes les surfaces disponibles. Un vieux torchon *Australie* recouvre un tabouret sur lequel trône un panier de fleurs d'un violet et d'un rose éclatants, qui tranchent avec l'aspect terne des meubles.

La vieillesse a ramolli son corps et sa peau ridée fait penser à une feuille d'aluminium que l'on a roulée en boule avant de l'aplatir. Toutefois, si son regard est vague, il a gardé un esprit aussi acéré que sa langue.

Il prépare du thé, qu'ils boivent accompagné d'un nuage de lait qui dessine des taches à la surface.

« Vous vous souvenez, monsieur, que je vous ai expliqué au téléphone que j'avais besoin de votre aide dans une enquête ?

— Je deviens aveugle, pas sourd.

— Oui, oui, bien sûr. Pardonnez-moi, monsieur. »

Il la dévisage.

« Vous êtes la fille de Boyd Fitzroy ?

— Exact.

— Un vrai salopard dans le boulot. Mais un bon flic. C'est au sujet du petit Carlton Frith, hein ? Noël 1975 ?

— Oui, le garçon dont le corps a été volé à la chapelle de l'hôpital. »

Le vieil homme hoche la tête, une expression songeuse se répand sur ses traits.

« Cette foutue affaire a bien failli me tuer. Et elle a flingué mon mariage.

— Vous m'en voyez désolée, monsieur. C'est la plaie de ce métier.

— Bah. C'est plus pareil de nos jours, pas vrai ? La police moderne. Avec Internet, les formidables progrès des techniques médico-légales. De mon temps, il fallait battre le pavé, jusqu'à avoir les pieds en sang. »

Fitzroy acquiesce d'un air respectueux. Felix remue sur le canapé, jusqu'à ce qu'il trouve une position confortable. Quand il bouge, elle perçoit une légère odeur de pomme de terre.

« Y avait pas ces foutues caméras de surveillance partout, rien de tout ça. On a interrogé des centaines de personnes, aucune n'avait vu quoi que ce soit. Que dalle. C'était Noël. Effectifs réduits, les gens avaient la tête ailleurs. »

Il boit une gorgée de thé bruyamment, et le liquide marron s'accumule au coin de sa bouche.

« Sa famille était dévastée. Sa pauvre mère, tout ce qu'elle voulait, c'était enterrer son petit gars, avoir un endroit où elle pourrait aller lui parler. Déposer des fleurs. Une foutue tragédie. Tout, dans cette famille, était une tragédie. »

Fitzroy redresse vivement la tête.

« Pourquoi dites-vous ça, monsieur ?

— Elle avait déjà perdu un fils, non ?

— Elle avait déjà perdu un autre enfant avant Carlton ?

— J'ai jamais dit ça, si ? Et ça se prétend inspectrice ! Non, ce que je veux dire, c'est qu'elle avait déjà perdu un fils, et maintenant, elle allait en perdre un autre. »

Le visage du vieil homme s'assombrit, il contemple la cheminée à gaz éteinte, le regard lointain. « Souvent je me demande ce qu'il est devenu. J'ai essayé de rester en contact avec la famille, mais la mère a pas voulu, pas après la mort de son mari, et dès qu'il est devenu évident qu'on retrouverait jamais le petit gars. »

Il se tait, pendant que Fitzroy tente d'organiser le chaos de ses pensées.

« Pardonnez-moi, monsieur, mais je ne vous suis plus. Pourquoi allait-elle perdre un autre enfant ?

— Carlton, il souffrait d'une maladie des os. » Ses mains parcheminées s'agitent sur ses genoux. « Ah, bon sang, comment ça s'appelle, déjà ?

— Fibrodysplasie ossifiante progressive », dit Fitzroy en détachant bien les syllabes.

Felix la regarde, surpris.

« Oui, voilà. Un vrai cauchemar. Eh bien, son jumeau, Erdman, il avait la même chose. »

Fitzroy pince les lèvres et secoue la tête.

« Non, non, ça me paraît impossible. Erdman Frith n'a jamais présenté les symptômes de cette maladie.

— Franchement, je suis soufflé. J'aurais jamais cru qu'il vivrait aussi longtemps. » L'inspecteur retraité fronce les sourcils. « Mais je sais que j'ai raison. Je m'en souviens très bien car j'avais interrogé la mère à l'époque. »

Il s'interrompt pour porter sa tasse à ses lèvres, d'une main tremblante. « La pauvre femme. Non seulement elle devait affronter la mort de son fils de trois ans, mais en plus, on vient lui annoncer que son corps a disparu. Elle était dans tous ses états. Là-dessus, voilà qu'Erdman vomit partout dans le bureau du grand manitou. Il a fallu faire venir quelqu'un pour nettoyer. Pour couronner le tout, le médecin de Carlton choisit ce moment-là, en plein chaos, pour annoncer à la mère qu'Erdman va certainement développer la même maladie que son frère jumeau. Et sans doute aussi les générations suivantes. » Il se gratte la tête. « Mais vous dites que c'est pas le cas ? »

Le tic-tac de la pendule rompt grossièrement le silence. Erdman Frith n'avait pas la maladie de l'homme de pierre. Elle le savait, aussi sûrement que la nuit succède au jour. En revanche, son fils Jakey en était atteint. Et puis, il y avait Clara, et ses pauvres mains déformées.

À travers le bourdonnement et le cliquetis des rouages de son cerveau, Fitzroy entend le *ting* familier de ses synapses.

Se peut-il que l'homme qui a enlevé Jakey et Clara soit celui qui a subtilisé le corps de Carlton presque quarante ans plus tôt ? A-t-il surveillé la famille Frith pendant tout ce temps, à attendre, en vain, qu'Erdman développe la maladie, avant de s'intéresser à son fils ? Ou bien est-il tombé sur lui par hasard, plus récemment ?

Mais si le lien entre Carlton, Jakey et Clara, ce sont les malformations osseuses, que vient faire la Fille des Bois dans ce tableau ?

Elle se précipite hors de la maison pour appeler Mme Rodriguez, encore une fois.

62

20 h 14

« Je m'appelle Jakey. »

Le garçon n'a pas assez de forces pour se déplacer très loin, alors il roule sur le ventre et appuie sa bouche contre la grille du conduit d'aération, pour la seconde fois de la journée.

« Tu as quel âge ? demande le mur.

— Six ans. » Il contorsionne son visage. « Tu es qui ?

— Je m'appelle Clara. J'ai cinq ans et quart. » Un silence. « Tu es un gentil ou un méchant ?

— Un gentil. » Sa voix est un bout de bois qui frotte contre une brique. « Comme Spiderman.

— J'aime bien Spiderman, dit la fillette, d'une voix claire et haut perchée. Dommage que tu saches pas tisser une toile. On pourrait s'enfuir… J'aime pas cet endroit.

— Moi non plus », dit Jakey, comme si parler à une petite fille à travers un mur était la chose la plus naturelle au monde.

Les deux enfants restent muets un instant, leurs bouches à quelques dizaines de centimètres l'une de l'autre, leurs corps séparés par un mur de briques. Tandis que Jakey ferme les yeux et lutte contre la brûlure dans sa poitrine, Clara, sevrée de compagnie, ne peut empêcher les mots de se déverser.

« C'est l'Homme de la Nuit qui t'a amené ici ? Moi, c'est lui. Dans une camionnette. J'ai pas aimé. Il m'a fait mal. Il t'a fait mal à toi aussi ? Il a une machine. Tu l'as vue, sa machine ? Tu dois pas bouger. Ça fait pas mal, mais tu dois pas bouger. Si je bouge, il se met en colère. J'ai faim. Tu as un truc à manger pour moi ?

— Non, murmure Jakey. Je me sens pas bien.

— Tu as mal au ventre ? Moi, oui. Ça fait très très mal, mais j'arrive pas à faire caca. Ma maman dit que c'est bien de faire caca quand on a mal au ventre. Mais j'y arrive pas. Tu as vu ma maman ?

— Oui. À la télé.

— Oh ! Quand est-ce qu'elle va venir me chercher ? »

Jakey essaye d'y voir clair. Il ne sait pas trop pourquoi la mère de Clara Foyle était passée à la télé, mais il a une petite idée. Il essaye de former des mots, malgré la douleur qui se propage dans son dos, dans ses os.

« Elle sait pas où tu es. »

À travers le conduit d'aération, il entend la fillette retenir son souffle, puis se mettre à pleurer.

« C'est rien, lui dit-il, les yeux presque fermés, la langue pâteuse. C'est rien. »

Peu à peu, les pleurs de Clara se transforment en sanglots. Un filet de morve coule de son nez, elle l'essuie du revers de la main et l'étale un peu sur sa joue.

« Ta maman va venir te chercher, toi ? demande-t-elle.

— Non. Je sais pas. » Parler exige désormais un effort colossal, il commence à bafouiller. « Je crois qu'elle sait pas que je suis ici elle non plus. »

Les deux enfants assimilent peu à peu la douloureuse signification de ce constat.

« Quand je rentrerai à la maison, je prendrai du chocolat au petit déjeuner. Et de la confiture, déclare Clara.

— J'aime bien la confiture.

— Et je laisserai Eleanor m'emprunter mon collier en forme de cœur. Et ma robe de la Belle au Bois dormant. »

Après une pause, elle demande : « Tu as faim ? »

La tête de Jakey est remplie de mouches noires qui bourdonnent.

Intriguée par ce silence, la fillette sort sa dernière demi-tranche de pain de sa poche. Sa cachette secrète.

« On peut partager, si tu veux. »

Elle fait glisser un morceau de croûte entre les lamelles de la bouche d'aération. Quelques miettes pleuvent du côté de Jakey, mais il ne s'en aperçoit pas. Il a les yeux fermés.

Clara grignote son morceau de pain.

« Quand il se passe des choses pas bien, la police arrive, murmure-t-elle.

— La police… cherche…, parvient à articuler Jakey, les yeux toujours fermés.

— Cet endroit fait peur. »

Clara se remet à pleurer, tout bas cette fois. Jakey appuie le bout des doigts contre la grille. La fillette voit bouger leur ombre. Elle en fait autant de son côté.

Ils restent comme ça pendant dix minutes, ou plus. Ils ne parlent pas, mais chacun se sent réconforté par la présence de l'autre. Finalement, les doigts de Jakey se détachent du métal, sans que Clara le remarque. Si elle faisait un gros effort d'imagination, elle pourrait se convaincre que c'est juste une partie de cache-cache.

Soudain, elle redresse la tête, brusquement.

Au loin, elle perçoit un grincement de roues. Paniquée, elle file se cacher sous le lit. Une seconde plus tard, elle ressort et marche à quatre pattes jusqu'à la grille.

« Il arrive, murmure-t-elle. L'Homme de la Nuit, il arrive. »

Mais Jakey n'entend pas sa mise en garde, perdu qu'il est dans un sommeil qui marche sur la fine corde raide tendue entre la vie et la mort.

DIMANCHE

63

11 heures

Lilith s'oblige à se lever vers 11 heures, elle ne prend même pas de petit déjeuner et passe une demi-heure à regarder le jardin, sans le voir.

Ce qui la tue, c'est cette incertitude insupportable.

Finalement, elle se rend dans la cuisine d'un pas traînant, prend le flacon de somnifères que lui a prescrit le médecin et le pose sur la table.

S'il a coupé le bout des doigts de Grace Rodriguez, que va-t-il faire à mon fils ?

Elle se précipite aux toilettes pour vider le contenu de son estomac. Mais il est déjà vide, à l'exception du verre d'eau qu'elle vient d'avaler. Les haut-le-cœur déchirent les muscles de son ventre. Elle est une mère sans enfant.

Une main lui masse le dos et écarte les cheveux qui tombent devant son visage.

« C'est bien, ma chérie. Il faut que ça sorte. »

Erdman la ramène dans la cuisine et va lui chercher un autre verre d'eau.

Dehors, des nuages gris boursouflés filent dans le ciel. Elle aimerait partir à la dérive avec eux, loin de ce désespoir sans fin et inexorable.

Elle verse les comprimés sur la table, caresse leur douce promesse d'oubli, puis les remet dans le flacon en les comptant.

Un bruit derrière elle. Erdman encore.

« Qu'est-ce que tu fais ? » demande-t-il en déposant le verre sur la table.

Elle le laisse lui essuyer un peu de bile sur le menton. Elle perçoit la peur dans sa voix.

« Je les compte, c'est tout. Pour savoir combien il en reste.

— N'abandonne pas, Lilith. S'il te plaît. »

Elle essaye de lui répondre, mais les mots refusent de sortir. Il ressemble tellement à leur fils. Elle ferme les yeux et sent les larmes couler entre ses cils. Les vérités qui ont toujours servi de point d'ancrage dans sa vie ne sont plus que des débris flottants à la surface.

Jakey est mort.

Dans le jardin de la maison d'en face, des guirlandes lumineuses multicolores clignotent. Les signes de gaieté et de réjouissance sont partout. Chants de Noël à la radio, décorations dans les boutiques. Prise d'un désir d'organisation, elle avait acheté des cadeaux pour Jakey quelques semaines plus tôt. Elle se sentait fière d'elle. Désormais, sa grosse chaussette rouge restera vide, à l'image de leur vie.

Une obscurité désertique emplit chacune de ses cellules.

Erdman attire dans ses bras le corps récalcitrant de sa femme et le berce. Au bout d'un moment, c'est lui qui enfouit son visage dans le creux de l'épaule de Lilith.

Il est mort.

Mon fils est mort.

Et Erdman pense la même chose.

Ils restent assis là pendant une heure.

Puis une deuxième heure.

Jusqu'à ce que le pied gauche de Lilith, coincé sous ses fesses, soit envahi de fourmis qui l'obligent à tendre la jambe.

Finalement, ankylosés et glacés, ils se détachent l'un de l'autre. Erdman enlève son pull pour l'enfiler à sa femme. Il glisse le flacon de somnifères dans sa poche.

Elle ne proteste pas.

Il y a encore demain.

Il y a toujours un lendemain.

64

13 h 30

À environ un kilomètre de là, Eleanor Foyle essaye de parler à sa mère.

« Fleur organise une fête où tu peux faire ton propre CD. Tu choisis la chanson que tu veux chanter, et ils l'enregistrent. »

Amy n'ouvre pas les yeux, elle ne bouge pas, elle semble ne même pas s'apercevoir de la présence de sa fille aînée. Celle-ci envisage de caresser les mèches de cheveux qui barrent le visage de sa mère, mais se retient. Elle s'assoit délicatement au bord du lit de ses parents.

« Peut-être que je mettrai ma robe rose à paillettes. Et mes chaussures argentées. Ou les rouges. »

Sa mère n'a toujours pas ouvert les yeux. Eleanor se penche au-dessus d'elle. Elle sent un peu bizarre. Ce n'est pas son parfum habituel. On dirait qu'elle n'a pas pris de douche depuis un moment.

« Qu'est-ce que tu en penses, maman ? »

Comme sa mère ne répond pas, Eleanor secoue légèrement son épaule.

« Maman ? Les argentées ou les rouges ? »

Un muscle tressaille sur la joue d'Amy Foyle, mais elle ne répond pas. Au lieu de cela, elle roule sur le côté pour tourner le dos à sa fille.

« Maman ? » Elle est face à un mur. « Maman ? »

Eleanor lui tapote l'épaule.

Lentement, sa mère se redresse. Si elle parvient à maîtriser sa voix, tout son corps est raidi par une tension qu'Eleanor, à son âge, ne peut percevoir.

« Pour être tout à fait franche, je me fiche de savoir quelles chaussures tu vas mettre. »

Eleanor baisse la tête, mais sa mère a eu le temps de voir une expression de pure incrédulité balayer le visage de sa fille. Elle plaque la main sur sa bouche pour s'empêcher de la congédier, et murmure entre ses doigts : « Désolée, ma chérie. Désolée. Maman ne voulait pas dire ça. »

Mais Eleanor a déjà quitté la chambre.

Elle dévale l'escalier. Elle veut Gina. Gina qui fait encore attention à elle, qui sèche ses larmes et lui raconte des histoires drôles sur Clara, qui ne la gronde pas quand elle rit, même si plus personne ne rit dans cette maison. Elle regarde dans la cuisine, le salon, la bibliothèque de sa mère. Personne dans les toilettes non plus.

Où tu es, Gina ?

Eleanor entend soudain le murmure de la voix de sa nounou dans le bureau. Elle se retourne et se jette sur la poignée de la porte, les joues mouillées de larmes.

Gina.

Tu es là.

Je t'ai cherchée partout.

Oh, papa pleure lui aussi.

Gina le tient dans ses bras.

Gina et papa.

65

20 h 52

Le jeune serveur derrière le comptoir du snack-bar de Shooters Hill Road, qui est ouvert presque toute la nuit, n'a pas plus de vingt ans, ce qui ne l'empêche pas de gratifier Fitzroy d'un regard chargé de sous-entendus. Si elle n'était pas vannée, elle se sentirait flattée. Quand elle remonte en voiture, Chambers désigne le ketchup sur son menton et elle rougit en repensant au regard appuyé par lequel elle a répondu à celui du serveur. Il n'y a pas pire imbécile qu'un vieil imbécile. Désormais, elle ira faire le plein de caféine à la station-service Esso.

Cela fait plusieurs jours qu'elle rentre chez elle uniquement pour se coucher et voler quelques heures de sommeil. David l'a-t-il remarqué ? Nina s'en sort-elle avec le bébé ? Elle ne lui a toujours pas téléphoné.

Quel merdier ! Clara a disparu depuis neuf jours. Et ils ne savent toujours pas où elle se trouve. Personne n'a vu Jakey non plus.

Une partie de l'équipe s'est attelée à une tâche fastidieuse : enquêter sur les éleveurs de lapins. Pendant que de son côté, elle traque toute personne susceptible de vendre des colonies d'insectes en postant des messages sur des forums ou en contactant des animaleries qui s'intéressent aux insectes, mais il faut des heures pour suivre ce genre de pistes jusqu'au bout. Or Fitzroy sait que le temps leur file entre les doigts comme des grains de sable.

Ce qu'il lui faut, c'est un coup de chance.

Miles Foyle est désormais hors de cause. Il lui a téléphoné quelques heures plus tôt, en larmes et contrit. Eleanor l'a surpris dans une situation compromettante avec Gina. C'est dégueulasse, oui. Mais elle n'a pas été surprise, ses aveux n'ont fait que confirmer ce qu'elle savait déjà.

Mais M. Foyle étant hors jeu, qui va prendre sa place sur le terrain ?

Pour couronner le tout, ce salopard de Chambers n'arrête pas de péter. S'il recommence encore une fois, elle va vomir. Elle sort de son sac son petit flacon de parfum et en asperge l'intérieur de la voiture.

« Ça pue la pisse de chat, postillonne-t-il.

— C'est mieux que la merde de chien. Ou le dégueulis qui va atterrir sur tes genoux si tu continues. »

Chambers lève les yeux au ciel, mais Fitzroy ne s'en aperçoit pas. Elle écoute les voix qui grésillent à la radio.

Entendant son nom, elle tend l'oreille. Elle fait taire Chambers, lancé dans une dissertation sur la différence entre eau de parfum et eau de toilette. Elle doit regagner la salle de crise. C'est urgent.

Le temps qu'elle retrouve sa voix – « Ramène-moi. Tout de suite ! » –, Chambers a déjà démarré.

Le Boss l'attend dans le hall. Il lui fait un topo pendant qu'ils remontent ensemble à l'étage, gravissant les marches quatre à quatre.

« On l'a apportée il y a plusieurs heures déjà, elle vous est adressée. On n'avait aucune idée de ce que c'était, jusqu'à ce qu'on reçoive un appel. Depuis un putain de téléphone avec une carte prépayée. On tente de trianguler le signal, mais il est trop intelligent pour laisser son portable allumé. Pas question pour autant de laisser tomber. Je n'espère pas un miracle, mais si jamais il commet un faux pas et qu'on obtient une vague localisation, ce sera un point de départ. On pourra examiner les images de caméras de surveillance. Et qui sait, peut-être qu'on verra son visage. »

Fitzroy se précipite dans la salle de crise. Plusieurs agents sont rassemblés autour de son bureau. Ils se taisent en la voyant entrer.

Une enveloppe est posée sur son bureau, son nom figure au dos. Impossible de ne pas reconnaître cette écriture aux boucles extravagantes.

Un mélange entêtant de peur, de stupéfaction et d'excitation se met à palpiter dans ses veines.

Le Boss lui tend un gant en latex qu'elle enfile avant d'utiliser un coupe-papier pour ouvrir l'enveloppe. Une feuille de papier blanche glisse sur le bureau, accompagnée d'une mèche de cheveux, souple, rousse.

Les cheveux de Jakey.

« *On ne peut pas séparer les os, comme les organes, entre vitaux et non vitaux.* »

Fitzroy regarde ces mots jusqu'à ce qu'ils dansent devant ses yeux et deviennent flous. *Encore un avertissement, encore un putain d'avertissement.* Mais cette fois, la menace est claire, et elle comprend immédiatement qu'il fait allusion à Jakey. À ce qu'il projette de faire avec son corps. Avec ses os.

La peur envahit sa bouche.

« Putain de merde ! s'exclame-t-elle. Qu'est-ce que ça signifie ? Qu'est-ce qu'il essaye de nous dire ? »

Chambers note quelque chose dans son carnet.

« Il se prend pour Dieu. Comme dans le message qui allait avec le rein. Encore une citation de la Bible, je dirais. Ézéchiel de nouveau ? »

Fitzroy paraît sceptique.

« Ça ne ressemble pas vraiment à la Bible. »

Chambers hausse les sourcils.

« Depuis quand tu es une experte, toi ? Je parie que la seule fois où tu as mis les pieds dans une église, c'est le jour de ton mariage.

— On a fait un mariage civil, figure-toi.

— Taisez-vous tous les deux, dit le Boss, penché au-dessus de l'ordinateur. » Il montre la lettre. « Envoyez-moi ça au labo pendant que je vérifie sur Internet. J'ai trouvé un site qui recense toutes les références bibliques. »

Il tape sur le clavier et fronce les sourcils. La citation n'apparaît pas.

« Bizarre, dit Fitzroy. Laissez-moi voir. »

Elle vient se placer derrière lui. Le Boss a raison. Cette phrase, s'il s'agit d'une citation, ne vient pas de la Bible.

« Pourtant, le message qui accompagnait le petit cadeau dans votre voiture, au sujet des reins, vous disiez que ça provenait de la Bible. »

Fitzroy se mord la lèvre.

« Je suppose.

— Comment ça, vous supposez ? Vous n'avez pas vérifié, bordel ? »

Elle croise le regard de Chambers. Celui-ci secoue la

tête, discrètement. Grave erreur. Elle imagine la réaction de son père. *Petite idiote.*

« Non, monsieur.

— Ah, nom de Dieu ! » Il tape sur le bureau du plat de la main. « On est où ici, dans une putain de crèche ?

— Désolée, monsieur. »

Le Boss lève les yeux au ciel.

« Qu'est-ce que vous attendez, nom d'un chien ? Faites-le !

— Je ne voudrais pas passer pour un con, dit Chambers en se frottant le nez. Mais pourquoi on n'essaye pas sur Google, tout simplement ? »

Le Boss émet un petit grognement.

« Pourquoi je n'y ai pas pensé, hein ? Chambers, vous êtes un putain de génie. Le nouvel Einstein. Vous méritez le prix Nobel. »

Ignorant leurs chamailleries, Fitzroy se penche à son tour au-dessus de l'ordinateur. Elle obtient la réponse en deux secondes.

« Les citations proviennent de… » Elle lit ce qui s'affiche sur l'écran : « … *Les Œuvres de John Hunter, accompagnées de notes*, présentées par Sir James Frederick Palmer.

— Qui et qui ? demande Chambers.

— Trouvez-moi une bio complète de ces deux hommes, ordonne le Boss. Et voyons si ça peut nous aider à épingler ce salopard. »

Tandis que Chambers se plonge dans les livres d'histoire, Fitzroy retourne sur les forums. Bingo. Une réponse. Elle appelle le numéro de portable indiqué dans le message. Un homme répond après sept sonneries.

« Allô, oui ?

— James Davenport ?

— Qui le demande ?

— Je suis l'inspectrice Etta Fitzroy, j'enquête sur une importante affaire de disparition.

— OK, dit l'homme d'un ton méfiant.

— Puis-je passer vous voir ?

— J'ai rien fait de mal.

— J'aimerais vous parler des insectes que vous élevez, rien de plus. »

Elle entend le bruit d'un briquet qu'on allume, puis de la fumée qu'on recrache.

« Ce ne sera pas long, vingt minutes maximum.

— Bon, d'accord », dit l'homme et il lui donne le nom d'un pub à Woolwich.

Il est assis à une table, devant une pinte vide. Les clients alignés face aux machines à sous au fond tournent la tête lorsqu'elle entre. Elle ignore leurs regards.

« La flicaille », marmonne l'un d'eux.

Bien qu'elle ne soit pas en uniforme, elle porte l'éclat de la patine de la police : son manteau chic, ses chaussures à talons hauts cirées, les rides sur son front qui creusent un écart de vingt ans avec ces jeunes types qui jouent et pissent leurs allocations chômage.

« Faites pas attention à eux. Z'ont rien de mieux à faire. » Des tatouages lui recouvrent entièrement les bras, il a des cheveux gris et gras, son ventre proéminent dépasse de sous son T-shirt.

« Une pinte ?

— Non merci, dit Fitzroy. Je préfère la bière en bouteille. »

Il la reluque de la tête aux pieds.

« Pour moi, ce sera une pinte. Black Sheep. Si vous régalez. Notes de frais, hein ? »

Elle va commander leurs boissons et les rapporte à table. Il a le teint rosé et, à le voir se renverser contre le dossier de sa chaise, elle le sent détendu ; il s'est fait à l'idée de cette rencontre, il savoure son rôle et les regards intrigués des autres clients.

« Qui vous a donné mon numéro ?

— J'ai posté un message sur un forum. En disant que je voulais acheter une colonie d'insectes. Quelqu'un m'a donné votre numéro. »

Il affiche un sourire d'autosatisfaction.

« Mes clients me font confiance. Ils savent que je vais pas les arnaquer.

— Vous avez beaucoup de clients, donc ?

— Je me débrouille. Je suis le seul type du sud de l'Angleterre qui vend des colonies.

— Ce sont des habitués ?

— Ça arrive. Mais la plupart s'y connaissent, ils ont pas besoin de racheter des insectes une fois qu'ils ont démarré une colonie. Mais y a aussi des débutants. Ils oublient qu'il faut les nourrir pour les maintenir en vie. »

Ça le fait rire.

« Vous en avez vendu récemment ? »

Son visage se ferme.

« Pourquoi vous me posez cette question ? »

Fitzroy se demande ce qu'elle doit lui révéler ou pas. Finalement, elle décide qu'elle en apprendra davantage en disant la vérité.

« Deux jeunes enfants ont été enlevés. Et nous avons

des raisons de penser que le ravisseur utilise des insectes pour nettoyer les squelettes de lapins qu'il laisse derrière lui en guise de cartes de visite. »

Il fait saillir sa lèvre inférieure.

« Je peux pas encaisser ces pédophiles qu'enlèvent des gosses.

— Moi non plus. Alors, aidez-moi à le retrouver. »

Davenport baisse la tête vers son verre vide.

« La même chose, merci. »

Fitzroy s'oblige à compter jusqu'à dix. Cette fois, elle lui rapporte deux pintes.

« Tchin ! » dit-il en trinquant tout seul, un verre dans chaque main.

Il avale d'un trait la moitié d'une pinte. Les mouvements des muscles de sa gorge évoquent les ondulations d'un serpent.

« Allons-y, dit Fitzroy. Je vous écoute. »

Il essuie une moustache de mousse.

« À vrai dire, les affaires tournent au ralenti ces temps-ci. C'est toujours comme ça à cette époque de l'année. » Il lui lance un regard sournois, sous des cils étonnamment longs. « Je suis un peu à court de fric. »

Bon sang, il est tellement prévisible, mais elle connaît bien les règles de ce petit jeu.

« Je pourrais peut-être vous dépanner, dit-elle. Si vous me filez un coup de main de votre côté. Et le père de Clara Foyle offre une récompense de cent mille livres.

— Cent mille biftons ? Putain. »

Un sourire s'épanouit sur son visage et il finit sa pinte d'une seule et longue gorgée.

« Appelez-moi Etta, plutôt. » Elle repousse sa chaise. Regard de granite. « Écoutez, monsieur Davenport. Si vous ne pouvez pas m'aider, j'ai mieux à faire. Comme essayer de sauver deux enfants. »

Il lève les mains.

« Calmez-vous. Je disais ça pour vous embêter, c'est tout. En fait, j'ai vendu qu'une seule colonie depuis quinze jours. À un type. Mais je connais pas son nom.

— À quoi ressemblait-il ?

— Âgé, je dirais. Et grand. Au moins un mètre quatre-vingt-cinq. Avec des cheveux argentés. Très maigre.

— Il a payé par chèque ?

— Espèces uniquement. » Davenport prend un air gêné. « Vous allez me dénoncer aux impôts ?

— Je m'en moque, répond Fitzroy en essayant, sans y parvenir, de contenir l'impatience qu'elle sent monter en elle. Je veux en savoir plus sur cet homme. Vous a-t-il dit ce qu'il comptait faire avec cette colonie ? »

Davenport passe la main sur sa barbe naissante, ça fait un bruit de râpe.

« Je demande pas à mes clients de me raconter leur vie, mais peut-être bien qu'il m'a dit un truc… Ça me revient pas. »

Il vide sa troisième pinte et prend la bouteille de Corona à laquelle elle n'a pas touché. Il l'interroge du regard. Fitzroy hoche la tête.

« Si vous m'accompagnez chez moi, c'est possible que je l'aie noté dans mon carnet. »

En temps normal, Fitzroy n'accepterait jamais d'y aller seule. Mais l'équipe fonctionne déjà à flux tendu et elle ne peut pas se permettre d'attendre.

Davenport repose la bouteille, vide, sur la table et rote.

« On y va, alors. »

Huit minutes plus tard, ils arrivent chez lui. Seule, elle aurait mis moins de quatre minutes, mais Davenport ne cesse de s'arrêter et de s'appuyer contre les grilles du parc pour reprendre son souffle. Fitzroy se demande comment il parvient à tenir debout malgré la force de gravité de sa bedaine de buveur de bière.

Il vit au neuvième étage d'une tour, pas très loin du centre sportif. Pour une fois, elle prie pour que l'ascenseur fonctionne. Habituellement, elle ne peut supporter la puanteur de la pisse et du désespoir, mais ça ne serait pas pire que de monter les neuf étages à pied avec Davenport. Elle n'est pas certaine qu'il arrive en haut sans faire une crise cardiaque.

« Nous y voilà, dit-il, introduisant sa clé dans la serrure. Après vous. »

Fitzroy entre et son cœur s'arrête.

Un oiseau, doté d'une traîne de plumes blanches, fonce vers elle, griffes en avant. Elle pousse un cri et, instinctivement, baisse la tête pour protéger son visage, et éviter qu'il lui arrache les yeux. Mais elle sent les plumes frôler ses cheveux et cette sensation lui donne la chair de poule.

Elle ne souffre pas d'ornithophobie, mais il y a quelque chose qui l'effraie chez les oiseaux. Leurs yeux vitreux. La forme cruelle de leur bec. Il lui semble entendre un battement d'ailes derrière elle, et elle se plaque contre le mur ; elle a peur qu'il revienne planter ses griffes dans ses cheveux en bataille.

Voyant que rien ne se passe, elle décolle les mains de son visage. Un renard lui fait face dans l'entrée, un grognement dévoile ses crocs. De ses yeux noirs, il la regarde reculer en titubant, à la recherche de la porte.

Dans son dos, Davenport est hilare.

« Les gens se font avoir à tous les coups ! » Il saisit l'oiseau par la queue pour le faire remonter le long d'un fil et Fitzroy découvre alors le système de poulie au-dessus de sa tête. « Ça se déclenche quand on ouvre la porte. »

Le renard continue à l'observer en montrant les dents. Il n'a pas bougé.

« Ils sont empaillés ? dit-elle.

— Exact. Cette merveille, c'est un oiseau de paradis. Et ce vieux renard, c'est la première bestiole que j'ai naturalisée, explique Davenport, les joues luisantes de sueur. Il perd un peu ses poils maintenant, mais je l'aime toujours. Je considère ça comme ma petite collection. »

Fitzroy examine le ventre énorme et les tatouages de Davenport. *Parfois, on ne peut pas savoir*, pense-t-elle. Un peu plus calme, elle constate que des dizaines d'yeux la suivent. Une souris qui grimpe le long du fil du téléphone. Une pie perchée sur le dossier d'une chaise, ailes déployées. Des oreilles de lapin qui se dressent fièrement.

« Bon, voyons ce qu'il y a dans ce carnet, dit Davenport en fouillant dans un tiroir.

— Où conservez-vous vos insectes ? »

Fitzroy s'efforce de conserver un ton léger, le regard fixé sur la fourrure pelée du mammifère.

« Là-bas, répond-il en accompagnant sa réponse d'un geste vague en direction d'une porte. Surtout, soulevez pas les couvercles. »

Elle pénètre dans une pièce sombre où règne une douce chaleur. Les rideaux sont fermés. Sept ou huit grands aquariums reposent sur deux tables. Il n'y a pas d'autre meuble. À l'intérieur des aquariums, des milliers et des milliers de minuscules insectes noirs se nourrissent des restes de souris et de lapins.

Fitzroy jette un coup d'œil par-dessus son épaule. Davenport continue à chercher son carnet. Elle entend des crayons qui roulent au fond du tiroir, des pièces de monnaie qui s'entrechoquent.

Les insectes. Les lapins. Se peut-il que ce soit lui ? Est-il impliqué d'une manière quelconque ?

Soudain, elle prend conscience de sa vulnérabilité. Et de l'inconscience qui l'a poussée à venir ici seule.

Une odeur de viande, écœurante, envahit ses narines ; l'odeur des scènes de crime les plus effroyables. Ou de la morgue.

La chair en décomposition.

Elle perçoit un mouvement dans son dos. Par-dessus l'odeur de mort, elle sent des relents de bière. Davenport pose la main dans le creux de ses reins et agite devant elle les restes d'une chose méconnaissable, rose pâle et luisante.

Elle a un mouvement de recul, qui provoque chez Davenport un nouvel éclat de rire. Un son cruel.

Il soulève le couvercle de l'aquarium le plus proche et y laisse tomber la *chose*.

« Livraison à domiciles, les gars », dit-il en s'essuyant la main sur son T-shirt.

Son autre main revient se poser dans le dos de Fitzroy en exerçant une légère pression sur le tissu de son manteau.

Elle résiste à l'envie de le repousser brutalement. Pas avant d'avoir obtenu ce qu'elle est venue chercher.

« Bon, dit-il. On en était où ?

— Vous cherchiez votre carnet.

— Ah, oui, voilà. »

Il sort le carnet en question – ce qu'il en reste – qu'il a

glissé dans la ceinture de son pantalon de jogging après l'avoir retrouvé dans un tiroir. Il feuillette les pages couvertes de notes griffonnées au crayon.

« C'est quelque part, j'en suis sûr. »

Il s'arrête un peu avant la fin du carnet.

« Ah ! J'ai trouvé le vieux bonhomme que je vous disais. J'ai plus son numéro à cause de mon ex-femme qui m'a piqué mon portable et l'a fait tomber dans un verre de vin, cette connasse. Ces blaireaux boutonneux de la boutique ont pas été foutus de récupérer mes contacts. Mais j'avais noté un truc. »

Il gratifie Fitzroy d'un grand sourire plein d'espoir.

Elle regarde ce ventre ridicule, ce crâne dégarni, la coccinelle tatouée sur le bras, et soudain Davenport lui paraît moins menaçant que grotesque. Elle comprend que sa femme soit devenue son ex-femme. Pourtant, en l'entendant prononcer les paroles suivantes, elle a presque envie de l'embrasser.

Il lui tend le carnet.

« C'est pas grand-chose, mais ça sert toujours de savoir qui achète quoi, histoire de pouvoir relancer la clientèle. J'avais raison. Je connais pas son nom, mais il m'a dit qu'il bossait pour un musée. »

66

21 h 18

Ses mains tremblent tandis qu'il fait réchauffer le lait dans la casserole et le verse dans la tasse préférée de sa femme. Elle est encore agitée. Il ne lui en veut pas. Il l'est aussi.

Elle l'appelle de nouveau, insistante, grincheuse, et il se retrouve ramené en arrière, la veille, au même moment de la journée.

Il arrive devant chez lui et découvre de la lumière à toutes les fenêtres. La peur plante ses crocs en lui.

En moins d'une minute, il évalue les risques.

Les fenêtres sont éclairées, donc il y a quelqu'un dans la maison. Mais qui ? La police ? A-t-il trop tiré sur la corde ?

Ou bien une chose horrible est-elle arrivée à sa femme ?

Le sang palpite dans ses artères, ses veines. Ses lèvres sont sèches, craquelées. Il les humidifie avec sa langue. Aucune voiture cependant. Aucun gyrophare bleu. Il gravit l'allée. Les possibilités défilent dans son esprit. Mais il ne peut pas l'abandonner.

La peur d'être découvert le ronge. Il se débat avec la serrure. Face à l'adversité, Hunter et Howison sont demeurés fidèles à leurs convictions, à leurs méthodes. Il en fera autant.

« C'est toi ? »

Elle a une voix stridente.

Il sent son cœur enfler dans sa poitrine. Il suspend son manteau à la patère, pose son sac et entreprend de délacer ses chaussures.

« C'est toi ? répète-t-elle et il entend la panique monter dans sa voix.

— Oui, c'est moi.

— Viens vite. »

Il aligne ses chaussures et monte directement dans la chambre, mais ses yeux lui jouent des tours cruels. Le lit est vide, le drap et les couvertures repoussés. Il entend les palpitations sourdes du sang dans ses oreilles.

« Où es-tu, ma chérie ? »

Il s'oblige à rester calme.

« Dans la cuisine. Viens vite. S'il te plaît. »

Elle est assise à table, le dos voûté, son visage touche presque la toile cirée ornée de tournesols. Sa canne repose contre la chaise. Une fine chemise de nuit recouvre son corps et elle a réussi à prendre son peignoir. Cela fait deux ans, au moins, qu'elle ne s'est pas aventurée hors de la chambre et la courbe de sa colonne vertébrale lui coupe le souffle.

Il se souvient de la première fois où il l'a vue, elle lui souriait dans son lit d'hôpital. Avant que la difformité ne s'empare totalement d'elle.

Il y a quelque chose sur la table devant elle. Il ferme les yeux et tente de maîtriser son rythme cardiaque.

Elle a le visage mouillé de larmes et son pouce frotte la manche de son peignoir, en décrivant des cercles incessants, comme si elle essayait d'effacer la tache laissée par ce qu'elle a vu.

« Je suis la prochaine sur la liste, murmure-t-elle. C'est moi la prochaine.

— Mais non, dit-il d'un ton apaisant. Non, non, ma chérie. Non.

— J'ai renversé mon verre. J'avais très soif et je ne savais pas quand tu allais rentrer. »

Il lui fait comprendre qu'il lui pardonne ce reproche en lui caressant le bras.

Son corps frêle tremble. « Je l'ai trouvé là, près de l'évier. À l'instant. Posé là. » Sa voix s'emballe de nouveau. « Tu as entendu ce qu'ils ont dit à la radio. C'est sa carte de visite. Je suis la prochaine sur la liste. »

Elle porte son verre à ses lèvres. Ses mains tremblantes troublent la surface de l'eau.

« Je ne sais pas comment il a fait pour entrer. J'ai allumé toutes les lumières en bas, mais… » Elle lève les yeux vers lui, plonge dans son regard. « On devrait appeler la police. »

Des lambeaux de chair pâle s'accrochent encore au squelette du lapin, des morceaux de peau déchiquetée. Il se demande si les mouches à viande ont déjà déposé leurs œufs. Si la mort est présente, elles la trouveront. Jamais il n'aurait dû l'apporter ici. Mais il ne voulait pas la laisser seule plus longtemps et il avait prévu de finir l'opération d'écorchage pendant qu'elle dormait, avant de ramener la dépouille chez son père pour nourrir sa colonie.

Et voilà ce qui est arrivé. Il sait qu'elle est comme un chien qui tient un os. Elle ne le lâchera pas.

« Sans doute des gamins du coin qui ont voulu te faire une farce, dit-il. Ils savent que tu es seule. Regarde, ce n'est même pas un squelette, il y a encore de la viande sur les os. Quelqu'un t'a fait une blague. De mauvais goût. »

Le lait a refroidi. Il y ajoute les comprimés écrasés. S'il ne se dépêche pas, il va arriver en retard pour prendre son service. Il apporte la tasse à sa femme et la pose sur la table de chevet.

Il prend ses mains tremblantes entre les siennes, caresse la peau jaunissante, les ongles tordus. Il lui parle, il la calme, jusqu'à ce que sa respiration s'apaise et que ses joues retrouvent des couleurs.

Il remue le contenu de la tasse et l'approche de ses lèvres.

« Laisse-moi faire, murmure-t-il. Je m'occupe de tout. »

67

22 h

« S’il te plaît, Etta. Tu ne peux pas nous ignorer indéfiniment. » Les gémissements du bébé en fond sonore. « Oh, bon sang, il recommence à pleurer. Faut que je te laisse. Appelle-moi, s’il te plaît. »

68

22 h 30

« John Hunter était chirurgien, dans les années 1700, dit l'inspecteur Chambers en se renversant contre le dossier de sa chaise et en étirant les bras au-dessus de sa tête. Ils précisent qu'il est né en Écosse, mais a vécu à Londres. Il occupait le poste de chirurgien officiel du roi George. » Il se redresse et se penche vers l'écran. « Éminent anatomiste, il pratiquait des autopsies sur des cadavres que son assistant, Howison, volait dans des tombes, et il collectionnait un tas de saloperies bizarres. »

Fitzroy s'arrache un bout d'ongle avec les dents.

« Ils ont écrit "saloperies bizarres" ?

— Hunter était marié et il avait chez lui une collection d'animaux vivants, afin d'étudier leur anatomie. Certaines personnes lui faisaient même don de leur corps, après la mort, dans l'intérêt de la science. Il a exercé une très grande influence à son époque.

— Inutile de chercher bien loin pour voir qu'il a encore de l'influence. »

Fitzroy ferme les yeux et imagine qu'elle les garde fermés. Le sommeil l'appelle. Mais Clara et Jakey sont là, quelque part. Vivants ? À dire vrai, elle ne le pense pas.

Elle veut des réponses, néanmoins, pour leurs familles. Pour Conchita Rodriguez. Elle ne dormira pas avant. Mais ces réponses lui échappent, elles suivent des chemins neuronaux à toute allure, dans des dizaines de directions différentes, au lieu de contribuer aux communications plus intimes entre ses petites cellules grises.

Les heures, les jours défilent à une vitesse terrifiante. Tous – les familles et la police – savent que les chances de connaître un dénouement heureux leur coulent entre les doigts comme de l'eau.

Les visages des enfants enlevés la hantent.

« Je vais prendre l'air », annonce-t-elle.

La station de London Bridge est calme comme un dimanche soir. Fitzroy s'engage sur l'escalator et se laisse entraîner, avaler par le bourdonnement sourd du métal en mouvement. Ses pensées se rassemblent, telle la poussière dans les rainures des marches sous ses chaussures.

Trois victimes. Dont deux atteintes de malformations osseuses. Si cette théorie était la bonne, comment Grace s'insérait-elle dans ce tableau ? Elle ne souffrait pas de maladie des os, elle n'avait aucun problème de santé. Les réponses à ces questions demeuraient inaccessibles. Tout comme Mme Rodriguez, qui ne répondait pas à ses appels.

Fitzroy descend de l'escalator, tourne à gauche et continue à s'élever vers le sommet. La station est presque déserte maintenant, et elle s'en réjouit. La rampe, poisseuse, glisse sous sa main.

Trois squelettes de lapins. Trouvés dans les bois, sur le Heath et derrière la confiserie. Mais jusqu'ici aucun pour Jakey. Qu'est-ce que ça signifie ?

Elle est convaincue que les affaires sont liées, mais impossible d'assembler les pièces.

Deux messages citant Ézéchiel. Un rein de lapin et deux lettres, qui lui avaient été adressées personnellement, évoquant les travaux scientifiques de l'anatomiste John Hunter. Mais Davenport avait-il raison ? Son client – un homme grand et maigre, aux cheveux gris – travaillait-il réellement pour un musée ? Et si oui, combien peut-il y avoir de musées ?

Elle repense à ce que lui a dit Dashiell Hall, après qu'elle lui a envoyé un mail. Quatre cents personnes travaillent au Muséum d'histoire naturelle. Il faudrait des mois pour toutes les interroger. Et cela ne concernait qu'un seul musée. Quid du British Museum ? Du Horniman ? Sans oublier le Science Museum. Le V & A.

Arrivée en haut de l'escalator, elle redescend. Elle avale une bouffée d'air hésitante et l'expulse au-dessus de la tête de deux poivrots qui cavalent dans le hall en contrebas.

Son regard se pose distraitement sur les affiches qui ornent les murs de la station, conçues pour attirer l'attention d'un public captif.

Des affiches qui vantent des spectacles du West End, des expositions, des concerts de Noël, le combustible de la métropole. Une danseuse, le visage souriant d'un chanteur, un dessin de tête de mort.

Une tête de mort.

Visitez le secret le mieux gardé de Londres. Le Hunterian Museum. Dans l'enceinte du Collège royal de chirurgie. Lincoln's Inn Fields.

Mentalement, Fitzroy revoit les mots qu'il a griffonnés sur le papier et envoyés avec les os de lapin, elle entend les intonations de Chambers lisant à voix haute des extraits de la notice consacrée aux travaux de Hunter.

L'affiche tangue devant ses yeux. Dans sa tête, le tintement est aussi assourdissant et doux qu'une cloche.

LUNDI

69

7h31

Il a toujours aimé la manière dont la nuit cède la place à la splendeur du jour, sans heurt. Il imagine un aspirateur gigantesque qui avale l'obscurité afin de dévoiler la blancheur hivernale de l'aube. Il sent la morsure du froid en rentrant chez lui après le travail ; les rues ressuscitent : camions-bennes et camionnettes de laitier, un renard se faufile derrière les poubelles.

Il est épuisé. En rentrant, il va se faire un sandwich au bacon. Et se servir un verre de lait frais. Si Vishnou a réussi à dénicher un nouveau livreur, peut-être même qu'un journal l'attendra. Apparemment, c'est devenu impossible d'en trouver un, ils vous bassinent avec des histoires de salaire minimum et de droit du travail. Quand il était gamin, vous preniez ce qu'on vous donnait et vous vous estimiez heureux.

Un journal qui n'a pas encore été lu possède quelque chose de spécial. De nos jours, tout le monde a les yeux fixés sur son iPad, sur les « applications » de son téléphone portable, comme ils appellent ça, et plus personne ne lève la tête pour regarder celui ou celle qui est en face. Il n'y a rien de mieux que de tourner ces pages virginales. Après s'être occupé de sa femme, il aime lire son journal avec la radio en fond sonore, en sirotant la fin de son thé, et en grignotant parfois un ou deux biscuits.

Comme son père. Là encore.

La fatigue alourdit ses pas, mais il continue à avancer. Encore quelques rues et il sera arrivé. Une collation, une heure de sommeil environ, et il ressortira.

Ce quartier a beaucoup changé depuis qu'il y vit, mais il reste. Il ne fait pas partie de ces desperados toujours en quête de quelque chose de mieux. Pour lui, il n'y a pas mieux. Il adore son travail, les contacts humains quotidiens, les occasions qui se présentent. La tension dramatique est plus captivante que toutes ces séries policières à la télé, et il résume les fluctuations de la vie, aussi constantes que la marée, qui emportent les détritus en même temps que les perles.

Toutefois, le moment est peut-être venu de partir.

Enfin chez lui. La maison est silencieuse. Ça sent la nourriture. Il gravit péniblement l'escalier et se lave les mains, un rituel aussi vieux que lui.

Il plie et déplie ses doigts tordus. Le froid ravive la douleur dans ses articulations, mais il est habitué. Encore un héritage de son père.

Il les masse distraitement, et le souvenir le submerge.

Alors âgé de onze ans, il était dans leur cave et il avait oublié, une fois de plus, de se laver les mains. Son père l'avait fait venir dans la cuisine et il l'avait trouvé debout près de la table, un sourire aux lèvres, une main dans le dos.

« Assieds-toi. »

Il s'était assis, curieux et plein d'espoir. Son père allait peut-être lui donner de l'argent de poche, enfin.

« Pose ta main sur la table, à plat.

— Pourquoi, papa ?

— Fais ce que je te demande. »

Il avait obéi. Sa paume collait à la toile cirée. Il ne s'étonnait plus du comportement étrange de son père et un sixième sens lui disait qu'il valait mieux obtempérer. Son estomac gargouillait. Il avait faim.

Il regardait la pendule de la cuisine en se demandant si son père allait lui acheter des frites ou préparer des sandwichs au beurre de poisson pour le thé, quand une explosion de douleur avait embrasé ses doigts. Il avait hurlé, tandis que le feu se propageait dans son bras, puis dans tout son corps, comme un flamboiement de souffrance vibrante.

Son père tenait un marteau dans la main.

« La prochaine fois, pense à les laver. Un doigt chaque fois que tu oublies. »

Son père était obsédé par la propreté.

À pas feutrés, il suit le couloir, entre dans la cuisine et ressort par la porte de derrière. La porte de la cabane de jardin n'est pas fermée à clé. Il rafle une grosse poignée de granules qu'il transporte jusqu'au clapier. Une sensation de chaleur qu'il associe au plaisir l'envahit.

Une fois que les lapins ont mangé, c'est à son tour.

Elle n'a toujours pas ouvert les yeux, alors il prépare un seul sandwich et une seule tasse de thé. Il aime cette activité simple. Il prend le journal. Encore des articles sur les enfants disparus. Des spéculations sans fin pour savoir où ils se trouvent et qui a pu les enlever. Son petit déjeuner terminé, il lave soigneusement son assiette et sa tasse, puis il referme la porte de la cuisine en sortant. Il déteste l'odeur de gras qui s'accroche aux cheveux et aux vêtements. Il enfile un vieux T-shirt et un pantalon de jogging informe, qui sentent non pas le bacon, mais les relents de la nuit.

Il règle son réveil. Il faut prendre des décisions. La fille, par exemple. Aujourd'hui, se dit-il. Aujourd'hui. Mais le sommeil susurre sa chanson envoûtante et, avant même qu'il s'en aperçoive, le voilà couché. Ses paupières se ferment déjà.

Il se réveille une heure plus tard, encore fatigué. Mais pas le temps de dormir. Après avoir pris une douche, il inspecte sa garde-robe et choisit sa tenue avec soin. Il ferme la porte d'entrée derrière lui et sort dans le froid du matin.

70

9 h 54

Fitzroy l'entend avant de le voir. Ses pas claquent sur le trottoir.

« Je suis venu aussi vite que possible, halète Chambers. Toutes les voitures de fonction étaient sorties, j'ai dû prendre le métro.

— J'ai l'impression que tu devrais retourner à la gym, dit Fitzroy en ouvrant la porte. Dépêchons-nous, ils nous attendent. »

Alertée par leurs voix dans le hall, la directrice adjointe du Hunterian Museum apparaît en haut de l'escalier et s'empresse de descendre. C'est une petite femme brune qui porte un foulard à carreaux élégamment noué autour de la tête.

« Professeur Hayley Abrahamson, dit-elle. Allons dans mon bureau. Nous serons plus tranquilles. »

Les deux policiers la suivent dans l'escalier et franchissent à sa suite une étroite porte. En entrant, Fitzroy jette un coup d'œil derrière elle et découvre des rangées et des rangées de bocaux en verre dans lesquels flottent des spécimens. Elle a l'habitude de voir des morceaux de corps, mais ces bizarreries de la nature lui procurent une sensation désagréable car on les dirait en suspens, susceptibles de s'animer à tout moment.

Le bureau du Pr Abrahamson est un endroit accueillant, avec des photos de famille encadrées et des centaines de livres empilés au hasard. L'attente se lit sur son visage.

« Comme je vous l'ai expliqué au téléphone, dit Fitzroy, nous menons une enquête de grande envergure sur des disparitions de personnes, et nous souhaiterions interroger un individu qui a peut-être un lien avec ce musée.

— Son nom ? demande le Pr Abrahamson en tapant sur le clavier de son ordinateur.

— C'est ça le problème. On ne le connaît pas. »

Les doigts de la sous-directrice se figent.

« Effectivement, c'est un problème. Que savez-vous de cet individu ?

— Il est âgé…

— Beaucoup de chirurgiens retraités travaillent ici. Vous devriez voir la tête des gens quand ils apprennent qu'ils achètent une carte postale à l'ancien plus grand spécialiste mondial des jumeaux siamois.

— … très maigre et grand. Environ 1,85 mètre. Avec des cheveux gris. »

Le Pr Abrahamson plisse le nez.

« Ça ne me dit rien, mais il s'agit peut-être d'un de nos bénévoles. J'ai été absente pendant quelque temps… (Instinctivement, elle porte la main à son foulard) … et je n'ai repris que la semaine dernière. Alors, il se peut que je ne l'aie pas encore croisé. Mais Clive, un de nos guides, qui travaille ici depuis longtemps, pourra peut-être vous renseigner. Essayons de le trouver. »

Clive est en train d'expliquer à un groupe de touristes comment John Hunter avait soigné un cocher souffrant d'anévrisme de l'artère poplitée en ligaturant l'artère de la cuisse.

« Quand le cocher est mort un an plus tard, d'une tout autre cause, M. Hunter a naturellement fait l'acquisition de la jambe afin d'examiner le résultat de son intervention. »

Les visiteurs laissent échapper de petits gloussements approbateurs.

Le Pr Abrahamson capte le regard de Clive.

« Je peux vous parler ?

— Admirez donc ce faux nez et ces lunettes réalisés sur mesure pour une femme syphilitique, dit le guide en montrant une vitrine située en face. Elle les a renvoyés après s'être remariée. Apparemment, son nouveau mari la préférait sans. »

Les visiteurs poussent des *Aaaah !* en s'approchant docilement de la vitrine.

Clive rejoint la sous-directrice et les deux policiers.

« Un problème, Hayley ? »

Il a des cheveux en brosse et un accent gallois.

« Ces personnes sont de la police. Nous essayons d'identifier un membre du personnel. Moi, ça ne me dit rien. »

Elle répète le signalement fourni par Fitzroy.

Clive fronce les sourcils, ce qui lui donne l'air d'un politicien tourmenté.

« Vous êtes sûrs qu'il travaille ici ? Ça ne ressemble pas à quelqu'un que je connais. »

Fitzroy étouffe un juron.

« En fait, ajoute Clive, c'est le portrait craché d'un de nos habitués.

— Continuez.

— Je ne connais pas son nom, mais il vient ici trois ou quatre fois par semaine. Il reste dans son coin. En tout cas, il n'aime pas bavarder avec moi. »

Fitzroy perçoit une pointe de déception dans cette remarque. Une occasion manquée de pouvoir faire étalage de son savoir.

Elle aussi subit les assauts de la frustration. Davenport lui a dit que l'homme *travaillait* dans un musée.

Et en même temps…

Il y a quelque chose dans ce lieu qui l'attire, qui se manifeste pour réclamer l'attention.

Clive se gratte la tête.

« Je n'aime pas juger les gens. Beaucoup de nos visiteurs ont de bonnes raisons d'étudier de près nos spécimens. Des internes en chirurgie qui rédigent une thèse. Des lycéens qui font des dessins. Mais là, c'est un peu bizarre. Il ne s'intéresse qu'à deux pièces uniquement, et il reste devant pendant des heures. »

Chambers et Fitzroy échangent un regard.

« Et de quelles pièces s'agit-il ? demande Chambers.

— Charles Byrne, le Géant irlandais. Il mesure 2,30 mètres, figurez-vous. Une de nos pièces les plus célèbres. Ce vieux Charlie Byrne. Et M. Jeffs.

— M. Jeffs ? » répète Fitzroy.

Le visage de Clive s'anime.

« Il a vécu en Angleterre. Il est mort au XVIIIe siècle. Son squelette est fascinant. Ses vertèbres étaient soudées et incurvées, ce qui l'obligeait à rester voûté en permanence. De plus, il présentait des excroissances osseuses à des endroits inhabituels. »

Ting.

« Pauvre homme, poursuit Clive. Aujourd'hui encore,

malgré certains progrès, il n'existe à ma connaissance toujours aucun traitement.

— Un traitement contre quoi ? demande Fitzroy, bien qu'elle connaisse déjà la réponse.

— Oh, désolé, dit Clive en laissant échapper un petit rire contrit. Je crois toujours que tout le monde connaît cette collection aussi bien que moi. M. Jeffs souffre d'une maladie rare : fibrodysplasie ossifiante progressive. Autrement dit, la maladie de l'homme de pierre. »

71

9h57

Les yeux d'Erdman sont de minuscules grains de sable, sa bouche est aussi sèche que de la poussière. Il balance ses jambes hors du canapé. Les muscles de son dos et de sa nuque hurlent. Sa tête est embrumée. Ses orteils heurtent la bouteille de Laphroaig vide.

« Merde. »

Il se souvient vaguement de s'être servi un verre hier soir, alors que Lilith continuait à dormir, encore et encore, et que les murs se refermaient autour de lui. Sentant la chaleur se répandre dans sa poitrine, il avait bu un autre verre, puis un autre, pour essayer d'ôter l'écharde plantée dans son cœur. Il avait dû s'écrouler sur le coup de 3 heures du matin.

La porte s'ouvre et Lilith entre d'un pas traînant, les cheveux en bataille, le visage gris et vieilli. Elle se baisse pour ramasser la bouteille.

« Ce n'est pas ça qui va t'aider, tu sais. »

Les cachets que tu t'enfiles toutes les cinq minutes non plus, a-t-il envie de lui crier pour l'obliger à se battre. Mais il ne dit rien. Car il a compris que ces cachets sont les béquilles qui l'aident à rester debout. Si on les lui enlève, elle va s'effondrer, et il ne supporterait pas de la perdre elle aussi.

Il fait du café, fort.

« Belinda doit venir aujourd'hui ? »

Il aime bien la policière qu'ils leur ont assignée. Elle se fiche pas mal que Lilith soit agressive et passe son temps à pleurer ou à dormir.

« Non, répond Lilith. J'en ai marre de voir des étrangers dans ma maison. J'ai envie d'être seule.

— Et moi, alors ? demanda Erdman, en plaisantant à moitié.

— Je vais me coucher.

— Lilith… »

Elle se retourne vers lui. Le chagrin s'est emparé de son corps pas lavé, et a marqué les rides autour de sa bouche. Dans l'encadrement de la porte, elle ressemble à un tableau. Ou à une prémonition.

« Je vais le retrouver.

— C'est ce que tu n'arrêtes pas de répéter… »

Elle s'abstient d'ajouter que ses grands projets, ses plans ambitieux, restent toujours lettre morte.

Ses pas lourds dans l'escalier accompagnent les sinistres battements de cœur d'Erdman.

Il en a assez de décevoir tout le monde. Pour une fois, rien qu'une fois, il a envie de faire quelque chose de bien.

Mais il ne sait pas par quoi commencer. Comment faire pour retrouver son fils.

Puis il repense à cet homme qu'il a surpris en train de le suivre.

S'il erre dans les rues, s'il se rend *disponible*, c'est peut-être cet inconnu qui le trouvera.

72

11 h 26

Elle court aussi vite qu'un lapin pourchassé par une meute de chiens. Le souffle coupé, elle se tient le flanc, la douleur déchire ses traits. Elle jette un coup d'œil par-dessus son épaule et s'enfonce au milieu des arbres, une main appuyée contre un tronc humide, pliée en deux, avalant de grandes bouffées d'air.

Il faut qu'elle la retrouve. Elle scrute la forêt sombre, estime ses chances de réussite.

Une sensation de brûlure ravage le côté de droit de son corps, dans la cavité de sa cage thoracique, mais elle se force à continuer. Ses vieilles baskets martèlent le sol de la forêt.

Il est là. Et Grace aussi. Elle entend un cri et elle accélère. Chaque respiration est un combat et son cœur bat si vite que les minuscules intervalles entre chaque pulsation menacent de ne plus former qu'un seul son ininterrompu. Elle débouche dans une clairière.

L'éclat d'une lame au clair de lune, puis un autre, et encore un autre, s'enfonçant dans la peau de Grace comme les dents d'acier d'un piège, puis un hurlement qui perfore les ténèbres, un rire semblable à un râle, et les bruits des insectes qui se frottent et se nourrissent.

Fitzroy se réveille en sursaut. Même dans son sommeil, au-delà de la périphérie de la conscience, les morts l'arrachent à ses rêves. Autour d'elle, le train tremble et cahote. Elle décolle sa tête de l'épaule de Chambers et essuie discrètement la salive sur son menton.

« Tu en avais besoin, on dirait. » Il lui donne un petit coup de coude. « On descend au prochain arrêt. »

L'image de Grace, de son corps brutalisé, détruit, flotte devant elle.

Même dans son sommeil, les morts lui parlent.

Sur le quai, Fitzroy hésite, puis elle sort son portable de sa poche, en priant pour que cette fois elle réponde.

Conchita Rodriguez attend des nouvelles depuis douze mois.

Chaque matin, ou presque, elle s'agenouille sur le tapis devant la photo encadrée de Grace et le tableau de *Jesucristo* qui a appartenu à sa défunte mère, dans cet autel qui était autrefois son salon, et elle prie pour que ce jour soit le bon. Mais cette semaine, c'est la première fois qu'elle y entre. La disparition de cette petite fille l'a perturbée, et elle a accepté avec joie l'invitation de son frère et de son épouse à passer quelques jours avec eux dans leur maison de Bath. Lorsque le téléphone sonne, Conchita Rodriguez se relève, les genoux ankylosés et douloureux.

« *Sí ?*

— Madame Rodriguez, ici l'inspectrice Fitzroy… Etta. » Les battements de son cœur s'accélèrent. « Désolée de vous appeler à l'improviste, mais dans le cadre d'une enquête, j'aurais besoin de certains renseignements concernant Grace. Je sais que cela va faire resurgir de terribles souvenirs, mais j'ai beau éplucher mes notes, je ne trouve pas ce que je cherche.

— Les souvenirs sont là tous les jours, madame l'inspectrice Etta Fitzroy. Votre appel ne va pas les rendre plus douloureux.

— Merci. »

Mme Rodriguez coince le combiné contre son cou et frotte une allumette qu'elle approche de la mèche de la bougie posée à côté de la photo de Grace. Elle appuie ses lèvres sur celles de sa fille. Le verre est un souvenir froid.

« Ma question va peut-être vous sembler étrange, mais Grace était une fillette en bonne santé, n'est-ce pas ? Elle n'avait aucune maladie ?

— Non. C'était une enfant forte. Elle adorait la natation, le basket.

— Oui, je m'en souviens. Elle faisait partie de l'équipe du lycée.

— Ah, *sí*, confirme Mme Rodriguez d'un ton empreint d'une tristesse rêveuse. Elle avait hâte de participer à la compétition de l'école la semaine où elle a disparu, mais elle avait mal au cou, alors elle n'y est pas allée. Elle était très déçue. »

Fitzroy ne dit rien. En fond sonore, les haut-parleurs annoncent l'annulation d'un train. Finalement, elle demande :

« Qu'avait-elle au cou, madame Rodriguez ? Vous vous en souvenez ? »

Évidemment qu'elle s'en souvenait ! Cette inspectrice la prenait pour une drôle de mère.

« Elle avait passé une radio quelques jours avant de disparaître. Les médecins disaient qu'elle pouvait les faire enlever si ça l'embêtait trop.

— Enlever quoi, madame Rodriguez ? S'il vous plaît. C'est très important.

— Grace avait des côtes cervicales bilatérales. Une côte en plus de part et d'autre de la poitrine. »

73

12h11

Lilith ignore le braillement de la sonnette. Elle est occupée à compter les somnifères en les remettant dans le flacon.

Le rabat de la boîte aux lettres se soulève.

« Ouvrez ! Monsieur Frith, vous êtes là ? Madame Frith ? Il faut que je vous parle. »

Encore cette foutue inspectrice.

Fitzroy sonne de nouveau et fait claquer le rabat de la boîte aux lettres.

« Ouvrez-moi, s'il vous plaît. C'est urgent. »

Lilith se traîne jusqu'à la porte. Des mèches de cheveux gras pendent devant son visage, ôtant toute couleur à son teint. Si Fitzroy remarque qu'elle est engoncée dans un pyjama Spiderman, taille 5-6 ans, elle ne fait aucun commentaire.

Elle s'avance d'un pas dans le vestibule, suivie de Chambers.

« On peut entrer ? »

C'est un peu tard pour poser la question, non ?

« Vous avez retrouvé Jakey ?

— Pas encore. »

Lilith sent la colère s'embraser en elle, comme une allumette.

« Alors, foutez le camp. Allez faire votre boulot et fichez-moi la paix.

— Je fais mon boulot, madame Frith. Je suis ici pour ça. »

Lilith remonte son pantalon de pyjama et retourne dans le salon en traînant les pieds. Elle est morte intérieurement depuis plusieurs jours ; elle ne ressent plus qu'une sorte d'engourdissement général, mais quand elle regarde le visage de l'inspectrice, elle est submergée par la pitié qu'elle y voit.

Elle s'aperçoit que Fitzroy a remarqué les somnifères sur la table. D'un geste, elle ordonne à son collègue de ne pas intervenir. Lilith se moque de ce qu'ils peuvent voir ou pas. Elle se moque de tout.

« M. Frith est ici ?

— Il est sorti. »

Fitzroy manipule son portable.

« Dans ce cas, je pourrais peut-être lui envoyer ça sur son téléphone.

— Il n'en a plus. On le lui a volé, vous vous souvenez ? Et bizarrement, il n'en a pas encore racheté. » Le ton est violemment sarcastique. « Il a d'autres soucis. »

Fitzroy ignore la pique. Elle colle l'écran de son portable sous le nez de Lilith.

« Regardez cet homme et dites-moi si vous le reconnaissez. »

Lilith a devant elle la photo, de mauvaise qualité, d'un vieil homme. Elle secoue la tête. Mais Fitzroy refuse de s'avouer vaincue si facilement.

« Regardez-la encore, madame Frith. De près. Nous avons des raisons de penser que cet homme est impliqué dans l'enlèvement de votre fils. » Elle s'interrompt, le temps que cette phrase fasse son effet. « Cela pourrait nous aider à le retrouver. »

Lilith s'enfonce dans un fauteuil. Elle examine la photo de nouveau, plus attentivement. De fines rides creusent son front.

« Où a-t-elle été prise ?

— Il s'agit d'une image provenant d'une caméra de surveillance du Hunterian Museum. Vous connaissez cet homme ? »

Lilith reste muette un long moment. Une larme coule sur sa joue et tombe – *plip* – sur le téléphone de Fitzroy.

« J'ai cru le reconnaître, pendant une seconde. Mais maintenant, je n'en suis plus sûre.

— Qui est-ce, à votre avis, madame Frith ? »

Fitzroy se penche pour serrer la main de Lilith dans la sienne. Lilith ne répond pas à son geste, mais elle ne retire pas sa main. Fitzroy se rapproche encore un peu, elle essaye de consolider l'intimité de cet instant. « Qui est-ce ? »

Lilith ne quitte pas la photo des yeux. Le doute esquisse des pas de danse subtils sur son visage. Elle avait déjà vu cet homme, oui. Mais où ? La pression, colossale, l'écrase et la broie.

« Je n'ai pas besoin de vous rappeler que nous enquêtons sur plusieurs disparitions. Et une potentielle affaire de meurtres. J'essaye de vous aider, vous et les vôtres, ainsi qu'une autre famille en pleine détresse. » Fitzroy se montre insistante. « Si nous retrouvons cet homme, nous pouvons peut-être sauver ces enfants. »

Lilith a l'impression qu'elle va exploser sous le poids de l'attente de Fitzroy.

Elle fouille dans l'obscurité de sa mémoire. Elle reconnaît cet homme. Mais où a-t-elle aperçu ce visage en lame de couteau, ce long corps maigre ?

Elle sent le regard fiévreux de Fitzroy braqué sur elle comme un projecteur. Pendant que le dénommé Chambers tripote le bracelet de sa montre.

Le silence s'étire. Finalement, Fitzroy se lève. Il faut qu'elle retourne au bureau. Elle doit faire imprimer et diffuser cette photo.

C'est alors que Lilith le revoit, mentalement.

Elle se fige.

Elle avale une bouffée d'air en frémissant et redresse les épaules, comme si elle se préparait à délivrer quelque grande vérité.

« Oui, je l'ai déjà vu. J'en suis sûre maintenant. »

Fitzroy résiste à l'envie de pousser un cri de joie. Elle s'oblige à conserver un ton calme.

« Où ça, madame Frith ? Le temps joue contre nous. »

Le chagrin, la culpabilité et la peur se partagent les rides sur le visage de Lilith.

« Je n'en suis pas sûre, mais je crois que ça me revient…

— Où ça ? »

Ses traits se défont comme un empilement de briques qui se renverse.

« À l'hôpital. Il travaille au Royal Southern. »

74

13 h 01

En regardant ses doigts tremblants composer le numéro du Boss, Fitzroy se maudit de ne pas avoir compris avant. Elle essaye de rassembler ses pensées en une pile bien nette, mais elles sont confuses et elles rebiquent sur les bords, impossible de les lisser.

C'est d'une évidence horrible et aveuglante.

Leur homme collectionne des squelettes hors du commun. Ses « spécimens » ont tous été soignés au Royal Southern Hospital.

La bile envahit sa bouche, amère et brûlante. Le goût de la peur. Le goût de l'échec. Il va la submerger si elle le laisse faire, car elle sait ce qu'est cet homme, mais pas *qui* il est. Et parfois, c'est pire que de ne rien savoir.

Le Boss redirige trente de ses agents vers l'hôpital afin d'interroger les employés et les patients. Il arrive sur place muni de plusieurs tirages au format A4 du suspect. Il est en alerte, concentré et déterminé.

« On va épingler ce salopard, déclare-t-il. Mais je veux que l'on agisse discrètement. Il ne faut pas l'effrayer. »

Fitzroy se voit attribuer un bureau exigu au premier étage, en compagnie de Chambers et du directeur des ressources humaines de l'hôpital.

Plusieurs chefs de service défilent. Aucun ne reconnaît l'homme sur la photo. Fitzroy sent renaître la panique. Elle pianote sur la table devant elle.

« Tout ça, c'est un peu embarrassant pour vous, non ? dit Chambers en se renversant dans son fauteuil pour mieux voir le DRH. Plusieurs corps n'ont-ils pas disparu de votre hôpital l'année dernière ? D'ailleurs, est-ce que ça ne s'est pas déjà produit par le passé ? Et voilà que la police débarque de nouveau, pour enquêter sur un de vos employés. »

Le DRH repousse ces accusations d'un geste vague.

« Il y a eu un certain embrouillamini, mais tout est rentré dans l'ordre. Nous nous sommes arrangés avec les familles en dehors du tribunal.

— Elles ont signé un accord de confidentialité, c'est ça ? » demande Fitzroy.

Le DRH esquisse un sourire et lui adresse un regard qui semble dire : *Je suis venu bien que ce soit ma semaine de congé, alors ne m'emmerdez pas.*

« Faites entrer la personne suivante », dit-elle.

Les nuages s'amoncellent, l'après-midi se prépare à s'abandonner à la nuit. Le DRH sort la tête dans le couloir pour appeler quelqu'un d'autre.

« Voici Karen Matthews. Notre responsable du service entretien. »

Une femme aux mèches de cheveux bordeaux s'assoit devant Fitzroy. Elle sent le parfum et le désinfectant. Chambers se redresse et se penche en avant, les coudes sur la table. Fitzroy fait glisser la photo vers elle.

« Reconnaissez-vous cet homme ? »

Quelques secondes suffisent.

« Oui, je le connais. Il fait partie de mon équipe. Il s'appelle Brian Howley. » Elle prend la photo. « Qu'est-ce qu'il a fait ? »

Fitzroy n'entend pas sa question. Le temps s'est ralenti, la pièce devient floue. Sa tension monte, ses veines se resserrent et se dilatent pour submerger son cerveau d'oxygène.

Elle échange un bref regard triomphant avec Chambers.

On a un nom. Alléluia de putain de merde, on a un nom.

« Je vous serais reconnaissante de garder cette conversation pour vous. Dans l'immédiat. »

Le DRH (Fitzroy est incapable de retenir son nom) lui tend une chemise beige, provenant de la pile qui se trouve sur son bureau. Sur une étiquette blanche collée dessus, il est écrit à la machine : BRIAN HOWLEY.

« C'est un agent d'entretien, dit l'Homme Sans Nom. Il nettoie le sol, ce genre de choses. Dans l'équipe de nuit. Ça fait longtemps qu'il est parmi nous, vous savez. »

Non, elle ne le savait pas. Elle préférerait que ce Brian Howley éclaire lui-même sa lanterne, mais elle doit savoir à qui elle a affaire d'abord. Elle se verse un verre d'eau, en regrettant que ça ne soit pas du café. Ou du Red Bull.

« Combien de temps ?

— Une quarantaine d'années. »

Fitzroy entend résonner les paroles de l'inspecteur Felix Tapp, aujourd'hui à la retraite : « *Voilà qu'Erdman vomit partout dans le bureau du grand manitou. Il a fallu faire venir quelqu'un pour nettoyer.* »

Elle s'efforce de ne pas penser aux familles, à Lilith et Erdman Frith, à Miles et Amy Foyle, à la brève lueur d'espoir qu'elle a perçue dans la voix de Conchita Rodriguez. Elle ne supporte pas l'idée de les laisser tomber.

« Il travaille de nuit ? »

Karen hoche la tête.

« Oui. Et parfois dans la journée aussi. »

Fitzroy consulte les documents dans le dossier.

« Dans le service maternité ?

— En temps normal. Mais il arrive qu'on le change de service quand on manque de personnel.

— Vous-même ou vos collègues avez-vous noté un comportement inquiétant de la part de M. Howley ?

— Franchement, je le remarque à peine quand il est là. Il ne parle pas beaucoup. Il fait son travail et c'est tout. Je sais qu'il vit avec sa femme malade. »

Chambers note quelque chose dans son carnet.

« C'est un bon employé ? »

Karen ne peut s'empêcher de rire.

« Vous en connaissez ? Il arrive un peu en retard parfois. Et il aurait besoin de prendre un bon bain et de mettre un peu de déodorant.

— Il est là, en ce moment ? »

Karen sort de sa poche un tableau de service froissé, qu'elle déplie.

« Non. Il est parti à 7 heures.

— Il doit venir travailler ce soir ?

— Le lundi, c'est son jour de congé.

— Savez-vous où il habite ?

— Ça doit être marqué dans son dossier. Près de Catford, je crois. Ou Bromley. Quelque part par là. »

Karen se ronge la peau autour des ongles.

« Ce sera tout ? Je veux bien aider, mais faut que je retourne travailler. Je termine à 18 heures, je dois aller chercher mon fils à la crèche.

— Oui, oui, bien sûr, dit Fitzroy en se levant. Si jamais quelque chose vous revient, dites-le-nous, d'accord ? »

Le Boss réagit rapidement. Une équipe d'élite composée d'agents expérimentés est formée pour investir le domicile de Howley dans quelques heures.

« Je tiens à être présente », déclare Fitzroy.

Son supérieur pose la main sur son épaule, délicatement, et la regarde au fond des yeux.

« Je pense que vous n'êtes pas encore prête pour ça.

— Je vais bien.

— Fitzroy…

— Je vais bien, je vous dis.

— Et moi, j'ai dit non. Je sais ce que ça représente pour vous, et je veux que vous soyez dans la salle d'interrogatoire quand on l'amènera. Mais je ne peux pas vous laisser intervenir sur le terrain dans une situation de stress, comprenez-le. »

Chaque syllabe est pleine d'empathie. Fitzroy ne peut le supporter.

« Ne me dites pas que c'est à cause de l'an dernier. Je sais que j'ai commis une erreur, mais je l'ai payée au centuple. J'ai perdu mon sang-froid, mais ça ne se reproduira pas, je vous le promets.

— Vous tirez des conclusions hâtives, Fitzroy. Vous avez commis une erreur, en effet, et cette erreur a détourné notre attention des recherches menées pour retrouver Grace. » Son regard en dit long. « Et elle m'a coûté une inspectrice chevronnée.

— Mais je suis de retour, non ? Alors, utilisez-moi. S'il vous plaît. »

Le Boss demeure intraitable.

« Dès qu'il franchira le seuil de la salle d'interrogatoire, frappez fort. Ne le laissez pas respirer une seule seconde. Je vous tiendrai informée, je vous le promets. »

Elle attend qu'il s'en aille avant de décocher un coup de poing dans le mur. Et d'apporter de l'eau au moulin du Boss.

Le soir tombe sur la ville. Les couloirs de l'hôpital se remplissent de visiteurs portant des sacs remplis de sandwichs et de biscuits pour compléter la mixture des repas. Fitzroy se faufile parmi eux, tel un poisson qui nage à contre-courant.

L'odeur âcre et familière du désinfectant lui rappelle une sombre période. Cet effroyable week-end qu'elle a passé ici, seule et endeuillée. Avant David. Avant qu'elle comprenne réellement ce que signifie être mère. Une autre époque, qu'elle s'est efforcée de dissimuler sous les couches de son existence.

Des larmes indésirables lui piquent les yeux. Elle les chasse aussitôt en battant des paupières. Pleurer au travail, ce serait mal vu.

Dehors, le froid lui fait l'effet d'une gifle.

Ils doivent planifier l'opération à cette heure, méticuleusement, dans les moindres détails. Qui va la diriger ? Devaient-ils mettre en place une surveillance discrète tout d'abord ? Dans combien de temps pourraient-ils donner l'assaut sans risque ? Chambers participe à l'intervention. Pas elle. En dépit de tout le reste, le Boss n'est pas encore disposé à lui refaire confiance. Elle a laissé ses émotions prendre le dessus lors de l'enquête sur la Fille des Bois, et il semble penser qu'elle va récidiver. Elle masse son poing endolori. Il a peut-être raison.

Elle traverse le parking de l'hôpital, en direction de la ruelle qui la ramènera à son appartement. Elle dispose de plusieurs heures, au moins, avant qu'ils aient besoin d'elle. David doit être à son entraînement de foot. Elle a le temps de manger un morceau, de prendre une douche.

Une pellicule de givre se forme déjà sur les voitures. Une silhouette la dépasse en courant, capuche sur la tête. Les étoiles sont des pierres précieuses dans le ciel.

Des pas résonnent dans l'allée de béton derrière elle.

Ses doigts se referment sur ses clés dans sa poche. Elle se retourne, sans trop savoir pourquoi, mais toujours prête à réagir.

C'est Karen Matthews, la responsable de l'entretien.

« Je vous cherchais », dit-elle.

Fitzroy relâche sa respiration et ses clés. Karen enfile une paire de gants en cuir qu'elle a sortis de son sac.

« Finalement, j'ai demandé à ma mère d'aller chercher le petit. Elle a ronchonné, mais elle adore voir son petit-fils, et j'ai promis de rapporter des *fish and chips*. »

Cela suffit à faire saliver Fitzroy. Elle ne saurait dire depuis quand elle n'a pas fait un vrai repas. Karen boutonne son manteau.

« Bon sang, on se gèle ! J'ai cru entendre à la radio qu'ils prévoyaient de la neige. J'adore quand il neige. » Elle sourit. « Sauf quand je suis obligée de conduire. »

Fitzroy lui rend son sourire, sans conviction. Elle est fatiguée et agacée. Elle a envie d'être seule. Loin de ce bâtiment de briques, de ces secrets et de sa tristesse.

« Vous me cherchiez ?

— Oui, dit Karen en enfonçant son bonnet sur ses oreilles. J'allais rentrer chez moi quand je me suis souvenue d'un truc au sujet de Brian Howley. »

75

21 h 14

Lilith dort encore. Il s'en inquiète. On dirait qu'elle cherche à s'extraire du monde extérieur, jusqu'au jour où elle ne se réveillera pas, tout simplement.

Erdman pousse la porte, doucement, et jette un coup d'œil dans la chambre. La lampe de chevet est allumée, à côté se trouvent un verre d'eau et un flacon de somnifères ouvert. Sa femme est pâle, immobile.

Le temps s'arrête.

Elle expire.

Le temps repart.

Sa respiration est lente, régulière, mais, même dans le sommeil, les rides de son visage trahissent son chagrin.

Il n'aurait pas dû partir comme ça. Il aurait dû rester avec elle. Certes, elle était irritable, mais elle ne devait pas rester seule. Il l'aimait. Il devait veiller sur elle. Au lieu de cela, il avait passé la journée à arpenter les rues de la ville, il s'était rendu dans les endroits qu'il fréquentait habituellement, en regardant par-dessus son épaule. Et tout ça pour quoi ? « Viens me chercher ! » avait-il envie de hurler au ciel gris.

Mais l'homme ne s'était pas montré.

Erdman remonte la couverture sur sa femme et referme la porte sur sa propre douleur.

Le palier est froid dans la tristesse hivernale. La porte de la chambre de Jakey est entrouverte.

Une invitation.

Il n'y est pas entré depuis qu'il a fichu le camp mardi. Mais maintenant, il veut se punir.

Erdman Frith a été couronné hier soir Tocard de la décennie pour ne pas avoir été capable de protéger son fils unique. Le père ne peut s'en prendre qu'à lui-même.

Les policiers avaient essayé de ne pas trop mettre de désordre dans la chambre, mais comment auraient-ils pu savoir que Jakey préférait ranger ses Lego sur le bord de la fenêtre car il ne pouvait pas atteindre l'étagère ? Et que sa robe de chambre n'était jamais suspendue derrière la porte, mais qu'elle servait à cacher les « yeux » des poignées de la penderie.

Erdman ne peut retenir un son guttural, torturé.

Il rassemble les peluches éparpillées dans la chambre et les aligne sur le lit. Il plie le pyjama Spiderman et le glisse entre les draps froids.

Il prend le pull aux couleurs de l'école posé négligemment sur le dessus du panier à linge et le renifle pour tenter de retrouver l'odeur de son fils. Et il le jette, en même temps que sa déception, sur l'uniforme roulé en boule.

Le silence, un silence infini, est omniprésent.

Il se retourne vers les peluches alignées qui l'observent et sent la panique s'emparer de lui.

M. Lapinou. Où est M. Lapinou ?

Il doit impérativement retrouver le lapin en peluche. Le

lapin qu'il a depuis sa naissance. Le lapin qu'il emporte partout. Et qui sent son odeur. Erdman le sait car il taquinait toujours Jakey en disant qu'il aurait besoin de prendre un bon bain.

Il tâtonne sur le sol poussiéreux sous le lit, il cherche entre le matelas et le mur, derrière les coffres à jouets, dans les recoins de la chambre, les cachettes. Rien. Où peut-il bien être ? *Réfléchis, Erdman, réfléchis.*

Jakey l'a peut-être emporté à l'école. Ils avaient le droit de venir avec un jouet, un seul, s'il tenait dans la poche. Le lapin ne correspondait pas à ce critère, mais ce n'aurait pas été la première fois que la maladie de Jakey lui aurait permis de bénéficier d'un passe-droit.

Il cherche son sac d'école. En vain. Il redescend dans l'entrée et ouvre le placard rempli de vieux manteaux, de chaussures et de souvenirs.

Il est là : le sac à dos Spiderman.

Ses mains tremblantes peinent à ouvrir la fermeture Éclair. Ses doigts se referment sur un Lego, un stylo-bille sans capuchon, des vignettes de joueurs de foot.

Mais pas de M. Lapinou.

Jakey l'a-t-il emporté à l'hôpital ? Il se creuse la cervelle, il essaye de visualiser la peluche, coincée entre les bras mous de son fils.

Il inspecte de nouveau le contenu du sac au cas où, par miracle, elle lui aurait échappé. Le livre de lecture… une bouteille d'eau… une enveloppe cachetée.

Erdman la sort du sac et découvre le nom inscrit sur le rectangle blanc. Elle est adressée à Mme Haines, l'institutrice de Jakey. Mais elle ne vient pas de lui ni de Lilith.

Il l'ouvre en la déchirant et lit les mensonges rédigés d'une écriture qu'il ne connaît pas.

Le salopard. Il avait tout prévu depuis le début.

Il se saisit de sa veste, lace ses baskets et glisse la lettre dans sa poche pour la montrer à Fitzroy. Il va laisser Lilith dormir, mais son fils était là quelque part, et il allait le retrouver, pour elle.

En commençant par M. Lapinou et l'hôpital.

À quelques rues de là, une famille est assise autour d'une grande table de cuisine dans une belle maison. Quiconque regarderait par la fenêtre aurait la conviction que la providence dispensait ses bienfaits sur cette maison. Un éclairage chaud baigne leurs visages et les œuvres d'art aux murs. Une fillette parle avec animation, en faisant de grands gestes. La mère sirote un verre de vin, tandis que le père, tête légèrement baissée, savoure cet instant.

Mais à l'intérieur, la famille Foyle se déchire.

Si Eleanor agite les bras, c'est de désespoir.

« Où est Gina ?

— Sa mère est malade. Elle a été obligée de rentrer chez elle. »

Amy y croit presque elle-même.

« Papa ?

— C'est la vérité, ma chérie. »

Il évite le regard de sa fille.

« Elle va revenir quand, alors ? »

Le silence envahit la cuisine.

« Maman ? »

Amy se lève et prend Eleanor par les épaules. Avec son autre main, elle lui lisse les cheveux en arrière.

« Je ne suis pas sûre qu'elle revienne. Sa maman est très malade.

— C'était la seule qui s'intéressait à moi dans cette maison, et maintenant, elle est partie elle aussi. »

La fillette sort de la cuisine en courant et en pleurant. Amy ne cherche pas à la retenir. Elle ne sait pas trop ce qui s'est passé, elle sait seulement que sa fille aînée était bouleversée à la suite de leur dispute, et qu'elle avait refusé de leur parler, à Miles et à elle. Amy nourrissait quelques doutes, évidemment. Gina osait à peine la regarder quand elle lui avait expliqué, en bredouillant, qu'elle devait retourner précipitamment dans le Lincolnshire, et quand Miles était revenu après l'avoir accompagnée à la gare, il affichait cet air de chien battu qu'elle avait appris à reconnaître. Bizarrement, elle s'en fichait. Elle commence à s'apercevoir qu'elle s'est éloignée de sa famille ; peu à peu elle s'est retirée dans son propre monde fragile, fait de manucures, de déjeuners et de shopping, un monde vide et irréel.

Miles, toujours assis à table, boit un verre de merlot en tripotant son iPad. Sentant le regard de sa femme posé sur lui, il lève la tête. Ses yeux sont assombris par… quoi donc ? La culpabilité, décide-t-elle. La couleur dc la lubricité n'est pas le rouge, finalement, mais un bleu pâle, délavé.

Amy lui tourne le dos, sans un mot, et monte l'escalier afin de s'atteler à une nouvelle tâche : devenir une mère pour la fille qu'il lui reste.

76

21 h 37

Une obscurité sinistre a pris possession de la pièce, les filaments de crépuscule qui se déversaient par la fenêtre ont été vaincus depuis longtemps.

La lueur de la lampe s'insinue entre les vertèbres des squelettes suspendus au plafond, illuminant les surfaces incurvées et allongées des os. Les échos de leur existence passée flottent dans son musée comme des notes de musique.

Les vitrines de l'étrange Ossuaire, en bas, sont remplies de squelettes déformés, d'os compacts ou spongieux, bizarres. Autant d'hommages à la malchance et à la souffrance.

Mais les os de ces squelettes – cachés dans le grenier de cette maison ressemblant à un cube de briques, dans une rue anonyme – sont ordinaires, quelconques.

Abandonnés.

La nuit tombe, l'obscurité semble plus épaisse, plus dense. Les bruits diffus de la circulation entrent par les fissures des murs.

Des pas courent sur le plancher. Des souris probablement.

Des ombres se déplacent et dansent, alors que le clair de lune caresse l'horizon.

Dans la pièce voisine, un jeune garçon ouvre les yeux et tousse, deux fois. La douleur plisse son front. La brûlure à l'intérieur de ses poumons demeure aussi intense, mais la fièvre est retombée ; sa peau est froide, sèche. La douleur féroce dans son avant-bras s'est atténuée elle aussi.

Bien qu'il l'ignore et qu'il n'ait pas cette impression, Jakey a eu de la chance.

Il n'est plus couché sur le sol dur et froid, mais sur un matelas bosselé, sans savoir comment il a atterri là ; il se souvient uniquement du chant de la petite fille.

Il a la tête qui tourne quand il se redresse, la lumière de la lampe l'oblige à plisser les yeux. Son pyjama sent mauvais. Avisant, par terre, un morceau de pain tacheté de spores de moisissure, il le rompt pour le manger ; des miettes s'échappent de sa bouche. Le verre de lait a un goût de craie, mais il le boit d'un trait et s'essuie la bouche avec la main.

Sa vessie le tiraille. Il se traîne jusqu'au seau dans le coin. Puis regagne le matelas.

Il s'efforce de ne pas penser à ce qui s'est passé ce matin.

Quand il a été réveillé par une porte qui s'ouvre et une voix d'enfant qui pose des questions. Une voix plus grave et deux personnes qui marchent, un pas plus léger que l'autre. Aucun bruit de lutte, pas de pleurs, et puis elles ont disparu, laissant derrière elles le silence d'une pièce vide.

Quand, dans un état proche du délire, il a rampé sur le sol en béton pour coller sa bouche au conduit d'aération.

« Clara ? a-t-il murmuré. Tu es là ? »

Elle n'a pas répondu.

Elle n'a pas répondu non plus quand il a fait une nouvelle tentative deux ou trois heures plus tard, ni quand le soleil pâle de l'après-midi a réchauffé le ciel froid au-dehors, ni quand la nuit s'est répandue comme une tache sur la ville et quand les étoiles ont caché leur lumière.

77

22 heures

Clara n'est pas dans sa salle de dissection, ni dans son musée. Elle n'est même pas dans la maison. La fillette que tout le pays recherche dort au cœur d'une obscurité aux reflets glacés, dans un endroit où elle n'a jamais mis les pieds.

Avec un peu de chance, elle demeurera ainsi jusqu'à ce que les premiers rayons de l'aube touchent sa peau, et elle n'entendra pas les rats qui ont élu domicile en dessous, ni les cris des chats-huants qui chassent.

Quand l'Homme de la Nuit était venu la chercher ce matin, il avait promis de la ramener chez sa maman si elle buvait son lait et descendait gentiment pour monter dans la camionnette.

Voilà la conversation et les bruits de pas qu'avait entendus Jakey Frith.

Clara avait fait ce qu'on lui demandait, même si le lait tiède et aigre lui avait donné des haut-le-cœur. Et malgré la peur qui lui nouait l'estomac, elle était montée dans cette boîte grise qu'elle détestait, en faisant un gros effort pour ne pas pleurer.

Sur le plancher de la camionnette, elle avait trouvé un lapin en peluche, usé par endroits à force d'être câliné. Elle avait plaqué les oreilles pendantes contre sa joue, en se demandant s'il appartenait au garçon enfermé dans la pièce d'à côté.

Jay-key.

Elle espérait que tout irait bien pour lui, maintenant qu'elle rentrait chez elle.

Les mouvements de la camionnette et le somnifère contenu dans le lait l'avaient endormie. Elle n'avait pas vu que les rues étroites de la ville étaient devenues une nationale, et que les tours, les panneaux publicitaires qui formaient une haie d'honneur urbaine avaient été remplacés par des arbres et des champs plats qu'encadrait la mer.

Finalement, le dénommé Brian Howley avait tourné dans un chemin et la camionnette avait cahoté sur le sol irrégulier, jusqu'à un champ fermé par une barrière cadenassée. Sous le ciel immense, sali par la pluie, tenant Clara dans ses bras, il s'était faufilé par une ouverture dans la clôture et avait traversé l'étendue d'herbe sablonneuse jusqu'à la nouvelle cachette qu'il avait choisie pour elle.

L'endroit n'avait pas changé, malgré toutes ces années. Il avait sorti de sa poche une petite clé argentée.

Le lait qu'elle avait bu la ferait dormir pendant plusieurs heures, mais il lui avait quand même attaché les mains et les pieds. En revanche, il n'avait pas jugé bon de la bâillonner. Il savait par expérience que personne ne viendrait dans ce champ avant le printemps, au mieux. Et il fallait qu'elle puisse manger et boire, en attendant qu'il décide ce qu'il allait faire d'elle.

Il avait empilé des couvertures sur la fillette endormie

et palpé le canapé humide. L'odeur du chauffage au gaz Calor et de la moisissure envahissait ses narines. Il savait qu'il pouvait faire très froid ici, mais il reviendrait dès qu'il aurait récupéré le garçon et se serait rendu à l'hôpital. Il n'y avait qu'une heure de route environ.

Il avait péniblement regagné la camionnette, avant de revenir chargé d'une valise contenant l'argent qu'il avait petit à petit économisé tout au long des années et d'un sac en plastique, s'arrêtant un court instant pour humer l'air salé. Il avait glissé la valise sous le canapé et sorti du sac plastique une grande bouteille d'eau dont il avait ôté le bouchon pour glisser une paille dans le goulot. Puis il avait ouvert un paquet de biscuits. Des miettes s'étaient répandues sur la table tels des confettis. Il avait aligné soigneusement quelques grains de raisin, certain qu'elle pourrait les atteindre avec sa bouche.

Son instinct lui disait que la police se rapprochait, qu'il avait raison de prendre ses précautions en la déplaçant.

Il regrettait maintenant de ne pas les avoir déplacés en même temps tous les deux, mais c'était trop risqué. Le garçon la rejoindrait plus tard, mort ou vif.

Il avait regardé des grives picorer des baies dans une haie, puis s'envoler dans le ciel vide, et il avait entrevu la mer au loin. Elle serait en sécurité ici. Personne ne la trouverait.

La lumière du jour déclinait quand Brian Howley avait tiré les rideaux et verrouillé la porte derrière lui avant de retourner en ville.

Et donc, alors que la nuit remplaçait le crépuscule et qu'une forme de vie différente remplissait l'obscurité, Clara dormait toujours, sans savoir que sa mère et son père étaient plus loin d'elle que jamais.

78

23 h 51

Assis dans la cafétéria déserte, Erdman regarde le personnel de l'hôpital aller et venir, acheter une tablette de chocolat ou un café tiède au distributeur. L'éclairage est tamisé, les comptoirs en acier brossé ont été astiqués dans l'attente du coup de feu du petit déjeuner. Il absorbe le silence. Dix minutes passent. Vingt. Personne ne fait attention à ce père brisé, qui se tient la tête à deux mains. Au Royal Southern, ce n'est pas un spectacle inhabituel.

C'était une idée stupide de venir ici. Il avait vaguement pensé qu'il pourrait interroger les infirmières, au sujet de ce qui s'était passé le soir de la disparition de Jakey. Mais évidemment, la moitié d'entre elles avaient dû changer d'horaires, et de toute façon il n'ose pas les déranger ; il sait qu'elles sont occupées et que les enfants en soins intensifs ont besoin de leur attention, plus que lui.

Malgré tout, il ne peut pas rester assis là, les bras croisés. Le moins qu'il puisse faire, c'est de chercher le lapin en peluche de Jakey. C'est devenu une sorte de talisman pour lui. Comme si, en retrouvant M. Lapinou, il allait retrouver son fils.

Il va aller demander aux infirmières des urgences pédiatriques si, par hasard, elles ne l'ont pas trouvé, et si elles voulaient bien regarder dans la table de chevet, pour être sûr.

Il ignore que Fitzroy le cherche, mue par ce tintement dans sa tête, le besoin de confirmer que Brian Howley est bien l'homme qui l'a suivi, afin de rassembler les fils épars de son enquête et de former un filet de preuves assez solide pour l'emprisonner.

Erdman trouve l'escalier et attaque la montée solitaire jusqu'au septième étage.

MARDI

79

0h21

Nul ne prête attention à Brian Howley, qui passe lentement devant les lits en poussant sa serpillière sur le sol bleu marbré, d'un lent mouvement de va-et-vient.

Si quelqu'un remarquait sa présence, il verrait un homme maigre, aux cheveux mal coupés, le visage fendu de deux profonds sillons qui relient le nez à la bouche. Un homme qui semble porter le poids du monde sur ses épaules, un homme qui aurait besoin de faire un bon repas, et de prendre une bonne douche.

Un homme qui vient de prendre son service sans en référer à sa supérieure, alors que c'est son jour de congé.

Brian travaille de nuit à l'hôpital depuis presque quarante hivers. 1973 lui semble bien loin, et parfois il a l'impression que c'était hier.

Son père avait tenu à ce qu'il exerce ce métier. En brandissant le journal devant son visage. Au début, Brian avait protesté, mais son père avait insisté. « C'est utile », voilà l'expression qu'il avait employée. Et c'était vrai. Surtout quand ils devaient sélectionner leurs spécimens. En outre, il en était venu à aimer ce qu'il faisait.

En quarante ans, il a beaucoup appris. Si le grondement de la journée cache un tas de choses, la nuit s'accompagne d'une clarté qu'il apprécie. Il peut écouter, observer.

Et puis, évidemment, il y a Marylin. Mlle Marylin Grayson. Brian l'a rencontrée à l'hiver 1974, et ils se sont mariés six mois plus tard. Certains jours, il a du mal à rapprocher son épouse clouée au lit de cette fille aux beaux yeux, pleine d'espoir. Lui-même n'est pas un très bel homme, mais la tignasse et la peau claire de sa jeunesse avaient masqué cette réalité. Plus maintenant. Maintenant, c'est un vieillard.

Brian doit transmettre un message important à Namita Choudray, la responsable de l'équipe de nuit des urgences pédiatriques. On a besoin de ses connaissances dans le domaine des traumatismes crâniens néonatals. Elle doit se rendre d'urgence dans le service Ariane.

Du moins, c'est sa couverture, au cas où. En réalité, il n'est porteur d'aucun message pour Namita Choudray. Il veut juste pénétrer dans l'unité de soins intensifs encore une fois.

Il ne comprend pas comment une personne saine d'esprit peut décider de baptiser un service destiné aux enfants du nom d'une femme de la mythologie grecque qui après avoir libéré Thésée a assassiné le Minotaure, pour finalement être trahie par la lâcheté du prince. Il aurait été plus logique de donner à ce service un nom inoffensif, un nom d'arbre par exemple, ou de poisson. Bien que les poissons-pierres ou le fugu japonais n'aient rien d'inoffensif.

Il n'y a personne à l'accueil lorsqu'il sonne à l'interphone et attend qu'on lui ouvre. Quand elles ne sont pas occupées à sauver des vies, les infirmières ont l'habitude de se rassembler autour de leur poste pour échanger des ragots sans intérêt sur des vedettes dont personne n'a rien à foutre. Et les lundis soir sont souvent calmes. Profitant de ce qu'une femme flic au teint blême sort du service en vitesse pour se rendre aux toilettes, Brian se faufile à l'intérieur telle une feuille portée par le vent.

Une élève infirmière en blouse gris tourterelle est occupée à griffonner sur un porte-bloc ; elle ne lève même pas la tête lorsqu'il passe. Les employés de l'hôpital sont habitués aux allées et venues et veillent en général à toujours savoir qui entre et sort, mais Brian porte un uniforme, et toute personne suffisamment curieuse pour s'intéresser à sa présence supposera que le service d'entretien a fait appel à lui pour prêter main-forte à ses collègues des urgences pédiatriques en sous-effectif.

Les lumières sont tamisées, à l'exception de trois barres de néon qui restent allumées nuit et jour. Les rideaux sont tirés devant trois des six baies vitrées. Il entend le murmure d'une mère qui raconte une histoire à son fils prostré et la respiration sifflante d'un autre enfant, mais la plupart des petits chatons dorment. À l'hôpital, le temps a la particularité de fusionner et les frontières entre les secondes, les minutes et les heures, entre la nuit et le jour s'effacent.

Il a la peau grise, sale, et quand il se contorsionne pour se gratter dans le dos, son omoplate saille, tranchante et dure comme un silex.

Il consulte sa montre. Un regard furtif au tableau de service des infirmières l'informe que la prochaine visite aura lieu à minuit trente. Il dispose donc d'un certain délai, mais il doit agir vite.

Il referme un bouton-pression de son uniforme et enfile une paire de gants en latex blanc. La sensation du talc sur ses doigts lui procure des frissons. Il fixe la raclette au bout du manche et se dirige vers le lit situé dans le coin le plus reculé de la salle.

Les rideaux bleus, plissés, à moitié tirés, offrent un semblant d'intimité. Il est si près qu'il peut lire l'étiquette dessus : *Tissu traité avec un produit biocide antimicrobien.*

Il pense à la fillette, cachée loin d'ici. Se protéger, c'est très important.

Des rubalises de la police entourent le lit.

Tout est calme, les enfants dorment, mais il est assailli de sensations. Le bruit des machines, les bips des moniteurs, le bourdonnement de l'interphone et l'odeur de renfermé, mêlée aux désinfectants. Il est aux aguets.

Il pose son triangle jaune – *Attention sol mouillé* – et entreprend de nettoyer par terre, méthodiquement, en se rapprochant du lit. Il n'est pas censé se trouver là, et il s'attend à ce qu'une infirmière vienne lui demander pourquoi il fait le ménage à cette heure-ci. Mais il n'a pas oublié la maxime de son père : « Prends l'air sûr de toi et tu pourras faire tout ce que tu veux ou presque. » Alors, il redresse les épaules et continue à nettoyer le sol, comme si c'était la chose la plus naturelle au monde.

Arrivé tout près du lit, il jette un coup d'œil par-dessus son épaule. Les infirmières poursuivent leur bavardage en lui tournant le dos. Autour des autres lits, les rideaux sont fermés. Aucun signe de la femme flic. Il se penche et farfouille dans son chariot, à la recherche de la boîte en carton, et il dépose, au milieu des pyjamas propres et des livres de Roald Dahl, dans le casier près du lit vide, le squelette de lapin.

Il charge son sac fourre-tout sur son épaule, franchit

la porte à double battant et tombe nez à nez avec le père du garçon.

Il baisse et tourne la tête. Il ne pense pas que l'homme l'a vu.

D'un pas vif, il s'éloigne dans le couloir, risque un coup d'œil derrière lui au moment où il tourne au coin, et percute un de ces profiteurs du système que vient d'engager Karen la Garce.

« Joyeux Noël à toi aussi, mon pote », marmonne une voix d'homme.

Noël, c'est dans un mois, pauvre connard, a-t-il envie de crier. Mais ce n'est pas le moment d'attirer l'attention. Il inspire à fond et monte dans l'ascenseur. La nervosité le rend négligent. Mais il est près. Tout près.

La petite pièce, étouffante, au rez-de-chaussée du Royal Southern Hospital est vide.

Dans six heures, des uniformes tachés seront ôtés et fourrés dans des sacs à dos, des bottes, des bonnets et des casques de vélo seront sortis des casiers métalliques cabossés. Fin du service de nuit. L'heure d'aller se coucher.

Dans six heures, il sera perdu au milieu du brouhaha des au revoir, du vacarme des portes métalliques qui claquent, tandis que les employés de l'hôpital, agents d'entretien et aides-soignants principalement, s'apprêteront à rentrer chez eux.

Mais pas maintenant. On est en milieu de service. Il n'y a quasiment pas âme qui vive.

La condensation s'accumule sur les hautes fenêtres à guillotine et goutte du plafond. L'air glacial s'infiltre par les fentes du mur et se heurte à la barrière de chaleur des radiateurs poussés à fond. Une lune blafarde monte dans le ciel.

Brian est épuisé, mais il ne peut pas encore se reposer.

« Ne regarde jamais en arrière », lui avait dit son père un jour, dans un rare moment de réflexion. Ils se trouvaient sur la plage d'une petite ville côtière minable où il n'était jamais venu, à quelques kilomètres de leur caravane. Il a oublié le nom de cette localité, il se souvient uniquement d'un ensemble de sensations. Il entend la symphonie synthétique des machines à sous, le tintement des pièces de monnaie qui dégringolent, leur odeur dans ses mains.

« Qu'est-ce que tu veux dire, papa ? »

Il venait de finir son beignet et, après avoir savouré sa chaleur grasse, il léchait le sucre sur ses lèvres. Il avait glissé la main à l'intérieur du sac en papier pour en prendre un autre.

« Les regrets ne servent à rien. Fais ce que tu dois faire. Sans jamais regarder en arrière. »

Il a suivi ce conseil. Car même s'il maudit cet endroit, il y a là quelque chose qui le retient. Si quelqu'un lui demande pourquoi il continue à travailler, il répondra, avec un clin d'œil, que c'est à cause des infirmières. La vérité, c'est que, malgré tout ce qu'il doit endurer, le fait de se trouver confronté à ces vies naissantes, d'assister à ces premiers instants, le revigore.

Mais le moment est venu de tirer un trait, de trouver un autre endroit. *La police se rapproche,* songe-t-il une fois de plus.

Les chiottes pour handicapés puent la pisse. Des lambeaux de papier-toilette jonchent le sol. Évitant la flaque autour de la cuvette, il envoie son jet dans l'eau couleur de merde. Il ôte rapidement le pantalon en coton et fait passer le haut par la tête. Il ouvre la fermeture Éclair de son sac et fourre son uniforme dans la taie d'oreiller qui contient les comptes rendus médicaux confidentiels de quelques patients atteints de déformations osseuses à divers degrés.

80

0h38

Brian Howley s'est trompé. Erdman l'a vu. Du moins, il a aperçu les cheveux gris, la silhouette cadavérique, et il les a reconnus.

Le temps que son corps rattrape son cerveau, les portes du service se referment déjà derrière l'homme. Erdman se retourne et écrase du talon de la main le bouton qui commande l'ouverture.

« Allez, allez », marmonne-t-il.

La porte coulisse enfin, avec une lenteur exaspérante, et il se faufile par l'ouverture dès qu'il le peut. Ses baskets claquent sur le sol. Arrivé au coin, il ne sait pas s'il doit tourner à gauche ou continuer tout droit. Il scrute les couloirs. Vides.

L'homme est agent d'entretien.

Dans cet hôpital.

Jakey se trouvait juste sous son nez.

Ignorant la douleur causée par ses blessures, qui au bout d'une semaine commence à s'estomper, Erdman dévale les sept étages, jusque dans le hall. Il balaye du regard les ivrognes, les victimes de disputes conjugales et les blessés en tout genre. Il entrevoit une tache de cheveux gris dans la lumière des lampadaires.

Il se rue au-dehors, vers le parking.

Une ambulance s'arrête en hurlant devant l'entrée, lui masquant la vue. Il la contourne, à la poursuite de cet inconnu qui hante sa vie. Ses poumons le torturent, chaque inspiration ressemble à un reproche.

Une petite voiture blanche roule vers la barrière.

Une voiture blanche conduite par une silhouette familière. Et non pas une camionnette grise. Sans doute est-elle cachée dans un garage quelque part, se dit Erdman. À l'abri des regards indiscrets.

Il plisse les yeux pour essayer de lire la plaque d'immatriculation, et fournir un indice à la police. Mais il n'y connaît pas grand-chose en voitures, il ne sait pas reconnaître les marques ni les modèles. *Que pouvez-vous nous dire sur ce véhicule, monsieur Frith ? Euh... la peinture était comme rouillée, et il y avait peut-être une éraflure sur un côté, mais il faisait nuit, alors je ne sais pas trop.*

Il voit la tache rouge des feux arrière tourner à droite. En courant vers sa propre voiture, il laisse tomber ses clés. Le temps qu'il démarre, l'homme a fichu le camp.

« Merde ! » peste-t-il en frappant du poing contre la portière.

Le vent qui se lève propulse les nuages dans le ciel. Il imagine que l'obscurité se referme sur lui. La vie de son fils dépend peut-être des décisions qu'il va prendre à cet instant.

Il appuie sur l'accélérateur.

Il le rattrape au feu rouge de Rushey Green. Il glisse sur son siège pour ne pas être vu. À quoi joue-t-il, nom de Dieu ? Il n'a rien d'un héros. N'ayant plus de portable, il n'a aucun moyen d'appeler la police. Mais il ne peut pas laisser filer ce type.

Tel est pris qui croyait prendre.

81

0h59

Les arbres sont nus et un vent mordant souffle sur le paysage vallonné du parc. L'obscurité s'est installée pour la nuit, transformant les buissons en taches floues. La lune s'élève dans un ciel sans nuages.

De là où elle se trouve, Fitzroy aperçoit à peine les immeubles de bureaux de Canary Wharf qui jaillissent de terre tels des monolithes. Un panache de fumée monte du One Canada Square, autrefois la construction la plus haute de la City, surpassée aujourd'hui par le Shard. La circulation sur la A2 produit un bourdonnement lointain. La marche des saisons ne parvient pas à altérer la beauté de Greenwich Park.

Elle est allée directement de l'hôpital à la salle de crise, mais là elle est restée assise les bras croisés, agacée, se sentant inutile et sans savoir où était passé M. Frith, à ressasser les paroles de Karen Matthews.

« C'est sans doute un détail sans importance, lui avait dit la responsable de l'entretien sur le parking de l'hôpital, mais je me demandais si vous étiez au courant pour la maison.

— La maison ?

— Oui. Ça m'était sorti de la tête, mais alors que je me trouvais dans mon bureau et que je pensais à Brian, en me disant que je savais presque rien de lui, j'ai repensé à une chose qui a eu lieu l'an dernier.

— Je vous écoute. »

Les phares d'une voiture qui passait avaient inondé le visage de Karen d'une lumière blanche.

« Il n'est pas venu travailler pendant trois semaines. Sans donner d'explications. Pas un coup de téléphone, rien. Finalement, je suis allée le voir. Je l'ai trouvé dans un sale état. En fait, son père venait de mourir. Il avait l'air tellement abattu que j'ai eu de la peine pour lui. Sachant que sa femme était malade, j'ai proposé de l'aider à nettoyer la maison de son père, en disant que je pouvais envoyer une équipe de l'hôpital, s'il voulait. Sans que ça se sache. »

Le visage de Karen s'était crispé à l'évocation de cette scène.

« Il s'est mis à me crier après, en disant que ça me regardait pas, que maintenant cette maison lui appartenait et qu'il la nettoierait lui-même… » Elle plisse le nez de dégoût. « … sans qu'on vienne *le faire chier.* Après ça, il ne m'a quasiment plus adressé la parole pendant des mois. »

La maison de son père.

L'endroit idéal pour cacher des choses qui devaient rester secrètes.

Grâce à la date de naissance figurant dans son dossier personnel à l'hôpital, Fitzroy avait interrogé la base de données qui recensait les actes de naissance et trouvé le nom du père. À partir de là, elle n'avait eu aucun mal à obtenir l'adresse de Marshall Howley en consultant les listes électorales. Fidèle à elle-même, Fitzroy avait également mené une recherche de solvabilité, via Experian, pour connaître les anciennes adresses de Brian Howley.

Il n'y en avait qu'une. Ça correspondait.

Son instinct chantait à ses oreilles, l'orchestre de ses synapses attaquait l'ouverture. Il fallait qu'elle en ait le cœur net. Ne serait-ce que pour sa tranquillité d'esprit.

Sans rien dire à personne, elle avait quitté le bureau en douce.

Elle se remet à courir. Elle ne discerne pas grand-chose dans le noir, si ce n'est les faibles explosions de son souffle au contact de l'air.

Elle devrait en référer à son supérieur. Elle le sait. Mais le Boss avait été on ne peut plus clair. Il la mettrait sur la touche. Karen avait raison : ce n'était sans doute qu'un détail. Si elle faisait vite, elle pouvait vérifier et être de retour à temps pour interroger Howley.

Son manteau est mouillé et lourd, son menton glacé par la cruauté du vent. Croyant sentir un mouvement dans son dos, elle se retourne brusquement, mais elle ne voit que la lueur de la lune qui filtre à travers le voile des arbres et éclaire les branches semblables à des capillaires.

Elle regarde au loin, au-delà des lumières tentaculaires de la City.

Personne ne la jugerait si elle démissionnait maintenant. Elle pourrait commencer une nouvelle vie. De fleuriste. Ou de bibliothécaire.

Clara était peut-être morte. Grace aussi. Et Jakey ? Sa

maladie finirait par le tuer, même si ce collectionneur l'épargnait.

Pourquoi mettre en danger sa carrière une seconde fois en agissant sans autorisation ?

Pourquoi risquer sa vie ?

Elle connaît déjà la réponse.

Parce que le jugement des autres ne compte pas. Elle se jugera elle-même. Parce qu'elle veut une vie libérée du fardeau de la conscience. Parce qu'il ne s'agit pas d'elle. Il s'agit d'offrir à un petit garçon et à une petite fille une chance de survivre. Et à des familles une chance de se reconstruire.

Elle écoute les gémissements du vent, et elle frissonne.

82

1h01

Brian entre chez lui et hume les odeurs de son autre vie : encaustique, désinfectant et viande hachée trop cuite. Il sait immédiatement que sa femme se repose. La maison l'attend, il le sent ; elle se détend maintenant qu'il est revenu, elle l'accueille par des craquements. Mais il ne doit pas céder à l'appel du confort. Le moment est presquc venu. Pas question de se défiler, de reculer devant ses responsabilités.

C'est son devoir.

Sa hanche le fait souffrir et il chancelle légèrement en ôtant ses chaussures qu'il lance contre le mur. En boitant, il marche jusque dans la cuisine, où il laisse tomber son fourre-tout sur le plan de travail en faux marbre.

De l'arthrite peut-être. Ou bien la tension de ces derniers jours. Il l'ignore. Il rêve d'un bon bain pour détendre ses os, débarrasser son corps fatigué de la crasse de ces journées interminables, mais il sait que ce n'est pas possible. Pas pour le moment.

À dire vrai, il s'inquiète.

Cette sale histoire avec Marylin et le squelette de lapin l'a perturbé. Elle lui a rappelé sa fragilité. Sa vulnérabilité.

Et il a vu la police à l'hôpital en venant travailler. Sur le parking, il est passé près de Karen Matthews la Garce, en train de vider son sac devant Fitzroy, cette salope d'inspectrice.

Il ne sait pas quand ils vont venir. Mais il sait qu'ils vont venir.

Il doit déplacer le garçon avant.

Ou le tuer.

Enfoncer le couteau.

Dévoiler la beauté cachée sous sa peau.

Son cerveau aussi est épuisé. Pourtant, il a besoin de réfléchir. Il inonde le jardin de lumière et sort pour s'occuper de ses lapins. Il prend le temps de nettoyer le clapier, de remplir les bouteilles d'eau et d'étaler de la paille propre sur le sol.

Quand il a fini, la maison est toujours plongée dans l'obscurité. Il retourne dans la cuisine et fait chauffer une soupe en boîte, puis il l'emporte dans la chambre de sa femme.

L'élastique de son masque de sommeil décoloré est tellement serré sur son front que la peau forme un bourrelet par-dessus. Sa peau est pâle. Ses yeux sont ouverts, mais ils ne voient plus. Marylin ne verra plus jamais rien.

Il s'assoit sur la chaise et lui fait avaler une cuillerée de soupe. Elle coule sur son menton, il l'essuie avec une serviette.

« Allez, ma chérie. Tu as besoin de reprendre des forces. »

Elle ne répond pas.

Il suit le long couloir des années qu'ils ont partagées. Ils aimaient tant parler tous les deux, rire. Dans une autre vie.

Hiver 1974. Il la revoit dans ce lit d'hôpital, les yeux brillants d'espoir quand il s'arrête pour bavarder, la douleur n'a pas encore gravé son empreinte sur son visage. À l'époque, ça s'appelait le service Genévrier.

Il la revoit le jour de leur mariage. Dans une robe de dentelle faite maison, tenant un bouquet de chrysanthèmes rouges et blancs.

Il la revoit lever les yeux vers lui en riant, le fauteuil roulant n'atténue pas sa beauté, il l'amplifie.

Il revoit sa tristesse de ne pas être mère.

Il la revoit ployer sous le poids de la scoliose, tel un jeune arbre sous le vent.

Il la voit maintenant.

Elle a les yeux ouverts, ils n'ont pas changé.

« Je t'aime », dit-il et il promène son pouce sur les lèvres froides et sèches.

Ensemble, ils se glissent dans les pantoufles usées du silence.

Il finit la soupe et nettoie le bol. Bien qu'il soit déjà tard, il n'arrive pas à se détendre. D'épais rideaux repoussent la nuit qui fait pression sur la fenêtre, mais ses oreilles guettent en permanence des coups frappés à la porte.

Finalement, il se met au lit. Le corps de Marylin est froid, et la chaleur de ses bras ne suffit pas à chasser la mort. Il ferme les yeux. Il va se reposer une heure avant de s'attaquer au labeur de la nuit.

Le chien des voisins aboie, et sa vessie envoie des signaux urgents à son cerveau, mais il rechigne à abandonner sa femme, tout en sachant qu'il n'a pas le choix.

Le vent violent prévu par la météo est arrivé, et avec lui la pluie semblable à de la neige fondue qui martèle le toit. Il n'a toujours pas réparé la fuite, et bientôt l'eau va couler dans la chambre d'amis. Il devrait se lever pour trouver un seau.

Il pleuvait comme ça, la nuit où sa mère a disparu. Il avait dix ans. Sylvie. Il se souvient encore du contact de sa main chaude ; ses bottes jaunes qui pataugent dans les flaques, son sourire éclatant sous son chapeau de pluie : un tournesol en plein orage. Le trou creusé par la brûlure de son absence dans la toile de fond de sa vie.

« Elle est partie. » La voix de son père était brutale, inflexible. « C'est maintenant à moi de faire de toi un homme. »

Cette nuit-là, il avait assisté son père dans la salle de dissection pour la première fois.

Brian se concentre de toutes ses forces pour ignorer un autre souvenir, plus insistant. Le souvenir lui donne des coups de coude, il veut l'obliger à faire attention à lui. Il soupire et balance les pieds sur le sol, doucement, afin de ne pas la déranger. Le sang afflue à son cerveau et un pétillement d'étoiles virevolte sous son crâne. Il ferme les yeux et attend que les vertiges passent.

La maison est glaciale. Elle n'aime pas qu'il allume le chauffage la nuit. Ça fait enfler ses genoux et ses jambes s'agitent nerveusement sous les draps. Il referme la porte derrière lui, sans bruit.

La lumière sur le dessus du réfrigérateur projette une lueur verte dans la cuisine, tandis qu'il remplit un verre d'eau au robinet et s'appuie contre l'évier pour le boire. Il envisage de se préparer un sandwich. Ou d'allumer un feu dans le salon pour lire le journal, désormais de la veille. Manœuvres dilatoires. Il ne veut pas la laisser. Mais il voit bien qu'il ne peut pas faire autrement. Le temps presse. Des sacrifices s'imposent.

Les vêtements sont soigneusement suspendus sur un cintre dans son bureau, sous un plastique. Il fait vite car il a froid. Il ôte son pantalon de pyjama et enfile un pantalon noir qui pend à la taille. Une chemise blanche. Une veste noire à fines rayures. Des chaussures noires pointues. Une chaîne autour de son cou. Son fourre-tout, et l'odeur de la mort dans ses narines.

En ressortant de la pièce, il aperçoit son reflet pâle dans la glace. Le Collectionneur le regarde.

« Au revoir, murmure-t-il. Au revoir. »

83

2h41

Erdman a failli le louper. Si le chien n'avait pas aboyé, il dormirait encore sous cette vieille couverture que Lilith l'avait obligé à garder dans le coffre de leur voiture.

Il a froid, il est mal installé, et il se dit qu'il aurait été plus raisonnable de se rendre au poste de police le plus proche pour raconter tout ce qu'il savait.

Mais Erdman n'a jamais été un homme très raisonnable, et son instinct lui conseille d'attendre. Car s'il s'agit bien de l'homme qui a enlevé son fils et la petite Clara Foyle, s'il y a une chance pour qu'ils soient toujours en vie, il ne les détient pas dans ce pavillon riquiqui, avec son jardin grand comme un timbre-poste, entouré de voisins, sans garage ni camionnette grise dans les parages.

Alors, non, il lui faut continuer à attendre et à observer, et choisir le bon moment pour faire face à ce type, même s'il doit passer la nuit ici.

Il ne veut pas l'effrayer avant d'avoir retrouvé son fils. Erdman s'étire, se cogne le genou contre le volant et regrette de ne pas avoir une veste plus épaisse. La lune est suspendue au-dessus de sa voiture. Le givre tapisse le sol. Il perçoit un mouvement du coin de l'œil.

L'homme s'éloigne d'un pas vif sur le trottoir opposé, un sac en plastique à la main. Erdman descend de voiture dans la nuit.

84

2h44

Les camionnettes banalisées se mettent en place discrètement. Une opération de ce type, qui nécessite l'intervention de policiers armés, exige plusieurs heures de préparation, une fois les autorisations obtenues. Le Boss sait qu'ils n'auront peut-être pas d'autre occasion. Autrement dit : interdiction de merder.

Évidemment, il aurait pu confier cette mission à l'équipe de nuit. Mais ce soir, comme les dix soirs précédents depuis la disparition du premier enfant, il n'a pas été capable de céder les rênes. Il ne se voit pas dormir dans son lit, bien au chaud, à l'abri, tant que les victimes n'ont pas été retrouvées. Et donc, comme Fitzroy, il survit en volant quelques heures de sommeil ici et là.

Fitzroy.

Un de ses meilleurs éléments, totalement dévouée à son travail. Pourtant, elle semble bien décidée à foutre sa carrière en l'air. L'an dernier, il a pris des risques pour la défendre. Elle a échappé de peu à une inculpation pour voie de fait, et puis ce salopard avait tout raconté à la presse.

Il savait pourquoi elle avait réagi de cette façon. Un pédophile fiché, vivant à quelques rues du domicile de Grace Rodriguez, qui avait avoué être allé promener son chien à Oxleas Woods le jour où elle avait disparu, et personne pour en témoigner.

Elle avait fait le rapprochement. Un peu trop vite.

Elle pouvait s'estimer heureuse d'avoir gardé son poste. Mais le Boss ne se sent pas prêt à la renvoyer sur le terrain. Tant qu'il n'est pas certain de pouvoir lui faire confiance.

Les agents rassemblés dans sa camionnette parlent tout bas, leurs voix sont tendues, comme l'atmosphère. Il consulte sa montre. Sa nervosité s'accroît, il ne sait pas s'il a eu raison d'attendre aussi longtemps. Mais il préfère appréhender un suspect au moment où celui-ci ne s'y attend pas, quand il est le plus vulnérable. Malgré cela, il a décidé d'avancer le raid d'une heure. On y est presque.

Avec un peu de chance, Brian Howley dort à poings fermés, il savoure son soir de congé. Face à quatre camionnettes et à une phalange d'officiers armés, il ne peut pas s'en tirer.

Le Boss n'a aucun moyen de savoir que sa cible est sortie en douce par la porte de derrière sept minutes plus tôt, et qu'à cet instant il n'est qu'à deux rues de la maison de son père.

Il consulte sa montre et, cette fois, il donne le signal.

85

2h46

Un costume-cravate, c'est la tenue idéale. Avec des chaussures noires bien cirées. Le nœud papillon, c'est excessif ; le jean-basket trop négligé. Mais un costume noir à fines rayures, une chemise blanche bien repassée et une cravate noire, ça donne un air d'autorité, de maîtrise. Ça impose presque le respect.

Il a choisi ses vêtements avec soin. Il doit faire bonne impression. Curieux paradoxe : sa tenue vestimentaire le distingue et le fait passer sous les radars.

Il remarque à peine la neige fondue qui cingle son visage. S'il frissonne, ce n'est pas à cause du froid, mais de ce qui l'attend. Il ne voit pas le père qui marche quelques pas derrière lui, dans le noir.

Dans l'air flotte l'odeur de soufre des pétards que font exploser ces petits salopards d'adolescents qui traînent dans le parc comme des merdes de chien. La nuit de Guy Fawkes est passée depuis longtemps, mais on dirait qu'ils prennent un plaisir sadique à foutre le bordel.

Il se demande comment ils réagiraient s'il leur montrait le scalpel caché dans sa veste.

Ce soir, il va enfin commencer à dévoiler le squelette du garçon. Peut-être un peu de H_20_2 pour blanchir les os.

Et ensuite… sa collection se présentera dans toute sa gloire.

Il songe à sa femme et le chagrin le transperce.

Elle avait vingt-sept ans quand ils se sont rencontrés. Ces yeux, l'éclat de ce sourire. Dans les hôpitaux, les salles étaient plus grandes à l'époque, les règles imposées par l'infirmière-chef plus strictes, plus contraignantes. Deux mois après les élections, quand le vieux Wilson l'avait emporté d'une courte tête. Quand Londres était une ville qui regardait encore par-dessus son épaule. Quand les bombardements, les frappes et le déclin de la morale constituaient le tissu quotidien de la vie.

Tout le monde dormait dans le service. Jusqu'à ce qu'elle lui demande son nom. Il s'était retourné, surpris d'être arraché au silence.

« Brian.

— Bonsoir, Brian. »

Son sourire en coin ressemblait à sa colonne vertébrale tordue.

Tout avait commencé à cet instant, et ça ne s'était jamais arrêté.

Mais aujourd'hui, il ne lui reste que sa collection.

Il presse le pas, au milieu des papiers d'emballage et des mégots, sous le ciel noir béant. Il est si près maintenant qu'il le sent : le baume qui apaisera ses rêves brisés, tout comme ses lèvres sont gercées.

86

2 h 47

Si Fitzroy ne dort pas bientôt, elle va finir par s'arrêter complètement, comme un lapin Duracell de mauvaise qualité dont les cymbales ralentissent peu à peu, puis cessent de s'entrechoquer. Pour de bon. Elle est éveillée depuis si longtemps qu'elle ne peut même plus compter les heures. Ses yeux sont rougis et irrités. Normalement, le pic d'adrénaline aurait dû produire son effet en ce moment. Morts ou vivants, elle n'a qu'une seule obsession : les retrouver. Clara, Jakey et Grace.

L'agent Angela Carpenter a donné l'alerte dès qu'elle a remarqué, alors qu'elle regagnait son poste, que le casier à côté du lit était entrouvert.

On y avait trouvé un autre squelette de lapin, au milieu des pyjamas et des livres du garçon. Le macabre et le quotidien. Et une nouvelle citation : « *Ces os peuvent-ils vivre ?* » Ces mots la font frissonner.

C'était la confirmation dont elle avait besoin, le trait qui reliait tous les points. Brian Howley avait à la fois un mobile et l'occasion d'agir.

Et il les narguait, sous leur nez.

Aucun corps n'a pour l'instant été découvert, mais ce n'est qu'une question de temps, elle le sait. Un serial killer enlève des enfants atteints de malformations osseuses. Simplement, elle ne peut pas encore l'annoncer officiellement.

D'habitude, l'excitation professionnelle aiguise son cerveau, mais pas ce soir. Son corps pèse des tonnes, entravé par la fatigue, la désespérance et l'espoir.

Ils vont donner l'assaut sur le domicile de Howley dans moins d'une heure. Quant à elle, elle attendra au poste pour l'interroger, dès qu'elle aura contenté ce *ting* dans sa tête qui l'incite à se rendre à l'adresse du père défunt. Une impasse sans doute, et le Boss n'en saura rien, mais elle ne pouvait pas rester au poste à se tourner les pouces en sachant que l'opération avait commencé. C'était ça le problème des impasses : une fois que vous vous y étiez engagé, il n'y avait plus d'issue.

En continuant d'avancer, elle regarde les vitrines floues qui tremblent sous la pluie. Elle ne parvient pas à chasser de son esprit l'image de Jakey Frith. Elle revoit les bosses de ses omoplates, telles des ailes d'ange atrophiées. Ce n'est encore qu'un bébé.

La mort exprime sa cruauté en brutalisant le cours ordinaire de la vie. L'existence tourne autour de l'école, des cours de natation, des jeux, et puis, brusquement, tout s'arrête. Un scooter. Une voiture qui recule. Un meurtrier. Et bang. Plus de mains chaudes et collantes à tenir. Plus de baisers à prodiguer. Plus de vacarme ni de fouillis. Plus aucun bruit, uniquement le rugissement du silence, jour après jour, semaine après semaine, bien après que les personnes venues vous soutenir sont parties retrouver leur famille, bien après qu'a débuté pour vous une sorte de demi-existence.

Elle pense à sa propre blessure, cicatrisée désormais. Mais la cicatrice demeure à vif.

La douleur de la perte peut vous dévorer, si vous la laissez faire. Une fois qu'elle s'empare de certaines âmes infortunées, elle ne les laisse plus remonter à la surface. Après toutes ces années, Fitzroy peut encore respirer, mais il s'en est fallu de peu.

Elle aurait dû protéger Jakey. La culpabilité pèse sur sa tête comme une couronne d'épines.

Les rues sont calmes. Une lune faiblarde fait de son mieux pour transpercer le ciel violet, mais elle renonce rapidement et se laisse submerger par les nuages.

Elle poursuit son chemin, en passant devant les kebabs ouverts tard et les entrées d'immeubles habitées par les déshérités.

Elle a mal aux pieds et très très froid, mais elle a préféré ne pas emprunter de voiture de fonction pour échapper à la paperasserie, aux questions et aux regards compatissants. Elle s'assoit sur un banc devant l'église de la Vierge Marie, située près de High Street, et elle regarde passer les véhicules.

Ses pensées l'entraînent vers Nina et son neveu nouveau-né, Max. Vers David et le poids mort de leur mariage. Vers les âmes perdues, solitaires, de Clara et de Jakey. Vers une autre nuit semblable à celle-ci.

Le sol irrégulier était jonché de brindilles et de mottes de boue ; elle avançait en trébuchant, dans les profondeurs obscures.

Fitzroy ne voulait pas qu'elle vienne, il faisait trop sombre, mais Conchita Rodriguez avait insisté. Elle devait le faire, pour sa fille, disait-elle.

Elles s'enfonçaient au cœur des arbres enchevêtrés. Dénudés par la chute des feuilles mortes. Malgré cela, le clair de lune était trop faible pour traverser les branchages.

La lampe torche de Fitzroy tressautait au rythme de ses pas. Mme Rodriguez ne disait rien.

Enfin, elles avaient atteint la tente blanche et la rubalise de la police tendue d'un arbre à l'autre comme une sinistre guirlande.

Le vent s'était levé et avait chassé les nuages qui masquaient la lune. Dans un rayon de lumière argentée, sous les branches d'un cormier sauvage, Mme Rodriguez avait contemplé l'endroit où sa fille avait affronté les ténèbres, et elle s'était agenouillée dans la terre humide en décomposition pour prier.

Fitzroy se relève.

Les talons de ses chaussures crissent sur le trottoir givré. Elle s'imagine telle une caméra thermique traversant les briques rouges des maisons mitoyennes de style victorien qui étouffent ce quartier de la capitale.

Elle sillonne les rues jusqu'à ce que ses pieds ne soient plus qu'une collection de cloques, et soudain, elle la voit.

Peu engageante, ordinaire, anonyme. La maison se dresse au coin d'une ruelle, juste en face. Entre les coups de fouet du vent et le grondement lointain de la circulation sur la A21, Fitzroy se concentre.

Alors qu'elle s'interroge sur la meilleure façon de procéder – doit-elle briser une vitre ou escalader la grille à la recherche d'une porte de derrière –, elle aperçoit une frêle silhouette qui remonte à vive allure l'allée du jardin.

Elle se plaque contre le mur. Apparemment, il ne l'a

pas vue. Mais la main qui tient un jeu de clés retombe le long de son corps et il tourne le dos à la maison pour scruter l'obscurité de la rue. Il fait un pas vers elle, puis s'arrête. Fitzroy, dont les jambes se sont liquéfiées, pousse un soupir, non pas de soulagement, mais pour expulser la peur qui s'accumule en elle et menace d'exploser comme un geyser.

Lorsque les yeux noirs, inflexibles, de l'homme croisent les siens, elle y voit briller des horreurs innommables. Elle essaye alors de s'enfuir, d'échapper à ce sinistre individu qui marche main dans la main avec la mort, mais son regard se moque d'elle, et elle s'aperçoit qu'elle ne peut plus bouger.

Il traverse la rue pour venir vers elle. Le ciel se renfrogne, le vent s'arrête, on dirait que la nuit va la happer.

Fitzroy pousse un cri et s'engouffre dans la ruelle à la recherche d'une issue, mais des murs de briques, bordés de poubelles qui débordent, se dressent de chaque côté. Et brusquement, il est là, face à elle, il lui souffle son haleine fétide au visage et tient un scalpel entre ses doigts décharnés.

Il s'exprime d'un ton doux et courtois, détendu.

« Inspectrice Etta Fitzroy, quelle joie de vous rencontrer enfin. »

Elle ne répond pas, elle en est incapable.

Il l'observe.

« Savez-vous qu'en agonisant, Grace a appelé son père ? Elle n'a presque pas parlé de sa mère. »

Fitzroy a déjà connu la peur, mais ce qu'elle ressent à cet instant, c'est une terreur viscérale qui lui noue l'estomac et lui broie le cœur. Cet homme, sa *texture*. Il arbore la mort de Grace à la manière d'une médaille.

« Je vais m'en aller, dit-elle. Laissez-moi passer et je m'en irai. Sans me retourner. »

Il penche la tête sur le côté, songeur.

« Je crains que ce ne soit pas possible. »

Durant cette fraction de seconde pendant laquelle l'intuition se transforme en certitude, Fitzroy voit que son avenir a été scellé.

L'homme fait tournoyer le scalpel avec une telle dextérité, une telle rapidité, qu'il devient impossible de distinguer l'éclat terne de la lame de la lumière monochrome de novembre. Tel un archer, il lève son arme et l'abat en décrivant un arc de cercle gracieux. Elle frappe la poitrine de Fitzroy entre la septième vraie côte et la huitième fausse côte.

Elle ouvre la bouche pour hurler, mais il n'en sort qu'un grognement étranglé. Elle titube et heurte une poubelle, une substance humide et pourrie coule sur sa jupe ; elle bascule vers l'avant. Le trottoir déchire ses collants et lui érafle les genoux.

Il la toise en brandissant le scalpel, triomphant et déterminé. Il lui entaille le bras, à travers l'épais tissu de son manteau, et le feu s'embrase en elle. De nouveau, elle ouvre la bouche pour hurler, jusqu'à en avoir la gorge à vif, jusqu'à ce qu'il disparaisse dans les ombres grises.

Mais soudain, une pensée simple lui vient à l'esprit, si audacieuse, si différente de la réaction qu'elle devrait avoir, qu'elle comprend immédiatement que c'est la bonne solution.

Elle relâche tout son corps et retient sa respiration. Le scalpel hésite au-dessus d'elle, puis l'homme laisse retomber son bras et, dans la pâleur du clair de lune, il se penche pour balancer le corps de Fitzroy sur son épaule et le transporter à l'intérieur de la maison de son père.

Quand elle rouvre les yeux, sa joue est écrasée contre le plancher et une odeur d'humidité envahit ses narines. Elle appuie son visage contre la surface dure et fraîche. Allongée dans le noir, elle retrouve un peu de son calme. Ses côtes sont salement amochées, mais son gilet en kevlar l'a protégée de la morsure de la lame. En revanche, son bras se porte beaucoup moins bien. Poisseux de sang, il lui fait un mal de chien. Sa radio et son portable ont disparu. Les yeux fixés sur une tache de moisissure du mur, elle tente de repousser la douleur.

Elle se trouve dans une pièce exiguë, aux murs de briques aussi nus que les squelettes humains disposés autour d'elle en demi-cercle. Elle demeure bouche bée devant ce spectacle. Les corps, dépouillés jusqu'aux os, pendent du plafond, suspendus par des tiges métalliques vissées dans les crânes.

Sa ruse a fonctionné. Elle est allongée sur le flanc dans une pièce fermée par une lourde porte. Ses mains ne sont pas ligotées.

Grelottante de froid, elle frictionne ses bras couverts de chair de poule, mais ce geste tire sur sa blessure et lui arrache une grimace. Une flaque de sang s'est formée sur le plancher à côté d'elle. L'odeur lui rappelle celle des pièces de monnaie qu'elle collectionnait dans une bouteille de whisky quand elle était enfant.

La science n'a pas trouvé le moyen de quantifier la peur, et Fitzroy non plus. Certaines personnes affirment que le sang se glace, d'autre que le cœur s'accélère jusqu'à exploser hors de la poitrine. Fitzroy ne partage pas ces avis. Pour elle, la peur, c'est le picotement de l'attente, la sueur froide qui coule entre les omoplates, le fait de *savoir* que le mal est à l'œuvre.

Elle se demande si elle a devant elle le squelette de Grace Rodriguez.

Elle inspire profondément et tente d'apaiser ses nerfs à vif pour réfléchir posément. Elle est enfermée dans la Maison des Morts, et nul ne sait où elle est.

Mais une petite voix en elle lui dit que Clara se trouve sans doute ici. Et Jakey aussi.

Cependant, elle ignore s'ils sont toujours en vie.

Elle se force à se mettre à genoux et rampe douloureusement jusqu'à la porte. Il faut qu'elle les trouve, qu'elle trouve un moyen de s'enfuir.

Hélas, elle sent ses forces l'abandonner et l'adrénaline qui lui a permis de tenir le coup se dissout dans ses veines ; elle entend son souffle rauque. Il faudrait qu'elle aille à l'hôpital. Sa plaie au bras avait eu le temps de cicatriser, mais en bougeant, elle l'a rouverte et elle recommence à perdre du sang.

Elle utilise le poids de son corps pour appuyer contre la porte. Verrouillée.

Son visage pâle semble congelé dans l'éclat de la lune. Elle se rallonge sur le sol, juste un instant.

« Il faut que je bouge, murmure-t-elle. Je suis en danger. »

Mais elle n'a nulle part où aller.

Petite idiote.

Fitzroy est un rat pris au piège.

87

3 h 03

Erdman a entendu un cri, il en est sûr. Un cri de femme. Qui semblait souffrir. Il hésite, se baisse derrière une voiture en stationnement, et observe.

« Pu-tain. »

Dans la lueur orangée du lampadaire, il voit soudain l'homme transporter une femme inanimée à l'intérieur de la maison. Une femme qui possède les mêmes cheveux que l'inspectrice Fitzroy.

Erdman sait qu'il a deux options. Frapper à la porte d'une de ces maisons endormies, trouver un téléphone, appeler la police et perdre de précieuses minutes à expliquer et à attendre, pour laisser quelqu'un d'autre prendre les décisions et le contrôle de la situation.

Ou bien, il peut faire ce qu'il n'a jamais fait.

Ce que lui dicte son cœur.

Il est là, sur place, au bon moment, et il peut faire quelque chose d'utile. Il peut aider Fitzroy à trouver Jakey.

Erdman fait le tour de la maison en courant, en quête d'une entrée. Il trouve une porte de garage à la peinture écaillée. Il actionne la poignée, la sent tourner dans sa main, et soulève. Le bruit ressemble à un grondement de tonnerre. Il se fige. Il referme la porte derrière lui, tout doucement cette fois.

Il fait totalement noir à l'intérieur du garage, et Erdman est obligé d'avancer en tendant les mains devant lui. Elles heurtent une surface métallique brillante. Une camionnette.

Il n'a pas besoin de lumière pour savoir qu'il s'agit de celle que recherche la police.

Accroupi dans l'obscurité, il attend. Mais la maison demeure silencieuse ; elle guette sa prochaine action.

Une minute passe. Puis deux. Erdman palpe les murs. Des parpaings. Une étagère. La surface lisse d'une porte intérieure.

88

3h07

Lilith est recroquevillée sous une couette encore imprégnée de l'odeur de Jakey, même si elle s'estompe.

Elle a le bout du nez glacé et son souffle forme des petits nuages devant son visage. La chaudière recommence à faire des siennes, et elle n'a pas réussi à la réparer. Normalement, c'est Erdman qui s'en occupe, mais elle a dormi pendant des heures et des heures, et elle ne l'a pas vu depuis le petit déjeuner. Il est sorti à un moment, elle le sait. Elle a entendu la porte claquer. Et de son côté du lit, le drap est lisse. Sans doute s'est-il affalé dans le canapé comme hier, avec la bouteille de whisky.

Elle devrait réagir, mais elle ne trouve pas l'énergie nécessaire. Elle n'a plus la force de faire quoi que ce soit, hormis rester allongée dans son lit pour repenser à sa vie d'autrefois. Une vie contre laquelle elle pestait, et qu'elle aimerait tant retrouver aujourd'hui, ne serait-ce qu'une journée.

Elle tripote la photo entre ses doigts, celle qu'elle emporte partout avec elle, dans son lit, dans la salle de bains, glissée dans la poche de son peignoir. Cette photo qui commence à se ramollir et à s'abîmer sur les côtés.

« Je suis désolée, je suis désolée de ne pas m'être occupée de toi. » Une larme coule le long de son nez. Puis une autre. « Tu me manques », dit-elle d'une voix qui ressemble à du verre brisé.

Six ans plus tôt, ils l'ont ramené de l'hôpital. Une minuscule chose dont la vie était à présent entre leurs mains.

Elle se souvient de ce retour. La peur de tout, le vacarme des voitures dans la rue, les cris des ouvriers qui le troublaient dans son sommeil, la pluie qui tombait sur son nez en trompette.

Erdman avait arrêté la circulation d'un geste pour qu'elle puisse passer avec la poussette.

Le sourire de fierté et de joie d'un père.

Puis Jakey s'était réveillé et il avait hurlé jusqu'en haut de la colline, de plus en plus fort. Lilith avait paniqué. Pleurait-il parce qu'il souffrait ? Parce que cette épouvantable maladie prenait déjà possession de son corps ?

Elle l'avait pris dans ses bras pour se précipiter à l'intérieur de la maison. En larmes elle aussi.

Et comme elle ne savait pas quoi faire d'autre, elle avait déboutonné son chemisier et plaqué le bébé contre sa poitrine. Il avait cessé de crier.

Erdman l'avait regardée comme si elle était une divinité quelconque.

« Il est parfait, avait-il dit. Vous êtes parfaits tous les deux. »

Et il avait raison. Malgré tout, leur fils était parfait.

Mais il a disparu.

Pour Lilith, cette absence subite n'a pas seulement provoqué une dégringolade dans un trou sans fond. C'est beaucoup plus terre à terre.

Elle se niche dans les chaussures éraflées à l'intérieur du placard de l'entrée, dans le set manquant sur la table, dans les pièces vides qui résonnent d'heure en heure.

Je ne peux plus le supporter.

Son chagrin flotte dans l'atmosphère comme une odeur de renfermé, ajoutée à celle de son corps moite et sale, de ses cheveux gras et emmêlés.

Alors que la lune s'affaisse dans le ciel, Lilith se traîne jusqu'aux toilettes, en posant la couette de Jakey sur ses épaules, à la manière d'une cape. Les ombres dessinent des silhouettes grises.

Il ne rentrera pas. Il ne reviendra jamais à la maison.

Le désespoir, aussi pesant et noir que du goudron, lui colle à la peau et la cloue au sol.

Elle remplit un verre d'eau au lavabo. Ce lavabo dans lequel Jakey se brossait les dents et lavait son visage brillant. L'odeur d'eau de Javel s'insinue dans ses narines.

S'il devait rentrer à la maison, la police l'aurait déjà retrouvé.

Mais il n'est pas là.

Il est mort.

Je ne pourrai pas supporter de les entendre prononcer ces mots.

La police.

Je ne le supporterai pas.

Non.

Pas ces mots.

Mort.

Non.

Je ne pourrai pas.

Jakey m'attend.

Le noir.

Il a peur du noir.

Il a besoin de moi.

Il a besoin de sa maman.

Cette sinistre certitude se répand sur elle tels des fragments de cendre en suspension. D'un pas traînant, elle retourne dans la chambre, ses doigts se referment autour du flacon de somnifères sur la table de chevet.

Elle pense à Erdman, au chagrin qui va le dévaster.

Elle pense à Jakey, sauvé miraculeusement, pour finalement découvrir que sa mère est morte.

Elle pense au choc, au désespoir, à cette horreur, qui les retiendront en otage l'un et l'autre, non pas pendant quelques jours seulement, mais durant toute la vie.

Elle pense au sourire de Jakey.

Et l'espoir, cet intrus indésirable et furtif, s'introduit en elle par la ruse.

89

3h16

Quelqu'un la secoue, et Fitzroy met un certain temps à comprendre que ces violentes secousses proviennent de son propre corps. Elle grelotte et elle est dans le pétrin, mais au moins elle est vivante.

Elle roule sur le côté et quelque chose de mouillé traverse la manche de son chemisier. Elle s'immobilise, puis s'oblige à se redresser. Des points noirs clignotent dans le vide autour de sa tête. Elle compte jusqu'à soixante-dix avant d'ouvrir les yeux.

La pièce est plongée dans l'obscurité, les volets font barrage à la lune. Une maison remplie de secrets endormis. Mais Fitzroy sait à quoi s'en tenir. Derrière cette façade tranquille, les morts l'attendent. Les morts et, je vous en supplie, mon Dieu, les vivants.

Il faut qu'elle les retrouve et fiche le camp d'ici.

Elle roule sur le ventre, puis se met à genoux. Les paumes appuyées contre le mur, elle se redresse petit à petit. C'est alors qu'elle l'entend. Un bruit de pas dans l'escalier. Les cliquetis caractéristiques d'une serrure que l'on ouvre. Un murmure.

« Inspectrice Fitzroy ? »

La porte s'ouvre et Erdman Frith apparaît. Il la prend par la taille pour l'aider à tenir debout.

Elle ne perd pas de temps à lui poser des questions.

La pièce donne sur un palier étroit et un escalier sur la droite. Elle s'arrête pour tendre l'oreille. Son cœur cogne dans sa poitrine, mais la maison est silencieuse. Elle descend en grimaçant de douleur. Ils se retrouvent au milieu d'un vestibule dans lequel se découpent trois portes. Toutes fermées. Le sang de sa blessure coule sur le sol.

« Il faut que je retrouve Jakey, déclare Erdman.

— Oui. Mais avant cela, il faut appeler les secours. »

Elle tente de s'orienter et cherche du regard un téléphone, sa radio. Mais elle ne voit que du verre et des os. Elle avance d'un pas trébuchant et se retrouve face à une porte épaisse. Fitzroy peut deviner un tas de choses sur une personne à partir de l'état de sa porte d'entrée. Celle-ci, dépourvue de fenêtre, aurait besoin d'un coup de peinture. Mais peu importe. Elle donne sur le monde extérieur.

« Allons-y », dit-elle d'un ton pressant, dans un grognement.

Voyant Erdman lever la main, elle croit à une objection, mais le désespoir marbre son visage. Des pas gravissent un escalier.

« Cachons-nous », souffle-t-elle.

Erdman la pousse vers un épais rideau suspendu devant le mur lambrissé, avant de disparaître dans l'obscurité. Accroupie, la joue collée contre le tissu, elle risque un coup d'œil.

Et voit un homme, d'ombres et d'os, émerger de la cave, traverser le vestibule et monter l'escalier par lequel Erdman et elle viennent de descendre.

La lumière argentée qui filtre entre les lattes des volets éclaire les vitrines et leur sinistre contenu.

Fitzroy laisse ses paupières retomber pour ne pas être obligée de voir les os nus de ceux qui ont souffert, non pas une fois, mais deux. Elle a toutefois le temps d'entrevoir quelque chose dans la pénombre, juste au-dessus d'elle.

Au centre de la pièce, sur un socle, trône une vitrine positionnée de manière que les vitres reflètent l'éclat de la lune.

Elle abrite le corps voûté, mais reconnaissable, d'un enfant. Le squelette déformé est comme enveloppé de couches et de rubans d'os surnuméraires. Un enfant emprisonné dans la vie et dans la mort. Un enfant transformé en pierre.

Ting.

La lettre C est gravée sur une plaque métallique. À côté, une autre vitrine, vide celle-ci, attend son spécimen.

Le frère jumeau d'Erdman, Carlton Frith. Et un espace juste assez grand pour accueillir Jakey.

90

3 h 19

Brian gravit en boitant l'escalier qui monte de la cave de son père. Sa hanche lui joue des tours encore une fois, mais il n'y prête pas attention, trop occupé à penser à ce qu'il va faire à Jakey Frith.

Les flics l'attendent-ils dehors ? Il entend un bruit de moteur qui tourne au ralenti, mais la voiture vient de la cité au bout de la rue, il en est quasiment certain. Après avoir planté cette salope, il lui a pris son téléphone et sa radio.

Lentement, il monte vers le dernier étage.

La porte de la chambre Une est ouverte.

Il entre et pose le pied dans une flaque visqueuse. Du sang. Beaucoup de sang. Où est-elle ? Brian regarde autour de lui à la recherche d'un indice pour le guider vers l'endroit où se trouve Fitzroy.

Une empreinte de main ensanglantée sur la porte confirme ses pires craintes.

Prudemment, il recule dans le couloir et jette un coup d'œil par-dessus la rambarde. Le vestibule de son musée est plongé dans l'obscurité, à l'exception du clair de lune qui se reflète sur les os du garçon. Mais à la manière dont l'air résonne il sait qu'il n'y a personne.

Alors, où est-elle, bordel ?

Il s'attarde dans le couloir, il ne serait pas surpris d'entendre la police tambouriner à la porte d'entrée. Mais il n'y a aucun bruit, uniquement la voix de son père, qui l'encourage à continuer. Et le faible bourdonnement familier de la prise électrique dans le mur.

Si cette salope de flic s'est échappée, il doit la retrouver.

Il redescend.

C'est alors qu'il l'entend : un léger toc-toc-toc. Il porte les doigts à sa bouche et ronge les lambeaux de peau, tandis que ses yeux tentent de localiser la source de ce bruit.

Le bruit de l'os qui cogne contre de l'os.

Il lève les yeux vers la fierté de sa collection. Le squelette du garçon se balance, son avant-bras vient heurter le torse bombé : grotesque imitation d'une personne qui marche.

Ce n'est que le vent dans cette maison pleine de courants d'air.

Sauf que le squelette est enfermé dans une vitrine close.

À moins que quelqu'un soit rentré dedans.

Quelqu'un comme cette salope de Fitzroy.

Brian se fige, hésitant soudain. Il a envie de la traquer, de la tuer. Mais il n'est plus en sécurité ici. Il doit agir.

Ensuite, quand il aura la certitude que personne ne l'observe, il emballera les spécimens du musée familial, ses colonies, et il fichera le camp. Il trouvera un nouvel Ossuaire pour cacher sa collection, un nouveau terrain de chasse.

Mais d'abord, le garçon. Il doit le déplacer sans tarder, après quoi il récupérera les os.

La première fois que Brian a vu cette maison, il en est tombé amoureux. Il avait six ans. Le précédent propriétaire les avait fait monter par un escalier en colimaçon dans une pièce spacieuse dotée d'un projecteur. « Ma salle de cinéma, avait fièrement annoncé M. Thomas. Totalement insonorisée. » Il avait ouvert la porte d'un placard caché, d'où il avait tiré une rangée de douze sièges.

Sa mère, Sylvie, avait insisté pour que tout cela disparaisse, jusqu'au dernier siège datant des années 1930, avec son dossier pivotant et son revêtement en velours mauve. Quel dommage ! Elle voulait transformer cette pièce en chambre d'enfant. Alors, son père avait enlevé les sièges et passé ses soirées à arracher le papier peint, à poncer le plancher et à tout repeindre en blanc. Il avait construit une fausse cloison afin d'abriter les jouets de Junior. Elle montait parfois dans cette pièce pour contempler les toits luisants de pluie. Mais le bébé n'était jamais venu. Finalement, elle avait cessé de s'y rendre.

Brian gravit les marches d'un pas raide vers le garçon, vers la chambre Trois.

Il prend soin de ne pas faire craquer le plancher. Il ne veut pas lui faire peur. La dernière fois, le garçon avait pleuré en l'entendant arriver. Il caresse le bras tordu de l'enfant. Déjà, des larmes s'échappent de sa caroncule lacrymale. À croire qu'il sait ce que le Collectionneur a prévu.

Il regarde fixement le reflet de ses yeux dans la pénombre.

« Ça va ? »

Le garçon hoche la tête, sans un mot. Minuscule chose,

inexistante, qui se recroqueville sur elle-même jusqu'à devenir presque invisible. À cause de l'absence de soleil, sa peau est pâle. Brian examine ses propres bras. Ils sont identiques. Blancs et maigres.

« Le moment est venu. »

Le visage du garçon s'éclaire.

« Vous me ramenez chez moi ? »

Brian sourit, puis hoche la tête.

« Oui, Jakey. Je te ramène chez toi.

— Tant mieux. » Il fait bouger sa dent de devant avec sa langue et regarde l'homme d'un air méfiant. « Maintenant ?

— Oui. Mais tu dois rester silencieux. Si tu fais le moindre bruit, je ne pourrai pas te ramener à ta maman. Tu as bien compris ?

— Promis, promis, promis. »

Jakey hoche la tête frénétiquement, on la dirait montée sur ressort.

« Très bien. Tu as toutes tes affaires ? »

Ça l'amuse de jouer les hôtes courtois, comme si le garçon était un invité qui se préparait à partir.

Jakey hésite.

« Ma couverture de l'hôpital…

— Ne t'inquiète pas pour ça, fiston. »

Elle a été dissoute dans l'acide trois jours plus tôt, dans la salle de dissection, à la cave, mais le garçon n'a pas besoin de connaître ce genre de détails sans importance.

Jakey le regarde à travers ses cils, le coton fin de son pyjama laisse deviner ses os magnifiques. Les imaginer dépouillés de leur peau et de leur chair provoque en lui un sentiment d'excitation.

« Tiens, enveloppe-toi là-dedans. »

Il pose un vieux tapis sur les épaules de l'enfant.

Celui-ci se lève sans bruit et attend la suite des instructions. Il doute, oui, mais Brian sent émaner de lui le parfum de l'excitation, comme il sent sa peur. Les phéromones. Il adore ce mot, il aime le faire rouler sur sa langue.

« Souviens-toi de ce que je t'ai dit : pas un bruit », lui rappelle-t-il, avant de l'entraîner dans l'escalier.

Arrivé en bas, il s'arrête un instant ; il tend l'oreille pour percer le silence. La plupart des voisins doivent dormir, sauf peut-être un insomniaque. *Aucune négligence, Brian.* Même le moteur qui tournait au ralenti s'est arrêté.

Il ouvre la porte qui donne sur le garage et, aussi silencieusement que possible, il fait coulisser la portière de la camionnette. Le grincement du métal contre le métal le fait grimacer.

« Monte », dit-il en accompagnant cet ordre d'un mouvement de tête.

Le garçon se tourne vers lui, ses yeux indiquent qu'il n'a aucune envie de monter dans cet habitacle sombre et exigu. Mais il n'ose pas ouvrir la bouche.

« Monte ou sinon tu ne verras pas ta maman. »

Le garçon émet un petit gémissement, mais il pose un genou sur le plancher, difficilement, et se hisse à bord. De tout le poids de son corps, Brian le pousse à l'intérieur et Jakey, propulsé vers l'avant, s'ouvre le front sur l'angle d'une boîte à outils. Il ne peut s'empêcher d'exprimer sa douleur et ses cris, semblables à une sirène, ne cessent de s'amplifier. Brian ferme la portière pour étouffer le bruit.

Il scrute la rue à travers la petite fenêtre découpée dans la porte du garage. Tout est calme, mais, au numéro 28, une lumière appuie maintenant contre le verre dépoli d'une fenêtre du premier étage. Il monte à bord de la camionnette et met le contact. Le garçon continue à gémir, mais le vrombissement du moteur couvre ses pleurs.

Brian redescend de la camionnette pour fermer la porte qui communique avec la maison de son père.

Il a lu avec intérêt les gros titres des journaux évoquant le naufrage des familles sous les yeux du monde entier et la nervosité grandissante de la police. L'hystérie provoquée par la disparition de trois enfants a décuplé son plaisir.

Mais aujourd'hui, il atteint l'apogée, le moment qu'il a attendu toute sa vie.

Il a désiré les retrouvailles des deux frères jumeaux.

Là, ce sera encore mieux.

Oncle et neveu.

Presque aussi bien que père et fils.

Soudain, quelque chose attire son regard.

91

3h22

Fitzroy est allongée dans une alcôve, cachée derrière un rideau. Quand Erdman l'avait poussée à l'abri, elle s'était tapie à l'intérieur de cet espace creusé dans le mur, mue par l'instinct de survie. Puis elle finit par sortir de sa cachette, à quatre pattes, et se redresse en glissant le long du mur.

Son sang macule toujours le sol, le squelette du garçon aux os tordus, semblables à une accusation muette, demeure enfermé à l'intérieur de la vitrine. Emprisonné dans la mort comme il l'avait été de son vivant.

Soudain, elle entend les pas de Howley au-dessus de sa tête.

En espérant qu'Erdman a eu la présence d'esprit de rester caché.

Sa respiration est précipitée, hachée. Retenant son souffle, elle profite de ce bref silence pour écouter l'obscurité. Peut-être devrait-elle prendre ses jambes à son cou. Toutes ses terminaisons nerveuses, tous ses instincts lui hurlent de décamper. S'il découvre qu'elle est toujours vivante, il la tuera. Mais cela veut dire abandonner les enfants. Et Erdman. Pas question.

Alors, elle se dirige vers la porte de la cave. Et en descendant l'escalier, elle découvre une vision de l'enfer, où flotte la puanteur âcre de la mort et de la putréfaction. L'odeur de viande avariée qui envahit toute la maison est bien plus forte ici. Prise de haut-le-cœur, elle recule et trébuche sur quelque chose qui produit un bruit d'ossements. Elle entend une sorte de cliquetis. Elle voit des produits d'embaumement. Des outils de torture. Un porte-monnaie d'enfant.

Le vomi tapisse le fond de sa gorge.

Un désir intense l'habite. Elle va trouver Jakey et Clara. Il le faut. Mais où les avait-il cachés ?

L'indécision la paralyse. L'indécision qui est le domaine des faibles, l'ennemie de l'action. Elle confisque le temps. Elle vole des vies. Pourtant. Il faut parfois savoir ralentir, être mesuré et prudent.

Une fois de plus, elle est happée par le souvenir.

Après avoir conduit la mère de Grace dans les bois pour ce pèlerinage solitaire, elle avait ramené au poste Conchita Rodriguez, en état de choc, et l'avait fait asseoir sur un banc.

« Ne bougez pas. Je reviens. »

Elle avait gravi l'escalier d'un pas lourd, sans se soucier des regards étonnés de ses collègues, afin de chercher une adresse sur son ordinateur.

Après avoir déposé Mme Rodriguez à son domicile et attendu l'arrivée d'une amie, elle s'était garée un peu plus loin dans la rue et avait parcouru en courant les quelques pâtés de maisons qui la séparaient de son appartement.

Il remontait l'allée en lui tournant le dos. Elle avait sorti sa vieille matraque, qui datait de l'époque où elle patrouillait en uniforme, et elle l'avait frappé, violemment, sur la nuque.

L'homme s'était écroulé dans l'herbe en battant des paupières.

Pour Fitzroy, ce n'était pas suffisant. Plantée à côté de lui, elle l'avait frappé aux bras, au ventre, partout où elle le pouvait. Il y avait dans ces coups une pureté qui la nettoyait.

Il avait fallu qu'un voisin accoure dans le jardin pour qu'elle s'arrête.

Et alors, tout avait commencé.

L'enquête, la folie médiatique, le goût amer de l'échec.

Une mère qui continue à chercher le corps de sa fille pour pouvoir lui dire adieu.

Ce soir, elle accomplirait une vengeance d'un autre genre.

Par terre se trouve un couteau à désosser. Elle le ramasse.

Elle remonte l'escalier de la cave, lentement, en tenant le couteau devant elle. Elle guette un bruit de pas. Est-il toujours en haut ? Ou bien est-il redescendu en douce pendant qu'elle fouillait ce charnier souterrain ? Une ampoule électrique clignote.

Une voix.

Il était une fois une petite fille
Qui avait une petite mèche
Au beau milieu du front.
Quand elle était gentille,
Elle était très très gentille,

Et quand elle était méchante,
C'était un vrai démon.

La voix chantante de Brian Howley est empreinte de raillerie. Il l'observe dans l'ombre d'une porte. Un marteau à la main.

« Ça va durer encore longtemps ? » Il affiche un sourire narquois. « Le Collectionneur a autre chose à faire. »

Le Collectionneur. Elle avait donc vu juste.

Du sang macule son visage, comme une cicatrice, et il avance vers elle en boitant. Ses joues, encore plus creusées que d'habitude, semblent aspirées de l'intérieur. Sa peau est desséchée et on a l'impression qu'il suffirait d'une chiquenaude pour l'expédier au tapis, réduit à un tas de poussière et de cellules mortes.

Ses yeux noirs sont un étang ensorcelant qui attire Fitzroy comme un poisson accroché à un hameçon. Il y a en eux quelque chose de familier, mais aussi une obscurité dans son regard de défi, et cela suffit à arracher Fitzroy à ce pouvoir hypnotique et à lui rappeler la tâche qu'elle s'est fixée.

« Où sont-ils ? » demande-t-elle.

Un bourdonnement. Un grand boum. Une pluie d'étincelles.

Une odeur de fumée.

Les narines du Collectionneur se dilatent tandis qu'il hume l'air. Un bras fin se tend vers elle et, lorsque ses doigts se referment sur son poignet, un torrent glacé la fait chanceler. Elle lutte contre l'envie de s'asseoir. Car elle sait que tout sera alors perdu. Elle s'oblige à se concentrer sur l'idée de chaleur. Des vacances d'été en France, il y a longtemps. Le soleil sur sa peau, l'ombre du Mont-Blanc. Non, ne pense pas à la montagne au sommet enneigé.

Oublie la fraîcheur de la vallée et le froid insidieux de la nuit qui tombe. Pense au soleil brûlant de la mi-journée, à ses rayons qui frappent ton visage, les nuages de poussière sèche soulevés par les voitures. Pense aux forêts en feu.

Le feu. Ce mot clignote dans son esprit.

Et dans le coin du vestibule, des flammes viennent lécher l'escalier ; elles s'emparent des barreaux de la rampe, qu'elles remontent à toute allure pour s'attaquer aux marches en bois verni. Et elles continuent à s'élever, jusqu'à ce que le plafond commence à noircir et à cloquer.

Le Collectionneur resserre l'étau de sa main.

Puis il lève son marteau et l'abat sur la bouche de Fitzroy, aussi fort qu'il en est capable. Il savoure le petit bruit mouillé que cela produit.

Fitzroy s'écroule, en accordéon ; ses dents de devant jonchent le sol telles des feuilles mortes.

Derrière elle, Erdman sort discrètement de sa cachette sous l'escalier.

Le feu se propage à toute vitesse maintenant ; il atteint les vitrines en acajou et les lambris au pied de l'escalier, il vient lécher la porte de la cave.

L'homme se précipite vers sa collection, mais la fournaise l'oblige à reculer.

Il pousse un long cri d'horreur.

Le mur de chaleur commence à roussir le fin duvet sur le visage de Fitzroy. Le feu et la fumée vont la terrasser, si la douleur de sa bouche en bouillie ne l'emporte pas avant. Au prix d'un terrible effort, elle se redresse en position assise et fait signe à Erdman de retourner dans sa cachette, à l'abri de ce meurtrier, ce voleur d'os.

Mais Erdman ne la regarde pas. Il regarde la vitrine qui contient le squelette baptisé C.

Le Collectionneur suit le regard de Fitzroy. Il se retourne. Sourit.

« Oh, dit-il. Une réunion de famille. »

Erdman murmure une promesse de liberté adressée à ce frère qu'il a aimé et attendu toute sa vie, et il pousse en y mettant tout son poids.

Un raclement, le bruit du verre qui frotte contre le bois.

La vitrine bascule.

Et tombe.

Des éclats de verre inondent les os déformés du garçon comme une pluie d'étoiles.

« Pourquoi est-ce que vous avez fait ça ? » lance le Collectionneur en avançant vers lui.

Le sang palpite de plus en plus fort dans les veines d'Erdman ; il craint que son cœur n'explose.

Il inhale la puanteur de l'homme qui se rapproche et un froid intense se répand en lui. Il a déjà senti cette odeur, la fois où Lilith avait jeté un poulet avarié, mais oublié de vider la poubelle. Le pays avait connu une vague de chaleur inattendue et, quand ils étaient rentrés de vacances, la cuisine empestait la viande avariée. L'odeur avait persisté pendant plusieurs jours.

Erdman n'arrive pas à parler, sa bouche semble incapable de former la moindre syllabe.

Le Collectionneur lève son marteau.

Erdman se jette au sol et cherche à tâtons, au milieu des éclats de verre, le squelette tordu de Carlton Frith. Pendant un court instant, il le serre contre lui, avant de le brandir au-dessus de sa tête.

« Où est mon fils ? »

Le Collectionneur éclate de rire.

Erdman lance les restes du jeune garçon dans les flammes.

« NON ! »

L'homme fonce vers l'amas d'os qui a atterri au centre du brasier. La fureur fait étinceler ses yeux noirs.

Il lâche son marteau pour plonger les mains dans les flammes.

Erdman se précipite vers Fitzroy pour l'entraîner, en la tirant à moitié, à l'écart du foyer qui se propage. Elle a les yeux fermés. Le Collectionneur se retourne vers la porte de la cave et un grand sourire fend son visage.

À travers les fentes de la porte, une procession d'obscurité ondoyante envahit le vestibule, chassée par l'incendie qui chauffe les briques de la maison.

Erdman recule devant cette vague d'insectes qui déferle sur eux, des milliers de minuscules pinces en quête de chair morte ou putréfiée. Leur agitation grandissante crée un bourdonnement sourd.

Ils continuent à se déverser à travers le vestibule ; ils recouvrent le plancher d'une couche de trois ou quatre centimètres d'épaisseur. Ce voile de ténèbres qui fonce vers lui le paralyse.

Le Collectionneur lève sa chaussure bien cirée et décoche un coup de pied dans le dos de Fitzroy, toujours affalée sur le sol. Le feu de l'incendie se propage en elle. Son corps bascule vers l'avant, son visage s'écrase au milieu d'une masse de coléoptères, qui rampent à l'intérieur de sa bouche détruite, de son nez, de ses oreilles, cherchant eux aussi à échapper à la fournaise.

Erdman l'attrape par les poignets pour l'éloigner de cette marée grouillante ; il chasse les minuscules créatures noires qui cavalent sur le visage de l'inspectrice, sur ses propres bras.

« Il faut que je retrouve Jakey ! » crie-t-il par-dessus le vacarme du brasier.

Et il repart vers l'escalier, vers sa mort certaine.

Un morceau de bois enflammé se détache du plafond et tombe sur l'épaule du Collectionneur. Il tape frénétiquement sur le col de sa veste, sur sa nuque ; ses bras ressemblent aux ailes d'un colibri.

Assez.

À genoux, Fitzroy tente de rejoindre Erdman, au milieu des insectes et de la chaleur grandissante. Sans doute a-t-elle la mâchoire fracturée, mais cette douleur n'est rien comparée à l'idée que les victimes de cet homme sont peut-être toujours à l'intérieur, que leurs petits corps sont en train de brûler, et qu'il n'y a rien à faire. L'idée que si elle avait informé le Boss, des vies auraient peut-être pu être sauvées.

Elle a le cœur brisé en assistant à la destruction des preuves susceptibles de les aider à identifier les personnes disparues au fil des ans. Les corps volés dans la chapelle de l'hôpital. Grace Rodriguez.

Mais une autre voix en elle, plus calme, l'apaise.

Pour les victimes, suspendues et exhibées afin d'alimenter l'appétit pervers de cet homme, il s'agit d'une sorte de crémation. Un adieu honorable.

Au loin, elle perçoit la sirène d'un camion de pompiers. Une sensation de déjà-vu la submerge. Elle s'allonge sur le plancher, la fournaise sur les talons.

Derrière elle, la porte du garage claque.

Puis un bruit de bottes qui enfoncent la porte d'entrée, l'odeur alléchante de l'air frais, de la pluie et de la liberté. Et le Boss qui l'aide à se relever. Entre deux quintes de toux, elle répète le nom d'Erdman.

Et pendant ce temps, une pluie brûlante tombe sur la Maison de la Mort.

92

3h31

Il aimerait rester pour voir l'inspectrice brûler vive, et la peur se répandre sur son visage comme une tache de porto. Hélas, il n'a pas le choix, il doit s'enfuir.

Merde. Ses mains sont couvertes de cloques, mais il ignore la douleur. La fumée dans sa gorge le fait tousser. *Merde.* Dans quelques minutes, la maison de son père sera détruite. Sa précieuse collection partira en fumée.

Un trou noir s'ouvre en lui, et il se retrouve à l'arrière de la camionnette, il fait coulisser la portière latérale. Le garçon est allongé sur le plancher, en chien de fusil. Il sort son scalpel. Le garçon l'observe d'un air apeuré, mais le Collectionneur sait que ce n'est pas le bon moment. Ce sera pour plus tard. Un chiffon sale fera l'affaire pour le moment. Il le fourre dans la bouche du garçon, jusqu'à faire gonfler ses joues.

Le pantalon de pyjama a glissé, dévoilant la peau blanche de son postérieur. Il s'empresse de le remonter. Un vieil homme tel que lui ne doit pas regarder les fesses d'un garçonnet.

Celui-ci ne bouge pas, mais il est attentif. Brian le devine au rythme de sa respiration qui soulève et fait retomber sa poitrine.

« Est-ce… que… tu… m'entends ? »

Pas de réponse. Ah, les enfants. Que voulez-vous faire ?

Ils doivent filer avant que la police les trouve et que la maison s'écroule.

Il essuie sur son pantalon ses doigts moites. Le garçon marmonne quelque chose.

« Hein ? Qu'est-ce que tu as dit ? »

Le froid qui règne dans le garage torture sa hanche et ses brûlures l'élancent. Il retire le bâillon de la bouche du garçon et se penche vers lui.

Son souffle est un murmure blanc.

« Je veux ma maman. »

La paume du Collectionneur claque sur la joue de Jakey.

Il fourre dans sa bouche le chiffon sale, mouillé de bave et de peur, et revient vers l'avant de la camionnette en traînant la patte.

Le bruit de sa respiration emplit ses oreilles. Il s'arrête, le temps d'avaler plusieurs bouffées d'air. Il est gonflé à bloc, alerte ; l'adrénaline remplit sa fonction, mais son corps n'a plus sa jeunesse d'autrefois.

Les halètements diminuent, et c'est alors qu'il les entend : des pas qui raclent le sol en béton du garage.

Brian se fige, il retient son souffle, mais la palpitation du sang dans sa tête devient assourdissante, et il expire bruyamment.

Ça recommence. Il fait volte-face, ses doigts se referment sur le scalpel dans la poche de sa veste ; les battements de son cœur s'emballent.

Au cours des soixante-sept années qu'il a passées sur cette terre, Brian a vu un tas de choses. Les corps ravagés des cadavres qu'il a volés, l'ombre de la mort à la lisière de sa vie. Son père lui a appris à voir tout ça, à avancer à tâtons en suivant les formes irrégulières de la vérité des autres, et à s'immiscer dans leurs histoires sans devenir suspect.

Mais il n'a encore jamais vu ça.

Dans un carré de lune qui entre par la fenêtre de la porte du garage vient d'apparaître Erdman Frith. Il tient dans sa main le marteau du Collectionneur.

Dans une banale rue de Londres, par une nuit de novembre solitaire, Brian voit son passé et son présent se percuter.

C'est une chose qu'il a toujours redoutée, et il sent son caractère inéluctable, aussi sûrement que la nuit succède au crépuscule.

Une rafale de vent renvoie la lune derrière les nuages. Et Erdman disparaît.

La douleur explose à l'arrière de son crâne.

Il titube contre la camionnette, porte la main à sa blessure, sans y croire, et il entend les éclats de voix, qui se rapprochent de plus en plus. De la fumée envahit ses narines, le faisceau d'une lampe torche sautille à l'extérieur du garage, tel un feu follet. Inutile de courir.

Il s'empare du scalpel dans sa poche.

Il attend son père de pied ferme.

93

3 h 33

Erdman n'avait jamais frappé un homme. Mais il avait entendu un cri d'enfant et cru reconnaître la voix de son fils. Jakey se trouvait dans cette camionnette, et il devait le libérer avant que la fumée qui filtrait sous la porte n'envahisse le garage et que la maison ne s'écroule sur eux.

Alors, il avait abattu le marteau, de toutes ses forces, au hasard. Il avait atteint sa cible, mais le Collectionneur ne gît pas au sol. Il recule vers la portière de la camionnette, vers Jakey.

La panique s'empare d'Erdman. Il lève le marteau de nouveau. L'homme se retourne et sourit. Comme précédemment.

Une fleur de douleur éclot dans la poitrine d'Erdman.

Il lâche le marteau et tombe à genoux. Le sang se répand sur le sol en béton autour de lui. Un vermillon magnifique et violent.

Il revoit le visage de sa mère et de son père, de Jakey et de Lilith. Et puis, un visage semblable au sien. Toutes les personnes qu'il a aimées. Dont trois qu'il a perdues.

Autour de lui, l'air semble trembloter. Non, ce sont

juste les murs du garage qui vacillent. C'est seulement la fin du monde.

Il se demande s'ils l'ont attendu de l'autre côté, si les fantômes qui ont hanté les abords de sa vie seront là pour l'accueillir dans la mort. Il se demande si son propre décès va enfin faire taire leurs voix. Lui apporter la paix.

Mais il ne veut pas mourir. Sa famille a besoin de lui. Il a besoin d'eux.

Il essaye d'appeler son fils, mais ses paupières sont lourdes, les réactions de son corps plus lentes.

Des années durant, il a eu le sentiment d'être inutile, une source de déceptions. Pour sa mère d'abord, puis pour Lilith et enfin, constatation déchirante, pour Jakey. Impuissant face à la maladie qui détruisait son fils. Craignant de lui faire mal quand il jouait avec lui. Incapable de communiquer avec sa femme, dont il comprenait la souffrance et le chagrin avec une lucidité soudaine, il l'avait obligée à se replier sur elle-même faute de pouvoir s'appuyer sur lui.

Mais il ne veut plus être cet homme-là.

Jakey-boy. Mon champion. Papa arrive.

Erdman parvient à se relever.

94

3 h 35

Le Collectionneur rouvre la portière de la camionnette.

Il se tapit sur le matelas humide, à côté du garçon. Il inhale l'odeur de sa peur. Le bâillon est ressorti de sa bouche et il émet de petits sons plaintifs. L'homme soulève le haut de pyjama et fait courir ses doigts froids sur la cage thoracique déformée, il caresse l'arête saillante de la clavicule. Dans l'autre main, il tient le scalpel.

S'il le tue maintenant, le garçon ne fera plus de bruit.

« Tout va bien, dit-il d'une voix apaisante. C'est bientôt fini. »

Le garçon regarde la lame, il perçoit un souffle d'air dans l'immobilité. Au même moment, le Collectionneur ressent une douleur fulgurante à l'arrière du crâne, et le scalpel lui échappe.

Des taches grises surgissent de nulle part en aboyant furieusement ; les chiens policiers l'entourent, le garçon pleure, et on entraîne le Collectionneur au-dehors, dans la rue, dans la nuit brumeuse. Trois agents – des sales porcs – le brutalisent et lui passent les menottes.

L'inspectrice Fitzroy vient vers lui, le visage estropié, noir de suie.

Elle peut à peine parler à cause de ses dents cassées, de ses gencives détruites.

« Où est Clara Foyle, ordure ? »

Elle n'a pas haussé la voix, mais il perçoit la fureur dans tout son corps, dans sa posture de défi, dans son regard haineux, et les postillons rouges de sang qui jaillissent de ses lèvres.

Il hausse les épaules.

« Salopard. »

Elle le pousse violemment. Déséquilibré, il recule en titubant et heurte la carrosserie étincelante d'une voiture de police. Fitzroy abat son poing sur son nez. Cartilage contre os.

Il encaisse.

Chambers la retient par le bras et regarde derrière lui.

« Qu'est-ce que tu fous ? Le Boss va te voir. »

Du coin de l'œil, le Collectionneur aperçoit les agents de police regroupés autour d'Erdman Frith. Quelqu'un réclame une autre ambulance par radio. Il entend les sanglots de l'enfant et la voix apaisante d'une femme, les jets d'eau qui maîtrisent le feu. Il sent la morsure de l'acier autour de ses poignets et un coup de pied sournois dans ses côtes. Quelqu'un installe des projecteurs. La lumière blanche l'oblige à plisser les yeux.

Il ne supporte pas de contempler les ruines de la maison de son père.

Fitzroy fait les cent pas sur le trottoir. Il la regarde se diriger à grandes enjambées vers le garçon, puis revenir vers lui. Un hématome marbre déjà sa mâchoire. Elle a perdu plusieurs dents.

« Pourquoi vous avez fait ça, nom de Dieu ? » éructe-t-elle.

Il réfléchit à sa question, et opte pour la vérité. Les preuves sont partout. Il ne leur faudra pas longtemps pour découvrir les restes carbonisés dans la salle de dissection, la collection d'os en train de se consumer. Ses yeux s'assombrissent, ils reflètent le ciel glacial et meurtri.

« Je répondrai à votre question si vous répondez à la mienne. »

Elle secoue la tête, le dégoût se lit sur son visage, mais il sait qu'elle va mordre à l'hameçon, c'est plus fort qu'elle. Il croise ses mains enchaînées devant lui et attend.

Finalement, elle hoche la tête, même si cela semble lui demander un terrible effort.

« Comment m'avez-vous retrouvé ? »

Fitzroy plisse les yeux et le toise.

« Grâce aux squelettes de lapins et aux citations de John Hunter, on a découvert votre fascination pour le Hunterian Museum… Et une des familles de vos victimes vous a reconnu, espèce de sale petite merde prétentieuse. Ensuite, on a compris que vous travailliez à l'hôpital et que c'était comme ça que vous trouviez et choisissiez vos victimes.

« … Alors, on a effectué une descente à votre domicile. Mais vous n'y étiez pas. Puisque vous étiez chez votre père. Quand une de vos collègues nous a appris qu'il vous avait légué cette maison, on n'a pas hésité. »

Il hoche la tête, lentement. Karen, cette sale fouineuse. Inutile de nier, ils savent tout.

« On a retrouvé votre femme. » Elle lui crache ces mots au visage. « Vous l'avez tuée elle aussi ? »

La tristesse l'envahit.

« Non. Je ne l'ai pas tuée.

— On a un mandat pour fouiller votre maison, monsieur Howley. Mes agents ont commencé la perquisition. Maintenant, répondez à ma question. Pourquoi ? »

Il semble songeur, comme s'il voulait s'exprimer de la manière la plus précise.

« Je veillais sur eux.

— Que voulez-vous dire ?

— Les os, je les protégeais. Comme un conservateur de musée, si vous voulez. Je prenais soin de ma collection familiale. C'est mon travail. Mon devoir. »

Fitzroy émet un ricanement méprisant.

« Merci, monsieur Howley. Très éclairant.

— Je prenais soin d'eux… Je les honorais.

— Où est Clara Foyle ? »

Il sourit. Il sait garder un secret lui aussi.

Fitzroy le jauge d'un œil froid. Elle décide de tout lui dire.

« Après avoir fait chou blanc à votre domicile, l'équipe est retournée au poste. Comme ils ne me voyaient pas, mes collègues ont fouillé mon bureau et trouvé mes notes. L'adresse de votre père. » Elle lui rend son sourire. « Ils sont arrivés juste à temps pour voir la maison brûler. »

Il tend son visage vers Fitzroy. Elle sent son haleine sur ses joues, la lueur accusatrice dans ses yeux.

« C'est vous qui avez fait ça ? »

Elle recule, surprise.

« Le feu ? Non. Je n'y suis pour rien. Mais de quand datent les installations électriques dans cette maison, monsieur Howley ? » Elle rit. « Il s'agit d'un simple incendie accidentel. »

Elle le pousse vers la voiture de police, dont le

gyrophare transforme les maisons voisines en un kaléidoscope bleu éclatant. Fitzroy ouvre la portière, l'assoit de force à l'arrière et s'éloigne.

« Fitzroy ! »

Elle s'arrête, sans se retourner.

« Toutes mes condoléances. »

Il n'en faut pas plus. Elle fait volte-face et fonce vers lui, la fureur et la confusion enflamment son visage, mais quelque chose dans le rictus narquois de Howley la fait s'arrêter net.

« C'est tellement triste de perdre un bébé. »

Il s'autorise un sourire compatissant avant qu'on l'emmène.

95

3 h 42

Jakey cligne des yeux à cause des lumières. Plus brillantes que le soleil. Une femme au visage ensanglanté vient vers lui, bras tendus.

« Tout va bien, Jakey. Tu n'as plus rien à craindre. Je m'appelle Etta et je vais te ramener auprès de ta maman et de ton papa. »

Elle veut lui prendre la main, mais le garçon recule. Sa mère lui a dit de ne jamais suivre un inconnu, et il ne va pas refaire la même erreur, surtout avec quelqu'un d'aussi effrayant.

Il jette des coups d'œil de tous les côtés, à la recherche de Ol' Bloody Bones ; il scrute les visages des hommes et des femmes munis de lampes torches qui tressautent dans la nuit, mais il ne le voit pas. Bien que ses mouvements soient limités, il peut quand même glisser les mains entre ses cuisses et enfouir son visage dans le creux de son épaule. Il ferme les yeux.

« Tu n'as plus rien à craindre, répète la femme nommée Etta en s'accroupissant à côté de lui sur le trottoir mouillé. Je te le promets. »

Son papa avait promis lui aussi de le protéger.

Dans l'air froid de la nuit, au milieu de toute cette étrangeté et de la fumée qui flotte encore dans la rue, il imagine qu'il entend sa voix.

« Champion ? »

Et soudain, il est là, son papa, avec son sourire familier et un bandage blanc autour de la poitrine. Il écarte la femme et, en larmes, enlace Jakey et le serre dans ses bras de toutes ses forces, à l'en étouffer.

« Papamonpapajesavaisquetuviendrais. »

Son papa lui a fait une promesse. Et cette fois, il a tenu parole. Son papa l'a protégé. Jakey pose la tête sur l'épaule de son père. La femme au visage ensanglanté a un sourire dans les yeux en les regardant, remarque-t-il. Elle lui tend une brique de jus d'orange. Lentement, Jakey avance la main et se saisit de son avenir.

96

4 h 01

L'inspecteur Alun Chambers songe au repas qu'il va cuisiner à sa femme, afin de se faire pardonner d'avoir été absent si longtemps au cours de cette enquête qui a tenu tout le pays en haleine. Il songe à ses enfants, qu'il n'a quasiment pas vus depuis dix jours, et au fait qu'ils se précipitent toujours vers leur mère quand ils se font mal. Il songe au doux accueil que lui réserve son lit.

Son regard se fixe sur le rétroviseur intérieur, sur le suspect assis à l'arrière. Brian Howley a la tête baissée, son visage taillé à la serpe disparaît dans la pénombre. Habituellement, Chambers s'efforce d'échanger quelques mots avec les individus appréhendés. Après tout, ce sont des êtres humains. Mais pour une fois, il n'a pas envie de bavarder.

Bon sang, il est vanné. La douleur qui lui vrille les tempes ne disparaîtra qu'après une bonne nuit de sommeil. Quand il aura déposé Howley au poste pour l'interrogatoire, peut-être que le Boss le laissera rentrer chez lui.

Ses pensées dérivent vers Etta Fitzroy. Il l'aime bien. Pour lui, elle représente une énigme, mais c'est une bonne inspectrice. Elle mérite d'être lavée du déshonneur qui la frappe, même si elle ne parvient toujours pas à se contrôler.

La ville commence à se réveiller. Il voit un agent d'entretien marcher d'un pas vif, un balai dans une main, une cigarette au bec ; un chauffeur de taxi adossé à sa voiture à une tête de station. Il suit du regard la difficile progression d'un ivrogne qui agite une canette, de la bière sans doute. Peut-être qu'il reviendra vite fait après avoir déposé Howley, et essaiera de lui trouver une place dans un centre. Il fait trop froid pour dormir dehors.

Cet homme est digne d'être secouru, contrairement à cette ordure de Howley, qui aura un toit sur sa tête et le ventre plein, en dépit de tout ce qu'il a fait.

L'esprit de l'inspecteur Chambers est rempli de projets, de réflexions et d'idées diverses, ses yeux sont fatigués et il fait nuit noire.

Voilà pourquoi il ne voit pas le renard qui jaillit sur la chaussée.

L'animal se fige, les yeux illuminés par l'éclat des phares, et, même à cet instant, Chambers continue à penser.

Mais ce qu'il pense alors, c'est : *Merde !*

Ce qui se produit ensuite se déroule dans un méli-mélo d'images et de sensations.

La voiture de police fait une embardée.

Chambers sent la pression de la ceinture de sécurité contre son épaule.

Le bruit de tôle froissée lorsque le véhicule percute légèrement le feu rouge au niveau du passage piéton.

Le cri de mise en garde de Howley.

La tache floue d'un camion rouge qui fonce droit sur eux.

Un choc énorme.

Un rugissement.

Plus rien.

97

Deux mois plus tard

Certains jours, quand elle parvient à s'arracher à l'entrelacs des draps, Lilith est certaine que quelqu'un l'observe. Elle prend un bain, elle regarde la télé d'un air absent ou bien elle est couchée dans le lit de Jakey, blottie contre son petit corps chaud, et soudain les poils fins de ses bras se dressent, et elle sait que cet inconnu est encore là.

Parfois, cette présence a quelque chose de chaleureux ; elle arrondit les bords tranchants de sa peur, elle l'enveloppe de sa bienveillance, elle la fait se sentir plus légère. Parfois, la sensation de menace est si écrasante qu'elle tire tous les rideaux et rampe sous les draps, jusqu'à être certaine qu'elle a disparu, et même à ce moment-là elle a encore trop peur pour bouger, avant que la lumière nacrée d'une matinée de fin janvier envahisse sa chambre et qu'elle entende les voisins partir travailler.

Certains – poètes, chanteurs, cette foutue Alyson Carruthers – parlent de l'absence d'un être aimé comme d'une *douleur*.

Jamais un mot n'a été aussi bêtement employé. La

douleur, c'est ce que vous ressentez quand vous avez mal aux dents, quand vous avez dansé avec des talons hauts ou que vous êtes resté dans la même position trop longtemps. L'enlèvement de Jakey n'a pas causé une douleur, il a laissé en elle un cratère béant et ensanglanté.

Mais il se refermera.

Jakey est vivant. Son magnifique petit garçon est vivant. Raison suffisante pour maintenir les ténèbres en respect.

Lors de cette étrange et terrible nuit où elle était perdue et où Jakey avait été retrouvé, Lilith avait envisagé d'avaler tous les somnifères.

Mais Erdman, lui, avait refusé d'abandonner.

Il avait sauvé leur fils.

Ils n'avaient pas été informés de cette opération de police. Lilith somnolait dans son lit quand Belinda Chong avait frappé à leur porte, à 4h57. Elle s'était réveillée en sursaut ; ce bruit importun, venu du dehors, l'avait inondée d'une sueur glacée. Le visage de leur officier de liaison était pâle dans la lumière de l'éclairage extérieur, les larmes faisaient briller ses yeux.

L'espace d'un instant, Lilith avait été incapable de respirer.

Jusqu'à ce que Belinda illumine le silence avec trois mots.

« On a Jakey. »

Une sorte de vertige s'était emparé de Lilith, ses jambes s'étaient mises à trembler, ses genoux s'étaient dérobés ; Belinda avait dû l'aider à boutonner son jean car ses mains tremblaient trop, puis elles avaient foncé vers l'aube, vers l'hôpital.

Il était là.

Son garçon.

Son bébé.

Elle avait ri, pleuré et couvert de baisers le visage de son enfant, jusqu'à ce qu'il se libère en se tortillant.

Du bout des doigts, elle avait caressé la joue d'Erdman, et ils étaient restés là côte à côte, tête contre tête. Elle s'était juré alors de ne jamais oublier la pureté de cet instant, jusqu'à la fin de ses jours.

Quelques heures après l'arrestation de Brian Howley (désormais surnommé par la presse le Boucher de Bromley, mais elle refusait de lui accorder le statut presque mythique de serial killer, et elle n'avait pas voulu écouter les reportages ni lire les articles), Fitzroy avait quitté son propre lit d'hôpital pour venir les voir dans la chambre de Jakey.

Le garçon dormait. Il allait bientôt sortir. Il était encore affaibli à cause de la pneumonie et de la malnutrition, mais ils l'avaient mis sous perfusion et avaient rempli un sac en papier blanc d'antalgiques et d'antibiotiques puissants. Les médecins rechignaient, toutefois, à le laisser partir si vite. Lilith avait insisté. Même si un agent au visage juvénile montait la garde devant la chambre, elle n'avait plus confiance dans les hôpitaux.

L'inspectrice semblait vannée. Elle portait un T-shirt ample qui la rajeunissait et lui donnait un aspect vulnérable.

Elle avait la mâchoire enflée, plusieurs dents cassées ou manquantes. Une opération s'imposait, leur avait-elle expliqué, dès que l'enflure aurait disparu. En attendant, elle parlait difficilement.

Après ce bref échange en guise d'introduction, Erdman

était allé chercher du thé dans des gobelets en plastique, et Lilith, assise à côté de son mari, lui avait tenu la main, tandis que Fitzroy reposait son gobelet, sans avoir bu : un geste qui indiquait que la conversation allait prendre un tour sérieux.

« La maison de son père abritait un musée secret, et un laboratoire artisanal dans la cave. Rempli d'ossements humains, ce genre de choses. »

Elle s'exprimait d'une voix pâteuse, hésitante.

Lilith avait baissé la tête. Entendre la confirmation de la bouche de Fitzroy, c'était un choc. Elle aurait voulu se persuader que l'enlèvement de Jakey était un rêve délirant.

Fitzroy continuait à parler, alors elle s'était obligée à l'écouter.

« Howley nourrissait une obsession pour les squelettes déformés, tout comme son père avant lui, semble-t-il. Marshall Howley est mort récemment, mais les premiers éléments laissent deviner qu'il était impliqué. Certains restes ayant survécu à l'incendie semblaient se trouver là depuis de nombreuses années. Nous pensons maintenant que Howley, et son père probablement sont responsables du vol du corps de Carlton. » À ce moment-là, elle avait pris la main de Lilith pour la serrer dans la sienne. « Et qu'il a choisi Jakey pour cible à cause de son état.

« Ainsi que la direction de l'hôpital vous l'a certainement expliqué, nous n'avons pas réussi à déterminer de quelle manière il a enlevé votre fils. Des caméras de surveillance supplémentaires avaient été installées après la disparition de deux corps à l'intérieur de la Chapelle du Repos, l'année dernière. Le Royal Southern a réussi à étouffer l'affaire à l'époque en dédommageant les familles, mais nous avons toutes les raisons de croire que c'est Howley qui les a volés. De même, nous pensons qu'il a mis les caméras hors d'usage avant d'enlever votre fils. Elles ont été enveloppées dans des sacs plastique noirs remplis de colle. À un collègue qui passait par là au moment où il agissait, il a expliqué qu'il les "emballait" avant de les faire réparer.

— Et mon frère ? avait demandé Erdman.

— Nous continuons à effectuer des tests à partir d'échantillons d'ADN, mais nous avons bon espoir de confirmer que ce sont bien les restes de Carlton qui se trouvaient dans la maison de Marshall Howley. Nous allons faire le plus vite possible afin que votre famille et vous puissiez enfin tourner la page, mais vous comprendrez que la tâche est colossale. »

Fitzroy avait bu une gorgée de thé, en grimaçant.

« Il profitait de son travail à l'hôpital pour trouver ses victimes, dans le but d'alimenter sa collection, et de gagner de l'argent. Il repérait des cibles potentielles – nous estimons qu'il a remarqué Jakey et Erdman quand vous êtes venus aux urgences, qu'il a découvert le lien familial – et il consultait les dossiers médicaux pour obtenir les adresses. Par ailleurs, il vendait des morceaux de corps à des laboratoires. Nous pensons qu'il a subtilisé plusieurs corps au fil des ans. En fouillant son domicile, nous avons découvert un registre qui semble suggérer qu'il soudoyait un entrepreneur de pompes funèbres, arrêté il y a quelques heures. Nous avons également trouvé un morceau de vêtement qui a pu appartenir à Grace Rodriguez. »

À cause de la douleur qui irradiait dans sa mâchoire, dans son cœur, Fitzroy avait du mal à parler, mais elle était bien décidée à partager tout ce qu'elle savait avec cette famille qui avait tant souffert.

« Nous pensons que Howley avait l'intention de tuer Jakey, puis de le vendre, ou de le garder pour son musée. Dieu soit loué, nous sommes arrivés à temps. Mais… »

Soudain, l'inspectrice avait paru fascinée par la trame de son manteau.

« Mais quoi ?

— Je vais être franche avec vous, monsieur et madame Frith. Je sais que c'est ce que vous avez toujours attendu de nous. » Elle s'était interrompue pour boire prudemment une autre gorgée de thé. « Je m'inquiète pour la sécurité de votre fils.

— Comment cela ? »

Erdman avait pâli.

Fitzroy avait eu l'élégance de paraître embarrassée.

« On vous écoute. On veut savoir.

— Howley pourrait essayer d'achever ce qu'il a commencé. Quand je l'ai arrêté, il a sorti un tas de conneries, comme quoi il protégeait ses os, sa collection. Du pur baratin. Un discours d'autojustification à la con, que nous débitent parfois les suspects. De toute évidence, un examen psychiatrique s'impose.

— Il va avoir lieu ? »

Le visage de Fitzroy s'était fermé ; elle avait posé son gobelet de thé sur la table de chevet de Jakey, avec un soin excessif.

« C'est en partie pour ça que je suis venue vous voir. Brian Howley n'est jamais arrivé au poste de police. L'inspecteur Chambers, qui le transportait, a eu un accident de voiture et a été grièvement blessé. Depuis, aucune trace de Howley. Il a réussi, on ne sait comment, à se libérer. Le temps que les secours arrivent, il avait filé. Nous le recherchons activement, mais, à l'heure où je vous parle, il est toujours dans la nature. Quelque part. Nous surveillons son domicile. Et nous le retrouverons tôt ou tard, mais, en attendant, j'aimerais évoquer avec vous la possibilité de placer Jakey en détention par mesure de protection. »

Lilith était abasourdie.

Howley était dans la nature.

Le salopard qui avait volé le corps du frère d'Erdman, qui avait enlevé son fils, était dans la nature.

Mais envoyer Jakey en détention ? L'arracher à son foyer, à son école, à tout ce qu'il connaissait ? Son instinct maternel la poussait à refuser. Jakey avait été suffisamment traumatisé. Il avait besoin d'un environnement stable, familier.

« Vous avez retrouvé Clara Foyle ? »

Une tactique de diversion délibérée.

Fitzroy avait détourné la tête, elle n'osait pas affronter son regard. Elle faisait mine de remuer son thé, alors que Lilith savait qu'elle ne prenait pas de sucre.

« Croyez-moi, madame Frith, je n'abandonnerai pas tant que je ne l'aurai pas retrouvée. »

Lilith la croyait. Impossible de feindre une telle détermination.

Le visage de l'inspectrice avait pris un teint verdâtre.

« Excusez-moi, puis-je utiliser la salle de bains ? »

Lilith avait essayé d'ignorer les bruits de haut-le-cœur. Devait-elle aller voir si tout allait bien ? Erdman semblait dubitatif. Au bout d'un moment, ils avaient entendu la chasse d'eau et Fitzroy était ressortie.

« Désolée », avait-elle dit en s'essuyant la bouche délicatement avec un mouchoir en papier.

C'était il y a deux mois et, depuis, ils n'ont plus guère de contacts avec la police. Ils ont refusé la détention à titre de protection et décidé de mener leur vie comme ils l'entendaient. De permettre à Jakey de vivre la sienne. Un bouton d'alerte a été installé à leur domicile. Une voiture banalisée a stationné devant leur maison pendant plusieurs nuits et ils ont reçu quelques coups de téléphone destinés à s'assurer que tout allait bien. Erdman veut déménager, il parle sans cesse d'une maison au bord de la mer, d'un nouveau départ. Ils pourraient louer leur maison, vendre celle de Shirley. Mais Lilith se contente d'attendre. Pour elle, une seule chose compte : passer du temps en compagnie de son mari et de son fils.

Jusqu'à l'arrivée du paquet.

C'est une matinée typique ou, plutôt, une matinée typique de ceux qui tentent de reconstruire leur existence.

Jakey et ses parents ont pris leur petit déjeuner, ils ont parlé de Carlton, et le garçon a affirmé, encore une fois, que Clara était toujours en vie, qu'elle l'avait aidé à survivre dans la Maison Noire. D'après le psychologue, c'est son mécanisme de défense.

Le regard d'Erdman s'est assombri, Lilith a câliné Jakey sur ses genoux. Au bout d'un moment, le garçon s'est libéré de son étreinte pour aller jouer avec ses petites voitures. Lilith a caressé les cheveux d'Erdman, il lui a souri, puis il est parti chercher la surprise.

Peu après, le facteur a frappé à la porte et, sans lui laisser le temps de reprendre ses esprits, il lui a déposé un paquet dans les mains.

« Tenez, c'est pour vous ! dit-il d'un ton enjoué et il lui tend un stylet pour qu'elle signe.

— Je n'ai rien commandé. »

Le facteur fronce les sourcils, vérifie les informations sur son bon de livraison.

« Mme Lilith Frith, 227 Granville Terrace ?

— Oui, c'est bien moi, mais je ne…

— Un cadeau certainement. Bonne journée. »

Elle referme la porte lentement, et fait tourner le colis entre ses mains. Il n'y a pas d'adresse d'expéditeur, rien.

Elle prend un couteau à légumes dans le bloc posé sur le plan de travail et s'installe à la table de la cuisine pour ouvrir le paquet.

Une grande enveloppe blanche s'en échappe.

Elle soulève le rabat et sort avec précaution le contenu. Elle le contemple. Pendant une minute. Deux minutes. Non, c'est impossible. Il doit s'agir d'une erreur.

Elle le remet dans l'enveloppe.

Ses doigts trouvent le chemin de sa bouche et ses dents se referment sur un ongle. Une sensation de choc paralysant l'envahit. De nouveau, elle glisse la main à l'intérieur de l'enveloppe et en ressort la radiographie monochrome d'une cage thoracique déformée.

Tout d'abord, elle croit qu'il s'agit d'un élément du dossier médical de Jakey, envoyé par la police ou les médecins du Royal Southern. Puis elle comprend. La radio est datée du 24 novembre 2012.

Jakey n'était pas à l'hôpital ce jour-là.

Il était entre les griffes de Brian Howley.

D'une main tremblante, elle sort de l'enveloppe une feuille de papier. Les pleins et les déliés de son écriture barrent la surface blanche et plate.

« *Et vous vivrez.* »

La peur la propulse vers la bibliothèque. Elle s'empare de la Bible, un vieil exemplaire mal en point qui date de l'école. C'est là. Une autre citation d'Ézéchiel.

S'agit-il d'une menace ? Ou d'un discours d'adieu ?

Elle frissonne, soudain consciente que le chauffage ne s'est pas allumé, et qu'au-dehors tombe une fine neige de janvier. Dans la lumière des spots de la cuisine, le cliché en noir et blanc, transparent, renvoie un éclat glacé.

Elle tire les rideaux, verrouille toutes les portes et murmure une prière, une ou deux fois.

Elle n'a jamais cru aux fantômes.

Mais le croque-mitaine existe bel et bien.

Quand Erdman arrive à la maison une heure plus tard, Lilith a caché la radio au fond de son tiroir à sous-vêtements. Inutile de raviver de vieux sentiments. Elle la remettra à Fitzroy et l'inspectrice décidera de ce qu'il faut en faire. Elle expliquera à Erdman qu'elle a changé d'avis : elle veut bien prendre un nouveau départ au bord de la mer, finalement.

« Alors, tu as trouvé ? » demande-t-elle.

Il ouvre son manteau en arborant un large sourire et lui montre ce qu'il a caché à l'intérieur. Sa femme lui rend son sourire, elle voit se refléter dans ses yeux tout l'amour qu'elle porte à sa famille.

« Jakey ! s'écrie-t-elle vers le premier étage. Tu peux descendre une minute, s'il te plaît ?

— Je finis mon livre d'histoires.

— On a quelque chose à te montrer. »

Tandis que leur fils descend l'escalier, Lilith et Erdman échangent un regard de conspirateurs. Une bouffée de gratitude monte en elle face à cette seconde chance qui lui est offerte de rebâtir son mariage et d'essayer d'être une mère différente.

Jakey entre dans le salon en boitant. Il a le visage

fermé, méfiant, héritage d'un épisode qu'il mettra des années à oublier.

« Qu'est-ce que tu veux, maman ? »

Erdman s'avance vers son fils, qui a enduré tant de souffrances, qui lui rappelle chaque jour que se cacher pour échapper à la vie n'est pas une vie.

Il ouvre sa veste et soulève le chiot qui se tortille pour le déposer dans les bras de Jakey.

98

Miles Foyle charge sa dernière valise à l'arrière de la voiture.

Amy le regarde faire. Le moment est venu où elle ne peut supporter de le voir partir, mais elle ne sait pas comment le lui dire. Ils ne savent plus se parler désormais.

« Sois prudent au volant, dit-elle.

— Promis.

— Tu reviens quand ?

— Je ne sais pas. »

Miles tapote ses poches. Il a bien son passeport, son portefeuille. Son visage est amaigri, mal rasé. Des rides nouvelles creusent son front et la peau fragile autour de ses yeux. Un collègue va reprendre son cabinet pendant son congé prolongé.

« Tu vas manquer à Eleanor.

— Elle pourra venir me voir, une fois que je serai installé. Mais j'ai besoin de quitter Londres. Je ne peux plus vivre ici. » Il baisse la tête et joue avec le bracelet de sa montre. « Je la vois à chaque coin de rue. Je l'entends dans la voix de chaque enfant. »

Il lève les yeux. Amy y voit le reflet de sa propre angoisse. La voix de Miles se brise.

« Je n'étais pas là. Je n'étais pas là au moment où elle avait le plus besoin de son papa, et cet endroit me le rappelle chaque instant. »

Amy comprend. Oh, oui, elle comprend très bien. Mais Eleanor a pris ses habitudes à l'école. Elle a ses amies, ses activités. Ce serait cruel de la déraciner maintenant, alors que sa jeune existence a déjà été réduite en lambeaux, une bande de tissu accrochée à des barbelés.

« Gina va te rejoindre ? »

Elle demande ça d'un ton léger, décontracté. Elle est lasse des disputes, du poids de la tristesse qui jamais ne s'allège.

« Je n'ai pas parlé à Gina depuis des semaines, répond Miles.

— Oh ! »

Amy essaye de sourire, mais les larmes roulent sur ses joues, et ils s'étreignent, comme si ce geste pouvait, d'une certaine manière, couvrir la crevasse qui était devenue canyon durant les jours et les semaines qui avaient suivi la disparition de Clara.

« Tu reviendras pour la cérémonie ?

— Bien sûr.

— L'inspectrice Fitzroy a promis d'être là.

— C'est gentil de sa part. »

Si Miles ne part pas maintenant, il va louper son vol.

« Ça va aller ? demande-t-il.

— Je ne sais pas.

— Si tu veux, je reste.

— Je ne sais pas. »

Miles enlace tendrement sa femme et sent trembler son corps frêle. Elle n'est pas maquillée ce matin et elle ne porte pas de vernis sur les ongles. C'est ainsi qu'il la préfère.

« Je reviendrai, je te le promets. »

Un sourire déforme la bouche d'Amy et elle essuie son nez avec un des mouchoirs en papier qui se trouvent dans sa poche. Elle les emporte partout. Le chagrin l'assaille au moment le plus inattendu.

Miles s'installe au volant et met le contact. Amy ne connaît pas cette voiture. Sans doute l'a-t-il louée. Il va la laisser à l'aéroport. Comme il la laisse, elle. La déception s'installe sur ses épaules, telle une pierre.

Il baisse sa vitre.

« Tu pourras venir toi aussi, si tu veux. Avec Eleanor. Pour vous asseoir sur la plage. Bien manger. Nager un peu. » Il tend la main. « Oublier quelque temps. »

Elle caresse ses doigts.

« C'est un beau programme. »

99

Fitzroy étire ses orteils, elle savoure la chaleur et l'espace du lit. Pour une fois, elle est de repos sans avoir l'obligation d'aller quelque part ou de faire quoi que ce soit, hormis traînasser à la maison.

Elle caresse le renflement de son ventre. Elle ne s'habitue pas à dormir seule.

Dans le silence de ce dimanche matin, elle perçoit les premières notes lointaines d'un chant d'oiseau, et la forme du dossier Howley sur sa table de chevet.

Un léger gémissement s'échappe du berceau dans la chambre d'amis.

Fitzroy sourit dans le noir, se lève, traverse l'appartement et prend son neveu dans ses bras.

« Bonjour, Max, murmure-t-elle. Il est un peu trop tôt pour se réveiller. »

Le bébé niche sa tête au creux de son épaule et elle hume la douce odeur de sa peau.

Nina et Patrick fêtent ce week-end leur anniversaire de mariage, et elle a proposé de jouer les baby-sitters.

« Tu es sûre ? » lui a demandé sa jeune sœur, dubitative, car leurs relations sont encore convalescentes. Quand Fitzroy a répondu par l'affirmative, Nina lui a sauté au cou. Fitzroy l'a étreinte à son tour en riant.

David n'est pas là. Il a déménagé il y a quelques semaines. Un arrangement temporaire, ont-ils décrété d'un commun accord. Pour leur permettre de savoir où ils en sont. Mais elle ne connaît toujours pas la réponse.

Elle emporte son neveu dans la chambre et s'arrête devant la haute fenêtre pour contempler les lumières qui éclairent l'horizon.

Il est là, quelque part. Et elle le trouvera. Elle trouvera Clara aussi. Elle ne cessera jamais de chercher.

En interrogeant Jakey, qu'elle avait amadoué, elle avait réussi à le faire parler des conversations échangées avec Clara, à voix basse, des deux pas différents qu'il avait entendus dans la pièce voisine.

Si près. Ils étaient si près.

La police a mis le paquet. Des milliers d'heures de recherches, des centaines et des centaines d'agents mobilisés, mais Howley et Clara ont disparu. Ils ne sont pas oubliés, pas encore, mais déjà ils s'estompent comme un souvenir indésirable.

Jusqu'au coup de téléphone de Mme Frith la semaine dernière.

L'envoi de cette radiographie a déstabilisé Fitzroy. S'agit-il d'un avertissement ?

Quel que soit son objectif, il a ravivé en elle les émotions qu'elle avait ressenties en découvrant Jakey tremblotant à l'arrière de cette camionnette. Elle avait compris alors que la vie, en dépit de toutes ses fragilités et de ses incohérences, était un cadeau.

Quand Chambers avait emmené Howley, elle avait supplié le Boss de la laisser retourner à l'intérieur de la maison. Alors qu'il s'apprêtait à refuser en arguant que ce serait un comportement irresponsable et dangereux, il avait vu un besoin impérieux ravager son visage, et il s'était ravisé.

Mais la maison n'était plus qu'une ruine fumante au toit effondré, trop brûlante et branlante pour que quiconque puisse y pénétrer.

Alors, le Boss l'avait conduite à l'hôpital.

« Vous avez fait du bon travail ce soir », lui avait-il dit.

Maigre consolation.

Deux jours plus tard, elle était retournée sur place, seule, tandis que les cendres étaient encore chaudes, pour voir des pompiers spécialement entraînés passer au crible les débris d'un grand nombre de vies.

Grace était morte. Fitzroy les avait vus sortir les restes de l'adolescente d'une des pièces du haut. Les côtes cervicales du squelette correspondaient à son dossier médical.

Mais l'intensité de l'incendie avait détruit la majeure partie du musée en bas. Et aucune trace de Clara.

Malgré les recherches qui s'étaient poursuivies jusqu'à ce que la nuit avale le jour, jusqu'à ce que Fitzroy se mette à genoux pour venir en aide aux pompiers et chercher à tâtons au milieu des débris et de la suie, les larmes ruisselant sur ses joues sales.

De la collection de Howley, il ne restait qu'une poignée d'éclats et d'os au milieu d'un amas de poussière, et les propres souvenirs de deuil de Fitzroy.

Les mains tremblantes, le cœur fracturé, elle avait regagné le silence de son appartement et décroché son téléphone pour appeler sa sœur.

L'arrivée de cette radiographie vient la narguer de nouveau.

Elle ne le lâchera pas.

Elle sent sur son épaule le poids de la tête de Max, sa respiration est régulière, ses paupières papillotent et il laisse échapper un gémissement dans son sommeil.

Elle se demande où est Clara, si elle est au chaud, s'il lui fait du mal.

Si elle est morte.

La joie et la peur propulsent son cœur sur des montagnes russes.

100

Un pâle soleil de février réchauffe les os d'Erdman. Il y a bien longtemps qu'il n'a pas pu s'attaquer au jardin, mais le voilà en train de tailler des rosiers et d'élaguer les buissons d'aubépine. Il veut que tout soit impeccable pour les locataires attendus la semaine prochaine.

La grive musicienne est revenue, il a trouvé des petits tas de coquilles brisées dans le patio, et son joli chant le met en joie.

La police n'a toujours pas retrouvé le corps de Carlton. D'ailleurs, ils ont laissé entendre qu'il y avait peu de chances qu'ils retrouvent autre chose que des traces de son ADN. L'incendie, dû à un système électrique défectueux ajouté à une abondance de bois verni, a eu un effet dévastateur et, le temps que les pompiers arrivent, il était déjà trop tard pour sauver quoi que ce soit, ou presque.

Au cours des semaines qui ont suivi, Erdman a trouvé un moyen tout personnel d'affronter le chagrin. Il a décidé d'accorder le pardon à sa mère.

Elle aimait sa famille et elle avait essayé de le protéger en gardant ces secrets. La prise en compte de cette réalité avait effacé la tache de l'incompétence qu'il avait portée presque toute sa vie.

Quant à Lilith, la nuit dernière, elle lui a prodigué

une attention dont il avait oublié jusqu'au souvenir. En repensant à la chaleur de sa bouche, il se sent encore tout chose.

Il enfonce sa fourche dans la terre à moitié gelée, ôte sa vieille veste de jardinage et la suspend sur le manche. Il a soif. Adossé au plan de travail de la cuisine recouvert de cartons remplis d'ustensiles, il engloutit une canette de Coca glacé.

« Champion ? lance-t-il. Où es-tu ? »

Jakey ne répond pas.

Comme on pouvait s'y attendre, il est plus réservé, plus renfermé, depuis les événements de novembre, mais Erdman et Lilith se sont juré qu'ils ne laisseraient pas cet homme faire quoi que ce soit d'autre à leur fils. À leur famille.

Noël a été un moment difficile. Un repas simple et quelques cadeaux pour Jakey. La joie qui les avait envahis lors du retour de leur fils était tempérée par le fait que Clara Foyle n'avait toujours pas été retrouvée et par la peur que cette épreuve le marque à tout jamais, d'une manière imprévisible. Mais ils ont réussi à traverser cette période en fermant leur porte aux médias du monde entier et en concentrant toute leur énergie sur leur fils.

Chaque soir, après l'école, ils font des jeux ensemble. Le week-end, ils vont au cinéma et jouent au ballon dans le parc. Lilith lui a acheté un casque et des protections spéciales pour qu'il puisse faire du vélo. La semaine prochaine, à cette heure-ci, ils vivront au bord de la mer dans une vieille et belle maison que Lilith et Erdman ont choisie ensemble.

Et si Jakey se met à crier en rêvant, s'il dort dans leur lit toutes les nuits, tant pis.

Il se reconstruit peu à peu.

Erdman le trouve assis devant la fenêtre du salon, son chiot blotti à ses pieds.

« Tu veux un sandwich, champion ? Ou alors, tu peux venir me donner un coup de main dans le jardin, si tu veux. Il y a quelques mauvaises herbes qui t'attendent. »

Son fils lève vers lui un regard tourmenté.

« Ça ne va pas, champion ? Qu'est-ce qui se passe ? »

Jakey ne répond pas, mais Erdman voit sa bouche trembler, il le voit se replier sur lui-même, essayer de se faire tout petit, de se cacher. Le psychologue les a prévenus : le traumatisme de cette épreuve viendra ternir chaque instant de la vie quotidienne, les ombres seront omniprésentes, menaçant de cacher le soleil.

« Jakey ? »

Le garçon se retourne vers la rue. Elle est quasiment déserte, il y a juste quelques voitures garées et une femme qui pousse un vélo.

« Il est revenu, papa. Je l'ai vu. Ol' Bloody Bones est revenu. »

101

Trouver un logement n'a pas été difficile. Nul n'a envie de louer en plein mois de février une maison située sur la plage, battue par les vents venant de l'estuaire.

Cet isolement lui convient.

Il est assis dans un fauteuil près de la fenêtre. Un éclair zèbre le ciel et illumine la baie. Puis vient la pluie.

La radio marmonne en fond sonore. Une météorite s'est écrasée à Tcheliabinsk en Russie. Cet athlète para-olympique avec ses prothèses de jambes n'a pas abattu volontairement sa petite amie. Et lui, la police ne l'a toujours pas retrouvé.

Elle non plus.

Il vide le fond de sa tasse de thé. Il est froid, mais il ne s'en aperçoit pas. Il a versé six mois de loyer. Il pourrait même acheter cette maison, le propriétaire le lui a dit dans son mail, s'il se plaît ici.

Il sait qu'il va s'y plaire.

Il y a trois chambres. Un grenier aménagé. Et un petit jardin pour ses lapins.

Il regarde les vagues s'écraser contre la digue du port, et pour la première fois depuis des semaines, il se sent en paix. Sa femme, pense-t-il, aurait détesté cet endroit. Elle lui manque quand même.

Le journal local est ouvert sur la table. Il tourne les pages, s'arrête et lit un article attentivement. Il cherche un crayon dans le tiroir et note un nom. De rue.

Puis il écrit une lettre.

Plus tard dans la journée, il sort du garage les vitrines en acajou qu'il a achetées dans une brocante et les installe dans le vestibule. Elles sont hautes et étroites. Elles ont des portes en verre.

Il s'efforce de ne pas penser à tout ce qu'il a perdu.

Il se représente le garçon au squelette déformé, la maison des Frith en ville, avec sa pancarte « Louée » ; il songe combien il lui a été facile de connaître leur nouvelle adresse, grâce à un intérimaire travaillant pour la société de nettoyage engagée pour faire disparaître l'histoire des habitants de cette maison en même temps que la poussière. Il va prendre son temps, se dit-il. Pas tout de suite.

Pas maintenant.

Quant à la fillette aux mains bizarres et au regard triste, il n'a pas encore décidé de son sort. Rien ne presse.

Elle est à l'abri pour l'instant, introuvable.

Le moment est presque venu de recommencer.

Quelques jours plus tard, il quitte la maison.

Ses cheveux sont plus longs, beaucoup plus foncés. Une paire de lunettes à fine monture métallique détourne l'attention de ses yeux noirs, une barbe masque sa mâchoire et ses joues creusées. Il porte une chemise blanche ample, un jean délavé. Il a pris quelques kilos.

Il suit le chemin côtier, contemple la mer écumante. Quand le vent souffle, il sent le goût du sel dans sa bouche. Il est logique qu'il se retrouve ici, en train de marcher dans les empreintes de bottes de son ancêtre.

Il traverse la vieille ville, jusqu'à ce qu'il tombe sur la maison qu'il cherche, écrasée contre ses voisines. Les encadrements de fenêtres sont peints en blanc, les briques offrent un vilain contraste marron et noir.

Il frappe à la porte.

Une jeune femme vient ouvrir. Elle a vingt-cinq ans. Elle porte une robe à motif floral et d'épais collants noirs. Son visage s'effondre, son squelette facial sous-développé ne peut soutenir les muscles et les tissus de l'âge adulte. Elle a un petit menton, ses yeux penchent vers le bas. Ses cheveux blonds ne cachent pas ses oreilles malformées. Quelque chose en elle lui rappelle sa femme.

Il sent un joyeux battement dans sa poitrine.

« Vous êtes venu, dit-elle, et un sourire illumine son visage. Quand j'ai reçu votre lettre, je n'y croyais pas. Merci. » Elle baisse timidement la tête. « Personne n'a jamais voulu me dessiner. Je n'ai pas vraiment un physique de… modèle. »

Elle rit.

La tête penchée sur le côté, il lui sourit. Et promène sa langue sur ses dents.

« La beauté est dans l'imperfection », dit-il.

La jeune femme rougit et porte instinctivement les mains à son visage. L'homme est grand, sa présence semble occuper tout l'encadrement de la porte. La semelle d'une de ses chaussures noires étincelantes frotte sur le perron.

D'avant en arrière.

D'avant en arrière.

Il paraît gêné, un peu intimidé peut-être. C'est touchant. Elle lui sourit, elle l'encourage. Avant que le silence se prolonge trop, elle ouvre la porte et le Collectionneur entre.

REMERCIEMENTS

Il était une fois une jeune fille qui rêvait de devenir auteure.

Ces rêves seraient restés des rêves sans ces personnes qui sont entrées dans le livre de ma vie.

Merci à l'incomparable Trisha Jackson de chez Pan Macmillan, qui a défendu *Le Collectionneur* dès le début. Ce fut un plaisir de travailler avec vous. Des acclamations également pour Natasha Harding, Claire Gatzen, Amy Lines, Anne O'Brien, Silvia Crompton et la fabuleuse équipe du service publicité de chez Pan Mac, plus particulièrement Francesca Pearce.

Je remercie affectueusement mon agente Sophie Lambert, pour son regard affûté, ses idées brillantes et le talent inégalé avec lequel elle a réussi à m'arracher une histoire digne d'intérêt. Ta foi et ton amitié n'ont pas de prix.

Merci à toute l'équipe de chez Conville & Walsh, surtout à Jake Smith-Bosanquet, Alexandra McNicoll et Carrie Plitt, vos compétences permettent de payer les factures.

J'ai une dette immense envers toutes les personnes atteintes de fibrodysplasie ossifiante progressive. Vos récits ont inspiré le personnage de Jakey Frith. Je remercie plus particulièrement Chris Bedford-Gay, son fils Oliver, et l'association caritative FOB Friends ; et aussi Nancy Sando, fondatrice de l'organisation à but non lucratif IFOPA, dont l'esprit positif et l'énergie m'ont appris que cette maladie n'était pas synonyme de condamnation à mort. L'évolution de la maladie de Jakey a été accélérée pour des besoins narratifs. S'il y a des erreurs, elles m'incombent.

Florin Feneru, du Service d'identification et de renseignements du Muséum d'histoire naturelle, vos connaissances et votre patience méritent des applaudissements. Tonitruants. Là encore, les erreurs éventuelles sont de mon fait.

Merci à tous mes merveilleux amis qui m'ont posé des questions enthousiastes et ont partagé mes moments d'excitation ; merci à mes copains écrivains ; à Richard Skinnner et à l'équipe de la Faber Academy.

Je dois une tournée à Keith Loakman qui m'a permis d'emprunter La Banque, à Tracie Couper pour ses anecdotes de boulot amusantes (son magazine ne ressemble pas du tout à *Parapsy Hebdo,* soit doit en passant), et à Cherry Anthony, ma toute première lectrice.

Maman et papa, je vous suis immensément reconnaissante pour votre amour inconditionnel, votre enthousiasme sans faille et toutes ces heures de baby-sitting gratuites. Steve et Cein, vous voyez, vous pouvez enfin le lire. Merci à Pops2, mon soutien le plus bruyant, et à Steve Bliss, le flic de la famille. S'il y a des inexactitudes, je plaide coupable.

Merci à *vous* d'avoir acheté ce livre. Les auteurs n'existent pas sans les lecteurs. J'espère que les plus perspicaces d'entre vous me pardonneront d'avoir pris quelques libertés en modifiant les noms de certaines des jolies rues de Blackheath.

Chaque histoire à ses héros, voici les miens :

Mon Isaac et mon Alice, qui ne m'ont jamais reproché les week-ends passés devant mon ordinateur, la maison sale et le frigo à moitié vide. Vous êtes une source de joie permanente.

Enfin, Jason, grâce à qui je tombe amoureuse chaque jour.

Fournisseur d'innombrables tasses de thé et mouchoirs en papier. Qui sauvegarde mes mots (et ma santé mentale) quand je pique du nez devant mon ordinateur. Qui déborde d'idées et d'encouragements, et est toujours présent à mes côtés, pour me motiver.

Alors, ce livre est pour toi, charmant garçon. Tu as cru en moi avant que j'ose y croire moi-même.

PAPIER À BASE DE FIBRES CERTIFIÉES

Le Livre de Poche s'engage pour l'environnement en réduisant l'empreinte carbone de ses livres. Celle de cet exemplaire est de :
350 g éq. CO_2
Rendez-vous sur www.livredepoche-durable.fr

Composition réalisée par Soft Office

Achevé d'imprimer en France par
CPI BRODARD & TAUPIN (72200 La Flèche)
en septembre 2019
N° d'impression : 3035435
Dépôt légal 1re publication : octobre 2019
LIBRAIRIE GÉNÉRALE FRANÇAISE
21, rue du Montparnasse – 75298 Paris Cedex 06

68/0086/1